# 北方的白樺樹

汪應果 著

北方的白樺樹，我的心為之顫慄

——普希金

# 推薦序／歸來後的反思

吳福輝

讀長篇小說《北方的白樺樹》，整個兒的感覺便是「親切」。學者出身的作者汪應果與我幾乎同齡，按舊的說法可算同科同年，都是一九七八年帶著曲折經歷入校的中國現代文學研究生。所讀學校雖在中國分屬一南一北，可也因此相識了。這部小說包含的激情、識見和想像，多彩地融進我們這一代人的生活經驗，閱讀恍惚間彷彿就是照我寫的。比如說男主人公岳翼雲受過童子軍加少先隊的教育，相信很多人不知道這是什麼意思，但我知道。熱愛俄羅斯文學，讀《怎麼辦》學拉赫美托夫，或是敬仰十二月黨人及他們的高貴妻子等等，我前一段為《文藝爭鳴》回憶一九五〇年代文學閱讀經驗時就提起過這個。而且我也同樣是從江南來到東北，初次看到小夥伴將紙條疊成「交字結」傳遞還很覺新奇（這種疊紙的名稱卻是讀了小說才第一次知道）。我由「統購統銷」瞭解到農村的真實性，困難時期餓飯懂得了艱難，甚至我也因某種緣故和一個「右派」老師同住在學校圖書館的書庫裡，為了當年社會流行的階級觀念也和小說裡的人物類似，好像臉上總帶著隱形的「紅字」（充軍的林衝面頰上叫刺字），這正是小說推動全部情節的要害。抱著與小說這麼多的「一樣」來閱讀小說，對我還真是開天闢地第一回！

故事從岳翼雲被「貶」分配到黑龍江的新辦大學寫起，時間是在「反右」之後。一定程度上這是中國部分知識份子「反右後」的必然結果。這些人一邊是對新社會的信任堅定不疑，極富獻身精神，帶著自我改造的情結；一邊是對自身遭受不公和社會地位每況愈下的日益加劇的不安和反抗。這類文學作品可以定名為「反右後」的實寫小說。因為寫的時節已經是「文革後」了，我輩已經「歸來」（電影《歸來》是寫身心無法歸來者。而「重放的鮮花」一批作品不妨把它們看作是最早的「歸來者」的創作，他們身上的「過度樂觀」都有歷史線跡可足追尋），過去絕對忠誠的事物，光彩業已剝落，從困惑到有所悟，就成了歸來之後的「反思」。《北方的白樺樹》就是這種「反思」的產物。不過它有一個動人的發生在白樺林的愛情故事，並不追求新穎而採用舊的敘述方式，「反芻」自己的理想、愛戀和痛楚。小說中的「我」作為敘事者和主人公和作者的多重疊加，具有強烈的質疑性。它有全面發展的人格，站在時代高處追求真知，同時不可免地帶有自信與自戀、自省相互糾結的典型性格，構成了這種浪漫型「反思」文學的特徵。

小說始終將青年知識份子放在「苦難」和「歡樂」的現實之中。「白樺樹」迎著北方風雪挺立著，它是女主人公張樺茹美麗愛情的象徵，是正直善良的書中人物堅韌生活的標識。作品裡的許多敘述文字，具有流暢而盡情傾訴的質地。比如第十四節寫主人公生病自救，體驗到的生死瞬間，和知識對知識份子處境的意義，異常獨特。第22節寫「大煙兒泡天」（東北人稱暴風雪），尾聲寫偷渡澳門遊橫琴到氹仔的五百米界河，都讓人如入大自然不可測的境地，沒有真切體會是寫不出的。而如果敘事與議論結合，「反思」的意味及批判的尺度，便會隨著人物命運的展開逐步深入。全書的華彩段落往往是敘述、議論結合得最好的地方。如第17節寫三棵樹「千軍萬馬」買票場景，是令人哭笑不得的時代風俗畫（我在一九六〇年代初期曾有在上海金陵東路連夜排隊購買返遼船票的經歷，那時也悟到了人只等於一堆「符號」的荒唐感），卻由群眾一句「搶皇位」的話引出對中國兩千年暴力和秩序在歷史反覆上演的議論。第22節寫安達（後命名為「大慶」）會戰打「乾打壘」，藉著談建房突擊隊的分工，論及「這一層層的中國特色的『階級』劃分」，也似並不突然。直到「尾聲」，敘與議的配合，貫徹到底。敘述張樺茹終患憂鬱症自投松花江的悲劇，父女異地團圓的喜劇，做出交代，並無可改變的抒發「從這些年輕人的熱情召喚中，看到了世界美好的未來」的理想主義情懷，抒情和許諾，都熔於一爐了。

產生如此故事與人物的環境，現在已經過去了，翻篇了，但無法忘卻。我的一些在大學工作的學生，其中年輕到七〇後的，最近看到一個外國人所攝一九五〇年代中國老百姓日常生活的黑白記錄片，給他們留下的最大印象是：「那時的人穿得不好，沒有色澤，但穿得乾淨，看著就是善良、樸實、真誠」。對呀，「乾淨」兩字說得多好。《北方的白樺樹》所寫的世界相對就是比較單純的。有粗暴的政治，也不複雜。而另一面卻是天使般的女性的純真，少雜糅欲念，甚或還壓抑欲念，催動著人們去實現那個如今看來「烏托邦」式的憧憬。於是，兩個主人公都為追求真理而活著，人物似乎是透明的（這也不合如今寫複雜人性的時尚），帶來了整個文體的單純美。這種風格同這個故事很合體。我一向認為文學的演進不是翻筋斗，翻得越多越長就越好。文學的一些基本東西，如紀實和虛構，模仿地寫和象徵寓意地寫，情緒爆炸和冷靜過濾，從來就有；現實主義、浪漫主義和現代主義的某些因數，應該在古代文學階段就已存在，不過未成體系，沒有那麼自覺運用，所以還不叫什麼「主義」罷了。它們的先後出現有其道理，但嚴格意義上並無優劣差別。我們應當尊重那些還有興趣、還有目標在使用老辦法寫新故事的人，尊重在後現代照寫現實小說的作家。

我在很多文章裡談到自己近年來睡覺愛做夢的習慣。好夢壞夢都有，做完了全然記不得的亂夢更多。簡單地給出「希望」自然是淺清的（魯迅說「淺清」勝於泥淖），但各種夢的襲來，套用我們年輕時愛說的一個短語，便是不以我們的主觀意志為轉移的。是為一代人的終局，豈有他乎！

二〇一六年一〇月一九日霧霾中之小石居

**吳福輝**：現任中國現代文學館副館長，《中國現代文學研究叢刊》主編，研究員，博士生導師，中國作家協會會員，中國現代文學研究會理事，中國茅盾研究會副會長。

# 目次

推薦序／吳福輝 5
引子 10
岳翼雲日記 15
1 「發配」路上 16
2 「俄羅斯姑娘」 31
3 天河師專 37
4 同台獻藝 49
5 白樺樹下的倩影 65
6 十二月黨人的妻子 84
7 「嗅覺」書記 99
8 食色性也 107
9 初解性事 117
10 智鬥史建軍 132
11 《第四十一》 141
12 望奎的秋天 164
13 風波呼蘭河 177
14 險闖陰陽界 193
15 紅顏知己 203
16 見義不得勇為 213
17 雪中送炭 235
18 彭總身邊的劉姐 253

19 珍珠情 271
20 李玉瑤 280
21 樺林野趣 302
22 薩爾圖風雪之夜 320
23 愛的表白 337
24 棒打鴛鴦 348
25 魂斷太湖 361
26 情恨似海 374
27 天鵝之殤 384
28 鳳凰涅槃 392
29 悲莫悲兮生別離 400
尾聲 409

# 引子

我一直保存著一本陌生人的日記，這個人跟我絲毫扯不上關係，可我卻一直在尋找他。

說起來那完全是偶然，那一年，我們單位領導通知我，市落實政策辦公室給單位發來了一封信，讓我於某月某日去他們那兒領回在「文化大革命」中被抄家的物品——對我來說，主要就是書籍了。

我至今已記不清那個地點了，只記得是在一處機關的大院內，進入他們的大樓，撲面而來的就是極其難聞的紙張的黴味，這味道甚至讓我懷疑自己是否走錯了地方到了什麼廢品收購站。

樓裡面人很少，接待我的就是兩位女同志。一個年齡大點，穿戴倒很得體，坐在椅子裡在織毛線，有一搭沒一搭地跟坐她身旁的同伴在嘮嗑兒，見我來了，年輕的接過我手中的通知單，看了看上面的名字。

「汪應果，」她站起身，「你等等。」說完走到里間，不一會取出了一捆書放到桌上，「全在這裡了，你點點。」我看看桌上的書，大概有三十幾本，用一根塑膠繩兒胡亂地捆著，我只能從書脊上看到書名，都很陳舊破爛，我可以說從沒見過它們。

「就這？」我問。

「統統在這了。」她點點頭。

我說，「我當時被抄的書至少有兩千多本，怎麼只剩下這一點？再說，我的書大多都是新的，現在是這個樣子，明顯的，這些都不是我的。」

年輕的女同志帶點見多不怪的眼神看看我說，「你這位同志嘔，說話不怕腰疼。你還真當是歸還你原來的書啦？你想想，抄家都過去了十幾年，原來的書到哪裡去找？我看連屍首——別說屍首，連屍毛都找不到了。實話告訴你，我們就是在配書，就按你提供的書名，在後面倉庫上交物品的堆子裡翻，能翻到對上書名的，算你走運：翻不到算你倒楣，也算你為革命做的貢獻。就這，我們七八個人忙了大半年，這才弄出點眉目，你就別挑三揀四了。」

我見她這麼一說，深知這退還抄家物品本身就體現出的是一種天恩浩蕩的恩賜，心中自然是充滿了感激和大歡喜，也就無話可說了。

年輕女的看我還算知趣，就吩咐道，「你就在這裡點點清楚，」說著又打開一個大本子，找到了我以前交上去的那份「文革」抄家物品的中報清單，說，「你對照著核實一下，這裡有的，就勾了，完了簽個字，就算是共產黨跟你『文革』的賬兩清了。」

我解開了捆書的繩子，趁著我一本本地對照書名的時候，她們兩人又開始閒聊了。

「於大姐，我說你們那陣子，婚姻也是組織配的吧？其實吧，我看吳老這個人，雖然年齡是大點，三八式嘛，人還是不錯的，你們兩人挺般配。」

「怎麼啦？莫非你也想我幫你……『配』一下？」年紀大點的說著首先大聲笑起來。

這時候我從那捆書裡抽出了一本書名叫《斯巴達克斯》的小說，打斷了她們的談話，說，「對不起打擾一下，這本書……我沒有提供過書名，完全不是我的。」

年輕的女同志接過去想了想，好像記起了什麼，重新查找我提交的清單，說，「對了，這也是按你提交的書名配的，我記得你清單上不是有一本叫，叫……」

「《斯巴達》。」我提醒她。

「對對，《斯巴達》。」她逐行地找，終於在清單上找到了那個書名，「那本書吧，我們實在找不到，就拿這一本代替了，反正也差不多，是吧？」說完又把書交還我手上。

「《斯巴達》跟《斯巴達克斯》不是一回事……」我還想解釋。

「不就多兩個字嗎？」她已經有點不耐煩了，「翻譯的興許不一樣，」她擺擺手，意思是沒必要再爭下去了。

「還有，」我又取出了一本塑膠封面的本子，封面上印著「日記」兩個字，我說，「我的確是被抄走了從小學到文化大革命之前的十幾本日記，一本也沒拿回來，但是這一本，肯定不是我的。」

年輕的女同志也笑了，說，「我們是照著你清單上的名稱配的：你上面寫的是『日記』，我們就找本『日記』還你。這麼著吧，這兩本你都拿走，就算是賠你的了。再說呢，你就算是把它們留下來，我們怎麼處理呢？我們這兒清理完了是要關門的。」說完她又給我一個希望得到諒解的微笑。

這麼一來，這本陌生人的日記就名正言順地歸我所有了……但是這，這，算怎麼回事兒呢？

趁我這麼一愣神的功夫，她已經掉過臉去跟那個叫於大姐的接著先前的話茬往下聊了。

「其實吧，說到分配的婚姻，古人就這麼幹的，」她說，「中國人講的『門當戶對』，就是父母給分配的，不是嗎？就說剛剛我拿給他，」她指指我，「那本《斯巴達克斯》，我以前看過，說明奴隸社會就這麼幹了，人家古羅馬奴隸主都給奴隸們配老婆，給斯巴達克斯分配的那個叫，叫什麼來著的女奴隸，漂亮得很呢……」

我沒心思聽她們閒扯，知道我的事情她算是已經辦完了，就匆匆簽了字，提著這捆書走了。說實在話，此時此刻，對這些書我絲毫沒有失而復得的喜悅，尤其是這本日記，我知道那位女同志的意思就是，要留要扔，悉聽尊便，反正我們已是「政策落實」了。

我從來沒有私窺他人隱私的習慣，更何況是他人的日記，但現在我已是它合法的主人，在政府部門的辦公室裡簽過字的，用大陸上神聖的字眼來說，是經過「**組織**」批准的，我至少得看看這是誰的日記，有沒有可能找到它的主人歸還與他，懷著這樣的心情，我打開了它。

這是一本三二開本的天藍色塑膠封日記本，在那個年代是很普通的。封裡扉頁上寫著：

一九五九・八——一九六一・三

下面是兩行手寫的詩句，一行是中文的：

「季子正年少，匹馬黑貂裘」

另一行是俄文的：

**「А он, мятежный, просит бури,**
**Как будто в бурях есть покой!」**
（而它，不安的，在祈求風暴，
彷彿是在風暴中才有著安詳！）

我知道中文是取自辛棄疾的《水調歌頭•舟次揚州，和人韻》，俄文是出自萊蒙托夫的名詩《帆》。無論中文、俄文，兩種文字都寫得遒麗飄逸；無論內容、書法，一看就知此君不俗。

我不由得已經喜歡上這本日記的主人了。

扉頁的反面估計就是日記主人的簽名了，那是龍飛鳳舞的三個字：

帶點米南宮的風格。

他是誰？現在哪裡？我對他一無所知。翻翻後面的日記，記得密密麻麻，多數是用圓珠筆寫的，由於時間久了，有些字跡已經暈開了，不過間或也有用鋼筆的，它們有時工整，有時隨意，但字體瀟灑，於豪放中透出秀氣，於堅毅中透出溫馨，倒也令人賞心悅目。

我一直翻到最後，發現封三的塑膠套封並不平整，裡面夾了東西。我小心翼翼地把日記封底的硬紙板從塑膠套封裡抽出來，發現裡面原來藏著一張用白樺樹皮製成的心形書簽，周邊由彩色絲線編織了一圈光環似的花邊，中心鑲著一張極其秀美的少女頭像。她乍一看去，不像漢族人，但也不像蒙族、鄂倫春族，更不像歐洲白人，假如勉強類比的話，似乎有點像中亞維族那樣的美，屬於歐亞人種的混血，但……反正我說不準，總之，她有一種攝人心魄的美。

我得承認，我從未見過世上有比她更美的美人。

我知道，這裡面一定藏著美麗的故事。強烈的好奇心促使著我一頁一頁地看下去，於是在我眼前，展現出一段令人纏綿悱惻又令人唏噓不已的愛情故事……

岳 翼 雲

# 岳翼雲日記

# 01

# 「發配」路上

列車往北開，往北開，一股勁兒地往北開……

從告別了前來送行的老同學離開北京車站的那一刻起，我就幾乎一直側靠著列車的車窗，沒有挪動過位置。我的目光貪婪地望著窗外移動的景色，那是我自出生以來從未見過的美景：一邊是群巒疊翠的燕山山脈，一邊是煙波浩渺的渤海灣，過了山海關再往前走，就是連綿不盡的玉米和高粱地。有時候，我也會久久地望著腳下不斷往前方延伸的雙軌線鐵道，它們始終相守相伴，卻永遠沒有交集，只是偶爾進到某處月臺前鐵軌會忽地變做許多道，像是地上遊動著許多長蛇，似乎都交集在了一處，於是列車就邊前進邊顛躓著彷彿做著橫向運動似的，一會兒上移，一會兒下挪，車廂下的車輪也頓時忙碌起來，咯噔咯噔地亂作一團。這樣熱鬧了一陣子，長蛇終於扭動著身軀，又歸於平靜，最終還是剩下冷冷清清的雙軌道，一路往前。只有鐵軌間的枕木像電影倒片時片頭片尾映出的一格格的分隔線倏地閃過，車開快時，就成了白花花的一片了。這情景，頗像是人生的某種啟示。

「嗨，小岳，你望什麼呢，這麼出神？」坐我旁邊的殷浦江給我的茶缸裡倒滿了熱開水送到我眼前。她是化學系的，上車後才認識的，跟我們幾個人一起被分配到黑龍江，由學校統一購買了車票一同送進了這節車廂。她是上海人，慢聲細氣，普通話裡間或夾著一兩個上海詞語，鼻樑上架著一副挺秀氣的眼鏡。一看就知道比我大，當然我本來就是五五級畢業生中年齡最小的，四年下來，誰都不可能比我更小，殷浦江雖然不同系，我想也不會例外，只是總覺得她坐我身邊，有種罩著我的感覺，讓我不大自在。她是個自來熟，剛上車在我身旁落座時，就朝我膀子使勁一碰，說，「中文系的？往裡坐坐，讓阿姐坐鬆快點。」然後吃驚地像發現了什麼似的，叫起來，「喲，儂個膀子肉嘎緊！」邊說，還用手指隔著我的襯衫捏了捏我的三角肌，又用普通話問，「唷，你練過健美？」說著就一點不客氣地擠進我們幾個同學當間坐了下來。

我們這塊兒是兩排面對面的座位，坐滿了六個人，只有她一個女的，其餘都是我們中文系的雄性物種，雖說是同系，但同級不同班，平時上大課時碰個面，課後就散了，要不是這回畢業分配一起去黑龍江，由學校給訂的車票，現在也不會坐到一起來。我們當中有北京的，有河南的，還有我這個南京人，現在又多了一個殷浦江，只是她比我們彼此間相識似乎還更快些。

我從她手裡接過水杯，說聲謝謝。這時候，坐我對面去上廁所的河南人王瑞祥從車廂的那一頭費力地穿過站在走道中間的擁擠的旅客，過來了。他一坐下，就神祕兮兮地問大家，「你們猜，除了我們這六人，車上還有沒有別的同學也一起來了？」他的河南口音特重，總覺得是唱音階跳躍很大的曲子。

我們都搖搖頭。

「難道還有其他人也分到黑龍江嗎？沒聽說啊。」我疑疑惑惑地問。

「怎麼沒有？」王瑞祥壓低了聲音，「我告訴你們：陸文舉也來了；還有一個，你們更想不到，一班的小班長李玉瑤跟她男人范長虹，也在。」

「怎麼他們也來了？在哪呢？」我問。

「就在那節車廂。」王瑞祥頭朝那個方向一擺，嘴都幾乎碰都了我們的耳朵，「李玉瑤的手……還銬著。」

「你們說的是誰啊？」殷浦江睜圓了眼鏡後面的眼睛，奇怪地問。

「我們年級的——右派。」王瑞祥細聲說。

「怎麼還……銬著？」

王瑞祥聳聳肩，「這我說不清。周延年，你是一班的，你應該比我們清楚。」那個叫周延年的，一臉的正經嚴肅，見王瑞祥問他，看看周圍沒外人，把上身俯下來，我們幾個人的頭就都向他靠攏了。他是北京人，一口地道的北京片兒，「你們講的右派僅僅是范長虹。李玉瑤的問題更嚴重，是反革命。」他看看我們又解釋說，「其實吧，反右原本跟李玉瑤沒有關係，她鳴放的時候正跟老範熱戀著呢，加上家裡老奶奶病故請假回了趟家，根本就沒參加。犯事兒是犯在老範身上，他仗著自己是轉業軍人，去過朝鮮，打過仗，硬氣，鳴放那陣，就對黨委書記何錫林開了重炮，說他睡了外語系的女學生是道德敗壞，就為這，打成了右派。」

何錫林同時還兼任京師大學的第一副校長，跟女學生睡覺是事實，但那陣子，誰公開指責誰就是右派，就是「向黨進攻」。這一點我到現在也沒想明白：毛主席不是叫大家這麼幹的嗎？當然，想不明白就只能爛在肚子裡，政治運動嘛，沒有道理好講的。

周延年見我們都認真在聽，又繼續朝下說了，「李玉瑤一聽說老範出了事，急眼了，一下子冒了出來。她這個人認死理，憋不住心裡話，於是闖進了黨委辦公室去質問何書記，她就問，毛主席不是事先說好的『言者無罪聞者足戒』嗎？不是還號召大家『捨得一身剮敢把皇帝拉下馬』嗎？怎麼老範只是說了事實就要治他的罪呢？這還了得？質問到毛主席頭上了，反了！於是把她也定為右派。她不服，還鬧，就轟下鄉勞動。還是不服，更鬧，給抓住了一個事故，說她有一次是故意鏟斷了棉花苗，屬於『蓄意破壞公社生產』，立馬上升為『現行反革命』，當場逮捕……」

「就為這點事情？」我猶猶豫豫問。

「啥叫『這點事情』？」王瑞祥顯得很有經驗地說，「這就叫『政治鬥爭』。說你是人就是人，說你是鬼就是鬼。」

周延年說到這裡，看看我們，也猶猶豫豫地說了句公道話，「其實吧，這事兒有點玄，我這是憋到今天才敢說這話。我尋思，要叫我分辨哪是棉花苗，哪是野草，我也分不出來。你們分得出來？」

我們都面面相覷，不知說什麼好。他大概也感覺這話說的有點不妥當，連忙改口說，「當然啦，話不能這麼講，關鍵是立場，是不？」

周延年這番話讓我們都沉默了。我這才明白，對反右運動想不通的，遠遠不止我一個人，只是平時大家都戴著面具、不說罷了。其實李玉瑤的問題正是大家共同的問題，我就是想不通為什麼大人物講話可以不算話？後來有個官方說法是「引蛇出洞」，這更令我想不通，耍手腕整人厚道嗎？

過了一會兒，王瑞祥首先打破了沉默，他問周延年，「有件事吧，我到現在也沒弄懂。你還記得那次何校長召開反右動員大會，就在大食堂開的，大家都是席地而坐。我看見你，還有好多同學當時都坐在主席臺的台口，把主席臺圍得滿滿的，何校長一說話你們就鼓掌。他還當場點了幾個學生右派的名。我記得上屆有位男同學當場站起來為他們班上被點名的同學說明情況，表示校長講的與事實有出入。那時候你們就喝倒彩，噓他，硬把那位男同學給罵回去了。我當時就覺得很奇怪，你們好像動作一致得很，像排練過的，是不是預先安排好的人？」

周延年手摸著下巴，挺尷尬的一笑，「這話吧，還真不大好說。」

「有什麼不好說的？馬上都分手了，說不定這輩子都見不著了。」

周延年眯起眼睛，手在下巴上來回地搓，最後一拍巴掌，好像下定了決心，「這樣吧，說到此為止，不外傳，行不？」

我們都使勁點頭。

「當然是預先安排的。」他點點頭，「由系總支書記組織的，說為防止右派分子當場反撲，必須保衛何校長的安全，他說話的時候必須鼓掌，右派分子進攻的時候必須堅決打掉他們的氣焰。」

「哦！」我們都不約而同地驚訝萬分。

「那你可是堅定的左派呀，怎麼跟我們走，一道『闖關東』呢？」王瑞祥打趣地問。

周延年摸著自己的腦袋，有點自我解嘲地說，「我這個人吧，上不得檯面。從這件事後，我就看穿了好多事兒，心就有點冷了，後面的運動我基本上都沒參加。」

哦，是這樣！周延年的話令我大吃一驚，我原先根本不知道，反右的背後有這麼多的名堂。對外他們都喜歡說這是大家的意見，人民的意見，工農兵說話了，實際上都是由上頭「組織」，導演出來的「戲」。這不能不令我對這場運動從心底深處懷有極大的質疑，而且有一種從頭到尾都是被別人戲弄的感覺。

車輪在沉悶中單調地咯噔咯噔著，車廂裡有人在抽煙，是那種非常衝鼻子的氣味兒。我猛地咳嗽起來。有些人在說話，是一種跟北京話相近但味道怪怪的話，需要發尖舌音的，全換成了捲舌，而且表達情緒的虛詞很發達，「我那兒紙（子），在那旮噠蹲著呢，啊喲媽呀，你問他那玩意兒？可老鼻子囉！」不知說的啥，就是個誇張情緒，讓人聽著怪費勁的，既親切又陌生。有孩子哭起來，媽媽在哄著。

我想起了王瑞祥的話，站起身，排開了過道上的人，去了車廂盡頭的廁所，完了後，又接著往前面那節車廂走，我心裡記掛著陸文舉，和那位小班長李玉瑤，要分別了，我很想再見他們一面。

陸文舉曾經跟我同寢室，丹陽人，話從來不多，是個極其內向的人。他喜歡讀書，喜歡思考，很有自己的想法，這一點跟我極相像，我倆常常會因為談論同一本書爭論起來。他很倔，我也一樣，誰也說服不了誰，但從來不紅臉。除了我以外，他幾乎跟同寢室的其他人沒有什麼交流。但我知道他的心靈是細緻和敏感的。大學一年級寒假前，國家組織全國性的方言調查，選中了我去了江蘇組。他聽說我們要去他的故鄉丹陽，特地趕到車站送了我一朵月季花，說「帶給我老家吧。」那一天下著雪，雪落在花朵上凝成了冰，他望著我捏著那朵花枝登上列車，然後站在月臺上等，直到列車開動後我搖著手中的花向他致意他還沒走開。

他成為右派而且最後劃定是「極右」，這是班上任何人都想不到的，因為他沒有寫過一份大字報，鳴放會上也沒有發過一次言，整個運動他就像是置身事外，他怎麼會出事呢？

我後來才知道，麻煩是出在同寢室的另一位同學身上，他曾經偷看過陸文舉的日記，運動裡為了表現積極他揭發了。

那是一段極其難熬的日子。我清楚記得，自從《人民日報》刊出了那篇「這是為什麼？」的「重要文章」後，校園氣氛就一下子落到了冰點，往日的歡聲笑語、弦歌不絕的景象蕩然無存，頃刻間，大學就像是古羅馬的角鬥場，人人都互相防備著，一手握刀，一手提盾，檢舉別人，防衛自己。學校裡先是一個個的大會，每開一次，就要點一批人的名：先是教授，於是有的教授自殺了；以後就點學生的名字，也有個別的「自絕於人民」了……再以後呢，就是各個班級開小會。從這時起，就沒有人通知我參加了。每天上午下午晚上都有會議，開始是很小的範圍，以後人數逐漸擴大，但就是輪不到我，除我以外，也還有十幾號人撂在外面。我雖然搞不清他們在做什麼，但明顯的是，同學們的關係疏遠了，寢室裡再也沒有人說笑，連必須說的話都小心翼翼的，遣詞造句極其精煉，消極修辭學學到了極致。更有甚者，常常寢室與寢室之間，或是同寢室的人，會莫名其妙地爆發出激烈的爭吵。大凡是參加過內部會議的人都像換了個人似的，臉一個個撐長了像張長條燒餅。我隱隱地覺得一種危險正在逼近，至於它是什麼，我不清楚。

我至今仍然不知道，是誰發明了這種整人手段的？

陸文舉也跟我同類，有一天，我悄悄問他，「他們在忙什麼呢？」

他看看周圍沒人，低聲說，「我猜，他們在組織『階級隊伍』。」

「他們想幹什麼？」

「處理我們這些……」他想了想，選了一個詞「『候刑』的人。」

「瞎說！你跟我有什麼問題？」

他嘿嘿一笑，「你走著看吧。」

陸文舉到底比我多吃了兩年的鹽，他說的這個「階級隊伍」，用在我們的身上，我還真是頭一回聽說。毫不諱言地講，其實我讀的書吧，尤其是馬恩著作，只會是比他多，怎麼就沒聽說過呢？回想起來，我大一就啃完了《資本論》第一卷，儘管讀的我頭暈眼花，幾乎是靠了恩格斯的闡釋才勉強弄懂，但心裡想著的卻是，列寧十六歲能讀完的書，我絕不能在十七歲還沒讀完。至於其他的諸如普列漢諾夫、盧卡契等人的主要著作早就「掃蕩」過了。我清楚地記得馬克思有關「階級」的定義是跟人在生產資料中佔有的位置密切相關的。現在既然過渡階段已經結束，生產資料全都公有了，又哪來的「階級」呢？難道在一窮二白的大學生當中還有「階級」嗎？我想問他，但前面的運動進程已經教我學聰明了，想到禍從口出的古話，也就閉嘴了。

終於輪到我們了。這次會議一下子把班級裡始終懸置在會外的同學統統喊齊了。

會議是在平時上課的教室裡開的，一進門，就看見早就坐在裡面的嚴陣以待的「階級隊伍」，一張張閻羅王的臉，殺氣騰騰，氣氛緊張得像要爆炸。我們這些人像犯了罪似的，都統統找了後排的空座位坐下了。

會議的主持者是新面孔，問問前排的同學，悄聲回答說，是新任的黨支部書記，專門從外班調來的，為的是加強反右鬥爭的領導。我猛地記起，這人以往在籃球場上見過，人家都喊他「屎球蔡」的。

這時候他站起身來，走到前面，簡單地介紹了前階段運動的深入過程後，突然話鋒一轉說，「運動到了今天，居然還有隱藏很深的右派分子，穩坐釣魚臺。這說明了階級鬥爭形勢很嚴峻啊！」

我們聽了都一驚，不知說的是誰。

「陸文舉，你站起來！」屎球蔡聲音突然提高了八度。

同學們的眼光刷地一下齊齊聚焦在坐我身旁的陸文舉身上。我看見他渾身一震，滿臉的茫然，遲疑了一陣子才站起來，臉上並沒有什麼緊張的神情。

「你能向黨交心嗎？」屎球蔡問。

「能。」陸文舉聲音不大，但很平靜，乾脆。

「好，現在黨要求你，馬上交出你的日記來。」

我看見陸文舉的臉刹時白了，轉瞬又漲得通紅，他囁嚅著說，「這……這……是我的隱私……」

屎球蔡頓時嚴詞駁斥，「革命人一切都是黨的，不存在見不得人的隱私。你要沒有問題，就馬上交出來。」

「交出來！」

「交出來！」

「階級隊伍」一聲令下，立即投入了戰鬥。

……

事情的結果是，他同寢室的室友當場「陪著」陸文舉一道回寢室取出了日記。後來屎球蔡當眾讀了他的日記，在那樣的氣氛當中，許多平常也許是很普通的話聽起來都像是在炸耳朵。日記裡記載了他對時局、對農村統購統銷政策的許多看法，記載了他家鄉農民的艱苦生活狀況。

從那一天起，我的心也像是被漁夫捏在手心裡準備投入油鍋炸的匹諾曹，我想起我們兩人曾經說過的那麼多的話，生怕被他寫進日記裡。在一度緊張之後，我很快鎮定了下來。我細細回想運動以來自己的所作所為，覺得並沒有落下什麼大的把柄。我那個時期，特別迷戀俄羅斯文學，車爾尼雪夫斯基筆下的拉赫美托夫成了我人生的榜樣，我發誓要做他那樣的人，每天艱苦鍛鍊磨礪我的意志；我還日夜讀書充實我的大腦，暗下決心要打破杜勃羅留波夫一年讀四百種書的記錄。可以想像，一個每天要讀十小時書再做四小時體能訓練的人，每天只會沉侵在讀書的喜悅和經過超體能鍛鍊後胸肌、腹肌、弘二頭、三頭肌發燙發脹的大舒服當中，怎麼可能有多餘的心思跟時間去關注牆上貼滿的大字報？這麼一想，心反倒沉下來了：既然在劫難逃，那我就正面迎對好了。因為我深信，要成為我心目中的「超人」，必須要「自己跟自己過不去」，用我自己的話就是「勇於朝著自己的弱點進擊」，那就準備好，統統朝我來吧！讓我細細品味猛雷擊頂的箇中滋味吧！我所要做到的，就是「泰山崩於前而色不變」，否則我就不配成為拉赫美托夫式的人。哦，回想起來，我是多麼幼稚啊！在集權制度下的個人是多麼的無力。

所幸的是，在艱難等待了幾天之後，我才知道他在日記裡僅僅有一處提到了我，說我在聽說了他家鄉農民的苦難生活後，說了一句話，「這跟黑暗的舊社會有什麼兩樣？」但就這「黑暗的舊社會」六個字，就差點把我打成右派。最後呢，大概是因為讓我坦白交代時我變得聰明了點，許多發生在眼前的事實都在教訓我不能再對他們言聽計從了，不能再聽他們的話了，否則下場將會很慘。

例子是明擺著的：那麼多的「右派分子」不全是因為聽了上頭的話給領導提意見才倒了大霉嗎？一個負責任的大人對千千萬萬青年大學生說謊話，你讓人怎麼想？

一個人受騙一次已足夠了，如果多次受騙仍不醒悟，那不用說是不如豬狗，我看連螞蟻都不如。記得小時候我特別喜歡逗弄螞蟻，我很想知道在螞蟻那小小的腦袋裡到底在想些什麼？我就故意地給一隻螞蟻引向一條淺水溝，那螞蟻開始聽了我的，到了水溝前面，我又故意把水弄大了，把它淹沒了。這螞蟻連連掙扎。我不想讓它死，把水給它引開，它也終於脫離了險境，只見它弓起身體，用兩隻前臂不停地梳理著頭上的兩根觸鬚，然後逃走了。當我再次想引誘它重蹈覆轍時，我發現這只螞蟻說什麼也不願意聽我的話了。如果連只有幾十個分子組成「大腦」的螞蟻尚且不願上當受騙，何況人乎？所以我在「坦白交代」時，我堅持事實，說與我原話不符，我根本就不是那個意思。事後回想，這是我採取的最正確的步驟。事實證明，後來正是因為我堅決否認，單憑這句話又沒有旁證，定案的根據不足，於是給我一個團內警告處分，讓我過關了。在我的處分書上寫著這樣的話：「有強烈的個人英雄主義傾向，堅持個人奮鬥的人生觀，走白專道路，反右運動中有類似把新社會說成是『黑暗的舊社會』的言論。」

代表「組織」寫上這段話的就是屎球蔡一個人，當時屬於學生反右領導小組的，他們的組長也是我們同年級的同學、學生中唯一的一名校黨委的委員周季斌。我記得，屎秋蔡有一次當眾失口對周季斌講到，「這兩天我光是寫同學們的組織結論就把我的手寫酸了，腦子裡面的詞都用光了。」那時候，我雖然聽到了這句話，但卻從來沒有意識到，正是他用那寫得發酸的手和發昏的頭，決定了我們多少同學一生的命運。

至於那位小班長，四年來我從未跟她說過一句話，但我們全年級所有的同學都喜歡她，她叫李玉瑤，可我們都給她起了個綽號叫她「李巧兒」。她來自無錫。太湖的山靈水秀塑造得她嬌小美豔，人見人愛。令人意外的是，她居然就那麼頂真，出事就出在她認理不服輸的脾氣上，這不由令我對一口吳儂軟語的無錫人另眼相看，我欽佩她說真話的勇氣。為此，我一直在心裡為她叫屈。

就因為這些原因，我無論如何，一定也要見他們一面，說不上話是肯定的，但我至少要讓他們知道，我心裡有他們，同學跟同學之間絕不能像現在這樣地冷漠，冷酷，我就想表達這一點點心意。

我知道在這種情況下是不可能一個一個慢慢去辨認的，有公安在旁邊我不想引起任何麻煩，於是決定在前面車廂裡迅速走一個來回，這樣座位兩面的乘客的臉都可以見到了。

我照我的想法去做了，很快就看見了他們。

他們的六人座上就坐了五個人，空下的一個位子沒有讓人坐。李玉瑤和范長虹面對面坐在靠窗的位置，陸文舉坐在范長虹的旁邊。挨著過道這頭的座位上，面對面坐著兩個年輕幹部模樣的人，把住了座位的出口，一看就知道是便衣員警。陸文舉和范長虹手都擱在車桌上，明顯的沒有手銬。只有李玉瑤下巴擱在桌上，幾個月沒見，她那張小臉失去了往日的光澤，兩眼無神地望著窗外。她的手藏在桌下，我看不到。我知道對待「反革命」跟對待「右派」還是有點區別的，後者叫做「敵我矛盾當做人民內部矛盾來處理」，這一回算是考慮到了范長虹這個「敵我」當「內部」的矛盾，照顧他們「發配」到了一塊。

陸文舉最先看到了我，先是一怔，接著迅速地把臉扭轉到了窗外。我清楚他是心裡有些愧疚，因為如果沒有他的日記，也不會牽出我來。其實根本用不著愧疚，也談不到誰牽連誰，至少，我們誰都沒有出賣誰，這一點只有我倆心中有數。

我走過他們身邊輕輕咳了一聲，失手把過道對面的旅客桌上的一隻搪瓷缸子碰落到了地上。我連聲說「對不起，對不起」，一邊彎腰去拾起杯子，趁這個空，我飛快地朝李玉瑤的桌下瞥了一眼，看見她的雙手都被銬在桌子下面的那根桌腿上，為了遷就她的手，她就只能一直伏著腰把頭擱在桌面上了。

一想到她要用這個固定的姿勢行過兩天一夜的漫長旅程，我的心像被針狠狠紮了一下，我的鼻子忍不住發酸，趕緊低著頭急急回到我的車廂我的座位上。

窗外的景色我已無心再去觀賞了，壯美的東北大平原彷彿蒙上了灰色。風從窗子外面刮進來，吹透了我身上穿的那件顯得緊繃繃的襯衣，弄得我透心地涼，我趕緊穿上我的外套。到底是關外了，即使是夏末秋初，也顯露出了寒意。我拉下了雙層的車窗，靠在椅背上。

列車在加速，車輪有節奏地敲擊著鐵軌的接頭處，一陣緊似一陣。

「現在車好像開快了。」殷浦江沒話找話地說。

我看了看手錶的秒針，數著鐵軌的聲響，說，「現在已經加到了最高速度，大概是時速八十三公里。」

「吔？你怎麼知道的？」殷浦江一臉奇怪。

我說，「很簡單，鐵軌每根是二十五公尺長，剛才我數了一下，每分鐘鋼軌敲擊聲是五十五下，你說呢？」

殷浦江被我說的笑起來，「沒想到你還有這一手啊！」

「我哪一手啊？」

「我早就聽說中文系有個雜家叫岳翼雲的，今天總算是見識了。」

「哦，原來你坐我旁邊是早有預謀的了？」

「你說對了。」說著又對我膀子輕輕「碰」了一下，「喝，嘎硬啊！」

夜晚很快降臨。車廂裡前前後後車窗一齊拉下來後，空氣就迅速渾濁起來。附近有人在抽旱煙，濃烈的煙味嗆得我不停咳嗽。車廂裡前後不時也有人咳著，喉嚨裡發出像水煙似的呼嚕呼嚕的聲音，一陣咳嗽後噗吐出一口濃痰砸在車廂的地板上叭一聲，乾脆得很。我不得不竭力調整我的呼吸，力求吸入少點再少點。我閉上了眼睛，想睡一會兒，耳朵裡還在聽著我這幾位同學有一搭沒一搭地閒扯。

「依我說，我們這些人不是『分配』，是變相……那個了，我不說了，大家心裡都有數。」不知是誰在說。我有點困，朦朦朧朧的，沒睜眼。

「你小子，學精了，死活不吐口。放心，不會有人揭發你，人走席散了。」

「明擺著，你就看看哪些人留校？哪些人到邊疆？還看不出來嗎？」

是誰說這話呢？我眼皮很重，不想睜開，腦子發沉發木，但「眼前」照樣有畫面，深灰、深藍的天幕上會有發亮的區域，彷彿有無數星星閃爍，變幻不定。我知道這是大腦皮層上與視覺區域連接的神經細胞還在工作。有時，它會突然亮區擴大，一縷思路清晰的厲害：他們說的「變相」？「變相」什麼？不就是「變相發配」嗎？連這兩個字都不敢說了？我於是知道了，他們其實並不願意分到東北邊疆去。但這跟我是兩碼事，我是主動要求到邊疆工作的，為此我還寫了決心書。為什麼？就因為我給自己的青年時代選擇了一條狂歌嘯江海、縱馬走天涯的人生道路。

「季子正年少，匹馬黑貂裘」這句稼軒詞，一直是我的座右銘。遙想幼安當年，那是何等瀟灑，何等狂狷，何等豪邁，何等風流倜儻！二十一歲，就是我這個年齡，就能振臂一呼，應者雲集；再於次年，策馬千里，入五萬敵陣之中，擒叛徒如囊中取物，這又是何等大智，何等大勇，何等英雄，何等浩氣長存！「心期在，萬里功名，半生湖海」，這是中國古代所有英雄豪傑所期待的人生。大凡成大器之人，幾乎無一不是在年輕時馳騁天下志高行遠的。我從小就討厭庸庸碌碌，渴望著成就英雄業績，我發誓要像辛棄疾那樣去生活。

然而我的主動請纓，絕沒有如我所期待地那樣豪邁，相反卻感到蒙受了幾分羞辱，感到自己是受了騙。

原因就是在畢業分配前夕，何校長給全校的畢業生們做了動員報告，號召畢業生到邊疆去，「邊疆需要優秀的畢業生。每一個進步的、優秀的青年都應該積極踴躍報名，到邊疆去！到祖國最需要的地方去！」何校長熱情洋溢號召說。我又一次地相信了他們，把它當回事去做了。當我把這份決心書遞交給屎球蔡時，他僅僅虛情假意地笑了一下，隨嘴表揚了我幾句，就丟到了一旁，並通知我，馬上參加畢業分配的會議。等人都到齊後，我才發現，原來召集開會的全是已被決定分配去邊疆的人，會上宣佈了分配名單和去向，當場分發了去東北或是去內蒙、青海教育局報到的介紹信和離校手續，並要求我們兩天后離校，弄得許多人當場都措手不及。

接下來他又召集其他的同學連開了幾場會，他們都分配在北京各單位。最後開的才是留校學生的會議，那就完全是清一色的反右骨幹分子的會議了。直到這時候，分配的謎底才完全揭開。我們才從其他知情人的嘴裡聽到了誰誰誰為了留校早就在運動期間出賣了最要好的朋友，誰誰誰自知學習上不得檯面故意揭發他人時出手兇狠為今天留校預先埋下了伏筆……

我這才知道所謂號召優秀生奔赴邊疆完全是為我們這些「負罪之人」安排的一場戲，表不表決心毫不相干，你的命運早就由「組織」給你安排好了。一旦意識到了自己的熱情反受了騙，就像是吃進了他人的鼻屎那樣噁心，年少季子也就顏面掃地了。

我終於找到答案。我原先一直不解，反右之後，人怎麼變得如此膽小？如此隔膜？如此習慣於說假話了？現在懂了，上行下效，是他們首先破壞了人和人之間的最基本的信任，還能怪誰呢？不過同學們的這段對話倒提醒了我，人不僅不能對外人說真話，甚至對自己也不能完全說真話，比方說，日記。陸文舉就是典型的例子，誰會想到呢？簡直是飛來橫禍。由此我聯想到自己也有記日記的臭毛病，陸文舉的事讓我懂得無論天上地下這兒沒有私密的空間，日記也絕不是思想馳騁的防空洞，收繳日記的事件，誰知道哪一天不會輪到我頭上？這麼說，敏感的話還是少寫為佳，實在想寫的就採用一些符號只讓自己懂就行了。然而，本應該是誠實的社會……如今怎麼會變成這樣？誰之……「罪」？

我腦子裡儘管還在轉著，意識卻漸漸迷糊了。不知什麼時候，我感到什麼東西擱到了我右肩頭，有點沉，右半邊身子也覺到了暖暖的，軟軟的，腦子一激靈，醒了，看見殷浦江頭靠在我肩膀，身子也貼著我，睡著了。我覺得這種感覺很奇特，很新鮮，因為我長這麼大，還從來沒有一個年輕女性的身體跟我貼這麼近過，它讓我極不自然，極不自在，右側身體的全部神經細胞都被喚醒了，每一個細胞都彷彿人盯人似的盯緊了緊貼著對應部位的一舉一動。我立馬完全醒了，趕緊看看其他幾個同學。還好，他們也都閉著眼睛睡覺，沒人注意我們。我輕輕地把她朝外推推。她身子正起來，隨著火車的顛簸，她的頭左右搖晃著，隨後又緩緩地緩緩地落到我肩頭：她怎麼就不往那邊靠呢？我低下眼睛，在昏黃的燈光下我看到了一張青春潤澤的臉，五官的搭配精巧而細緻，是典型的上海人。列車大概是通過一個車站，車窗外閃忽進很亮的光，在她挺直的鼻樑上變化著，彷彿閃耀著釉色，就這一瞬間，我突然覺著下邊有了反應，不是那種劍拔弩張的氣勢，而是酥酥的感覺。我很懊惱，我知道自從我進了高中之後，身體內的一頭野獸就慢慢蘇醒了，它常常在我體內東奔西突，弄得我十分難堪，時不時地冒出來，根本不聽我的指揮。我為此總像是做了虧心事似的深深自責。到了大學以後，它完全長成了一頭巨獸，我身體練得越壯，它就越躁動不安，不過自責感沒有了，宿舍裡大齡同學直言不諱地互相交流心得體會讓我受益多多，我已經逐漸適應了它，它令我血脈僨張，讓我渾身有股使不完的力，讓我很振奮。當然了，不應該是在現在。我又把她朝外輕輕推正，竭力不驚醒她。大概是火車過道岔吧，車廂猛地一震，她的頭一彈乾脆整個貼上了我的前胸。我看她那樣享受的樣子，便放棄了努力，竭力壓制著她身體綿軟地散發出的溫柔舒適，用冷靜的分析思考來轉移自己的注意。我想，這個化學系的女生，孤身一人，離開南方溫暖的家，來到遙遠的北國，她是因為什麼呢？從她那爽朗的言行舉止看，不像是運動中犯事的人，記得剛才她聽大家談論我們系裡的反右運動情況時還插了句嘴，「中文系嘛，右派分子嘎多的呀，不像我們化學系，我們成天不跟『右派』、只跟『分子』打交道呀。」哦，我懂了：出身！上海人嘛，「資產階級大小姐」，准是。不過這個「資產階級大小姐」挺招人喜歡的，給她身子一靠，你就會產生一種想保護她的憐香惜玉的感覺？唉，男女之間的事，真是說不清楚。去他的，下面的警報解除，不想它了，睡覺！我想挪挪身子，坐得舒服一點，也讓她靠得妥帖一些，這麼長的路程，誰的身體承受能力也總有極限，都想睡的舒展一點兒。猛地想起了那節車廂裡「李巧兒」還被拷著，心又被猛地一揪，我腦中跳出列寧的一句話，「無產階級的革命專政」「……是不受任何法律約束的政權。」這句話是什麼意思啊？一想到這，再也睡不著了……

難道真的如《狂人日記》所說，「才知道以前的三十多年，全是發昏」嗎？

列車還在往北走，往北走，經過了三十幾個小時的行程，我們到達了東北邊疆的省府哈爾濱，一座舊俄時期建築風格的車站莊重地迎接了我。

# 02 「俄羅斯姑娘」

我們一行六人把隨身行李寄存後出了車站。我一直關心著的陸文舉、還有李玉瑤夫婦不知什麼時候下的車，人影都沒見著。我們商量了一下，決定先去教育局報到，最好是當天就能知道分配到了哪個具體單位，這樣晚上的住處就有著落了。

車站外的廣場上人來人往，熙熙攘攘，人們的穿著並不比北京人差，甚至我還感覺更洋氣些，這座被譽為「天鵝項下的明珠」的城市給我的第一印象不壞：放眼望去，盡是俄式的建築，好像是人到了國外，難怪它又有「東方莫斯科」的美譽，這些都令我心情愉快。

我們問好了路，找到了車站廣場附近的公車站，這裡早就如蟻群般的麇集了等車的人。終於等來了一輛公共汽車，於是人們蜂擁而上。我們六個人都在後面，要把他們統統裝進去，我是動用了很大的力氣。我在車下面幫著售票員一道，把他們一個一個，往上推，嘴裡喊著「使勁，使勁呀！」售票員更是不住嘴地下命令「往裡走走，往裡走走！裡面有空擋！」我每往裡使勁一推，就聽見車門口附近的人群發出一陣痛苦的呻吟，像是那種一捏肚皮就「哎喲哎喲」發聲的橡皮娃娃。最終我也擠上了車，隨我身後居然還擠上了兩三個人，由此我對中國人身體的耐擠壓的橡皮特性更為欽佩。車門於是掙扎著，「嘰嘰歪歪」了半天「嗤」地噴口氣關上了。

我想站得更穩一點，費力地想轉過身子，好讓臉朝向車外。

「哎喲！」身後的人輕輕叫喚了一聲，很悅耳，像是年輕女子發出的，「你輕點好嗎？你的膀子像根棍子。」她有點埋怨地低聲嘀咕。

「對不起，對不起，」我連聲道歉，終於轉過身來，朝她看了一眼，頓時心怦地一跳，我眼前像是晃過了一道彩虹，一道雲霓，周身的血液彷彿停止了流動：這是一位無與倫比的美人，實在是太美了！這種美，對於從小生長在漢族地區見慣了漢人臉型的我來說，顯得十分陌生、新鮮、亮眼，它是那樣的奇麗，那樣的靚俏，就像是一個見慣江南風光小橋流水秀麗景色的人突然置身於黃山天都峰下，天山冰川雪峰之中，令人心旌搖曳，魂飛魄動，我的眼球像被施了魔法一下子定住了。心裡驚呼，這哪裡是人啊？簡直就是天女下凡！

這真的不是一張漢族人或者用我們習慣的話說是「中國人」的臉，而是兼有斯拉夫民族和北方游牧民族特徵的「洋人」的臉。因為離的近，我能看清她臉上的細處。她那蘭褐色的大眼睛美得讓我都不敢看她；蜷曲的棕黑色的長髮編成了兩根辮子垂在身後，光滑白皙的皮膚，挺直精巧的鼻樑，就像是冰雕玉琢似的。這是張我從未見過的美人臉，真沒想到，哈爾濱這邊陲之地，居然還藏著如此嬌人！我甚至想，為了這一見，多日來付出的長途跋涉的辛勞完全值了！

她跟我中間還歪歪嘰嘰塞進了半個人，我只能看見她的上半身。淺藍色上衣的胸前別著一枚長方形的紅色校徽，上面寫著「天河師專」四個仿毛體的字。她一隻手臂被旁邊的人擠得垂在下面，另一隻臂膀彎曲著護住了挺拔的胸部。

她很年輕，大概跟我不相上下。我此時兩隻膀子也被困在前後人體的圍城之中，抽不出來，聽她這麼一埋怨，我再也不敢動彈了，只能向她投去一個極為抱歉的眼神。

車子猛地開動了，向前一衝，車上的人紛紛朝後一倒，於是眾人又大合唱似的「嘔」的一聲。就在這一剎那，我發現下面有只手擠過我的腰際，手中似乎拿著什麼東西，而另一側也伸過來了一隻手，摸索著，像是要接這件東西。幾乎是同時，那年輕女子發出一聲尖叫：「我的錢包！有小偷！」我腦子倏地一閃，倏件反射地飛快抓住了那只手，從他手中奪過了那件東西，我用左手舉起一看，是個紅色的錢包；右手卻死死抓住了那只伸過來的手腕。

女子看見了我手中的錢包，馬上喊起來，「我的錢包！你，小偷！抓住他呀！」她的眼睛因為驚慌憤怒發出可怕的光，臉都氣歪了。周圍的人們紛紛對著我用各種髒話罵起來，有幾個人動手打了我的腦袋。

我一邊用拿錢包的手護住頭，一邊大聲喊，「誰是小偷啦？你看看清楚好不好？」

「錢包在你手上，你就是小偷！」她一開口就完全成了地道的「中國人」了。我的頭上又挨了不知誰打來的重重的一記，生疼。

站我旁邊的殷浦江立馬衝出陣來，橫眉立目，普通話、上海話滾到了一起，「這位女同志，儂眼睛長到撒拉地方（什麼地方）？儂磕磕（你看看），小偷會把錢包舉起來給你看？他在給你抓小偷！儂是狗咬呂洞賓，不識好人心！」

被我抓緊的那只賊手還在拼命地掙脫，周圍的人不知信誰的話才好，亂作一團，擠得我不能動彈。我怕小偷跑了，到時候我就更說不清了。我想起了學校武術老師的那句話「打人容易管人難」，不動點真格的還真的伏不住這個傢伙，於是使出了少林功夫裡的「纏絲擒拿手」，一招卷腕動作，隔在殷浦江身後的一個人突然慘叫起來。我在人叢中再一使力，把這只手舉了起來，說，「小偷在這兒！」

我身邊的乘客們都怔住了，那女子更是睜大了吃驚的眼睛。

我對司機喊道，「師傅，師傅，不要開車門。這是團夥作案。把車直接開進派出所！」然後對著被我擒住手的小偷怒喝，「老實點，再動我把你手腕折斷，說到做到！」我又對著年輕女子喊，「真正動手偷你的就在你身旁，靠緊車門的，你盯住他！各位幫忙，不要放他跑了！」

我這麼一吆喝，車上的人都伸出手來幫忙揪住了這兩個賊。

車站派出所很近，幾分鐘就到。大概是司空見慣的案件吧，車一開到派出所門口，幾名公安員就已經等好了。

「都不許亂動，一個一個下車！」一名公安大聲命令著。

我趕緊對車窗下面的公安喊，「同志，同志，靠門的就是小偷；還有一個在我手裡。」

「你指的是哪個？」下面問。

「就是站她旁邊的。」我因兩隻手都占住了，只能用下巴示意。

「哪個她？」

「就是……就是……」我用頭、用撅起的嘴唇示意那女子，「那個……綠眼睛……那個……『洋人』的旁邊！」我終於覺得找到了準確的詞語了。

「你！」那女子氣得對我直瞪眼睛。

「就是緊靠車門的！」

車門打開了，公安一把把小偷拽到了車下，一看，「喝，又是你！蹲下！」

等我把手中抓住的小偷也交給公安的時候，他揉著疼痛的手腕，已訓練有素地蹲下了，一面對他的同夥苦喪著臉說，「老大，別怪我撞了牆，今天碰上了喪門星！」

公安把我們幾個當事人都帶進了辦公室，我把錢包交到了公安手中，公安又交到了「洋人」的手裡，讓她當場清點看有沒有損失。他們還要我們配合做筆錄，這讓我們六個人都喊起來了，「同志，事情已經弄清楚了，讓我們簽個字走人吧。我們還有急事，我們要趕時間報到，晚了教育局就關門了。」

經過我們好說歹說，公安才把我們放了。

那年輕女子這會兒顯得十分局促不安了，她低垂著眼睛，臉上流露出羞愧的神色，不好意思地說，「真對不起，錯怪你了。頭上還疼嗎？」聲音像唱歌似的好聽。

我沒好氣地揉著頭上被打腫起的包，心裡不由得有些怒氣，想起剛才說她的「洋人」三個字，覺得可能沒准還真被我罵對了，罵准了。哈爾濱這兒，洋人不就是俄國人嗎？為了試試我的判斷是否準確，我故意沒看她，低頭用俄語重重地罵了一句，「Дурачина ты，」（你這個老笨蛋）

沒想到她嘴角突然漾起了微笑，隨嘴答了一聲，「простофиля！」（老糊塗）發音非常地道。果然我猜得不錯：是個洋妞，沒准還可能是白俄的後代。我跟她有什麼話好說呢？走吧。

但是她卻站在了我的面前，擋住了我的去路。「請你停一下，同志。」她換上了一副謙和的面容，說，「我再次誠懇地向你道歉，請您原諒我。我能認識你很高興，真的，我非常感謝。您頭上的傷要不要去醫院看看，我陪您去。」她把「您」和「你」混合著搭用，流露出她內心的慌亂。

我看見她滿臉通紅的樣子，有點可憐她了，自己也覺得態度上有點過了，便帶點調侃的表情，拖長了聲調說，「русская девушка（俄羅斯姑娘）——我們忙著呢，看好您的錢包吧。」

殷浦江也不失時機地用上海話補上一句，「咯色灑滴（十三點），阿缺西（沒頭腦的），殆誤了吾嘎多辰光（耽誤了我們多少時間）。」

她愣愣地一句都沒聽懂殷浦江的話，我想她一定認為，這是種比俄文更難學的語言。「那……」她猶猶豫豫地向我伸出手來，「能跟我握下手嗎？我想再說聲『謝謝』。」

「沒必要了。」

「那就再見？」她等著我的回答。

我已經被她一再道歉弄得不好意思了，便玩笑著說，「русская девушка（俄羅斯姑娘），為了我的腦袋，我可是不想再看見你了。」說完我們一行人都出了派出所。

後面的事是，我們順利地去了教育局，報了到，也順利地拿到了人事調令：六個人當中，只有周延年一人留在省屬師範學院，我想大概還是念及運動開始時他能坐在主席臺邊上搖旗吶喊的這份功勞，其他兩人一個去了齊齊哈爾師專，另一個去了佳木斯師專，他們當晚都要連夜趕火車到自己的目的地。最後只剩下殷浦江，王瑞祥和我三人。那個管人事的女幹部對我們說，「你們三個，都分配到了『天河師專』。」

我們一聽差點笑出聲來，真是冤家路窄！繞了半天，又得跟這個「洋人」見面了，不過說不上為什麼，我反倒挺高興。

女幹部不知道我們為什麼事情笑，也陪著我們笑，她補充說，「你們今晚不用趕路了，松花江專署的所在地就設在本市。天河師專是松花江專署的最高學府，剛建不久的，校舍也是暫時借用的，離哈爾濱師範學院、黑龍江大學都很近，趕緊去吧，今晚你們就能睡上好覺了。」

於是我們六人就在教育局的門口一一握手，男人們都相互擁抱告別，各自奔上了前程。

我想起了車上遇見的那位美人，不知什麼原因，她那張臉模子，我怎麼甩也甩不掉。也許她的美超出了一般性的美，她美得太有特色了，以致我在心裡就叫她「俄羅斯姑娘」了，看來，真的是「有緣萬里來相會」，我們又要見面了。

# 03 天河師專

我們三人趕到天河師專的時候，天都已近黃昏了。學校位於一條大街旁。當街的兩棟四層樓的樓房外表就像是兩塊橫立著擺放的大磚頭，毫無美感。右側的那棟樓房的正門外，掛著一塊嶄新的白底黑字校牌，上寫著「天河高等師範專科學校」，算是學校的全稱了。

門是彈簧的，開著，門下面楔進了一塊三角形的木塊，防止它反彈。一進大樓，就覺得樓內光線特別昏暗，令人感到一種莫名的壓抑。進門旁邊就是傳達室，裡面有位頭髮花白的師傅，看過我們的調令，態度很客氣，說，「歡迎三位老師。進門左拐右手第一個門，有人招呼。」

房間裡有兩位女老師。靠門口的自稱是人事處的，自我介紹叫吳桂蘭。她見到我們時好像早已認識似的，說聲「你們來啦？」算是打了招呼，然後讓我們把調令、京師大學出具的證明，還有戶口、糧油關係交她收下登記後，通知我們說，「按照國家的規定，剛剛畢業的本科生，第一年是試用期，你們的工資每月四十六元。」

喲，還有試用期啦？多長？我是頭一回聽說。

「試用期一年。」吳老師像在回答我心裡的問題，「明年轉正，五十六元。」她又看看我們，「你們剛畢業，身上沒帶多少錢吧？按規定，可以預支你們半個月的工資。」說完，讓我們轉到裡面桌上。

坐裡面的這位老師大概年紀三十上下，皮膚較黑，上身是普通的白襯衫，下身黑色長褲，都洗的有點褪色了，鄒巴巴的，外表像個農村婦女。她姓孟，名字沒記住，總務處的。她遞給我們一人一個信封，說，「這是預支的工資，二十三元，簽個名，點點吧。」

我對錢沒什麼概念，因為京師大學學生生活費用由國家全包，平時沒有用錢的地方。我只知道每月由我姐姐給我寄來的五元錢供零花，這個數字就已經夠大的了。我記得在我老家南京城裡，一個月的伙食費七元人民幣就已足夠，再添五元就可以吃上「小灶」，每頓三菜一湯，兩葷一素，這可是領導幹部才能吃到的伙食了。所以五元錢零花我根本就用不完。我除了偶爾在校門口外小攤兒上花五分錢炸一個荷包蛋打打「牙祭」外，其餘的我都用來買書了，還買了一件自己喜愛的健身用品，所以當裝錢的信封落我手中的時候我分外感到一種沉甸甸的人生分量，我知道自己長大了，從此獨立生活了。

孟老師又打開了抽屜，裡面排列著幾個紙盒子，分別放著大小面值不等的鈔票，還有一堆爛糟糟的糧票。她向我們介紹說，「你們的糧食定量原先是大學生的標準，每月是三十六斤，現在成了國家公務員，定量是二十八斤。這是你們這個月的糧票。你們平時吃飯是在學校食堂，飯票、菜票在這裡就手買了吧。食堂呢，」她手朝窗外指指，「就在那，穿過像這一模一樣的兩棟樓，再過那空場子，就瞅見兩間大房子，那就是學校食堂了，記住了：右邊是教工食堂；左邊是學生食堂，別走錯了。」

我問，「你是指那邊的一間很小的房子嗎？」

「嗨，你看到哪兒去啦？」孟老師重新給我指了指，「不是那間最小的，是旁邊的那間大的。別走錯了地方。」

「那最小的房間是做什麼的？」我還在問。

「你問那麼多幹什麼？」孟老師不耐煩了，對我們說，「趕緊的，你們吃晚飯趕趟兒。」她又看看我們兩手空空，沒帶什麼物件，說，「我估摸著你們的行李衣物還寄存在火車站，是吧？我帶你們先認認宿舍，收拾收拾，今晚你們就湊合事兒，學校有幾床被子你們先借用著，等明早你們楸回行李來再還，沒事兒。」

「你說什麼？」我沒聽懂，「『楸』？『楸』誰啊？」

「就是『取』，」管人事的吳老師先笑起來，「這是東北話。」

這位孟老師介紹得挺仔細，只是當我一聽她說到「二十八斤」這個數字，腦子就發懵了：糧票我當然知道，但大學四年，我沒用過，京師大學吃飯從來不用糧票，都是可著肚子吃。要沒這個條件，我大學四年哪能身體像發酵似地蹭蹭往上竄，往橫裡長？這一身膘子肉哪能練出來呢？「二十八斤」，我腦瓜一轉，一天只能吃九兩，九兩是多少呢？相當於大學食堂裡的幾個大饅頭呢？不知道。

我們買好了飯菜票，她就帶我們去寢室了。原來這所學校一共只有前後四座樓，一式的「磚頭塊」，一看就知道原先是哪個機關做辦公樓用的，現在權當做學校了。其中兩棟做教室辦公室，另兩棟做宿舍。臨街的住女生，靠後面空場地的那棟樓住男的。過了空場子，有幾間平房，那就是食堂。

我們相約好了在食堂見面，殷浦江就跟著孟老師走了。我跟王瑞祥領到宿舍的鑰匙，徑直來到了食堂，見裡面還坐著幾個人在吃飯，見我們來了，知道是新來的同事，都走近前打招呼。其中一人外表挺斯文的，戴副眼鏡，眼皮跟腮幫有點虛松，帶點南腔北調的口音問，「你們是從哪分來的？」

「京師大學。」王瑞祥答了。

「哦，名校啊！幸會幸會。」他臉上立刻現出熱情，故意用上海話說，「阿拉上海人。」說完又換成了原來的口音，「鄙人賈——若——熙，復旦大學。教現代文學。認識二位真的太高興了。」他已經吃完飯，端著兩隻空洋瓷飯碗領我們到賣飯菜的視窗，朝裡喊，「王師傅，來了新人了。先借他們幾隻碗今晚對付一下。」

視窗裡面的王師傅是個胖子，不單身體胖，臉更胖，臉上的肉都擠成了疙瘩，一嘟嚕一嘟嚕，油光光的，彷彿裡面的油都能淌下來。他看都不看我一眼，就手拿過兩隻粗陶缽子，塞我手上，用握在手裡的一隻長勺子敲敲一口大木桶的邊沿，「幾兩？」

我看桶裡黃黃的像黃泥巴水，好像是小米粥，稀湯湯的，見不到小米粒。我想這缽子不大，就算是師傅掏底舀，也盛不了多少小米，便說「一兩吧。」

那位師傅「嘩」一勺子倒我缽子裡，裡面的粥液衝到底部又反彈上來，差點要溢出缽子邊緣，我趕緊順著水的慣性讓手腕做了個緩衝動作，把那一點想叛逃出去的粥水挽留在了缽子裡。

他又指指旁邊大盆裡的黃餅子，「要幾個？」

「什麼面的？」我問。

「棒子麵兒。」

「幾兩一個？」

「二兩。」

我嚇一跳，二兩才這丁點兒大？我要吃幾隻黃餅子才能飽啊？這可是我原定的計畫一頓三兩的量啊！我不由得在心裡盤算起來。

「買幾兩？快點。」大師傅不耐煩了。

「我買，我買。」我忙著付糧票，「二兩吧。」

「啪」扔出來一個餅子。

我又到另一個視窗，遞進了錢票和我的另一隻缽子。很快，缽子裡盛了一小勺子醬還有兩根又粗又長的大蔥送了出來。

我手中拿著這兩根大蔥，就像是握著雙節棍，端著晃蕩的小米粥，生怕它潑出來，上面還架著一塊黃餅子，小心翼翼地走近桌旁坐下。

王瑞祥也跟我一樣，慢吞吞地走過來，嘴裡低聲嘀咕著，「真他娘的，老子原以為東北比咱家鄉好，沒成想到這來遭罪了。」王瑞祥拿起雙節棍，比比畫畫說，「第一頓就吃這個：大蔥蘸醬，在咱老家，窮人才吃。」說完直搖頭。

賈若熙見我們坐定了，招呼說，「你們慢用，我先行一步。」一轉身，剛好又碰上方才進門的殷浦江，他臉上立刻又堆滿了笑容，「歡迎，又來一位。新來的吧？請問是從哪分來的？」

殷浦江微笑著答，「京師大學的。」

「哦，你們幾位是一起的。阿拉上海人。復旦的。教現代文學。」他又講起了上海話。

我趕緊起身介紹，「賈老師，正好，你碰到老鄉了。殷老師就是上海人。老殷，」我對殷浦江說，「沒想到吧，你在這裡碰上老鄉了，你們這是『老鄉遇老鄉』，下面該『兩眼淚汪汪』了。」我說著也走到他倆的跟前。

賈老師一聽我介紹，冷不丁愣了一下，笑容也不大自然起來，上海話也不講了，改口說，「好啊，好啊，不過我現在早已是入鄉隨俗了，普通話，早就用習慣了，畢竟這裡是東北，上海話沒幾個人能夠聽懂呀，是不是呀？嘿嘿。」

殷浦江一下子沒反應過來，還是用上海話問候著，「儂上海住拉阿裡搭？（住什麼地方）」

「虹口。嘿嘿，早年住的。」賈若曦支吾著。

「儂剛（講）儂是複呆（復旦）的，嘎老巧，吾古古（哥哥）也是復旦中文系。儂該寧德的（你應該認得的）。」

「啊？那實在是太巧了……」賈若曦笑得很不自然。

「他叫殷滬江。」

「啊——啊——滬江啊——原來是你兄弟呀？太巧了！哈哈哈，沒想到在這兒認識他的妹妹。好好，你們先慢用，慢用。」說完他就急匆匆走了。

我幫著殷浦江打了飯。當她拿起「雙節棍」時，我看她的臉上頓時表情大變，她大概作夢也沒想到，第一次東北大餐會吃這個！她眼神裡充滿了吃驚、愕然和無助。她用拇指、食指捏著大蔥，無名指和小指都蘭花指似的彎勾著，彷彿手裡拿著的不是能往嘴裡送的大蔥，而是一把不能扔又不願拿的馬桶刷。

「這……這是吃的嗎？」她眼鏡後面的眼睛睜得老大，豎起「馬桶刷」問，「怎，怎麼吃法？」

看她那不知所措的樣子不由得引我哈哈大笑，「怎麼吃？不就朝嘴裡送嗎？來，我吃給你看。」

其實我平生也沒吃過生蔥生蒜，但我此刻肚子裡的確餓了，我想起生大蔥無非一股衝人耳鼻的嗆味，這還能比趙一曼受刑還難受嗎？就當是考驗考驗自己的意志了，再說早就聽說吃生蔥生蒜對健康有益，那就好吧，「朝著自己的弱點進擊！」於是我想都不想，一口咬下了白白的根部一大截。強烈的辛辣味沿著鼻腔黏膜直衝到我的腦門，刺激得眼淚都差點流出來。我命令自己，「用語言努力分析並加以描述痛苦的細節，痛苦反而會減輕」，我於是一邊細細咀嚼，一邊努力地體味著舌蕾如何從辛辣慢慢轉變成甘甜的過程，那衝鼻子的氣味居然最後還留下一點香的回味。第一口下肚之後，我底氣足了，衝著殷浦江開心一笑，「哈，太可口了！讓你神清氣爽！」

殷浦江的眼睛從我一口吃進大蔥的那一刻起，就目不轉睛地盯住我的嘴部運動，腮幫上的肌肉也跟著抖動著，彷彿是她跟我一道在吃，眼痛苦地眨著。見我吞下了第一口，這才如釋重負般的吐一口氣。

「好乞發啦？（好吃嗎？）」

「嗯，味道很不錯。」我誇張地點著頭。

王瑞祥看我吃了，也蘸著醬跟著吃起來，他動作很熟練，說，「我倒不怕吃這個。我小時候吃的多著呢。農忙的時候，我幫爹爹幹活，要嘛煎餅卷大蔥，要嘛大蔥蘸醬配窩頭。這玩意頂飽。我就是覺著這食堂太不像話。這是大學。我們是大學老師。就給我們吃這個？你再看這粥，稀不拉幾，都能當鏡子照了。」

他這一說，我也低下頭用筷子在缽子底部攪動了一下，看見從下面泛上來的小米粒兒稀稀拉拉，跟著筷子跑，像似游離在原子外面的自由電子。不過我已經顧不得這許多了，一千多公里的旅程，加上這一整天的奔波，飯都沒有好好吃過一頓，我已經餓不擇食了。我三口兩口就著大蔥吃完了苞米餅子，喝完了叫做「粥」的懸浮物的混合液體，覺得肚子還是很空。直到這個時候，殷浦江還在一小塊一小塊地撚著餅子，一小口一小口的啜著「小米粥」，有時伸出舌尖舔舔大蔥的根部，臉上現出犯難的神色，還不時地咋嘔心。

她看我吃完了，把剩下的餅子又撚下一半塞到我手中，「幫幫我，你肚子大。我吃不下這麼多。」說完乾脆連大蔥也交給了我。

俗話說「餓者易為食，渴者易為飲」這話不假，我已經一點不感覺難以下嚥了，當然是來者不拒，統統一掃而空。

殷浦江看看周旁沒人，小聲說，「這裡的人好奇怪，就說那個姓賈的老師，讓人覺得怪怪的，搞得人渾身不自在。」

我問她，「我記得在火車上你說你是家裡的獨苗，怎麼在跟賈老師說話時，冒出來了一個復旦的哥哥？」

殷浦江狡黠地一笑，「騙他的。」她不無得意地說，「他那口上海話只能騙騙你們。你瞧，詐他一下就嚇跑了。」

我們都嘿嘿笑了起來。

她又嘻嘻一笑問，「你們猜，誰跟我住一個寢室？」

「誰啊？」我們都張著嘴。

「就是在公共汽車上碰上的『俄羅斯姑娘』。」

「啊？怎麼這麼巧？」我問。

「這有什麼巧？」王瑞祥不以為然地說，「巴掌大的學校，就這幾個破人，女老師更少，能不撞上臉嗎？那你見到她啦？」

「沒有。吳老師說，她是個混血兒，叫張樺茹，聽說父親是老革命，當官，家境很不錯。她就住本地，在學校裡留張床位，平時回家住。啊哈，我現在可好了，住的寬敞，歡迎你們常來串門子。」說著還親昵地輕輕碰碰我的膀子。

停了一會，她看看周圍，又把頭伸到我們面前，壓低了聲音十分神祕地說，「我剛剛去宿舍時跟吳老師聊天還知道一個消息。」

「啥？」老王也伸長了脖子。

「她跟孟老師還有這裡的大師傅都是學校趙書記的親戚。」

「啥？」王瑞祥一臉的吃驚，「這學校是一家人開的？」

這時候旁邊走來了其他吃飯的人，我們都立刻住嘴了。

「還是少議論領導吧。」我提醒著說，「反右的教訓還沒記住？」

殷浦江拋給我一個會心的眼神，「你說得對。背後議論領導就有『反黨』嫌疑。」

我們都不做聲了。洗完缽子交還後，各自回到了宿舍。我跟王瑞祥住一間，室內就是兩張床兩對桌椅，可說是空空蕩蕩。

我站在窗前向外望去，但見清澈的夜空中一輪明月已高掛中天，月色照亮了樓下的空場地，照亮了場地盡頭的大食堂，也照亮了食堂後面更遠點的一片黑黝黝的小樹林，我不知道那是什麼地方，只覺得平添了一份神祕。我不由得想起了遠在江南的家鄉，想起了年邁的爸爸媽媽，他們今天可好？此時此刻，他們知道最小的兒子已經站在了東北疆的天空之下了嗎？一想到這，一份惆悵不由得升起在心頭。

王瑞祥也看著窗外，他突然指著空場上走動的兩三個人影，他們都朝著食堂走去，說，「這麼晚了，怎麼還有人吃飯？」

我朝他看看，「你怎麼知道是去吃飯？」

「你看他們走到哪兒就知道了。」

果然，他們是向食堂，只不過他們是進了我指錯地方的那件小房間。不一會，食堂的煙囪裡果然冒出了濃煙，火星子隨煙四處飄散著。

「我明白了，」王瑞祥一拍腦袋，「這幾位是領導。食堂給他們另做。」

「你怎麼知道？」我問。

「不信你就日後看。」王瑞祥十分有把握，「在我們老家，不論隊裡、公社裡、鄉里、縣裡，領導吃飯都這樣。他們吃的都是在我們頭上攤的。」

他這一說把我全提醒了，難怪飯量這麼少，這麼難吃。還是那句話，他比我多吃兩年鹹鹽就是不一樣。我不由得心頭有點忿忿。

剛來咋到第一眼印象就不怎麼樣。我已經隱隱約約地感到我所踏入社會的第一步很不美妙，這個單位很不理想，迎接我的絕不是光明的前景更可能是佈滿荊棘的行程。

難道這就是我所嚮往的社會、嚮往的人生嗎？難道這就是我建功立業的處女地嗎？我躺在床上，蓋著借來的被褥，被頭黃黃的，已經洗不出來了，上面混合著一股劣質煙加上大蔥大蒜和腦油的惡臭，濃厚而令人發膩，熏得我睡不著覺。

那邊的王瑞祥也總在不停地翻動，不時地抓撓著身子，弄得我也癢了起來，總覺得這兒那兒到處都在癢，這不是那種大面積的——大面積的反而好辦，用手指在皮膚上劃拉劃拉就解決了，而是像針尖一樣，癢進了骨髓。

「不好，」王瑞祥猛地坐起，「這被褥埋汰，不乾淨。」

「是不是有臭蟲？」

「這兒哪來的臭蟲？那是你們南方的特產。這可比臭蟲更壞。」

「你說是什麼？」

「蝨子。」

我打了個寒噤，也嚇得坐了起來。我從未見過這玩意，只曉得能傳染很多疾病的，甚至是致命的疾病。

「怎麼辦？」

「脫！」王瑞祥大叫一聲，立刻脫得精溜光。

「脫光了不是沒衣服保護了嗎？」我不懂。

「穿著衣服它就藏到了你的衣縫裡，根本找不著它；衣服一穿上身，它就讓你忙不消停。」

哦，這裡面還有這些門道！我這才懂得小時候家裡雇了個北方大嫂做幫傭，來照看我出生不久的小外甥，她晚上總脫得光光的，弄得我們夜裡小便都怕跟她碰面。那時連我母親都搞不懂，說一個年紀輕輕的女子怎麼可以這樣，撞見人不羞死？現在有了親身經歷我才恍然大悟，難怪！生活真是一部令人哭笑不得的教科書呀！

我躺在床上，平生第一次有意識地體驗著地球上所有人赤條條初出娘胎的感覺，真是出奇地爽！出奇地眾生大平等的歡悅！儘管有星星點點的騷擾，一想起自己反正已是一無所有的無產階級，老子就這一堆了，你能拿我咋樣？難怪毛主席說無產階級、貧雇農革命性最強，他沒的可輸，到手的盡是賺的。真正是至理名言！一想到這，心反倒平靜了許多，現在再有叮咬，我都懶得去撓癢了，乾脆繃緊了肌肉轉過身子像萬噸坦克似的朝它壓過去，我碾不死它也要讓它呼吸不到空氣，把它活活憋死！回想這幾天離開了北京的經歷，真像是從天上一下子哧溜到了谷底：從京城，下到省裡，再下到專區，而另外兩位同學今夜還得趕火車，跑到更偏遠的地方，去縣城中學，沒准還要下到農村中學去，至於我心目中的朋友陸文舉、李玉瑤夫婦，他們還不知要墮入哪一層地獄……而那些在反右當中把同學往死裡整的人，平時上課就睡覺，課堂討論發言時牛頭不對馬尾，如今都成了全國重點大學的老師。「群分左中右，人分三六九」，這是我通過反右在心裡總結出的一句話，這回再次得到了印證——這就是我第一天踏進社會親身經歷的嚴峻現實。一想到這，你說心情能完全平靜？

我翻個身，決心不朝著不愉快的方向去想。我想今天最愉快的還是頭一回拿到了工資，二十三快，半個月，不能算少了。我知道許多工人幹許多年每月也才拿這麼多。一想起這個數字，心裡就響起「社會主義好，社會主義好，社會主義國家人民地位高」的歌聲。現在我得好好計畫一下了：首先是寄十元回家，等下半月再寄十元，我得報答父母親的養育之恩。一想到這裡我的心就充滿了甜蜜。我甚至能想像出媽媽接到我的匯款單時那嘴角牽動的笑容，還有老父親那喟歎的聲音，「做夢也沒有想到，我居然能用上最小的兒子掙來的錢，該因，該因！」說起我的父母親，其實嚴格地說只能叫「養父母」，真實的身分是我的伯父伯母。我很小的時候，親生母親就去世了，我的生父隻身到了香港，從此音信全無。我就是完全由伯父伯母帶大的，他們對我跟親生父母絲毫不差，所以我也習慣地喊他們「爸爸媽媽」，我對他們的孝敬完全是應當的。其次是計畫一下生活費。眼下最要命的是吃不飽，怎麼辦？記得畢業前，母親給我寄來五十斤全國糧票，我死活不要，我回信說大學裡吃飯管夠。母親告訴我這是為你畢業之後準備的，家裡的糧食定量反正吃不完，一來是他們都老了，吃不許多，二來江南是全國魚米之鄉，再怎麼困難，副食品總能弄到，要說現在是自然災害如何嚴重，那估計也是說的其他省份，江蘇這幾年始終是風調雨順的。所以說啊，還是爹娘最親，養父母最親，他們為我想到了前頭。如今應該動用這糧票了，當然絕不能用它換學校的食堂票，乾脆到外面去吃。一想到吃，我的腦海裡立刻浮現出京師大學的學生食堂，那白麵饅頭，那個大啊，滿手掌才拿一個，我一頓要吃四五個，還有那諾大的紅薯，滿筐裝著……咦，想著想著，問題來了，既然全國都是糧食定量供應，為什麼京師大學糧食那麼充足？這問題我過去從來沒想過，現在畢業了，反而思考起來，正說明我生性愚笨遲鈍。不過好在這不是什麼世界難題，想起殷浦江剛才吃飯的樣子就能懂，原因嗎，就因為師範院校裡像殷浦江這樣的女生太多，人數過半，她們平時像吃鳥食似的，省下的都被我這樣的饕餮大漢吃掉了。壞了，一想到吃，肚子又咕咕叫了，不行，還得朝別的愉快的方向去想，往哪兒呢？對，那個叫、叫——就是那個「俄羅斯姑娘」。這洋妞的一張臉長得還真是……她的一顰一笑都讓人心裡舒貼，就是瞪著眼睛罵我的樣子，我也愛看……

就這樣，我讓她的眼睛一直看著我，帶我沉入了虛空……

第二天一早，我們得到通知，到辦公室跟科主任見面。這個科主任，就類似於系主任，因為我們是專科學校，不能叫中文系，只能叫中文科，領導嘛，當然就是科主任了。

我們的科主任是個五十來歲的瘦小老頭，一口的老東北話，人很精神，動作麻利的很，走起路來一陣風，活像一個精幹的老農民。

他先是通知我們大家呆在自己辦公室內，等待參加全校的「慶祝天河高等師範專科學校成立暨新生開學典禮」，由於今天專署嚴書記跟教育局長都要親臨會場，因此全體教師一個都不能缺席。佈置完了就分別召王瑞祥和我到他辦公室去談話。

他跟我談話時，先是介紹他自己叫徐建新，教文藝理論的，是中文科的黨支部書記兼科主任，今後就要在一起供事了。接著就告訴我，他從我檔案中瞭解到，我的俄語很好，能閱讀原文小說，俄羅斯文學和西方文學的成績都特別優秀。他說，這門課不好教，在地區裡物色了很久也找不到這樣的老師，「你說，咱們這地兒，誰聽說過什麼普希銅普希鐵呢？所以啊，學校於是決定由你來承擔。」他又介紹了學校的相關情況。他說這所學校已經籌辦了一年，開頭是在幾個縣的師範學校用「戴帽子」的辦法，辦了大專班，分幾處地方設了五個專業，直到今年好容易借到了這塊寶地，專署領導於是決定把分散各地的五個專業師生集中一處，正式建校，所以今天可以說是一次大會師。開學之後，第二學年的俄羅斯蘇維埃文學課就立等著上馬，這對我無疑是很艱巨的任務，因為我剛從大學畢業，完全沒有業務準備的時間，他希望我能勇挑重擔。最後還語重心長地一再叮囑我務必要「吸取」「反右的教訓」「加強思想改造」，「夾起尾巴做人」，決不能走「白專道路」等等，大概為了強化「組織上」對我的愛護，又特地關照我說今後一定要「靠攏組織」，不論什麼事都應該「向組織彙報」，如果他沒有空，也可以找管我的團支部書記一個叫葉旭日的青年老師談也可以，說著他把葉旭日叫來跟我算是認識了。

他的談話總的說我還是很滿意的，因為讓我承擔的課程太對我的口味了，至於任務艱巨，這對我從來不是個問題。唯一的是他對我的叮囑令我不太舒服——如果是直率的批評，我肯定是歡迎之至，但他的態度，他的語氣，他的用詞，總覺得是在話外有話地敲打我——好在這只是一閃念，過後我就忘掉了。

我當然講了些感謝組織信任之類的話，表示一定不辜負組織的期望，開出具有優質的課程，同時我也說到我跟王瑞祥、殷浦江的行李還在車站，趁著開會前想請假一小時去把它們取回來，否則晚上我就沒辦法睡覺了。

他說，今天的會議很重要，因為這是松江地區第一所高等學校的成立大會，可以說地委領導極其重視，儘管他們現在人還沒到，可是萬一你們回來遲了，地委書記已經到了，對首長就很不尊重，影響惡劣，他強調說，「這是體現對黨組織的態度的」，其實行李不用你們親自去楸，專署今天特意借給我們一輛卡車，專門去車站運學校的設備器材，有師傅和學生跟車。你們把行李票都交給他們，讓他們代替你們去行李提取處代取就可以了。這個建議當然正中我下懷，我還正愁我那隨車托運的兩隻又沉又重的書箱子沒有辦法運過來呢。

我們正說著，吳老師敲門進來通知說，魏校長招呼老師們攜帶著椅子去操場，學生們已經到齊了。

會場就設在空場子上，學生們大概有三、四百人，都把教室裡的凳子搬了來按照各自的專業劃分了區域坐下了。其中人數最多的就數中文科和體育科，我想大概是這兩方面的教學人才特別缺乏的緣故吧。

會場是臨時搭建的，一邊豎一根杆子，上面掛上橫幅，寫上了會議主旨的那幾個字，還掛了幾個燈籠，柱子上掛了兩串鞭炮，烘托出喜慶的氣氛。主席臺上，一字排開的長桌上鋪著白色的臺布，已經有一兩位學校的領導落座了，其他的位子都還空著，我想那裡是為學校的主要領導人更重要的是為地委第一書記跟教育局長預備的。

老師們的座位都安排在會場的前兩排，我們都按劃定的區域安放好了椅子。

在我們進場的時候，學生們大概是初次相聚一起，都很興奮，許多人並沒有老老實實地坐在位子裡，而是站到了旁邊空地上，有的唱歌，有的乾脆跳起了舞，令我感到好生奇怪，怎麼這兒的學生跟關內的就很不一樣呢，怎麼如此熱情奔放呢？我再仔細觀察，明白了：原來松花江地區學生中好多都是少數族裔。最引人矚目的還是那群朝鮮同學，他們圍成了一個大圓圈，中心是兩個女同學，一個扮老漢，撇起上嘴唇，跟鼻子一道夾著一簇棉花，代表了白鬍子，樣子好笑得很，他好像在釣魚，另一個扮作他的老伴，好像是問他索要那條魚，老漢就故意作弄她，引得老伴十分生氣，而圍著他倆的人們就伴唱伴舞，十分熱鬧。這個舞有情節有人物，想必是鮮族很流傳的舞蹈。

這些學生見我們進場時，都停下來了，一起站著鼓掌。等我們統統坐下後，葉旭日老師已經站到了臺上，看起來他還兼顧著學校的學生政治工作。他對著台下的同學們說，「請同學們就坐。大家來自五湖四海，今天首聚一堂，都很高興，載歌載舞，十分熱烈，為了活躍會場的氣氛，也為了等候專署首長的到來，我們歡迎同學們上前來做即興表演。」

這麼一號召，學生們果真還十分踴躍，於是互相拉歌，互相挑戰，形成了歡樂的高潮。被拉的同學也都大大方方，毫不推辭，紛紛上前，有的跳起了朝鮮舞，有的唱起了蒙古族的民歌，真像是一場多姿多彩多族群獻藝的演唱會。這一刻，我突然感到我對這所學校的初步印象已發生了改變，我覺得縱使是這所學校的個別領導不讓人喜歡，但這些同學們是多可愛啊。你看，在大庭廣眾之中，這樣旁若無人地引吭高歌縱情歡舞，多率真，多奔放，哪像關內的學生扭扭揑揑，相比起來，眼前的學生們真的是活潑生動多了！為了他們，我情願為他們吃苦，付出代價。

我坐在老師座位的第二排，一面欣賞著他們的演藝，一面在老師的座位中搜索著昨天在車上碰到的那個「俄羅斯姑娘」——我承認，打從她嘴裡吐出標準的「中國話」後，我心裡對她的稱呼就改了，果然，我看見她了，她就坐在我這一排離我較遠的那一端。她上身穿著一件淺藕色的繡領襯衫，下身是一條淡紫色質地輕柔的百褶長裙，態度矜持而端莊，很少跟坐在身旁的人交頭接耳，逕自看著台前學生的即興式表演，臉上露出微微的笑容。

這時候，學生中有人傳上了一張紙條，臺上的葉旭日老師展開了大聲讀出來：「歡迎教育科張樺茹老師為我們表演一個節目。」不用問，一準是教育科的學生提出的，我這才曉得「俄羅斯姑娘」是教育科的，她的名字叫——張樺茹。我不知道為什麼立刻就把她的名字記下來了。

學生的提議立刻得到會場上一片掌聲、叫好聲，不過我想，除了她本系科的學生外，絕大多數同學並不認識她，因為大家都四處張望著尋人。

我見坐在那裡的張樺茹捂著嘴一笑，慢慢站起身。

「哇！」一聲驚呼後，同學們都被她的美貌驚呆了：男生們全都目光如釘，女生們也都流露出難以掩飾的羨慕嫉妒，接下來就是一陣交頭接耳嘰嘰喳喳。

張樺茹走到一名女生身旁，向她借過了一條圍在脖子上的絲巾，來到台前，嫣然一笑說，「好吧，我給大家跳一個滿族的『寸子舞』。獻醜了。」

在一片掌聲中，她態度從容地走到台邊，一手輕拎著紗巾的一角，緩緩邁起了「寸子步」。從她抬手又柔如柳絲地輕輕放下這一個動作中，我立刻看出她絕非業餘的水準，而是有著極深厚的根基，因為我知道這「寸子舞」是滿族宮廷的舞蹈，表演者腳上都要穿著高三到四寸的「馬蹄鞋」，對人體的平衡要求很高。儘管張樺茹現在穿著的是半高底的皮鞋，但她的表演卻完全是按照穿「馬蹄鞋」的要求去做的：身體以胯部為軸，亭亭玉立，端莊如樺，接下去就是舉手扛手，摸鬢托肋，舉額齊眉，轉身如蟒……真是毫不走樣，絲絲入扣。儘管滿族舞蹈我過去未曾見過，但從書本裡我讀過相關的介紹，眼前一看，就很快看懂了門道。但我不禁在心底升起了很大的疑問，為什麼一個懂得俄語帶有俄羅斯相貌特徵的女子同時又能嫻熟地跳滿族宮廷的舞蹈？在她身世裡到底隱藏了多少祕密？這個女子很不一般啊！

她的舞蹈一下子把大家都征服了，人們輕輕地合著節拍擊掌，頭左右搖晃著。而此刻的張樺茹，她已全身心地化入了舞蹈之中。她那淡紫色的飄逸的長裙，如霞如雲，襯托出她那修長的雙腿更加輕盈而妙曼；她那深邃的大眼睛裡，我看到的是夢幻般的色彩，那是森林和綠色的草原，那是深沉澄淨的秋水和晴澈碧藍的天空，那是她的靈魂在飛舞，它們完全擁抱在一起了。在忘情的旋轉中，她以一個衝身、歪頭、出胯俗稱「三道彎」的動作擺了極其優美的S狀人體造型結束。

直到她舞畢，回到她的座位上，人們才彷彿如夢初醒，爆發出一陣熱烈的掌聲。

我承認，我喜歡看她，她的容貌，她的笑容，她的身姿，甚至她的一舉一動，我都愛看。在這一刻我甚至覺得，有她在這所學校，我就一點不會為學校的「低級別」感到委屈不快，有她在這兒，這所學校走到哪兒都是挺光鮮的。就在我繼續沉醉在她的迷人的舞姿中時，忽然，同學們拉歌的呼聲直衝著我們中文科來了。

「中文科的老師，來一個，好不好啊？」

一個吼，大家應，「好啊，好啊！」

坐在我們這一排的中文老師們沒有一個起來應答，場面挺尷尬。

「快快快！快快快！」大家在催促了，掌聲叫聲攪成一片。

徐建新主任趕緊走來徵求身邊幾個老師的意見，我看他們年紀都半老不小的了，一個個面有難色，你推我，我推你，徐主任的眼睛這就轉到了王瑞祥的身上。王瑞祥還不等主任張口，就用手指指向了我：

「找岳翼雲，找他沒錯。我告訴你徐主任，他做過我們學校裡的文藝社社長，多才多藝。」

好傢伙，才來第二天，就把我出賣了。

徐主任的眼睛於是盯上了我，「小岳，岳老師，你看……」

我已經站起來了，我決定了，不推辭。這並不是因為我想逞能出風頭，自打反右運動開始，我就整個換了個人似的，對任何出頭露面、整人表功的事毫無興趣，我把自己完完全全地埋進了讀書和鍛鍊之中，因為我在這裡找到了最大的樂趣和生命的價值。我不推辭僅僅是因為，我不願意讓人們認為從關內來的人上不得檯面，更何況我是來自北京，來自京師大學。也許還有一點潛意識，就是想在張樺茹面前比試一下。

大概因為我是新面孔，也可能因為我的身體長得比較「魁」吧，我一站起來，同學們也跟方才見到張老師一樣發出「喔」的一聲，帶有幾分玩笑和戲謔的味道，這一瞬間，我跟張樺茹的目光遇上了。她立刻認出了我，驚訝，錯愕，高興，由於意外相逢的欣喜，全寫在了她的臉上，她居然還用手指點著我，想引起我的注意，意思是原來你也來了呀？表情調皮得很。

我開始往台前走，腦子飛快地轉著。我想表演個什麼呢？我不想唱歌跳舞，我要來新鮮的，是他們不熟悉的。對，來一個文學作品的朗誦吧。我相信，在他們心目中，朗誦無非就是照本宣科神情誇張的大聲吼叫，再配上一些搔耳撓腮類似二、三十年代上海電影演員令人肉麻的動作，令觀眾「細胞跳舞，寒毛立正」。他們哪裡知道朗誦的真諦。我可是受過朗誦的正規訓練的。京師大學的斜對門，有一個「北京電影演員劇團」的單位，裡面設了個可能是國內唯一的「朗誦組」，組長叫黎鏗。由於京師大學的文藝社經常要組織活動跟演員們交流，或是請他們來做報告，我認識了黎鏗。他有一次發現我有朗誦方面的潛質，對我說，「如果你有興趣，那就讓我來教你吧。」就這樣我成了他的編外的弟子。

我首先要做到的就是用我自然的發聲鎮住這些觀眾，我決定不登上檯子用擴音器，就站在台下觀眾們的面前，那麼現在如此鬧哄哄的，怎麼才能讓他們安靜下來呢？

我面對著同學們，想起黎鏗老師的話，「朗誦就是演員和觀眾『眼神之間的戰爭』。」這句話的意思就是，朗誦是演員和觀眾之間最直接交流的一種藝術形式，是你征服觀眾？還是觀眾把你抹平？

我決定要征服觀眾。我平靜地望著大家，用目光掃過所有的人，主動迎接著他們每個人的目光，然後舉起一隻手，指指最遠處的同學們，用低沉但送音很遠的發音方式問，「你們能聽見麼？」

坐在遠處的同學們看我對他們講話，當然聽不很清楚，就大聲吼起來：「安靜！都安靜一點！別吵了！」我又對著另外兩個方向，問了同一句話，那兩邊也做出了同樣反應，這就叫做「讓觀眾出面維持秩序」。這一招我可是從大劇作家曹禺那兒學來的：二、三十年代，北京、上海舊戲園子裡都是老爺姨太、洋場大亨、賭徒掮客、流氓惡少等等的樂園，那些人可都不是善茬兒，與其說是來看戲，不如說是來看看白相。戲場子裡，賣「大前門」的，賣瓜子兒的，叫賣聲此起彼伏，冷不丁兒一個熱手巾把子還會「嗖」一聲從你頭上飛過，緊跟著一聲「熱手巾——」吆喝，那就跟菜市場一樣。那種環境中，俗稱「新戲」的「話劇」怎麼開場？能讓演員上場喊「安靜，都安靜點，咱們開演了」？肯定不行；能像舊戲那樣一通鑼鼓傢伙硬把觀眾的嘈雜聲壓下去？更是不行，沒轍了。曹禺想了個辦法，在他的《雷雨》話劇中，開場他就讓周公館的下人魯貴對他的女兒四鳳一連喊了三聲「四鳳」，為的什麼？就為了等觀眾安靜下來——第一聲大家沒聽見；再喊第二聲，有的人聽見了；最後第三聲，都聽見了。我現在用的就是這種辦法，果然，在學生一片「安靜，安靜」的吼聲中，全場都靜下來了。

我現在可以很仔細地觀察全場觀眾了。我看清了坐在最後一排的每一位同學的臉，我還看清了夾在同學當間還坐著兩位身穿中山裝的中年人，不知他們是幹什麼的。我把聲音投送到觀眾席四分之三的位置，但絕不大聲，因為我知道那種在課堂裡越是大聲叫大家「安靜」的老師都是最無能的，我就是要用很低的但卻是具有很強的三腔共鳴的聲音逼著大家屏息凝神地豎起耳朵來聽我說話，我就是要製造那種「針落地上都能聽見」的絕對安靜，然後用我的語音的高低強弱、輕重緩急的不斷變化來迫使他們跟著我的感情飛舞。

我平靜地說，「我給大家朗誦一則克雷洛夫的寓言，題目叫——」然後稍稍放慢了語速提高了聲音，「傑米揚的湯」。

觀眾中起了一陣輕微的騷動，像風拂過了青草的末梢，很快消散了。

我微微一笑，帶點幽默的神情掃視全場，這就是「亮相」。它決定了下面朗誦內容的情感基調。許多朗誦者失敗就失敗在這裡，因為這是最需要朗誦者具有強大意志自控情緒的關鍵一瞬。

我做的很好，我已經攫住了觀眾。我的眼前開始出現了傑米揚那個俄羅斯老農民的形象，他粗壯，豪爽，好客，滿臉的大鬍子，一雙大肥手常常在胸前的衣襟上蹭來蹭去；還有另一個瘦小的個子，佝僂著腰，唯唯諾諾的，一輩子寧可委屈自己也不願駁別人面子，叫福馬。

「從前，有一對好朋友，一個叫傑米揚，一個叫福馬。」我開始了平靜的敘述。

「有一天，傑米揚請福馬吃飯，哦，俄羅斯人喜歡喝、魚、湯。他可是一個遠近聞名的好客的人。他不停地勸說福馬多吃再多吃。

「福馬，我的好朋友，」我把臉稍稍側向一邊，像傑米揚那樣拍著福馬的肩膀，粗聲粗氣惟妙惟肖，一臉的顳頏，「你再吃一點，我這湯可是專門為你預備的。」

我又把臉微微側向另一邊，完全成了福馬，用顫抖的聲音推辭著，「我……我已經吃得塞到喉嚨口了。」

臉又調過來，「沒關係，沒關係，憑上帝的旨意，喝這個魚湯也是口福啊。看老朋友的面子，再添一碗，就一碗！」

「可……可……我已經喝了八、八、八碗了呀！」福馬結結巴巴地比劃著像臉盆大小的碗盞，拼命推脫著。

觀眾中已經有了笑聲。

又是傑米揚的表演，「晦，你何必計數呢？你瞧瞧，這湯，多濃，多稠，多香，它凝結在面兒上，像琥珀似的。你瞧，那是鯡魚，那是鱸魚，那是魚肚，還有，那是魚子兒，亮晶晶，像一粒兒粒兒的珍珠。」隨著我手指頭靈活的指點，眼前出現了生動的魚湯的畫面，我用饞涎欲滴的眼光搜尋著食物，「福馬，你就再吃一點，來來，我挑一片鱘魚，就一片，一小片，求你了，你就為我！吃！下！去！」

「在好朋友一再勸說下，福馬一股勁地吃，他吃得大汗淋漓，他吃得氣喘吁吁，他吃得鬆開了褲帶，解開了前門的紐扣……他一共吃了十八盆！他裝作吃得津津有味，還把盆子底舔得乾乾淨淨。

「好啊，福馬，夠朋友！」傑米揚對著廚房大聲喊，「娘子，再給他端一碗！」

下面的同學因為我的繪神繪色的表演已經笑聲一片。

「可是我們的福馬已經掙扎著站起來，跌跌撞撞地逃走了——」我繼續敘述著，一面扮作福馬撐得肚子發脹的狼狽樣子，跌跌撞撞，兩眼翻白，打著飽嗝，兩隻手不停地揉著肚皮，

「呃……呃……以後……呃……再也不來了……呃……」

我這一打嗝，有的男生就跟著打嗝，於是起了笑聲互激震盪，你笑我笑大家笑，終於笑做一團，「哈哈哈，哈哈哈，別再笑了，肚、肚子受不了……呃……」

我等大家笑聲住了，沉下聲音，正眼對著觀眾，像克雷洛夫那樣，點出了寓意，

「什麼事都有個限度。過了這個限度，即便是好心，也要辦成壞事。」說完，深深一躬。

「好！」觀眾爆發出熱烈的掌聲。

「好啊！再來一個！」

觀眾活躍起來，鼓掌一陣緊似一陣，不讓我下去了。

我望著大家，考慮是否再加一個節目。在人叢中我也注意到了張樺茹，她現在已褪去了方才的莊重和矜

持，只是掩著嘴笑，她也始終看著我，帶著欣賞的、甚至是調皮的神情，彷彿在說，「你呀，你呀，真沒想到你是這麼一個人，還有這一手！」。

好在救星到了，因為我看見幾位領導已經從辦公樓裡朝這邊走來，我想地委書記一準到了，忙跟大家打了聲招呼，回到了座位上。

來的人果真是學校領導。我身旁的老師告訴我，誰誰是魏庚筠校長，哪位是趙恒泰書記，還有哪位是教導主任等等。他們都走到了臺上。

魏庚筠校長雙手往下摁了摁，敲敲麥克風，說，「大家安靜。地委電話告訴我們，嚴書記已經出發有一會兒了，應該快到了，我們再稍等幾分鐘，很快開會。」

他的話音剛落，會場後面就傳來一個聲音，「我們到了。魏校長，開會吧。」我一看，正是先前看到的那兩位坐在最後面的中年人。

會開的很好，地委嚴書記和教育局長都對天河高等師範專科學校的正式成立抱有極大的期望，鼓勵這兒多出人才。嚴書記還特意提到剛剛看到同學跟老師們的即興演出，覺得這裡真是人才濟濟，後生可畏，尤其是表演滿族舞蹈和寓言朗誦的老師們，都遠遠超出了當地的專業水準，令他大為出乎意料，沒有想到這個剛剛建立的學校，居然是藏龍臥虎之地，由此他更增強了辦好這所學校的信心。

在他講話的過程中，出現了一個小插曲：一輛大卡車倒著開進了會場邊上，原來是去車站取貨物的，回來要把貨物卸下來。

卡車來的真不是時候，車上的東西稀裡嘩啦地一卸，大家的注意力就轉向了卡車。臺上坐在魏校長旁邊的趙書記不耐煩了，他跟嚴書記指指卡車，就站起來粗聲大氣地吼起來，「嗨嗨，你們沒長眼睛啊？怎麼開到這裡卸東西？嚴書記正在作報告，你們趕緊卸到別處去。」

車上的師傅推開車門下了車，也毫不客氣地大聲回話，「你們學校就貼著路邊，門口沒停車的地兒，你讓我們往哪停？」

嚴書記連忙接過話筒問，「小黃，小黃師傅，車上東西多嗎？」

「嚴書記，不是您叫我們來的嗎？東西也不叫多，都是整件，再來幾個搭把手，喊吃咯嚓，立馬完事兒。」

嚴書記便跟魏校長耳語了幾句，魏校長吩咐說，「體育科的去幾個人幫一下。現在休會十分鐘，別走開了。」幾名學生呼啦一下全過去了。

東西物件很快就全下來了，又很快搬到了樓裡。車上最後還剩下幾件東西。兩名師傅吃力地抬起了一隻木頭箱子，一邊說，「這裡面裝的是什麼東西？這麼沉！」我一看這不是我的書箱子嗎？連忙跑過去。箱子給搭在了車子的後沿，車下兩名體育科的同學伸手去接。師傅說，「留神。箱子賊沉！」話還沒說完，一名同學已經失了手，箱子嘣一聲砸到地上，木板蓋子砸散架了，從裡面滾出一隻通體漆黑的碩大的壺鈴，落在地上咕咚一聲悶響，砸出了一個坑。幸好同學閃得快，沒有傷到人。

這可是我在北京體育用品商店花了六塊錢買的，二十公斤重。買的時候有點心疼錢，買到手後它就成了我朝夕相處的密友，它那生鐵鑄成的把子上的黑漆早已被我的掌心磨光了，露出了光滑的生鐵本色。畢業的時候我很為它的去留傷了一番腦筋，想來想去最後也沒捨得把它賣掉，決心走到天邊也與它相伴。

壺鈴這玩意估計在關外不流行，尤其是偏遠縣城學校的人很少看到過，這一聲響動連同著這麼一個黑不溜秋的大東西，把體育科同學們的目光統統吸引了過來。

「嗨嗨，瞅那傢伙，是個啥呀？」一個個都在問。

我三步兩步趕到那裡，那同學正好奇地伸手去拿，一下子沒能提動，「啥玩意兒啊？」他奇怪地問，「這麼沉，地雷似的。」

我說「這是壺鈴。」趕緊上前，一手就拎起了它。

「唷嚯，好傢伙！」他們驚呼起來。

「他是我們科新來的體育老師嗎？」有人問。

「胡扯白咧，剛剛朗誦的，你忘啦？中文科的。」大家都在七嘴八舌地議論。

「那咱們的飯碗不讓他給砸了嗎？」有人開起了玩笑。

我可不願意此刻成為全校師生關注的焦點，我一手抓緊壺鈴，另一隻手提起綁在那摔壞的箱子外面的繩結，裡面還有半箱子書，大步流星地走進了我的宿舍樓。

「好傢伙，膂力過人啊！」在我的身後又是一片驚歎。

等我收拾好重新出來時，看見車上卸下的東西已經搬完了，卡車司機正把車後面的擋板推上再插上插銷預備開離了。由於會議臨時休息，所以會場上還是鬧哄哄的。我發現自己的麻煩大了，幾乎所有的人都在盯著我看，會場那頭的人都站了起來，對我指指點點，不知議論著什麼，彷彿我是一個天外飛來的怪物。

我低著頭急急忙忙往自己的座位走，在走到第二排最外面的座位準備往裡插進去的時候，我聽到有人在我耳邊故意喊了一聲「嗨」，我一抬頭，原來這就是張樺茹的位子，她站著仄起身子讓我走，衝我一笑，說，「還認識我嗎？」

我忙點頭，「你好你好。」

「你不是說希望咱倆不再見面的嗎？怎麼這麼快就忘了自己說過的話？」

呵，昨天的事她還沒忘呢。「那是……這不就叫做冤家路窄嗎？」我也敷衍著回她一句，匆匆回到自己的位子上。

會議又繼續進行下去了……

趙書記的講話我沒大聽清，因為他講話的時候會場秩序不好，下面鬧哄哄的，趙書記很生氣，講了幾句狠話，什麼「對不聽話的犢子，就一個辦法：『牛不飲水強摁頭，驢不上架可勁兒抽，』一準麻溜。」

魏校長是最後說的話，這個人倒像是個讀書人，講話慢條斯理，儀表也很斯文，戴副眼鏡，講的話也很在理。他特別強調的是，辦好一所大學關鍵是人才。雖說我們這所學校新建不久，但今年我們引進了一批來自全國名校的年輕老師，有些老師的業務能力令人刮目相看。各位同學要珍惜向他們學習的機會。古話說，「師父領進門修行在個人」，你們只要好好跟他們學，一準能成才。他的講話倒引得學生陣陣掌聲。

散會的時候，同學們都帶著自己的凳子回教室，我也提著自己的椅子跟在後面走。在我前面我看見幾位領導擁在地委嚴書記的周圍，嚴書記的一句話飄了過來，「我今天參加你們的會呀，發現會上誕生了倆明星人物……」後面的話就被其他人的話淹沒了。

我的周圍呢，也有一群學生簇擁著，有男生，有女生，他們七嘴八舌問我好多問題，不過很快，男生們一起被女生擠到了周邊，有幾個人還裝作擁擠的樣子故意朝我身上撞，然後飛快地把折疊好的紙條塞進我的口袋或是交到我手中，很快又消失在人群中了。

當我走進了辦公室，科裡的老師們都帶著驚喜贊許的眼光看著我，雖然我們認識才只一天，但現在彷彿一下子拉近了距離。有的說，「今天小岳給我們中文科長臉了。真是出手不凡。」

也有的問，「你朗誦真的很棒，我們的眼球都被你劃拉去了。你是專門學過的嗎？」

還有位叫劉蘭的女老師，遼寧人，愛人也在我們學校工作，見面就喊我弟弟的，她見我手裡握著一把紙條問，「這是啥呢？小弟你先別說，我一準猜中——這是情書！」

我嚇一跳，「我還沒來及看呢，你怎麼知道的？不能吧，哪能見面就遞情書呢？」

「不信你打開看。」

這些信都是臨時寫在紙上的，大多是從本子上扯下來，寫完就折疊起來，像一個「交」字，我們都叫它「交字結」，利用紙條首尾相交的犟勁防止紙條鬆開。這種折疊的方式我想是從北京開始逐漸傳到北方去的，在我們南方不大見到。我一張張解結打開看，雖不能說是情書，但都有那麼點意思，無非是希望今後交朋友，「加深師生友誼」，「幫助自己進步」之類的話。

「我說是不是？」劉老師有點得意地看著我，「你要沒祕密的話，我來給你參謀參謀，挑一個你中意的。」

我說「劉老師，你不是寒摻我嘛？我剛來乍到，哪談得上談女朋友？再說了，徐主任剛剛都跟我說了，開學我就得開課，我備課的任務山大，喘氣的功夫都沒有，還有那心思？」

她見我這麼說，乾脆越俎代庖，就在桌面上一張張看起來，樣子就像是我倆早已是相識了一百年的老朋友，一邊還吩咐我，「你兜兒裡的信也都拿出來，別藏著掖著的。」邊看邊發出誇張的感歎，「哎——呀，哎——呀，你這是交了桃花運了。這個，這個，都是我們中文科的。還有這個，不是早就聽說已經有了男朋友嗎？怎麼吃著碗裡還瞅著鍋裡呢？還有這個，沒准還生過孩子呢。」

「怎麼，她們，還生過孩子？」我嘴張得老大。

「頭一回聽說吧？」劉蘭見怪不怪地說，「別忘了，咱們關外，讀書普遍比關內遲；結婚普遍比關內早。這些學生歲數多數比你大，有孩子的不稀罕。關外人呢，還有個舊俗，叫『女大三，抱金磚』，指不定追你的就是衝著抱你這塊金磚來的，她們追起人來，可生猛了！」

「你們東北女孩子，怎麼淨這樣呢？」我一臉尷尬，「我從來沒見過這麼厲害的……那個。」

「這就叫厲害啦？厲害的你還沒見過呢。我告訴你，東北女子追男人可邪乎啦，有股子不要命的狠勁，用她們的話叫做『一口咬住不放』。」

「什麼意思？」

「就是不把你的肉咬下來絕不鬆口。」

「這麼厲害啊！」我驚歎，「在我們關內，女孩子都是很，很含蓄的，不像這麼野……野……」

「你是想說她們『野蠻』？」

「不不，我不是那個意思，只是……」我不知該怎麼表達。

「我明白你的意思，」她思忖著說，「其實吧，各有各的特點，說不上誰好誰差。總的說，咱們這兒是『化外之地』，文化比關內落後，但人也就更實誠，沒有虛架子。再說設身處地為她們想想，她們的選擇有錯嗎？她們大多來自縣城、農村，一輩子有可能就在那兒的一所初中或小學裡度過。她們好容易才進了這所高等學校，遇到了唯一的機會能碰上有高等文化的男人，你說她們不抓牢這個機會行嗎？小弟你可別說，今兒我看你在會場裡一站起來，再瞅丫頭們那眼神兒，我想壞了，沒准得哄搶起來。你看給我說著了吧？我可提醒你，儘管你是新來乍到，我打包票，你的來歷她們很多人都打聽了。你可別小瞧她們，能耐大了去！你可是她們心目中的頭號種子選手啊。」

「你又瞎說了。我怎麼又成了頭號種子選手呢？我政治不紅，要貌沒貌……」

「你怎麼沒貌啦？我第一眼就覺得你招女人喜歡。你再想想，你畢業北京的名牌大學，家鄉又在江南的大城市南京。她們可是做夢也想能進關內看看的，更不用說再過一道長江直抵江南勝地了。上海，南京，蘇州，杭州，那是她們心目中的天堂。只要看看這兒上海貨有多吃香你就懂了？小弟弟，你就在這兒享盡豔福吧。」她故意弄送我了。

「哦，這麼說她們追我完全是為了，怎麼說呢，物質上的……目的？」

「話也不能這麼說，」她搖頭，「要說哪個女人吧，挑郎君沒有一丁點兒的虛榮心？也不現實。關鍵還是這個男人能讓女人覺得靠得住，靠得上。她們大概憑藉著女人特有的感覺覺得信得過你。」

我不得不承認，劉大姐的這番話的確有道理，是我進入人生的第一堂戀愛啟蒙課，是我在學校裡從未學過的。在學校裡，整天就是「紅」啊，「革命」啊，「鬥爭」啊，「改造」啊，這跟我能扯得上嗎？我不是不想「紅」，但我的家庭成分註定了我永遠是屬於「另冊」的人，你想「紅」也「紅」不了。既然自己做不到，倒不如接受點現實生活中的智慧，包括劉大姐的這番道理。說來真不好意思，我都二十一歲了，我連

「性」都不清楚，每次來夢遺都讓我狼狽不堪，覺得是件很丟人很骯髒的事，搞得床單上、內褲上盡是雲彩斑，洗都洗不乾淨。在學校裡有誰教過我呢？完全沒有。

她看我一臉煩惱的樣子，說，「你要真不想談，我的建議就是，不要理她們，你一理就上鉤了。」

「那我見到她們該怎麼辦？」

「冷漠。女人最怕的就是冷漠的男人了。」

我想她的話的確是經驗之談，既然我目前根本不想在這上面耗費精力，也沒有條件在這上面耗費精力，那麼我唯一的選擇就只能是：冷漠，絕對、無條件的冷漠。

# 05 白樺樹下的倩影

我主意打定之後，就立刻著手安排下一步要做的事。首先當然是備課，因為本週末就要上課。這方面我真的比不上王瑞祥。他擔當的課程是中國現代文學，這門課程已經有賈若熙在教了。他負責的是後半段，也就是「解放後」的那部分。從四九年到現在才剛剛十年，這部分的內容不多，無非就是很多運動、批判之類，學生當然是最不愛聽的，但愛不愛聽無所謂，政治性內容，你不愛聽也得聽，考試一準有，備課卻極輕鬆，這就好。這種千篇一律的內容，採用京師大學「教育革命」的輝煌成果由大學生自編的教材照本宣科都行，更何況本學期還上不到，所以他有充足的備課時間。我不行，沒人替代我。但是我不怕，原因是我對這兩門課程的內容特別熟，這真要歸功於我那兩年被批「走白專道路」整天鑽圖書館所下的扎實功夫。我想，這所學校的圖書館肯定連俄羅斯文學、蘇聯文學的作品都找不出幾本來，更不要說西方名著了，不要指望學生能閱讀到作品，至於教材就更是免談。好在京師大學這兩門課是傳統的強項，老師都是從蘇聯留學回來的，我的課堂筆記向來記得十分完全，自己的書箱裡也帶有不少專業書籍，我只需要上課前寫好一個較詳細的講課大綱就完全能夠應付，至於作品我就跟學生們講故事好了，一邊講述情節人物，一邊分析作品，這種課肯定能抓住學生。

至於第二件事就十分令人頭疼了，我餓。我的胃總在不停地抗議，我的夢中充滿了京師大學食堂裡的大饅頭。現在明白了，指望這裡的食堂的飯食肯定不能給我提供維持生存的熱量，家裡帶來的糧票也不可能支持多久。我採取的第一步措施就是減少運動量，過去每組訓練如果規定要做二十次的就逐漸減少至三次，目的僅僅是讓這些部分的肌肉不要退化太快。我做出這個決定心裡的難受是外人難以想像的，因為只有做體能和健身訓練的人才懂得讓自己身上長出健美的肌肉要付出多大的艱辛，要流多少升汗水。另外，就是想方設法去尋找新的食物源。報紙上、廣播裡現在不是號召大家要「低標準，瓜菜代」嗎？如果能在黑市上買到一些土豆那是最好不過了，只是現在我環境生疏還沒摸到門路，但我相信路子終歸會有的。

理清了頭緒，我立即行動起來，先是去教務處領取了備課的用品，然後去圖書館查找資料。圖書館就設在教學樓一樓頂頭的一間很大的教室，原先大概是做會議室用的。果然不出我所料，藏書可說十分可憐，幾十個大書架分三排立著，多數是空著的。裡面僅有的書無非是些中小學教材以及一些解放前出的武俠小說，其中居然還夾著一部繡像本的《金瓶梅》，此外還有什麼「防止馬鈴薯退化」之類的農用書籍，真是五花八門，不知道是從哪座古墓裡挖掘出來的，只是於我有用的極少極少。管圖書的是位老先生，姓何，全謝頂的光頭，戴一幅老花鏡，是一個十分敬業且古板的人，我按照他的要求，給他提供了一份我這個專業學生必讀的書目，他答應盡可能地去採購，好在專用的圖書經費已經批下來了。

我的課就在這種情況下開起來了，令我感到高興的是，這些學生大概由於過去的學習條件太差，能從我的嘴裡聽到他們從未聽到過的新鮮知識已經使他們腦門大開，他們簡直是把聽我的課當成了一種享受，一種高級的娛樂活動，或者說就像是聽說書，於是對我的讚譽不脛而走，在這個相對封閉的幾棟小樓裡消息傳得十分迅速，最後竟然傳到了學校領導的耳中。

最高興的當然要數我們的科主任徐建新。一天，他興衝衝地跑過來通知我，說魏校長知道了我的課在學生中大受歡迎，十分高興，他要求你做一次公開教學，讓沒課的老師都來觀摩，也邀請了教育局領導跟省城兄弟院校的專業老師來聽，一來讓教授們為你把把關，二來也督促其他老師向你學習把課上好——說來令人痛心，剛剛開學不久，學生中就普遍存在著一種消極的情緒，認為在這所新建的學校裡學不到真正的知識，於是出現了學生厭課、蹺課的現象。學校認為，你的課剛好是一個正面的典型，證明了一個剛出校門的大學生也是能夠上好大學課程的。

徐主任的口氣容不得我推辭，我只好接受下來，回到宿舍趕緊抓緊時間備課。

王瑞祥看我伏在案上寫講義，過來問，「你小子挺能啊，剛來幾天就讓領導看中，上公開課緊張不緊張？」

這個王瑞祥，這些天來，閒的沒事，就看他東打聽西打聽，小道消息來得多，一回宿舍總是神神祕祕地告訴我許多他打聽來的「祕密」。

我說，「這有什麼緊張的？你忘啦，京師四年裡我一直被北京宣武區職工夜校聘去做兼職老師，那兒課上都得有三百多號人。上大課對我是小菜一碟。」

「那是，」王瑞祥知道這件事，「那時候我們都私下嫉妒你，認為你拿到了外快。不過我告訴你，你知道學校為什麼要大張旗鼓地請那麼多人來聽你的課嗎？這你就不知道了吧？」他故弄玄虛地停下來看我的反應。

「為什麼呀？」

「我告訴你，你可不能對人說！」我知道這是他每次洩露「祕密」前的口頭禪，就放下了手中的筆，也回答重複了多遍的話，「我能跟哪個講？」。

「我聽說，」他湊近了我的耳朵，口中的大蔥大蒜味把我的頭熏得偏了過去，「我聽說，學生當中有一個大幹部的兒子，他對著他老爹的耳朵裡不知灌了什麼壞水，說這所學校的老師都是農村中學來的，根本不夠格，上課學生都不愛聽，他不想讀下去了。這件事大概引得他老爹大為光火，問罪下來了，說如果老師連課都上不好，不是誤人子弟嗎？這種學校還有什麼辦下去的必要？這一來學校緊張了，你想想剛剛建成的大學對他們每個人意味著什麼？那可是升官發財的路啊！於是想出了這一招，表示他們十分重視抓學校的教學品質，於是你的課就成了遮羞布、擋箭牌……現在，你該懂了吧？」

他這一說，我還真沒想到這背後居然有這麼多的故事，說得嚴重一點，關乎學校的生死存亡了。行，不就是上公開課嗎？還是那句話，小菜一碟！

上公開課的那天，我像往常一樣早早起了床。這些年來，我一直有一個早起晚睡、午睡雷打不動的習慣，說白了就是把一天的覺，分作兩段睡：晚上睡晚點可以留出一大塊整時間來專心讀書寫文章；早一點起床可以打拳做健身運動。人說「曲不離口，拳不離手」，我是從小就練拳的，一天不打，反應就慢了；到了中午我一般午睡在一個半小時左右，一來是因為這段時間大家午飯後往往無事可做，在一起就是閒扯打撲克混時間，不如睡覺補足夜間的睡眠；二來午後小憩後，可以保證下午工作的高效率，以及課後的強運動量身體訓煉。

我每天晨起打拳都是到我們食堂後面的那片小樹林裡。這裡有處窪地，中間臥著一汪小小的池塘。池水不深，水清見底。池塘一周生長了許多雜樹，地面野草葳蕤，星星點點的野花點綴其間，也頗有幾分野趣。最為吸引我的是水邊長了一株挺拔清麗的白樺，白色的樹幹和黃燦燦的樹葉在綠樹叢中顯得極其亮眼，讓我一眼就盯上了她。當我第一次看見她時，我被她那優雅的身姿和高貴的風度感動得不能自已。我久久撫摸著她的樹幹，她那光滑的肌膚，她那一絲一線黑色的水平疤痕，在這一瞬間，我幾乎忘掉了她只是棵樹，而化作了可以與我做心靈交流的白衣仙女。作為一名來自江南水鄉的我，從小就聽過、唱過「白樺樹」，可卻從來未曾見過她的倩影，初見時的興奮和愛慕可想而知。

林子裡有塊空地，是練功打拳的好去處。也許是白樺樹那特有的樹脂芬芳吧，這裡的空氣有種提神醒腦的功效，只要深深吸上幾口，就會產生一種衝動，在這無人之處，我會情不自禁放聲歌唱或是高吼幾聲，一下子就把隔夜胸中的濁氣傾吐一空了。

我想，今天唱首什麼歌呢？聯想起今天要上課的內容，見到了白樺樹就想起了俄羅斯人那特有的深沉憂鬱的氣質，想起了跟白樺樹有關聯的歌詞，於是脫口就流出了俄語歌《伏爾加船夫曲》：

Эй Ухнем. Эй ухнем. Эй ухнем.
Ещё разик ещё раз.
Эй ухнем. Эй ухнем. Ещё разик ещё раз.
Разовьём мы берёзу. Разовьём ...
（哎喲呵，哎喲呵，
齊心合力把縴拉！
哎喲呵，哎喲呵，
拉完一把又一把！
穿過茂密的白樺林，踏開世界的不平路！）

我的嗓音很好，曾是北京市大學生合唱團的團員，受過一定的訓練。當我獨自高歌時，我常常會迷戀上自己的歌聲。當我用雄渾的低音唱出了第一句，我眼前就浮現出伏爾加縴夫沿著河岸邁著沉重的步履艱難前行的情景。我記起了當年蘇聯指揮家杜馬舍夫曾要我在唱到「哎嗒嗒哎嗒，哎嗒嗒哎嗒，河水滔滔深又闊，伏爾加，伏爾加，母親河，」這一句歌詞時從背景的混聲合唱中「跳」出來，放一段高音，當年的歌聲一下子喚醒了我的記憶，那是多麼美好的回憶啊，我立刻也引吭「高」歌了，

「Ай-да, да ай-да, ай-да, да ай-да,

A——
Волга, Волга, мать-река,」
（哎噠噠哎噠，哎噠噠哎噠，
啊啊啊啊——
伏爾加，伏爾加，母親的河，）

這一聲拖長的華彩男高音唱完之後，真是神清氣爽，一夜睡眠的睏慵一掃而空，於是我全身運氣，一跺腳，先開始腿功鍛鍊。練拳的人都懂得這句話，「打拳不練腿，等於鬼糊鬼」，腿功練好了，人的下盤才穩如泰山。接著我又打了一套少林快拳，這是我把少林拳和太極拳融合自創的拳路，技擊性很強，一招一式都可重創對手。拳術對抗關鍵是快，對手出招一剎那，就得接招、拆招，因勢反制，一連串動作必須疾如閃電，又一氣呵成，其中「因勢」二字特別重要，指的就是「借力打力」，這就是太極拳法，用的是「兩極轉換」的中國哲學道理，而這一切都必須在瞬間完成，沒有動腦的時間，只有熟練到條件反射的程度，才能奏效，所謂的「拳不離手」就是這個道理。打完了之後，我已渾身發熱，出了一身微汗，早晨的熱身就可結束了。我舒展筋骨，做了幾個放鬆動作，慢步往回走，忽聽得池水旁有人在說話，我透過樹叢間的空隙去看，原來是幾位女老師在那棵白樺樹下拍照，替她們拍照的是一位我不認識的男老師，我只知道他姓賈，物理實驗室的。站在白樺樹下的正是那位不打不相識的「俄羅斯姑娘」張樺茹——我想我已對這個名字不陌生了。她身穿白色淡花的布拉吉，背靠著白樺樹幹，擺出一個閒適的姿勢。我看著她那水中的倒影，背後是高朗明淨的藍天，四周被金黃的樹葉簇擁著，襯托出她那優雅、美麗的身段，就像一株亭亭玉立的白樺樹。一瞬間我像被施了魔法，被這樣一幅畫面深深感動，我甚至覺得，這極致美女，這完全融為一體的她背後的白樺樹，就是我心靈中的對未來美好社會、美好生活的憧憬，它是某種象徵，是某種不可言傳的隱喻。

「嗨，你們早啊！」我最後還是從林子後面走出來，跟他們打招呼。我這才看見，女老師當中還有殷老師和吳老師，都紛紛回頭跟我打招呼。

「你們今天怎麼起這麼早?尤其是你，」我看看張樺茹。我想，我們已經有過幾面之交了，便主動跟她打起招呼，「我記得你不住校，來得夠早的了。」

她有點靦腆地朝我笑笑，「不是今天有人要上公開課嗎?」

「你是在說我?」

「我在說你嗎?」她調皮地反問，「總之不是我吧。」

我們慢慢往回走，張樺茹好像有點拘謹地走在我旁邊，不知怎麼的，她完全沒有了那天跟我吵架的那股子潑辣勁兒，沒話找話地說，「岳老師，你的歌喉很好啊。」

「怎麼，你們都聽到了?露醜了，不好意思，我不知道有你們在。」我謙虛著，儘管心裡蠻高興。殷老師忙介紹，「我們的岳老師是北京市大學生合唱團的，都經過精挑細選的。」

「真的?」張樺茹停住腳步，認真地看我一眼，又默默跟著我們走了。

我們邊說邊走進了食堂。我看看時間，還來得及，吃完後便回到自己的房間，準備去上課。我特意從箱子底挑了一件我沒有穿過的草綠色的夾克外套，這是母親特意從上海買的，卡其布，小西裝領，肩上有標扣，袖口、下擺都收口。這種式樣市面上很少看到。我穿上它的目的就是想改變一下男人普遍一律的藍中山裝的印象，讓我在公開課上顯得更有精氣神。

當我走進公開課的大教室時，發現裡面已經坐滿了人。學生都坐在前面的幾排課桌椅裡。領導、老師們都坐在後面。他們有人手中拿著筆記本，拿著筆，正襟危坐，準備做記錄。他們來的人不少，一眼望去，黑壓壓一片。

教室裡十分安靜，都在等我上課。當學生們看我走上講臺時，他們的眼睛都一亮，對我這一身服裝露出了驚訝和傾羨。我環視了一下教室裡的人，看見學生座位後面第一排中間坐著好幾個人，除了專區教育局長，魏校長我見過外，還有一兩位陌生中年學者模樣的人，想必那就是兄弟院校的專家了。但最令我吃驚的是，居然張樺茹也坐在這些人當中，她身邊有位長者，氣度頗軒昂，一看就很有來頭，無論局長還是魏校長，對他的態度都十分恭敬。我真沒想到，這個張樺茹，居然身分很不一般。至於老師當中，我看見了不少我們中文科老師的臉，像賈若熙、王瑞祥他們都來了。不過最令我高興的，還是張樺茹能來，不知什麼原因，我總喜歡見到她的那張臉，她的出現就像是和煦的春風吹進了教室。

我從容地打開講稿，在黑板上用俄文和中文寫下了兩行大字：

Александр Сергеевич Пушкин（一七九九——一八三七）

亞歷山大・謝爾蓋耶維奇・普希金

接著又寫下了今天要講的連接上一節課的內容標題：

2. 普希金與十二月黨人

我正準備開講，卻發生了一樁令人哭笑不得的根本預想不到的事：我看見從學生的後排位子裡正往前排傳一張紙，紙並沒有折疊起來，上面寫的字大家都能看到，不知道上面寫了什麼。傳遞的人都邊看邊笑，還掉過頭去找那個遞紙條的人，等交我手上時，傳遞的同學都笑成一團，其他的同學也都紛紛伸頭去問，問完也跟著笑起來。我不知道發生了什麼情況，難道是我黑板上的字寫錯了？沒有啊，難道是我的著裝有問題？也沒有啊，我忙低頭看紙上的字，頓時怔住了，只見上面用圓珠筆寫著幾個趺趺歪歪像似小學生寫的大字：

岳老師：

「我決定」後面是一個大大的冒號「跟你好。」

學生 劉藝華

大概是因為我的愕然表情吧，大家的笑聲更是一發不可收，包括教室後面的老師們也都莫名其妙地互相詢問，不知出了什麼事。

我知道這件事不簡單處理一下課是上不下去了，我把臉一板，問，「劉藝華，誰叫劉藝華？請站起來！」

後面學生座位裡「蹦」地立起了一名女生，一站起，就像二戰時日本兵在長官面前挨訓那樣身體板直，頭迅速低下，只是喉嚨裡沒有發出一聲「嗨！」她的短髮遮住了她的臉，讓我看不清她的模樣。

我為她的標準皇軍動作引得差點笑起來——事後我才知道，東北學生大概受過去日本殖民教育的影響，他們起立回答老師問題時的姿勢都是這樣，難怪其他的人並不覺得好笑，幸好我此時仍強繃著臉，沒有鬧出笑話。我嚴肅地問道，「上課的時候，你怎麼能給老師寫這樣的紙條？」

她不吭聲，低著頭。

「課後到我辦公室來一趟。」

她還是不吭聲，低著頭。

「坐下吧！」我命令。

她聽話地坐下了。

「好了，」我讓情緒重新調整了一下，說，「請大家把注意力集中到黑板上，我要講課了。」

我用平靜的語言很快把學生們帶到了高空，從雲端俯瞰北方鄰國那遼闊的大地，那無邊草原清冷的鎮靜，那廣袤森林靜穆的沉思，那河水像大海般的碧浪滔滔，那遙遠鄉村顫抖的燈光……聽，那是什麼聲音？

「嗨喲嚯，嗨喲嚯，再使勁啊再使勁！……」由遠而近，歌聲中充滿了痛苦和蒼涼。哦，那是伏爾加河上的縴夫，他們邁著沉重的步子手腳並用拖著一艘大船迎著逆流而上，肩上的縴繩深深地像刀似的切入了肌肉，肩頭上留下隱隱的血痕……這，就是十九世紀的俄羅斯。那肩頭的纖繩就是壓在俄羅斯人民身上的枷鎖——沙皇專制制度和農奴制度。

當冬日降臨，廣袤的俄羅斯大地變成了白茫茫的荒原，一隊戴著鐐銬的囚徒，在沙皇騎兵的押送下，踏著深可沒膝的積雪艱難行進著。他們眼前沒有路，似乎遠方就是他們的歸宿，但那卻永遠沒有盡頭。在他們的身後，潔白無垠的荒原上，留下長長的，長長的一條黑色的足跡線，也延伸到了天際。而在天際線的起點，從彼得堡出發，追隨著囚徒足跡的是十四位貴族青年女子，她們容貌美麗端莊，舉止高雅華貴，穿著曳地的皮毛長裙，時而乘坐馬車，時而在路斷徑絕的荒野，也艱難行走在雪原上。

他們從哪裡來？又要去往何方？

他們，就是十二月黨人和他們高貴的妻子們。

還是讓我們回到事情的開頭吧。你們聽過俄羅斯偉大的作曲家柴可夫斯基的交響樂《一八一二序曲》嗎？沒有？好吧，讓我簡單介紹兩段最基本的旋律，一段是哥薩克騎兵進行曲，一段是法國的馬賽曲。一八一二年，法國拿破崙率領大軍進攻俄羅斯，馬賽曲挾著雷霆萬鈞之勢直逼莫斯科城下，於是，一個長期沉睡的嚴重落後的俄羅斯民族被強大敵人的入侵突然喚醒了。你們聽，哥薩克騎兵的號角在四處召喚，許多上層貴族青年投身軍隊。看，哥薩克騎兵從四面八方匯聚成了一股鐵流，向著拿破崙軍隊發動了反攻。馬賽曲終於狼狽逃竄了，潰敗了，俄國二十萬大軍乘勝追擊進入歐洲，直抵凡爾賽宮。在他們當中，就有著名的詩人雷列耶夫，和普希金的好友恰達耶夫。

作為勝利者，當俄國貴族青年軍官們騎著高頭大馬趾高氣揚地穿過巴黎的凱旋門的時刻，他們吃驚地發現，眼前的歐洲和法國是他們從未想像到的一片富裕繁榮，人們擁有自由、平等、民主和法制的全新的價值觀，對比他們祖國俄羅斯的黑暗、愚昧和專制，他們產生了巨大的心理落差。他們徜徉在塞納河畔，他們遊覽了巴黎聖母院，他們懷著朝聖的心情虔誠拜訪了「先賢祠」，並在這些地方留下了他們對祖國命運和前途的思考。

為了敘述方便，我把事件的經過切換成幾個獨立的場景：

先賢祠裡，伏爾泰的全身塑像站立在自己的棺槨前，他右手拿著鵝毛筆，左手持著一卷紙，目視虛空，彷彿在沉思。和他面對面的，是另一位偉大思想家盧梭的棺槨，引人注目的是他塑像的那只手，握著一把熊熊燃燒的火炬。

這群俄羅斯最先進的青年人在他們最敬仰的啟蒙思想家面前相聚了。他們都穿著筆挺的軍裝，胸前配著金色的佩帶，意氣風發。其中有位身材高大的青年猶為引人注目，他就是恰達耶夫。他身穿驃騎兵近衛軍官的服裝，顯得分外挺拔英俊。他快步走到兩位偉人的塑像前，向身後的夥伴們呼喚，「兄弟們，快到這兒來！記得嗎？幾年前當我遊歷歐洲時，我比你們先到過這裡，我曾把他們的，還有孟德斯鳩、狄德羅、馬布裡等人的書帶給你們，讓你們如醉如癡。今天我又把你們帶到偉人的跟前。來吧，讓我們在巨人的靈前列隊，向他們奉上最崇高的敬意。」

青年軍官們聞聲肅立。

「等等，」一位軍官說，「如此重要的朝拜，我們還缺少一個人。」

「誰？」

「雷列耶夫，我們的詩人。」

「他會到哪裡去？這些日子，我總覺得他像換了個人似的，總是一個人在沉思，不理會任何人。我可以保證，任何人都不會從他嘴裡撬出任何一句話來。誰敢跟我打賭？瞧，他來了。」

「如果我能夠呢？」另一位軍官低聲問。

「不可能。」

「打賭？一瓶伏特加？」

「一言為定。噓——」

雷列耶夫沉思著，慢慢走上前，他臉色陰沉憂鬱，不跟任何人打招呼。

「雷列耶夫，」打賭的軍官招呼他，「我想跟你打賭，你敢應戰嗎？」

「對不起，我沒有心思。」雷列耶夫頭都不抬，獨自坐在臺階上。

「我跟你賭的是：我可以說出你現在心裡想的是什麼。相信嗎？」

「你永遠想不到。」

「你聽我說：你現在想的是——等等，」打賭的軍官賣起關子，「如果我說對了，你可不許抵賴。」

「這怎麼可能？我可以我的榮譽保證。」

「好，那我宣佈謎底了——你想的是——『祖國』。對不對？」打賭的軍官大聲說。

一聽到「祖國」，雷列耶夫猛地抬起頭來，「是的，我承認。」他立刻目光炯炯，「不過你要說清楚點，你指的『祖國』是哪國？因為我們的恰達耶夫兄弟說過，『哪裡有真理，哪裡就是我的祖國』，難道你是指這兒，我們心愛的法蘭西麼？」

「不，你心裡擁有的只有一個——我們的俄羅斯！喂，夥計們，我贏了，雷列耶夫馬上要開講了。」

「是的，俄羅斯，你猜對了。每當我想起它就會心疼，我的心就會燃燒起來。」雷列耶夫緩緩站起身，他忽然間目光如炬，臉上煥發出異樣的光彩，口中的話語像開了閘似的噴湧而出，「這些天來，我一直在思考，為什麼我的母親俄羅斯是如此地貧窮和落後？為什麼法國的窮人比我們的民眾活得有尊嚴？為什麼美國黑人也遠比我們的農奴活得好？而我們農奴的妻女卻註定要被主子泄欲、強姦，用她們的乳頭去餵狗？根源就在萬惡的專制農奴制度。你們看，今天我們站在兩位巨人的中間：我的左邊是盧梭，他主張公平、平等和革命；我的右邊是伏爾泰，他主張自由、漸進和主權在民。他們生前思想對立，爭執不休，現在他倆卻在此面對面長相廝守。我想，能讓左翼和右翼和諧融合一起，這只有在法蘭西才能做到，只有法蘭西才能讓他倆並駕齊驅。然而我必須問自己，**難道我們解放歐洲就是為了把鎖鏈套在我們身上嗎？難道我們給了法國一部憲法，反而自己不敢討論它嗎？難道我們用血汗換來的國際地位就是為了在國內讓人們受侮辱嗎？**」

「對，雷列耶夫，你說的太好了。我們該怎麼辦？」眾人齊聲應和。

「變革！」雷列耶夫高舉起手臂，「我們必須『**喚醒俄國**』！」

「對，『喚醒俄國』！」眾人齊聲高呼。

「如果真理就代表祖國的話，那就讓我們把真理帶回祖國去。」**一場劇變是勢在必行的。我們所需要的只有勇氣。我們可能的悲劇結果將成為後來人的教訓。我們將會犧牲，但會留下典範。**」

「雷列耶夫，你就領著我們幹吧！」

「讓我們在兩位巨人的面前神聖起誓！」雷列耶夫舉起右手。

「起誓！」眾人也舉起了右手齊聲呼應，聲震大廳。

「恰達耶夫。」雷列耶夫吩咐，「請把普希金贈給你的詩作為我們進軍的號角吧！」

恰達耶夫走到眾人前，開始了朗誦：

致恰達耶夫

——普希金

愛情、希望和平靜的光榮，

並不能長久地把我們欺誑，
就是青春的歡樂，
也已經像夢、像朝霧一樣地消亡；
但我們的內心還燃燒著願望，
在殘酷的政權的重壓之下，
我們正懷著焦急的心情在傾聽祖國的召喚。
我們忍受著期待的折磨，
等侯那神聖的自由時光，
正像一個年輕的戀人
在等待那真誠的約會一樣。
現在我們的內心還燃燒著自由之火，
現在我們為了榮譽的心還沒有死亡，
我的朋友，
我們要把我們心靈的美好的激情，
都獻給我們的祖邦！
同志，相信吧，
迷人的幸福的星辰就要上升，
射出光芒，
俄羅斯要從睡夢中蘇醒，
在專制暴政的廢墟上，

將會寫上我們姓名的字樣！

當我朗誦到這裡，課堂裡已響起熱烈的掌聲。我做了個手勢請大家安靜下來。我說，現在我要說到悲壯的十二月黨人起義。

這是一八二五年的十二月。沙皇尼古拉一世違憲即位，他將要在樞密院廣場上舉行宣誓登基大典。以雷列耶夫為首的一群俄國青年軍官決定於當天阻止新沙皇登基，發動武裝起義。

凌晨，嚴寒冰封著大地，樞密院廣場上彼得大帝青銅騎士的塑像奮馬躍蹄，見證著即將到來的重大歷史的時刻。

三千余名沙皇貼身部隊的禁衛軍官和他們的士兵荷槍實彈、刀劍出鞘，分成八個方陣來到了廣場，他們個個臉色嚴峻，沿途大聲呼喊著口號：

「拒絕宣誓！」

「拒絕效忠！」

「憲法萬歲！」

彼得堡數萬民眾也被吸引到了他們的周圍，群情激奮。

隊伍中，恰達耶夫衝到雷列耶夫的面前，「雷列耶夫，我剛聽到一個壞消息，尼古拉一世已經提前宣佈登基了。他凌晨已經在樞密院接受了全體元老的宣誓效忠，馬上就要派部隊前來鎮壓。我們必須趕緊行動，再遲就來不及了。瞧，尼古拉的部隊已經潮水般湧來，他們已經把我們澈底包圍，騎兵、步兵、炮兵，密密麻麻像成群的螞蟻。怎麼辦？」

雷列耶夫：「我們的總指揮呢？特魯別茨柯依親王在哪裡？彼斯特爾，卡霍夫斯基，穆拉維約夫－阿波斯托爾，別斯圖熱夫，咱們趕緊分頭去找總指揮啊！」

「不用找了，」恰達耶夫應聲，「他已經溜走了。」

「什麼？溜——走了！」他們頓時驚呆了。

「趕緊重新推舉一位領袖。我提議：奧博連斯基侯爵。」

「有異議嗎？沒有異議。奧博連斯基侯爵，我們提議您做臨時總指揮，請下命令吧！」

「我，我，下什麼命令？」

這時廣場上空傳來更強大的聲音。

「禁衛軍的軍官士兵們，我是沙皇尼古拉一世。我命令你們迅速放下手中的武器，抵抗是沒有意義的。」

「奧博連斯基侯爵，趕快喊『皇上之死』，這是起義的信號，尼古拉一世已經現身廣場，快喊呀！下命令吧！」

「這，這……他已經是沙皇陛下……」

「是憲法大，還是沙皇大？」

在這緊急的關頭，人們卻猶豫了，「沙皇陛下的身旁還有總督米羅拉多維奇將軍，他可是咱們的老上級呀。」

「還有謝拉菲馬國家大主教，他們都是我們最敬重的人，我們的槍口怎麼能對準他們？」

也有人在催促，「不能再等了，快下決心吧！」

軍官們七嘴八舌，議論紛紛。

終於，一聲嘶啞的命令聲從天外傳來，「炮兵——開炮！」

炮彈排山倒海傾瀉到廣場上，頓時一片火海，彼得大帝的青銅馬雕像像是發出悲壯的嘶鳴，一名中彈的軍官高喊「俄羅斯萬歲！」挺立在廣場上，然後慢慢、慢慢地倒下了，許多被撕裂的青年軍官的屍體無力地倚在花崗基座的周圍。彼斯特爾，雷列耶夫，卡霍夫斯基，穆拉維約夫—阿波斯托爾，別斯圖熱夫等軍官組織自己的兵士投入了戰鬥。

槍聲，炮聲，殺聲震天，但到了深夜，一切都平息了，只留下廣場上伏屍千人，血流成河，還有涅瓦河上被炮彈擊碎的冰面上留下的浮屍又被重新凍結在冰面上。

這次壯烈的起義因為發生在俄曆的十二月，所以這些起義者們就被稱作十二月黨人。

其後的懲罰迅即展開了。

威嚴的聲音又響徹在彼得堡的上空；

「根據尼古拉一世沙皇陛下的聖諭，法院宣佈，判處在軍隊中煽動暴亂者二等兵……夾鞭刑一〇〇〇鞭，判處下士……夾鞭刑一二〇〇鞭，判處……」

雪地裡面對面站立著兩排士兵，當中留出了一條走道，每人手裡執著一根長的藤鞭。一名鼓手和行刑官並排走在前面，在他們的身後是一名捆綁著雙手上身赤裸的犯人，被繩索牽著走進了士兵隊列中間的走道。犯人每走過一對士兵面前，這兩名士兵就揮起手中的藤鞭狠狠抽在犯人的後背上。

鼓聲有節奏地擊打著，行刑官邁著有節奏的步伐，口裡數著數字，「九百四十一，九百四十二……」他身後的犯人步履踉蹌，他的後背像是揭掉了整片的皮肉一片鮮紅，他跌跌撞撞，掙扎著走了幾步，終於轟然倒下了。

威嚴的聲音又響起了：

法院宣佈，判決叛亂首領雷列耶夫，彼斯特爾，卡霍夫斯基，穆拉維約夫—阿波斯托爾，別斯圖熱夫絞刑。

五位英雄被帶到絞刑台下，他們仍然穿著軍裝，只是領章帽徽綬帶都被摘去了。

絞刑架正在趕工。幾名粗手大腳的農民騎在木梁上在釘釘子。

「怎麼回事？怎麼拖延到現在？」執刑官大發雷霆。

「老爺，」一個農民彎著腰謙卑地說，「木料太大太沉，運不進來。」

「少囉嗦，還不趕快！」

五位候刑的人半倚半躺在地上，冷眼看著絞刑架叮叮咚咚地敲打著，好容易才豎起來，彷彿跟他們完全無關。

「我想知道，今天是幾號？」五人當中有一人在問。似乎這個問題他們都不知道。

終於一切準備就緒了。

雷列耶夫走在最前面。他們的雙手都被反綁著。

「雷列耶夫，」行刑官問，「你仍然堅持起義是你一個人組織的嗎？」

「是的。跟所有人都沒有關係。」

「你還有什麼最後的話要說？」

雷烈耶夫堅定地抬起頭，「我的要求只有一個。**只處死我一個人，把他們統統放走**。」他目光直視執刑官，堅決地說。

執刑官擺擺手，發出命令：「執刑——！」

一隊鼓手急速地擊打著鼓點，恐怖的，威懾的，急促的鼓點在刑場上空彌散著死亡的氣息。

雷列耶夫昂起頭顱伸進了絞索。就在他們腳下踏板抽空的片刻，整座絞刑台突然轟然垮塌了，五名受刑人都重重地摔倒地上。

「啊——！」圍觀的人群發出驚呼。

立刻衝上去十幾名士兵，把他們從地面上拽了起來。雷列耶夫仍然態度鎮定，面對公眾，說了最後的一句話——

「哦，俄羅斯！」他突然目光如炬，面容煥發異彩，像一團熊熊的火焰，隨後漸漸暗淡了，他沉痛地說，「你是一個多麼不幸的國家——他們都不懂得如何絞、死、**你**——！」

……

這時課間休息的鈴聲響了。

學生們一片靜默，一動不動，陷入了沉思。

# 06 十二月黨人的妻子

課間的短暫休息結束後，我又開始了第二節課，然而居然又重複發生了那樁節外生枝的事情：我的講臺上又放著一張紙，還是上節課那名女學生寫的，字寫得很大，像幼稚園的孩子寫的。

岳老師：

我經過嚴重考慮，決定：還是跟你好！

劉藝華

同學們又是哄堂大笑。

我決定不再喊她站起來了，我不知道這名同學的精神狀態是否正常，但如果繼續喊她站起來給與批評，那將會極大地損傷她的自尊心。我平靜地把她的紙條折疊好裝進口袋，然後用嚴肅的口氣對大家說，

「同學們，這件事既然發生了，我想利用一點時間向大家表態。我到這所學校來的時間不長，就收到了許多女同學給我的信件，我感謝同學們對我的厚愛，但我要對你們說，我不可能和任何一個女學生談戀愛，因為我認為，師生感情是人世間最單純的感情，我的任務就是傳道授業解惑，不可能添加其他的內容。再說我今年才二十一歲，」我話音剛落，下面就一片「喲」的齊聲尖叫，我繼續說，「我不希望現在就觸及這些

問題。我也希望諸位珍惜這一段學習的時間，好好上進。謝謝。」

我話剛說完，台下又是一片掌聲，只是我發現，鼓掌的全是男生，女生們只是有點尷尬地在笑。

我不想再耽誤時間了，必須儘快地拉回到課堂教學上來。我等大家平息下來後說，我想在這節課的開始，用一點時間討論一個問題，請大家踴躍自由發言。這個問題就是，在起義的關鍵時刻，是什麼原因讓這群起義者錯失時機，導致了這場起義的澈底失敗？

學生們都沉默著。

我想，他們大概從來就沒有在課堂上發言的習慣，可我需要的是培養學生們具有勇於探討問題的勇氣和自由思考的能力。在我用了各種方法鼓勵啟發後，開始總算有了幾位勇於吃螃蟹的學生起立發言了。我又一再地鼓勵，後來發言的人越來越多，居然形成了一個爭搶發言的踴躍高潮，然而令我吃驚的是，女同學發言的比例遠遠大於男生。

她們的發言內容實在是不敢恭維，它讓我意識到眼前的學生其真正的知識水準還不能跟我們江南地區的初中生相比，回答的話當然是千奇百怪，不過一致的意見都是指責臨陣脫逃的總指揮，比方「總指揮拉屎往回坐，撂杠了」，「那孬種膽兒賊小，最後嚇趴了，尿襠了」，「代替的總指揮傻不愣登的，腦子還沒長齊整呢，沒開竅吧」，就連那位上課開始就向我大膽示愛的劉藝華也發了言，「我尋思吧，一準軍官吧都有相好的，你說相好的不吭聲，那軍官們咋敢放手鬧騰呢？」她的話當然再次引得大家哄堂大笑。

我知道這種討論再繼續下去絕不會離真理越來越近，但課堂討論這種形式無疑對他們是極其有益的，也許這是他們一生中第一次參加課堂討論，第一次面對公眾來表達自己的自由思考，這於他們極有意義，哪怕結論是有瑕疵的。

我決定繼續啟發他們，讓他們再轉換一個角度來拓展自己的思路。我說「其實這個答案你們曾經學過了，我瞭解到，你們上學期就學過了魯迅的作品，他有一篇短篇小說叫『離婚』的，裡面寫了個很潑辣的鄉村女子叫愛姑，她很有反抗性，在公眾面前大罵自己的老公公是『大畜生』，罵自己男人是『小畜生』，但是在地位更高的鄉紳七大人面前，她卻敗下陣來。你們想想，這是為什麼？」

我講到這裡，突然同學們紛紛搖頭，七嘴八舌地說，「我們沒學過。」

「我們不知道，什麼愛姑啊？」

我怔住了，猶猶豫豫地問「魯迅總該學過了吧？」

「學——過。」他們拖長了聲音答。

「不知道講的是什麼。」

這時，班長站起來了，他叫鄭文穎，像女孩子的姓名。他是個長相很清秀也很幹練的小夥子，我很喜歡他，他說，「岳老師，現代文學課上學期是講到魯迅，但講得很少，再說課堂總是亂哄哄的，坐在後排根本聽不見。」

他這一說，我想糟了，這是我萬萬沒有想到的，賈若熙就坐在下面，這不是出人家的洋相嗎？顯然這裡的教學狀況比我估計的要糟糕許多。

我連忙打斷了他的話，說「真不好意思，我不瞭解情況，作為大專的教學要求跟本科是不一樣的。好吧，這個問題就留給大家做一個作業，下次上課時交上來。」

我佈置完作業，又接下去講了：

我現在要講的就是後來發生的事情……

十二月黨人起義失敗之後，沙皇政府在彼得堡進行全城大搜捕。

在郊區的一座豪華的貴族宮殿裡，沃爾康斯卡婭公爵夫人正站在窗前凝視著窗外覆蓋著白雪的前院大門。她一動不動，美如天仙的面容蒙上了深深的焦灼。

「夫人，您該……」女傭卡佳在一旁小心提醒，但她也知道這樣的話不會起作用，便把後半截話又吞回去了，只是焦急地懇求著，「夫人，公爵夫人，求您了，不要這樣，整整一天了，您不吃不喝。萬一，萬一……再說，孩子，孩子……」說著她啜泣起來。

「哦，孩子？」沃爾康斯卡婭公爵夫人突然被驚醒似的掉過頭來，「孩子怎麼樣啦？」

「孩子睡了，乳娘已經喂過了。我是說，您不該這麼折磨自己」卡佳繼續勸慰著主人，「我說夫人，您真的不用擔心。沃爾康斯基公爵大人不會出什麼事情。您想啊，公爵大人可是沙皇陛下的侍衛長，他可是沙皇陛下的重臣啊，陛下怎麼可能會為一丁點兒小事怪罪公爵大人呢？您儘管把心放下。昨天陛下宣公爵大人進宮，這在以往都是常事，沒准一會兒就回來了。」

「不，這一回不一樣。」公爵夫人神色沉重，「我怕是凶多吉少了。卡佳，你還記得那一天舞會上我的裙子突然著火嗎？當時我哭了，說，這可是個凶兆，果然後來就應驗了那麼多的事情……」

「不會的，不會的，卡佳絕不相信。再說了，令尊拉耶夫斯基將軍大人還是衛國戰爭的大英雄，沙皇陛下最信任的就是令尊大人了。」

「哦，你倒提醒我了，我應該立刻去找父親，是的，他的消息比我來得快。卡佳，吩咐車夫備好馬車，我去找爸爸。請幫我照看好孩子，謝謝你了。我要快！」

一輛馬車急速地載著公爵夫人奔馳而去，車後揚起了一片雪塵。

拉耶夫斯基將軍的官邸。客廳裡圍坐著一家人，大家全都神色凝重。

拉耶夫斯基將軍見女兒來了，對她說，「你總算來了。我必須告訴你，你的丈夫沃爾康斯基是俄羅斯的叛徒，賣國賊，你必須跟他立刻離婚。不，事實上，根據新的法律，你已經離婚了。」

「什麼，我離婚了？爸爸，到底發生了什麼事？」沃爾康斯卡婭吃驚地問她的爸爸，「您不是不知道，根據俄羅斯的法律，為了維護貴族血統，貴族女子是不允許離婚的。」

「這條法律已經為了你們這幾個人更改了，沙皇陛下要求凡叛亂者的妻子必須離婚。」

「為什麼？」

坐在邊上的哥哥激憤地插話說，「你的沃爾康斯基就是一個流氓，無賴，陰謀家！」

沃爾康斯卡婭臉漲紅了，「哥哥，你怎麼能這樣說話？當初可是你跟爸爸一定要我接受這個婚姻的。你說，沃爾康斯基公爵是世上第一美男子，妹妹你是彼得堡公認的第一美人，你們的婚姻是天作之合。爸爸您也說過，沃爾康斯基公爵家庭出身高貴，受過良好的教育，品德極其高尚。為這件事，我還跟你們鬧過，我說，我還小，不認識他，我還說『我不想當出名的美男子的妻子』。是你們撮合了我倆的婚姻。怎麼才幾天功夫，話全變了。到底發生了什麼？」

將軍沉默了一會兒，「他被捕了。」

「什麼？」沃爾康斯卡婭身體搖晃了一下，她扶著頭，盡力使自己鎮定下來，「據我所知，這場起義從頭到尾他都沒有給捲進去，憑什麼？」

「我告訴你，」哥哥氣憤地說，「就因為你的白癡丈夫從頭到尾都在支持保護這群叛徒。其實你比我們更清楚，叛亂的真正領袖是特魯別茨柯依公爵，是他起草了《起義誓言》，而你們，居然在最危險的時刻讓他跟他的夫人在你們家中過夜。更重要的是，你的丈夫完全不顧及你，我的妹妹，剛剛為他生了孩子，就把全家置於危險的境地，做出更為愚蠢的不可饒恕的行為。」

「告訴我，哥哥，他做了什麼事讓你們如此痛恨他？」

「你問爸爸。」

「爸爸，您能告訴我嗎？」

爸爸沉默半晌，說，「沙皇陛下原本可以赦免你的丈夫，但條件是，必須向他下跪認錯，並保證永遠忠於沙皇陛下。」

「他呢？」

「他，他拒絕了，不僅拒絕，還竟然說，**『陛下，而我希望您處分您的臣民取決於法律，而不是取決於您的欲望，任性，和一時的衝動。』**你說這是人說的話嗎？他惹得沙皇陛下勃然大怒，大吼大叫，『這個公爵是混蛋！』『給他戴上鐐銬！』」

「哦！」女兒急切地問，「陛下怎樣判？」

「判處『政治死刑』，剝奪一切財產和權利，終身苦役，流放西伯利亞。」

沃爾康斯卡婭臉色慘白，久久沒有說話，最後她才打破了沉默，問，

「爸爸，他真的是這樣說的嗎？」

「是又怎樣？」

「謝謝您，」她已經恢復了鎮定，起身準備告辭，「您讓我知道他是一個真正的男人！在他英俊的外表下有著最美的靈魂。謝謝爸爸和哥哥，你們過去說他的話全是對的，你們為我找到了世上最值得我愛的人。我決定了，追隨他去西伯利亞。」

「讓你的『公爵』見鬼去吧！他害死了你！」哥哥跳起來破口大罵。

「不，」妹妹目光冷靜從容，「難道為自己的信仰而犧牲，他不值得尊敬嗎？」說完，她疾步朝門外走去。

「等等，」將軍連忙喊住，「你先聽我說！陛下已經制定了新的法律，隨同流放者的妻子將作為苦役犯一律剝奪貴族身分，不得攜帶子女和任何財產，終身不得重返家園。瑪莎，我的女兒，你好好想想，你將從此告別你的華麗的莊園、你的剛出生不久的兒子，還有你的老爸老媽，直至葬身在遙遠寒冷的西伯利亞。你這樣做，忍心嗎？」

沃爾康斯卡婭痛苦地閉上眼睛，默禱著，「哦，上帝啊，上帝！」她的淚水已經奪眶而出，但仍然低聲堅決地回答，「但是在苦難中的丈夫更需要我的陪伴。我已經決定了。」

「不！」將軍絕望地阻止，「瑪申卡，聽爸爸的話，那可是七千俄裡的路程：漫天的黃沙，肆虐的風雪，泥濘的道路，還有野獸和盜匪，你獨自要走一年的時間。你才二十歲呀，孩子！你讓爸爸媽媽怎麼放心得下？」

「爸爸媽媽，您不用擔心我。」

「不不！」父親還想做最後的阻止，「你不可能去！陛下已經宣佈，所有跟隨流放的妻子必須由陛下親自批准。」

「那好，我去找沙皇陛下，懇請他的恩准。」

「瘋子！你的那個人是瘋子，現在又添了一個你！」將軍看著女兒的馬車絕塵而去，絕望地頓足。

沃爾康斯卡婭公爵夫人來到了冬宮前的廣場，她想去冬宮尋求沙皇的批准，在這裡她意外遇到了特魯別茨卡婭公爵夫人和穆拉維約娃夫人，她們都是同齡人，個個風姿卓約，光彩照人，顯然她們都是懷著同一個目的想覲見沙皇的。

「哦，瑪申卡，」特魯別茨卡婭流著淚擁抱著沃爾康斯卡婭，「請你原諒，我們連累了你們。」

沃爾康斯卡婭連忙用手擋住了她的嘴，「瓦尼婭，你怎麼能這樣說話？都是出自良心的選擇，上帝的安排。」

三位貴夫人像姊妹那樣相擁相偎。

一陣華麗的號聲在廣場上空吹響，是沙皇的車隊來到了。

「看，陛下來了。」

兩列馬隊在前方開路，緊跟著是沙皇的御駕。廣場上的人們紛紛聚攏來圍觀歡呼。

突然，人群中衝出一名年輕女子，跪倒在沙皇馬車的前面。

「陛下，陛下，我有要求請您恩准。」女子用法語大聲叫喊。

幾名衛兵立刻上前想把她拉起來。

「不，不，我不起來！誰也別想把我拉起來！」那女子死賴在地上橫豎不起。衛兵們不知道她講的是什麼，拿她毫無辦法。

沙皇的馬車停下了，尼古拉一世走下馬車，用權杖點點地面，「女士，請您把頭抬起來。」

青年女子抬起頭。她長著一張姣好的臉龐，蜷曲的金髮像瀑布似地泄在肩上，設計得時髦而得體的服裝更凸顯出她那曲線分明的美好身段。

「陛下，陛下，我不會說俄語。我請求您恩准我的懇求。」女子仍然跪在地上。

「您有什麼要我批准的呢？」

「陛下，我請求您批准我做囚徒，流放到西伯利亞。」

「天哪，」沃爾康斯卡婭對她的女伴們低語，「怎麼又來了一個『傻』姐妹。」

「她是誰的妻子啊？」穆拉維約娃低聲問，「哦，我想起來了，她不就是被俄國政府從法國聘來的服裝設計師嗎？她的丈夫會是誰呢？」

「您叫什麼名字？您的丈夫是誰呢？」尼古拉一世在問。

「我叫波麗娜，法國人。我的丈夫叫安寧科夫。」

「難道是他，安寧科夫中尉？」特魯別茨卡婭對兩姊妹低語，「他不就是那個莽撞鬼，自投羅網的人嗎？」

「是的，就是他。」沃爾康斯卡婭點點頭，「您告訴過我，那天你的丈夫特魯別茨柯依公爵和搜捕嫌犯的隊伍一同到了軍營，逮捕名單上並沒有他的姓名，他卻硬闖了進來，說他要求被捕。您的丈夫為了保護他，大聲訓斥，『您自己在誹謗自己，您這是犯了嚴重的自我誹謗罪！來人，把他帶開！越遠越好！』可是他卻堅持大聲宣佈，『難道士兵和大炮不是我調來的嗎？難道我的功勞你們想奪走嗎？』就這樣，特魯別茨柯依公爵眼睜睜地看著士兵們把安寧科夫上尉綁起來，這時他還笑著說，『在這種時刻，我應該和同志們共患難。』多優秀的人吶！而你的丈夫也因此暴露了……」

沙皇尼古拉一世此時端詳著這個法國女子的臉，好像記起了什麼，「啊，我想起來了，您的男人被關在彼得保羅要塞裡的時候，我的屬下向我報告說，有一個法國女子隻身帶了一把手槍，妄圖闖進要塞，還計畫用安眠藥迷昏要塞的衛兵進行劫獄。我想他們說的這個法國人就是您了？」

「是的，陛下。」

「我真為您這種法國式的浪漫幻想所感動。但是我也很想知道，當初安寧科夫在法國向您求愛時，您不是已經明確拒絕了他嗎？是什麼原因現在又讓您回心轉意呢？」

「陛下，那是因為，那個時候，我們不平等。」

「什麼？不『平等』？呵呵，又是你們的『平等』！」尼古拉一世嘲弄地拉長了聲音。

「是的，他隱瞞了貴族身分，而我只是一名普通的服裝設計師。所以當我後來知道了他的真實身分後，我把他痛罵一頓，我罵他『你這個貴族仔，我恨你！』」

「那麼現在你們平等了麼？」

「是的陛下，當他後來在獄中給我來信時告訴我，他已經被剝奪了所有貴族封號和特權之後，我想我們之間已經平等了，我們當中的阻礙沒有了，我可以向人們證明，我的愛情完全不是為了自私自利的目的。」

「您就為了這個原因？」沙皇尼古拉一世覺得眼前的這個法國美女簡直荒唐得不可思議，他不想再費時間了，「小姐，您是法國人，您的事不歸我管。」

「那我就不做法國人。」

「您為此也不可能獲得俄國國籍。」

「那我也不做俄國人。」

「您沒有國籍，又不懂俄語，在荒涼粗野的西伯利亞，您怎樣活下去？」

「沒有關係，我只要擁有我的安寧科夫，我就感到幸福。」

「但那是監獄，你們不可能生活在一起，你們每週只能有一小時的見面，再說您還沒有與他結婚。」

「可是陛下，我已經把我的第一次獻給了他，我不懂俄國的法律，但是在法國，情人完全享有結婚的待遇。陛下，請您批准吧。」

「如果，如果我不批准呢？」尼古拉一世沉下臉來，準備登上馬車。

「不，您不能這樣！」法國女子跪著撲倒在沙皇的腳下，「您無論如何要批准我，我求求您了。」大概是預感到了失敗，她決定使出法國人的機智，說，「陛下，我知道您宅心仁厚，我們歐洲人都說您是最富有同情心的人。」

「是嗎，全歐洲都這麼說？」尼古拉一世腳踏在馬車踏板上，回過頭來。

「是的，陛下。」

大概這句話令沙皇十分滿意，他微笑了，「那好吧，我可以考慮。」

「真的？太感謝您了陛下。請問要等幾天？」

沙皇略作考慮，「三天吧。」說完登車駛進了冬宮。

在冬宮的花園裡，沃爾康斯卡婭公爵夫人和沙皇尼古拉一世在邊走邊談著。

「這麼說，」尼古拉一世問，「您也下了決心。」

「是的。」

「如果我不同意呢？」

「您會同意的，陛下。」沃爾康斯卡婭態度高雅，不卑不亢，「因為我知道，法國的女裁縫能夠得到您的特許，您不會讓一個貴族享受不到下層人的權利。對嗎，陛下？」

尼古拉一世啞口無言。

最後分別的時刻終於來到了，一輛馬車停在了原沃爾康斯基公爵的宅邸前。沃爾康斯卡婭的家人都前來送別。她的父母親老淚縱橫，泣不成聲，撫摸著女兒的臉，一遍又一遍。女傭卡佳抱過嬰兒送到沃爾康斯卡婭的手中。望著熟睡中的兒子那天真無邪的小臉，她再也抑制不住熱淚的傾瀉而出，她強壓著哭泣，把臉深深埋在嬰兒的胸前，肩頭劇烈地抽動著，心裡一遍遍地呼喚，「謝廖施卡，謝廖施卡，原諒你的媽媽吧。當你再次睜開眼睛，你將從此看不見你媽媽的面容，媽媽也將永遠聽不到你那甜蜜的呼喚了，你的名字只能夜夜在萬里之外我的夢中一次次地刺痛著我的心。別了，我親愛的兒子。別了，我親愛的爸媽。別了，哥哥。別了，我的櫻桃園……」

馬車離去了，沃爾康斯卡婭公爵夫人率先踏上了萬里尋夫的征程。從彼得堡到西伯利亞，中途要取道莫斯科。由於她的壯舉，在整個俄羅斯的上層社會和文藝界引起巨大震動，莫斯科的上層社會為她舉辦了上千人的送別宴會，場面十分悲壯。曾經熱戀過她的大詩人普希金也在場，事後還曾寫詩相贈。在詩中，普希金讚美這群風雪中美麗堅守的貴族女子像「北方的白樺樹」，令人心靈為之顫慄。

這群美麗絕倫的女子後來都各自經歷了種種磨難歷經千辛萬苦先後抵達了丈夫的身邊。

當沃爾康斯卡婭來到了西伯利亞礦坑的底層，她趟著地面的積水，摸索著一根根的礦柱往前艱難地挪動著腳步，好長的時間，她的眼睛才逐漸適應了黑暗。她聽見鶴嘴鋤在鑿堅硬岩石的聲音，還伴有沉重的喘息，然後慢慢看清了前面有兩個晃動的人影。她的大眼睛裡此時已經盈滿了淚水，她輕輕喊了一聲：「謝爾蓋，你在哪兒呢？」

沒有人應答。

她又喊了一聲。

突然，礦洞裡發出一陣慌亂的撞擊聲，一個蒼老而熟悉的聲音響起了，「是瑪莎嗎？是瑪莎嗎？是我聽錯了嗎？」急促的呼喚伴隨著跌跌撞撞的腳步聲，一個高大的黑影突然出現在她的眼前。

「謝爾蓋，你的瑪申卡……來，來看你了。」

「瑪申卡——」他像發了狂似的嘶啞著聲音朝她撲來。他，蓬頭垢面，衣衫襤褸，一陣沉重的鐐銬聲令人聽起來特別刺耳。他們竟然用鐐銬鎖住公爵那雙高貴的雙腳！她瞬間明白了他的痛苦，他的孤獨，他的憤怒。沃爾康斯卡婭淚流滿面，跪倒在丈夫面前，雙手顫抖著，首先捧起的，竟是那冰涼的鐐銬，貼緊她鮮豔的嘴唇，深深地親吻著。

在這一剎那，所有的囚犯，連同粗野的衛兵，都沉默了，他們眼裡都閃動著晶瑩的淚花。

同樣的場景在繼續演繹著。當穆拉維約娃來到礦井時，她的丈夫根本不知道她的到來。這位二十一歲天使般聖潔美麗的女子，花了將近一年零兩個月的時間，才艱難抵達這裡。她途中遇到的刁難，威脅，阻礙，兇險，比誰都多，然而當她突然出現在丈夫面前時，卻還是那樣雍容華貴，那樣美輪美奐。她的丈夫最先看到的是她頭上戴著的頭飾——一朵小黃花。

「尼基達，你看到這朵小黃花了嗎？」妻子問，「那可是你第一次向我求婚時給我戴上的，你還記得嗎？」

丈夫眼眶濕潤了，立刻跪倒在地上，乞求她趕緊回去，「你，你不該來這裡。回去吧，求你了。家裡還有三個孩子，還有老父親老母親，你怎麼能把他們統統拋下？是我對不起你。我們結婚之後我從來沒有向你隱瞞任何事情，只有起義這件危險的事情我沒有告訴你，因為我怕你擔驚受怕。現在，我帶給你痛苦了，我跪下來乞求你寬恕我。」

妻子抱住他不停地親吻著，「你不要對我說這樣的話，讓我心碎。我們結婚三年以來是我最幸福的時刻，我像在天堂一樣。我知道沒有永恆的幸福，愛情是天堂也是地獄。……我覺得我是女性當中最幸福的人，你的淚水和微笑，我都有權分享一半。把我的那一份給我吧，我是你的妻子！我要永遠跟隨你。讓我失去一切吧：名譽、地位、富貴甚至生命！

「你瞧，我還把普希金給你們的詩歌帶來了。」

致西伯利亞的囚徒——普希金

在西伯利亞深深的礦井，
你們堅持著高傲忍耐的榜樣，
你們悲壯的勞苦和思想的崇高志向，
決不會就那樣徒然消亡！
…………
沉重的枷鎖會掉下，
陰暗的牢獄會覆亡
自由會在門口熱情地迎接你們，
弟兄們會吧利劍交到你們手上……

由於西伯利亞生存環境極其惡劣，十二月黨人的妻子們最終都在貧苦病痛中死去。最先倒下的是穆拉維約娃。七年後，她終於被嚴酷的氣候和貧病交加的生活折磨而死。到西伯利亞一年後，留在彼得堡家中的兒子夭折，再一年後女兒患了重病，她自己的父母親很快也去世了。穆拉維約娃寫信給婆婆說：「媽媽，我已經老了！我再也不是您的從前那個『甜蜜的小姑娘』了，您簡直不知道我有多少白髮！」

說到這裡，我已經抑制不住自己情感，聲音不由得顫抖了，我的面頰上彷彿有只螞蟻在爬，從眼角爬到了嘴角邊，我的舌尖嘗到了一絲鹹味。這時教室裡的同學們個個泣不成聲，一個女生突然衝出了教室，就在走廊裡我聽見那強制壓抑的哭泣。

我接著往下說。

七年之後，二十八歲的她也撒手而去。死前她含淚為丈夫和新生的兒子祈禱，然後悄悄地離去了。人們為她修了一座寒磣的墳墓，立了一個小小的十字架，點燃一隻蠟燭。妻子走後，三十六歲的穆拉維耶夫一夜之間變成一個白髮蒼蒼的老人。

整整一個世紀，俄羅斯所有最偉大的作家，普希金，屠格涅夫，車爾尼雪夫斯基，托爾斯泰，契訶夫……都在她們的面前低下他們那高貴的頭顱，大詩人涅克拉索夫在看到沃爾康斯卡婭用法文寫下的「流放日記」時，跪倒在壁爐跟前，像孩子似地抱頭痛哭，並創作了獻給沃爾康斯卡婭和特魯別茨卡婭的最美的詩章。

在十二月黨人的妻子當中，有一位最後辭世的，她終於活到三十年後迎來了大赦，她就是亞歷山大．伊萬諾芙娜．達夫多娃。當人們把鮮花和讚美獻給她的時候，她只平淡地說：「詩人們把我們讚頌成女英雄。我們哪是什麼女英雄，我們只是去找我們的丈夫罷了……」

這些十二月黨人的妻子個個才華橫溢，知識淵博，都受過良好的教育。像沃爾康斯卡婭公爵夫人精通五國語言，一些法國妻子也都有很高超的技藝，在極其艱苦的生活中，她們仍不忘在當地民眾中傳播文化的種子，給農奴的孩子講授俄文、法文和先進的技術。終於，一百多年後，她們播下的文明的種子結出了豐碩的果實，在那片荒蕪的文化沙漠中，誕生了一座具有現代文明的城市，它，就是位於距我們北方不很遠的伊爾庫茨克。

十二月黨人和他們妻子的精神境界成為俄羅斯民族也是全人類道德的一座豐碑。它昭示人們，在崇高理想的鼓舞下，人，這個最高級的物種，靈魂能夠達到何等的美麗。而普希金與他們的精神聯繫又通過詩人的文學創作成為俄羅斯民族以及世界文學史上的一座不朽的高峰。

　　這時，下課的鈴聲響了，班長還沒有喊出「起立」，全班同學已經不約而同站起來熱烈鼓掌，他們淚眼閃爍，久久不願離去。

# 07 「嗅覺」書記

下課之後，徐主任按照魏校長的要求，通知大家稍事休息然後到會議室參加公開課的講評，只要是沒有課的老師都希望能參加，因為會上不僅會有兄弟院校專家們的講評，還有學生家長本市的領導同志參加評議。

他這麼一講我才心裡有點數，我想，那位有點氣度的人估計就是那個反映學校教學品質有問題的學生家長了。其實這種反映我以為很正常，不能像王瑞祥那樣說成是「放壞水」，子女跟父母議論學校老師這種事天天在家庭裡發生，只是這位家長過於愛子心切了，以至於要親自出馬來過問一下。不過從中也可看出這位家長應該是有點權勢的，從徐主任簡短的通知裡，我想他也許是這座省會城市的什麼領導，按理說，跟我們所屬的專署不是上下級關係，但因為專署就設在省會，那關係就不一般了，誰沒有求人幫忙的時候？再說我早就聽人講起過，中國的行政等級極為嚴格，省會幹部比專署的級別肯定高，難怪拿公開課當回事做了。當然這一切都是我的猜想，在我們這個年代，都不喜歡問別人的家長當什麼官？屬於什麼級別？如果問了會被別人看不起。在我的大學同班同學中，好多都是中央首長的兒子女兒，我們從來沒有一個人問過這一類問題，今天我當然就更不會去問了。只是我奇怪，為什麼張樺茹跟這個人這麼近乎？像是一家人似的，但臉模子明顯不是她爸爸，那會是她的什麼人呢？

因為下課後有學生找我問問題，出課堂遲了點，再去方便了一下，所以等我從廁所出來，課堂裡的人都走得差不多了，老師們都上樓徑直去會議室參加我的公開課評議，走廊上只剩下幾個稀稀拉拉的人。我往前趕，忽然看見沿著走廊一側緩緩走著個人，原來是張樺茹。她一個人低著頭，走得很慢，彷彿有什麼心思。由於我們不在一個科，加上這陣子我忙於備課上課，也很少見面，更不用說交談了，我從她身旁走過時，想還是應該打聲招呼吧，就回頭喊了她一聲。

她抬頭看見是我，眼裡流露出了十分複雜的神情。她似乎還沉浸在我方才上課的內容中，眼角還閃爍著晶瑩的淚光。在她見到我的那一瞬間，那藍褐色的大眼睛裡彷彿有什麼已被從內心深處喚醒了，就像原先是平靜的海灣，突然遇上了一股強大的湍流，攪得她心神不寧，她好像陷入了沉思之中，開始用一種完全陌生而驚異的眼神望著我，彷彿我們從來不曾認識似的，不過隨即就恢復了往常的矜持和穩重，只在她那長睫毛下留下了深深的憂鬱。

「你去會議室嗎？」我問。

她點點頭，嘴唇微微一動。

「我很想聽聽你對我上課的意見。」

她沒有說話，低著頭，加快了腳步，似乎並不想跟我一塊走。

我不知道她為什麼突然間對我如此冷淡，至少客氣話總應該說上兩句吧。

她見我還跟著她走，便站下了，眼睛避開了我，「你真想聽我的真實想法嗎？」

「是的。」我說。

「我覺得……」她停了停，似乎考慮如何來表達，「你很……可怕。」她說出這兩個字後便獨自快步登上樓梯進會議室了。

留下我一個人獨自回味著她的這句話。什麼意思啊？難道這堂課上下來的結果就是讓人覺得我可怕嗎？

我走進會議室時，人都差不多到齊了。中間是一張大的會議桌，一邊坐著請來的專家、學校方方面面的頭頭們，魏校長當然在座，趙書記居然也在這讓我有點意外，因為我知道他對教學從來沒有興趣，我想他主要是陪那位學生家長的。另一邊是我和其他老師們坐，至於其他科系的老師們就都坐在後面一圈的座位裡。

會議由我們科的徐主任主持，他簡要說了開場白後，就請來自省直屬綜合大學的一位薛教授首先發言。這個老師的名字我是知道的，在本省算得上是俄羅斯文學的第一把交椅，他實際的職稱是副教授，這職稱估計還是早年評的，以後不停的政治運動，職稱評定工作早停下了。他看上去已年過半百，花白的頭髮覆蓋著前額，與眾不同的穿著一身舊西裝，顯示出俄羅斯式學者的風度。

他一開口就問了我一個問題，他說，「普希金和十二月黨人的關係是一個極重大的課題，對理解詩人的人格和作品至關重要。但是由於這方面的資料極少，要想講得深入十分困難。我今天可以說是聽了一堂內容極其豐富、資料極為詳實、講課十分生動、學術價值極高的俄羅斯文學課，我十分詫異的是，聽說岳翼雲老師是今年剛剛畢業的大學生，你那些資料是從哪里弄來的？」

我拿出了我教案下面的一本厚厚的俄文書，題目是**《русская литература》（俄羅斯文學）**這是本最具代表性的蘇聯文學的理論期刊，說，「我一直買這本期刊，這是今年剛出的。資料都是這上面的。」

薛教授接過去拿在手裡翻了翻，十分感慨地說，「這就是從北京來的優越性了。這種蘇聯出版的原版書在我們國家是限量的，可說是極少極少，只有北京外文書店裡有少量供應，我們這裡根本見不到。」說完他十分珍惜地翻著書頁，大概看到了我寫在書頁空白處的批註，邊看邊讚賞地點頭，然後感歎說，「說實在話，我被邀請來聽這堂課之前，是根本不抱什麼希望的，我想，一個剛出茅廬的大學生，要開課講俄羅斯文學，講普希金，開什麼玩笑！要不是礙著兄弟院校的面子，我本不想來的。但我萬萬沒有想到，我聽到的居然是比蘇聯專家上的還要好的課——他們的資料也許更豐富，理論性更強，但他們不會中文，過去蘇聯專家還沒有撤走之前，我每次給他們做課堂翻譯，覺得枯燥乏味，那絕不是文學課，絕不像今天岳老師這樣出神入化，感人心弦，催人淚下。我不合適宜地說句玩笑的正經話，如果岳翼雲老師還發表過論文，他甚至可以評上副教授、教授。最後我想向岳老師提點個人的要求，這本書能否借給我一用？」

他的話音剛落，有的老師就鼓起了掌。

省師範學院的一位老講師也隨後發了言，他也表達了同樣的意思，還特別強調了我上課的科學性和藝術性的高度結合，他問我，「岳老師是否當過演員，我在下面邊聽邊想，如果你沒有當過演員的經歷，你的朗誦怎麼如此之好？我們師範院校非常想讓學生具有良好的朗誦能力，這對當好一名中學的語文老師極為重要，這樣才能讓我們的孩子們充分感受到祖國語言文字的美。我甚至想，能否請你給我們的學生上堂課？哪怕是就把你上的這兩堂課給我們的學生上上也好。」

他的邀請頓時使會場充滿了活躍的氣氛。

他倆發過言後，就輪到其他老師發言了，許多老師尤其我們科的老師都說了許多溢美之詞，我看到對面坐著的魏校長、教導主任，還有徐主任，臉上都像開了花，會議開到這裡，似乎可以結束了。魏校長問趙書記，趙書記就問坐他身旁的那位頗有氣度的學生家長，也請他講兩句，那個人點點頭。

魏校長請大家安靜一下，說，「今天我們的會議還請到了我們的學生家長尊敬的史副書記，他平時工作很忙，要不是因身體有恙，利用養息時間光臨鄙校，我們還沒有機會能聆聽指導，現在請史副書記作指示。」

這位姓史的人先前一直在默默地聽別人的發言，鎖著眉頭好像在思考什麼，他捏在拇指和食指間的香煙頭越燒越短，但他全然不覺，總是懸空對著桌面打著轉轉，就像是中醫用艾絨烤炙傷痛的部位似的。他大概也有五十多歲，大背頭，是領導幹部的模樣。他略作沉吟，說，「我聽了前面一些老師和同志們的發言，我想談點個人的意見，談不上指示。我覺得，這位岳老師的講課技巧可以說是相當出色的，他大大出乎我的意料之外，這倒打消了原先我對這所學校教學品質方面的某種擔心。但是聽完課之後，我又產生出了另一種擔心。不錯，岳老師的課很有感染力，讓學生聽得如醉如癡，但是我必須說的是，今年的『廬山會議』上，毛主席提出『反對右傾機會主義』的口號，為我們全黨全國人民敲響了警鐘，他老人家提醒我們要始終繃緊階級鬥爭的這根弦。這是什麼意思呢？這就是要求我們對各種思潮，各種言論都要仔細分辨一下它到底代表著哪個階級的利益？它到底刮的是東風呢還是西風？越是打動人心的地方往往極有可能就是毒草，甚至就是大毒草！我們就越是要仔細砸吧砸吧滋味，這就叫做從『政治上看問題』，這就是『政治嗅覺』！」他說到這裡右手有力地在空中一揮，戛然而止，像指揮家打出了一個休止符。

史副書記一開口，會場就沉重了，領導幹部到底不一樣，一說話就站在理論的高度看問題，它讓我重新感受到了「反右」的氣勢，不過他的話雖然大有泰山壓頂之勢，但我卻搞不懂這跟十二月黨人，跟一百多年前的普希金有什麼關聯？史副書記看看大家，見一個個聚精會神地聽，精神就更上來了，他接著說下去，「十二月黨人都是貴族，都是剝削階級的代表人物，他們的老婆都是什麼人？地主婆嘛！黃世仁的老婆！他們能像岳老師講的那樣高尚，那樣美好嗎？那些只有共產黨人才有的品質怎麼可能在地主婆身上出現呢？這個問題只要稍稍有點腦袋的人都能明白。所以我講的第一點就是，上課必須有階級觀點。」

他講到這裡停頓了一下，看看我。我這時很想解釋一下，剛張嘴，他似乎故意不看我，就又說下去了。

「第二個問題嘛，我們還應該分析一下十二月黨人和普希金到底追求的是什麼？符合不符合我們社會主義社會的需要？用馬列主義的觀點看，也就是他們這種意識形態能不能成為我們社會主義國家的上層建築？十二月黨人追求的是法國人的那一套，那是典型的資產階級意識形態，什麼自由啊，平等啊，博愛啊，都不是我們無產階級需要的。無產階級需要的是砸爛舊世界，是階級鬥爭，是無產階級專政。要自由平等，還要不要共產黨的絕對領導？我們不得不提醒，五七年的『反右』，多少右派分子都是拿自由平等博愛這一套來向黨進攻的，這個教訓慘痛得很哪！」他說到這裡，手指重重地敲打著桌面，他又望望我，「岳老師今天講得很動感情，這說明他的世界觀裡很相信這一套，當然囉，他還很年輕，希望今後還要加強思想改造。說到這裡，我也可以給大家透露些內部的消息，大家都知道，蘇聯現在跟我們的關係已經出了大問題，赫魯雪夫公開反對我們的公社化運動，我們的毛主席也明確反對他們搞什麼『反個人崇拜』，這樣把史達林搞臭對國際共產主義運動有什麼好處？指出這就是修正主義，是極其危險的。我們必須站在國際共產主義鬥爭的高度來思考，像俄羅斯文學、蘇聯文學，這些修正主義的東西我們底下到底還要不要教？怎麼教？這些都是大問題。我就提這些供同志們考慮吧。」

史副書記一講完，趙書記便帶頭鼓起了掌，於是大家一起跟著鼓掌，許多人都若有所思地點著頭。

趙書記接著做了簡短發言，他說，「史書記到底是老同志，老幹部，看問題十分敏銳，剛才的講話真正是那個，那個，居高臨下，這些都是我們需要學習的。當然囉，這並不等於是全盤否定岳老師的課，只是提出一些今後改進的方向，有些地方估計還涉及到教育部，這個，這個，」他臉對著魏校長發問「是不是還跟那個，那個什麼綱有關係？」

魏校長立即提醒，「教學大綱。」

「對，關係到今後對那個綱的修改，這就不是我們一個學校能做的事了。各位還有什麼話要說的，請大家抓緊時間發言。」

他剛說完，就聽賈若曦大聲說，「我也說幾句。」大概是為了讓大家注意自己的發言吧，他還特意站起來，「我十分同意剛才史書記的指示。」

賈若曦的話把我弄糊塗了，到底是「史副書記」？還是「史書記」？怎麼叫法不一樣呢？魏校長稱呼是「史副書記」，趙書記跟賈若曦稱呼是「史書記」，又不講邏輯了吧！

賈若曦態度有些激動，「史書記是站在階級鬥爭的高度，站在國際共產主義鬥爭的高度來看待問題的。小岳的課吧，要害就是借宣揚俄國封建貴族和法國資產階級思想來反對無產階級專政，實質上是跟五七年的『右派分子』一個鼻孔出氣，他的有些話看上去好像是在講課程的內容，但又話外有話。比如，在講到十二月黨人起義的時候，他特意講到起義者中有人問『是憲法大？還是沙皇大？』這個問題，大家都知道，當年右派向黨進攻的時候，就有人提出『是憲法大還是黨大』的問題，當然我這樣說，並不是說岳翼雲同志就是右派分子，而是必須這樣去看問題，否則就要犯極大的錯誤。另外，他還特意提到魯迅的小說『離婚』，這本來是跟俄羅斯文學完全扯不上關係的話題，『離婚』也不是魯迅的什麼重要作品，怎麼就跟十二月黨人起義的失敗聯繫上了呢？我百思不得其解的是小岳老師提到它到底是想說明什麼？是不是為了炫耀自己的知識淵博，如果是這樣就是想突出個人，就不太好了……」

我這才聽明白，賈若曦是衝著我課上的那段話來的，我承認，我沒有事先瞭解他們過去學過了哪些知識，貿然提到課程外的話題的確是我的嚴重疏忽，但把『離婚』說成是魯迅的非重要作品，這至少暴露了這位賈老師的現代文學知識的極其膚淺。不過這些話已經無需對他多說了。

由於史副書記的發言重新為評議會定下了新的調子，後面老師們的發言又出現了一個高潮，許多原先肯定我講課的老師紛紛轉向，又重新開始對我進行了批評，發言的態度跟先前一樣也極其誠懇，真誠，我真不知道他們前後的講話到底哪句才是真的？

就在大家紛紛對我發出批評的時候，後排座位上發出了一個聲音，「我想發言。」

原來是張樺茹。她沒有站起來，聲音很平靜。我心想不知道她要怎樣說我呢？她不是已經說我「很……可怕」嗎？莫非她的發言還有更厲害的重磅炸彈？

我轉過臉看她，發現她的臉已經漲得通紅，兩眼因氣憤而變得更明亮，就像那天錯把我當成賊的那種神情。

她說，「對不起，我不是學文學的，我是學教育的。但文學與教育是共通的，在西方的教育史上，也有俄羅斯文學家的貢獻，我不是完全不熟悉。我想說的是，岳翼雲老師的課是真正成功的課，不客氣地說，是我們師專很少老師能開出來的高水準、高品質的課。大家捫心自問是不是這樣？有幾個老師能站出來跟岳老師比一比？我今天能聽到這樣的課是我莫大的幸運，他讓我知道了，大學的課原來可以這樣去講，能把學生的心、學生的人格和知識整個融化在一起。在這裡，我不得不對史伯伯——對不起，我從小就喊您伯伯，我改不過來了——對您的話表示一些不同的意見。您方才講的那些階級鬥爭的大道理我沒有能力去評判，但就對這堂課來發表評論，我以為是文不對題。因為如果根據您的觀點來選定課程，我不知道還有哪些課可以上的？岳老師講的是俄羅斯文學史，這些史實是存在在歷史上的客觀的東西，您硬要把這些十二月黨人的妻子說成是黃世仁的老婆，請問您的依據是什麼？您硬要把他們說成是修正主義的東西，請問那時候有修正主義嗎？為什麼一個客觀的事物到了您那兒您就硬要把它改造得適合您的意思？對不起，如果說岳老師講的這些內容是毒草的話，那麼我甘願中毒，因為我今天是第一次感受到了人原來可以變得如此偉大，如此崇高，如此美麗。我明確的說，我喜歡聽他的課，如果他允許，我甚至今後想天天來上他的課。」

張樺茹的發言語調雖然不急不忙，但看得出來她內心裡十分不平靜，她只是在強行壓抑著而已，我感覺得到，她是一個有強大內心自製力的人，輕易不會改變她矜持自重的態度，即便如此，她的發言也是夠衝的了，大概他和史副書記之間的關係不同一般吧，要換了旁人大概是沒人敢用這種語氣來說話的。我看史副書記這時臉色很尷尬，連趙書記也看出來了，他連忙打圓場，說，「這是課堂教學評議會，各自，各自，」我想他大概是想說「各抒己見」這個成語，但他沒有想得起來，最後說成「各自——自說自話吧。家長的意見我們更應該重視。小岳啊，這些意見就是供你參考，你還有什麼話要說？」我搖搖頭，心想在這樣壓抑的氣氛下，我還能說什麼？「那好，如果沒有其他人發言的話，今天的會就開到這裡吧，散會。」他說。

會後我走到張樺茹的身邊，她仍低著頭坐在那裡獨自想著什麼，我低低地說，「謝謝你。」

她還是避開我的眼睛，目光躲閃著，彷彿一隻小松鼠被人逮到了似的可憐巴巴地找尋出路，用輕到幾乎聽不見的聲音說，「你讓我真的感到……可怕。」

# 08 食色性也

張樺茹的這句話令我百思不得其解。

晚上當我打開日記本時，白天的這一幕就重新浮現在眼前了。我覺得這一天過得，讓我怎麼說呢？我對自己的公開課還是比較滿意的，但那些人尤其是張樺茹稱「伯伯」的那個人說的那些話，令我不寒而慄，讓我背後滲出冷汗，它總讓我想起「反右」的日日夜夜那些令人心悸的情景，那些被點了名的同學一夜之間成了敵人，當他們回到宿舍躺在床上之後，整夜的磨牙說夢話發出可怕的驚叫，這時全寢室的人因為已預先被「組織」關照要「密切注意階級敵人的動向」也都睜大著眼睛不能入睡，一邊慶幸自己沒有成為那個人，一邊在內心深處對這位往日的同學的所有情誼真正做到了情斷義絕，於是頃刻間他就成了被群體拋棄的流浪狗，左右回頭慌亂地躲閃著群犬的追逐撕咬，再找個荒僻處獨自舔舐著自己的傷口。我記得有一夜對面宿舍樓四樓就有一位「階級敵人」突然打開窗戶縱身跳下……死者是物理系的，在宿舍樓的燈光照射下，我看見，他仰面躺在水泥地上，手腳擺出個奇怪的角度，活像一個鬆開拉線的木偶人。許多同學在他四周圍了個圈呆呆看著，誰也沒有說話，也沒人去扶他，直到校醫趕到才把他抬走。如果我的課最後招致的就是這樣的後果，那是多麼可怕呀！我望著日記發怵，不知該寫些什麼。我腦海裡突然想起了萊蒙托夫的《當代英雄》，那是貴族軍官畢巧林的日記，儘管在他那個時代，沙皇專制統治已經極為嚴酷了，但他在痛苦的靈魂掙扎中照樣能找到現實生活裡的「樂趣」，他能夠沉醉在高加索山區的山川壯美之中，也能自由地在酋長女兒、走私女賊、貴族少婦等等美人堆裡靠戲弄對方獲得精神上的滿足，難怪他的日記能成為傳世佳作。可如今的我呢，一堂公開課都要令我小心翼翼的，就像那位「伯伯」所說，我們講的每一句話，每一個表情，都要讓那些領導同志砸吧砸吧滋味，放到階級鬥爭的放大鏡下去驗明正身，那這樣的日子小百姓還能過的下去嗎？聽聽白天的那些發言，千篇一律，枯燥乏味，又殺氣騰騰，難道這種生活能給人帶來愉悅嗎？可是我們每天不都是從睜開眼睛到晚上上床睡覺都是生活在這種語言的狂轟濫炸之中嗎？我能拿它來寫小說嗎？寫出來的小說誰敢看呢？但是這就是我們生活的現實。如果追尋理想社會就是要讓我一天又一天過這樣的提心吊膽的日子，每天想著自己可能被「組織」劃進了「左中右」裡的哪一塊，那我不如一頭撞死才好。那遙遙無期的理想社會對於我們普通人就意味著永無盡頭的無期徒刑或是十二月黨人的西伯利亞。一想到這，頓時覺得畢巧林的生活是多麼令我羨慕啊！

王瑞祥進屋來了，我趕緊把日記收進抽屜裡——我們的抽屜都有鎖。他這些天來晚上出去很頻繁，偵查的方向不知又轉到了哪個地方。

「岳翼雲，重大發現。」他一進門就像唱河南梆子似的說話高低音差極大，「我發現他們一個重大的祕密。」

我看著他，沒說話。

「你猜，每晚是哪些人在食堂裡聚餐？吃的又是什麼？」

一談到吃，我的興趣也上來了。這年頭，別的地方裝清高可以，吃上面不行，每天饑腸轆轆夢裡盡是它，你能清高的起來嗎？「你說說看。」我迫不及待地催他往下說。

他打開房門朝走廊看看確定沒人了才到我跟前說，「這幾天我天天晚上去食堂外去打探，這才知道，魏校長倒不大去，只是有一個人是天天必去。」

「誰？」

「說了你可不許對別人說。」

「我跟誰……？」

「書記。趙恒泰。還常常帶外人來吃。」王瑞祥像發現新大陸似的激動，「你要不信，我帶你去看。」

我想，看看當然可以，古話雲「王以民為天，民以食為天」，難怪毛主席天天要把「人民」掛在嘴上，但我只是個小民，我只能把「食」掛在嘴上，古代《詩經》還說「碩鼠碩鼠，無食我黍」，我既然知道了有只大老鼠，我幹嘛不能去看看？問題是不要被他們撞見，因為中間要穿過一個大的場子。

我把我的擔心說給王瑞祥聽，他倒很有經驗，他說「沒有問題，我們兩人大搖大擺地散步，要是被他們撞見，就說是到那頭小樹林去逛逛。於是我們兩人就大搖大擺地往食堂那邊走。

天已經黑了，沒有月色，墨藍色的天空上星星像在密不透風的天幕上戳了許多小洞，光就從外面漏進來了，這樣的夜色很適合我們的行動，我們裝作若無其事的樣子穿過了空場地，王瑞祥指指廚房後面的小房間，就是當初孟老師不讓我們問的那間，示意我朝那邊走。我到了近處才發現，原來我們學校的廚房有前後兩個出口，前口是連著我們教工食堂的，後口則連著這間小房間，因為它小，也不起眼，這房間我們平時就不大注意了，我們都以為是廚房裡堆放物品或食品的儲藏室。它有扇窗戶，但現在是關著的，裡面有簾子擋上了，從窗縫隙中送出來陣陣濃烈的菜香，這是我久違的氣味，刺激得我口腔裡的唾液因為急於噴湧而出而令唾腺漲的發痛。

王瑞祥帶我到窗戶下面，那裡的窗簾有一個角沒有擋嚴實，他讓我朝裡看，只見裡面的燈光亮得晃眼。在燈光下，我看見趙恒泰書記跟其他幾個人一起喝酒，桌上的菜肴我看不大清楚，總之是擺了滿滿一桌，老王師傅還在不斷地從廚房裡端著盤子往桌上送。從氣味上分辨大概有炒雞蛋，炒腰花，青椒土豆絲，燉肉，還有一個菜我過去沒見過，好像是土豆切成塊上面蒙著光亮亮的糖稀，一拽拉出好長的絲……那幾個人我都沒見過，衣著上是一律的幹部服。就中只有一個年輕人令我頗為奇怪，他就坐在趙書記的右手，胸前配有一枚白的校徽，這個人會是誰呢？趙書記大概酒喝的已經有點過了，突出的顴骨上已佈滿了紅暈，眼睛也有點迷糊了。

王瑞祥見我看清楚了，忙把我的衣擺輕輕一拽，低聲說「快走。」就這樣我們一路連走帶跑回到了宿舍。

我問，「他們這樣大吃大喝，大家卻在挨餓，他們的膽子怎麼這樣大？」

王瑞祥的回答真令你對他的經歷豐富不服不行。他說，「這在我們河南農村普遍都這樣，問起來，這是招待上級領導，你說錯在哪裡？上級來視察工作，你能讓人家餓肚子嗎？好歹招待人家一餐飯，這於情於理都說得過去，至於這帳單從哪出？你說呢？羊毛不出在羊身上還能出在狼身上？」

我這才知道我們的糧食，我們的錢票都漏到哪裡去了？這只是個小單位，每天都這樣吃喝，大家如何承受得起？

我又問，「這種事學生們應該比我們更關心，他們應該更清楚，難道他們全都覺著無所謂？」

「這就是你不懂了，你從小就生活在江南大城市。」王瑞祥說起這些來果然是不同凡人，「我跟你說，共產黨的官，現在是不貪污，但白吃白喝是官的，過去打仗就這樣，現在更是這樣。你想想，人都交給革命了，天生帶來的一張嘴難道還能卡在革命的大門外面嗎？所以這絕不是問題。再說了，這些學生都是從小縣城來的，那裡更是官大一級壓死人，過去芝麻綠豆大的官都走到哪裡吃到哪裡，現在來到大城市，一看跟趙書記平起平坐的那肯定是省城的幹部，能到咱們學校吃點喝點，那是看得起咱們，平時求還求不來哩，還能有意見？」

「可我還是搞不懂，」我仍然是滿腹疑問，「照說我這點糧食定量我都餓得滿眼金星，他們特別是體育科的每天還有訓練，他們怎麼受得了？」

「你呀，真是鹹吃蘿蔔淡操心，體育科學生的定量就比我們多多，關鍵是，人家都是農村人，餓了回趟家，順便再帶點這就全齊了，你我能行嗎？」

哦，原來是這樣。在這方面我比起王瑞祥來簡直差太遠了。今晚上的事讓我的胃十分不舒服，原本事情一忙就可以忘掉的，現在反而時時提醒主人有它的存在，我說，「不說了，不說了，說了晚上又睡不好覺了。」

王瑞祥大概也覺著多說對他也不好受，便朝床上一躺，關了他那邊的日光燈，準備睡覺了「他娘的，肚子餓，拱被窩」他嘴裡嘀咕著，一面還埋怨我，「你這個夜貓子又要開夜車了。我實話說了，跟你住一個屋真倒楣，你不睡覺你頭頂的日光燈刺得我眼睛明晃晃的，逼得我每晚都睡不踏實。」說完拉起被頭朝頭上一蒙。

我看他睡下了，又從抽屜裡取出了日記，剛想打開，他突然把蒙頭的被子一撂，頭又冒出來了，嚇得我趕緊拿本桌上的書壓在日記上面。

「小岳，你小子可是撞上了桃花大運了。今天我看那個張樺茹的發言，我敢打賭，那俏娘兒們定是看上你了。」

「你說什麼呢？」我一聽這種話就來氣，我不喜歡用「俏娘兒們」來稱呼她，再說我也真的從來沒往這上面想，這些女學生就夠我煩的了，我立刻反唇相譏，「你要看上人家你就追她好了，別把我也扯進來。」

「你還別說，」王瑞祥倒也爽快，「我要是沒結婚，我立馬就追她。」

「喲，你結過婚啦？怎麼從沒聽你講起過？」

「不想說唄，」王瑞祥連連搖頭，「崽都六歲了。」他大概真不想說，急忙把話題跳開了，「據我所知，現在男老師當中，追張樺茹的，如過江之鯽，不過聽說都吃了閉門羹。這俏娘兒們身架夠高。」

「哎，你別總用『俏娘兒們』說她好不好？」我打斷他的話，「人家是大姑娘。這話聽上去有點刺耳。」

「哈，」他突然大笑起來，「你小子內心暴露了吧？還說對她沒意思，要沒意思你幹嘛為她護短呢？」

他這一說，我心裡還真的咯噔一下，學文學的人對人的潛意識觀察都是相當敏感的，魯迅的「咯吱咯吱」是有名的例子，我會不會真被他言中了呢？不過我不會輕易認輸，我也隨即回敬一句，「我就是怕你犯了『意淫』，對不住嫂子。」說完也哈哈大笑了。

笑完了，王瑞祥似乎還意猶未盡，「我提醒你，對她這個俏……要真有意思，該下手就下手，晚了人家就名花有主了。」

我淡淡一笑，「放心，我岳翼雲從不湊熱鬧，從不紮堆兒，眾人看上的，我未必看上；眾人看不上的，我沒准就看上。不過有一個原則，就是我絕不主動追人，第一我沒那麼多時間在這上面泡，第二我從來挑戰自己不挑戰他人，追求她人就要看她人的臉色，我不習慣。」

「你呀你呀，」王瑞祥看我說的很認真，有點感慨，「沒看出來你挺有個性，難怪大學四年你一個對象也沒有。不過現在好了，女學生成群結隊追上來了，你再也不用看人家的臉色，倒讓人家看你的了。不過今天課上的那個女生你能看中嗎？人家可是勇氣可嘉啊！」

他這一提我也不由想起來了，這個女生舉止是有點古怪，課後她是來找了我，我並沒有責備她，只是嚴肅地告訴她，對老師是不能隨便開這種玩笑的。她低著頭，聽著，不吭聲；問她，還是不吭聲，最後鞠了一躬，走了。

我說，「瑞祥，你看這女生是不是腦子有毛病啊？」

「沒准，說不定。」

「虧你還能問我看不看中她？用我母親的話，叫做『三句不開口，神仙難下手』，這種人最難相處，你永遠不知道她心裡想的是什麼，還能跟她生活一輩子嗎？」

「你說的也有道理。」王瑞祥同意我的看法，「再不，你就在那堆女生當中挑一個？」

「我已經當眾表過態了，不跟學生談。」對這個問題，我的態度也很堅決。

「你這個想法我也同意。」他補充說，「因為我還聽說，東北女子尤其是農村來的頭上都有蝨子。」

「是嗎？」這我還是頭一回聽說。

「你想她們平時根本不洗澡，頭上、身上能沒有嘛？我有一次就見到過有個女生頭髮裡有只蝨子，手腳還在動。」

「你就別形容了好不好？用我們南京話講叫『瘱怪』。好了好了，不談了，你睡吧，我也要做事了。」我剛要打開日記本，他猛地又來了這麼一句話，「要不，你就跟老殷好也可以。」

「哪個老殷？」

「殷浦江啊，她對你有意思，我早看出來了，否則她幹嘛總省下餅子給你吃？人家白白淨淨的，小胸脯挺挺的，上海人，臉長得也不醜。」

「我怎麼沒看出來？她還比我大呢。嗨嗨，你今天是怎麼啦，說來說去都是女人？」我真的想打斷他了，否則我就做不成事情了。

「你也不要跟我假正經了。」王瑞祥不屑地說，「你看看哪個男生背後不談女人，又有哪個女生背後不談男人？」

「你對女人就這麼瞭解？」

「要不人說結過婚跟沒結過婚的就大不一樣呢？」

經過他這麼一攪忽，我也心神不寧了，今天是怎麼了？王瑞祥簡直是『哪壺不開提哪壺』，偏偏總圍著「吃」跟「女人」兩個字轉，難怪孔大人要說「食色，性也」，真正至理名言！弄得我剛剛趕跑了前門的「吃」，後門又引來了「色」，而且這個字總也趕不走。我默默地責備自己，實在是太不成器，難道王瑞祥的一番話就能弄得自己心猿意馬？這豈是辛稼軒、拉赫美托夫之所為？我立刻讓大腦集中思考我正在寫的一篇文章上，這裡有幾個問題需要想清楚，這麼一來，心就沉靜下來了，我很快就進入了工作狀態。

我埋下頭一直寫到了夜裡十點鐘，決定睡覺。這個作息時間是到了這邊以後才改變的，原因當然是為了應對食物的極度匱乏，我迫切需要卡路里，卡路里！當然即使這樣，與人們普遍吃完晚飯——如果那也能稱作「飯」的話、就立刻拱進被窩相比，我已經算是睡得很遲的了。而我在做這個決定時，內心也做過很大的掙扎，我認為這是一個很奢侈的決定，是向生活的安逸做了太大讓步，但這又是毫無其他選擇的讓步，由此我第一次開始懷疑我們的現實是否根本不容許我們按照自己選定的世界上公認的最崇高的人生目標去走？拉赫美托夫雖然吃的是粗麵包，但他至少能吃得飽，而我們這裡是連麵包都沒有，物質上是如此，精神上又何嘗不是如此？就連上午公開課上我講的法國啟蒙思想家、俄國十二月黨人都要全盤否定掉，那麼我不得不問自己一個十分危險的問題：我們是否在拒絕人類文明？我們的社會到底想往哪兒走？

我很快就進入了夢鄉。

我又回到了京師大學的學生食堂，那位總是笑臉迎人的大師傅拖出了一個大筐，裡面堆滿了白麵饅頭。那饅頭好大好大，我才拿起一隻，剛張嘴要吃，它突然漲的像一隻臉盆那樣大，雪白雪白，像女人的肌膚，把我的臉整個都陷進去了……這饅頭好柔軟啊，我整個的身體都擁有著它，這是一種銷魂蝕骨的柔軟，她是誰呢？不知道，好像沒看見她的臉，這都不重要，只有一個引得你身體癢癢的形體，總在你眼前晃動，它就像一頭獵物，突然喚醒了你體內的一頭獅子，引誘著你朝她靠近再靠近，至於靠近是做什麼，不知道，只是她令你渾身發癢。不，這不是皮膚上的癢，而是一種特別美妙的發自心底的癢，它沿著神經在飛跑，沿著血管在飛跑，沿著你的脊椎、你的腦髓在飛跑，這種癢逼著你恨不得把她抱緊擠揉搓捏壓碎搗爛，再跟你融為一體，化做你的丹田之氣，讓下面漲到極致。

糟了，一個警告在大聲提醒：要尿床了，快醒醒！

於是我到處找廁所，跑啊跑啊，但就是找不到，相反，那個悠忽的人影卻越發甜美地總在眼前扭動著身軀，我已經憋不住了。

千萬不能尿出來！你幾乎在大喊了，渾身肌肉緊成一團，全身的力量集中到了一個點，恨不得朝地心鑽出個洞。忽地，一張青春女性的臉在眼前一晃，雖然模模糊糊，影影綽綽，但彷彿有一道光線從窗外射來，照亮了她小巧的鼻子，那精細美妙的鼻樑鼻翼彷彿鍍上了一層釉色——糟了，一切都遲了，終於你不顧一切地鬆開了閘門，一瀉千里，你的全身心迅即得到了大解放，大自由，大輕鬆，大解脫，你被吸進一片巨大的黑暗漩渦裡了……

這一覺我睡得很沉，醒來的時候，天已濛濛亮了。我發現下身一片涼濕，手一摸，黏糊糊的，像米湯，還有一股異味，內褲，床單，被裡子，東一塊，西一塊，全是濕濕滑滑的，我知道，來過了。這些年來，我也積累了一些經驗，趕緊在被子裡脫下內褲，用它把身上、床單上、被裡子的濕滑的地方使勁搽拭掉，我知道，如果搽得乾淨，白天幹了也不會留下痕跡，即使留下一點殘跡，洗起來也方便，然後再從枕頭下取出乾淨的內褲換上，一咕嚕爬起來，一看，王瑞祥還在呼呼大睡，便悄悄下床，端著面盆去盥洗室了。

我把一切都清理完畢，想起夜裡的夢，已經記不清了，似乎是遇到了一個女子，但到底是誰？一點印象也沒有。這些年來，大概是青春發育的迅猛期，那玩意兒來的次數也多了，開頭的罪惡感在經歷了眾多「學長」們的嬉皮笑臉的調笑中已大大減輕，但心底深處的陰影仍然存在，我總覺得它「很髒」，而「髒」是很容易跟「壞」聯繫在一起的。事實上，最令我不安的，還是它每次來臨時，都會有年輕女子相伴，我不知道對她做了什麼事，但至少是比人們所說的「意淫」要嚴重得多，這就不能不引起我對自己道德的反省，古人說「慎獨」，越是私密就越要自審，尤其是「潛意識」，這裡往往極容易藏汙納垢。好在這一回我無論怎樣去回想，就是沒想出我對「她」做過什麼出格的「髒事」，這多多少少減輕了自己良心的歉疚。我還有一點擔心，就是以往我受到的「教育」都認為男子的精子代表著元氣，那麼我昨夜的夢遺不是大傷了元氣嗎？我還能堅持去跑步嗎？還能堅持做完早晨規定的鍛鍊項目嗎？我是不是今天應該休息一天？我正在猶疑著，稍稍活動了一下四肢，發覺全身一點問題也沒有，自己非但沒有損失什麼，似乎反而更加神清氣爽，更加活力四射了。哦，夢遺的感覺不錯，至少沒有像人們所說的那樣後果嚴重。

我決定，按原定計劃，活動筋骨去！

# 09 初解性事

四棟小樓的封閉小天地裡，平靜總是暫時的。沒過多少天，突然冒出一個「轟動」新聞：圖書館失竊了。令人可氣的是，小偷顯然在圖書館裡作案的時間很長，證據就是，地上居然遺留了一大堆葵花籽殼兒。

館長何老先生氣得高血壓發作，住進了醫院。這也難怪，館內原先雖然藏書不多，但這些日子何先生真的動用了那筆難得的圖書經費，進了一批急需的圖書，這個視書如命的老先生怎麼受得了這番打擊！好在損失不大，偷書的人對知識沒有什麼興趣，只是偷走了「孤本」《金瓶梅》。

問題是，小偷是砸窗進入的，由教室改做的圖書館天生就有功能性的缺陷，就是玻璃窗又大又多。要保證今後的安全，至少要做結構改建，比如說，把原先的窗子全封堵成牆，在樓內通道上建個鐵門與圖書館隔斷等等，但這就不是一天之功。圖書館白天有另一位老師上班，問題還不大，晚上呢，麻煩就來了，誰也不願意在這棟空洞洞的辦公樓裡而且還是窗洞大開的大教室裡值夜。哈爾濱的治安據說原先還不錯，但這一兩年來由於全國性的自然災害（報紙、廣播天天都在講），供應十分緊張，於是偷盜成風，個別地方甚至出現了殺人越貨的惡性案件。加上天氣一天比一天冷了，誰願意來擔當這種風險呢？

在靠圖書館內最後面的角落，原先安放了一張小單人床，為的是給何老先生中午休息用。何先生這一病倒，床也空出來了。

我看了這個情況，想到了每晚開夜車都要聽王瑞祥的埋怨嘮叨，就跟魏校長毛遂自薦說，「讓我來給圖書館值夜吧。我不怕。」

魏校長一聽，樂開了嘴，說，「我們也想到了你，因為你年輕，力氣大，開學典禮上在全校面前露足了臉，現在是出了名的。只是你是老師，不是職員，沒好開口。你現在既然主動提出了，那就暫時委屈你幾天了。」

就這樣，我帶著行李、書本、大壺鈴，還找了一根栗木老樹棍，搬過來了。

圖書館就在迎街的這棟辦公樓內，下班後那扇彈簧門是有一根鐵鍊穿著，上了把鎖，但由於我開的次數多了，才發覺實際上它就是聾子的耳朵，我試過幾次，只要稍稍使勁，一拉鎖環，鎖就能開；再輕輕一摁，鎖又能合上，倒也方便得很。估計那賊也是用了這一手。圖書館裡晚上並不太冷，打碎窗玻璃的那扇窗子早被木板釘死了，裡面又掛了一層厚厚的棉布簾子。在隔壁的工具房裡還有一個煙囪直通室外的燒煤的爐子，為的是白天給各辦公室供應開水。

每天晚上人走空了後，我就把大門安上「聾子耳朵」，這裡就成了我的一統天地。我開始為自己加餐了。說起來我還真得感謝我那個班上的班長鄭文穎，這個男生心細得很，大概最早注意到了我在挨餓。有一天他突然到我宿舍來，當時王瑞祥不在屋裡，他從手提行李袋裡取出了一袋子小米送給我。我大吃一驚，問他怎麼弄來的？他說他家就住在雙城郊區農村，近得很，每星期都能回去，這袋小米是他媽媽托他帶來專門孝敬老師我的。我當然是說什麼也不肯收，推來推去，最後我說用糧票來交換或是用錢來買。鄭文穎看看我手裡的全國糧票，說你就給我兩斤全國糧票吧。我說再拿十斤，他說什麼也不幹。我說你不收我就不要。他說你給了我你自己就沒有了，你不像我們，這裡你沒有家。我見他十分堅決，我就說給你五斤糧票，其餘的我再按價給你錢好了，你幹不幹？不幹拉倒。我也說得十分堅決。最後他總算是答應了我的條件，還不停地謝謝我。我事後問他，你為什麼願意收我的糧票呢？他說，你不知道，全國糧票在這裡金貴得很。他這一說我又不懂了，這全國糧票跟地方糧票難道還有什麼不同嗎？難怪王瑞祥總說我是大城市來的，語氣裡總帶有一股酸酸的味道。鄭文穎告訴我說，老師您想想，誰家沒有個事要出省去辦的呀？再說雙城就緊挨著吉林省，一邁腿就跨境了，沒有全國糧票到了省外簡直寸步難行，想換一點吧，輕易還換不到。我這才知道農村人日子過得更艱難啊。

我有了鄭文穎給我帶來的小米，肚子問題就緩解了，下班後我用搪瓷缸盛了水，把一些小米倒進去，蓋好蓋子，放在火爐的爐圈上，撥亮了火苗，燒小米飯，等水開了，再慢慢燜。到了晚上，讀書讀乏了，飯也燒好了。這一時刻，我真覺得自己是世上最幸福的人，這要在我自己的宿舍裡，是享受不到這份樂趣的，一來那裡沒有爐子，二來自己煮了小米飯不可能不與王瑞祥分食，三下兩下，我那點糧票就沒了。

一想起糧票，我心裡就有點發空，因為它已經被王瑞祥挖走了三十斤，事後再想到堅壁清野，但那已是亡羊補牢了。

那是在前些天晚上，也是我說話不小心，嘴裡露了出來，王瑞祥聽到後，先是愣了一下，吭哧吭哧了半天，似乎想說什麼話。我就知道他這個人，要有求於你了，就這個德性。

我問，「你有什麼話，儘管說。」

「不好意思開口。」

「嗨，老同學了，還講客套？」

「我是……我吧……」

「說！」

「前天家裡來信，斷炊了……」

「什麼？」我嚇一跳，「是沒錢？」

「不，錢我寄了，是沒糧。」

「你們不是產量區嗎怎麼會沒糧呢？」

「就是這個倒楣蛋的『產量區』鬧的！糧食秋後都收購上交糧庫，社員口糧都沒落下……」

「還有這種事？」我頭一回聽到，像聽域外奇聞。

「翼雲啊翼雲，你不知道的事情多著呢……唉！」

我開始明白是怎麼回事了，「說吧，你要我怎麼幫你？」

「想跟你……跟你……借幾斤糧票。」

「說吧，多少？」

「三……三十……我借。」他吞吞吐吐地終於說了出來，並且強調是「借」，他又趕緊解釋道，「我知道，這年頭，糧票就是命。要不是老爹張口，再沒有糧食接濟，我老爹老娘就要，就要……餓死了。我，我……我自己的口糧也省出了一點，給家裡救點急。」

「你別說了，別說三十斤，就是讓我全拿出來也沒問題。」說完我交給了他三十斤糧票。這可也是我的命啊！

我知道，「黃鶴一去不復返」，我沒指望它回來。因為我知道這個王瑞祥，有點農村人貪小的毛病，平時我們中午那頓食堂裡有時會做一根長的粗面饅頭，這比晚上僅僅是棒子麵餅子量要足點，面料也好點，我常常一次性地把晚上的量也買了，中午留下一截當晚飯吃。但是有好幾回我都發現我留下的長饅頭被人吃的只剩下最後一個小頭子。這種事是不能認真的，只有自認倒楣而已，而我借出的這三十斤全國糧票，王瑞祥要能還出來那還用他偷吃我饅頭嗎？只是拿這三十斤若能換回他老爹老娘的性命，我情願，用迷信的話就是我是在積陰德，但這意味著我的體能鍛鍊又得減少了。

現在我的情況有了變化，我能夠端著一瓷缸的小米飯，用調羹不時地挖上一勺填進嘴裡。小米營養極豐富，吃進口中勝過世上的美味佳餚。這時候，我就一面細細品嘗著小米飯的香甜可口，一面沿著書架仔細搜索著一排排的書脊，看看有沒有什麼有價值的東西。在這個寂靜的夜晚，整個大樓空無一人的時刻，人的精神就有了極大的釋放，我突然感到在這空蕩蕩的地方，我有了一種陌生的自由感。

在靠牆角的一個書架子的最底層，我看到了何先生貼的一張紙條，上寫著：「禁書——僅供研究，嚴禁外借」

我想起來了，上回進來的時候，那本《金瓶梅》好像就是放在這裡的。我逐一地看過去，發現主要還是一些過去的武俠、言情小說，這些東西我小時候看過許多，並沒有什麼了不得的問題，只是因為這些年來意識形態領域的階級鬥爭越搞越厲害，用時興的話來講就是把它們「統統掃進了歷史的垃圾堆」了，但其中有一本卻引起了我的注意。這是一本小冊子，很薄，書名是《性的知識》，是人民衛生出版社出版發行的，按說是出自衛生部的官方出版社，為何又成了「禁書」呢？我取了出來，覺得很適合我的需要，因為我許多東西都不懂，也沒有人告訴我，太需要補補這方面的功課了。

我大概花了一個多小時就讀完了它。在這一個小時中，我時而面紅耳熱，時而心驚肉跳，時而下體發燙，時而又驚詫莫名。最令我意想不到的，我突然知道了原來我的體內竟然還有數以億計的活的小蝌蚪般的生物在下面遊動。這太神奇了，太不可思議了，太難以想像了，想想吧，數以億計，全是我的分身！我這不比孫悟空還神通廣大嗎？既然他們都在我的體內，我怎麼從來不知道？我更知道了，原來經常令我道德自責的夢遺是很簡單很正常的生理現象——既然身體裡的小蝌蚪每天都要出生，一旦超出了容器，就自然而然要溢出來，這跟道德完全沒有關係。至於夢裡出現的女子，只是一個引爆點，它有著太多的隨意性，哪一處腦細胞還沒進入深度的睡眠，哪一處記憶裡的女子只能自認倒楣——也許還是她們的榮幸呢，誰能說得清呢？

最為令我吃驚也最為沮喪的是，書中寫到兩性的繁殖活動，原來是男方生殖器官對女方的「進入」——書上就是這麼寫的。這完全顛覆了我對人類生殖活動的想像。我一直以為，人類的生殖是靠接吻來完成的，不信？看看古代詩人是怎麼描寫的？「朱唇皓齒」，「蕊紅新放」，加上王實甫的「露滴牡丹開」，就是一副完整的人類生殖活動的過程：先是欣賞女子的紅唇，然後女子張開了小口，最後男子的唾液像露水一樣滴進了女子似牡丹張開的香口中，津液吞進了女子腹中，於是就懷孕了。整個過程充滿著詩情畫意。這個理解是有旁證的：我清楚記得，高中時，外班有個男生吻了一個女生，他的班主任知道了，給了他一個掌摑，大吼，「昏了你的頭！你是想馬上做爸爸嗎？」由此，我堅信生育就是接吻的結果。現在書上的話，令我根本無法相信！我怕看錯了，再看一遍，的確是「進入」，明白無誤。在這一剎那，我幾乎對性愛完全失望了。天啦，從乾乾淨淨的上身移到了臭哄哄的下身，還要「進入」，那不是雙方把小便都尿到對方的裡面，這不髒嗎？怎麼能這樣做？「上帝」怎麼這樣設計的？真虧他想得出來！

這麼一來，我覺得愛情頓時大失光彩。那些詩情畫意，那些情長意綿，那些纏綿悱惻，那些生死相守，原來就為了最後的那一瞬間互相撒尿——這也太、太、太不乾淨，太不衛生了吧。算了，算了，今生不再想了。

我那頭多年來在體內躁動不安的怪獸反而一下子沉靜下來了。我開始試著想像單位裡哪些女同志我能跟她們走到這一步，最靠近的要算是殷浦江了，她在列車上就一直靠在我的胸前入睡，可要我像書中說的那樣去做，我覺得這不是欺負人嘛？至於那個張樺茹，不錯，我是對她有好感，但如果這麼去想，那簡直對如此聖潔的她是一種褻瀆。其他女人呢？做這些動作我嫌太麻煩，了無興趣。

我終於完全懂了。中國有句話叫「大徹大悟」，什麼叫「徹」？就是把對象澈底弄懂了，什麼叫「悟」？就是把對對象的認識上升了到新的精神層面。現在我對「性」是澈底瞭解了，所以我的「悟」就是「從此免談」，難怪中國又有一句話叫做「色即是空，空即是色」，儘管這個「色」不專指「女色」，但這麼去理解也還說得通，「色空」觀念就這麼來了。現在，我是真的安下心來了。我尋思，今生今世真正能讓我這麼去做的女人大概還沒有出生，這很好，我可以從此一門心思安安靜靜讀書了。

經我這麼一想，我又覺得這本《性的知識》並沒有教人讀完了之後性欲旺盛像貓抓心似的滿大街去找女人強姦去，相反對我而言反而是滅了火，那為什麼不給人看呢？我翻開書本的扉頁，上面記載著是一九五五年出版，頭版印了八十萬冊。這至少說明，在五五年，那時社會相對於眼下，還鬆動一些，現在經過「反右」，社會控制的更嚴了。我就不明白了，這些知識本應是常識，為什麼總有人拿老百姓當孩子一般來蒙，來管，不讓大家獨立去思考，去觀察，去認識人生、社會和世界，儘量讓我們懂得少一點，知道得少一點，總想蒙著我們的眼睛，不看，不想，不聽，不說，好讓我們永遠長不大？這是為什麼？

我讀完了《性的知識》，覺得自己更成長了一步。我不僅經濟上完全獨立了，體格上發育成熟了，知識充滿了我的大腦，而今我又懂得了自己生育的生理機能，看來我已經是真正的完整的男人了。帶著這樣的思想，我入睡了。這一晚，我很安生，什麼污糟事兒也沒來，相反，我卻做了一個無比聖潔、無比壯觀充滿華彩的夢，……

我夢見自己進入了體內，我發現原來我的下體內就是一個宇宙，數萬億的精子就是佈滿宇空的星雲。突然我被強烈的光和熱所吸引，在我頭頂的上方，我看見一個碩大無比的太陽，哦，原來她就是卵子，那日面上噴發的日珥就是她表面的絨毛，多大多紅多美啊，這裡孕育著另一個嶄新的宇宙！一個充滿著人類大愛的宇宙，一個不同於每日每時殘酷鬥爭自相殺戮的宇宙。

這一夜，我獲得了內心裡從來沒有過的純潔和安寧。

我在圖書館裡的生活過得自在而舒怡。幾天之後，何老先生也來上班了。他知道這些天來我夜夜為他值夜，萬分感激，告訴我沒有幾天改建的工程就可以結束，我的任務就光榮完成了。為了減輕一點他的勞累，我有時候也幫他登記登記書目，幫他把還回來的書整理上架，而他給我的「特權」就是將來無論何時都可以自由進出他的圖書館。

有一天，我看見張樺茹也來借書，她看見是我，有點驚訝，「咦，怎麼你也在這裡？」看來，她完全不知道我在這裡值夜的事。

我說，「何先生剛剛病癒，我怕他勞累了，幫幫忙。」

她嫣然一笑，讚美著說，「你還真有點共產主義風格呀。」

「豈止有點兒，是大大的有啊！」我也誇張地跟她開玩笑。

她借完了書，說，「你出來一下，我有話對你說。」

我跟她走出了大樓。

「什麼事？」

「我想請你幫我個忙。」說完她掏出一隻自製的小信封，交到我手理，「請你收下它。」

我接過信，一看沒封口，想把裡面的東西取出來看。

「你還是回宿舍去看吧。」她說。

「是祕密嗎？」

「不是。」

「不是？那我就看了？」我不等她回答就從信封裡取出來一個小紙包包，打開一看，嚇了一跳：原來是二十斤黑龍江的地方糧票。

我像碰到了火似的忙把信封往她手裡塞，連聲說，「這個我不要，我堅決不能要，我怎麼能拿你的口糧？請你……」

「不不，」她很平靜地把我的手推開，似乎早就料到了，「請你先聽我慢慢說，不要在這裡推推搡搡的，讓人家看了不好。」

「好好，你說你說，你要不能說服我，你必須收回去！你的好意我心領了，謝謝。」

「你先別急，聽我說，」她偏起頭望著我，藍栗色的眼睛裡閃著一絲狡黠，「這不是我送給你的，這是我們教育科請你幫忙做教具的報酬。」

「教具？什麼教具？」

「要請你做幾個體育動作，我們要拍照製作幻燈片。」

還有這等好事，我不太相信，問，「真的？」

「真的，騙你是……小狗。」

「有拿糧票做報酬的嗎？我怎麼沒聽說？」

「你沒聽說過的事多呢。你不是天天體育鍛鍊嗎？我們看你的動作很漂亮，很美，這就印證了我的一個觀點，美育可以貫穿在方方面面，尤其表現在體育中，所以拿你做幻燈片。」

「你平時住家裡，怎麼知道我天天鍛鍊？」

「我天天看你玩雙杠啊。」她見我奇怪望著她，忙說明，「我已經住學校裡來了。」

「可，這到底是糧食啊！」我捏著那只信封，心裡頗感動，說實話已經被她說服了，「說吧，要我做什麼動作？」

她看我收下了糧票，好像如釋重負，然後比比劃劃告訴我需要哪樣的動作，「我特別喜歡你在雙杠上做的那個……那個一挺，」她一邊用手模仿著身體的運動，「然後直臂倒立的動作，我喜歡看，特別有美感。你能給我做一個嗎？那可是要花力氣的，所以我們決定用糧票來做交換。」

我想了想，點點頭，「可以，成交。拍照找誰呢？」

「大賈。用他物理實驗室裡的那台德國萊卡機子。他現在也管制作教具這攤子事。」

大賈叫賈恒勇，是物理科的老師，三十來歲，北京人，管實驗室，據說是從一所著名的軍工大學調過來的。這個人平時沉默寡言，業務很精通，樣子顯得很老成持重。對於他為何調進這所學校的原因，有許多的說法，傳的最多的還是說他政治上犯了錯誤，講了不該講的話。

「什麼時候拍？」我問。

「你要準備好了現在就行。」

於是我答應回宿舍換一身運動衫，由她去叫大賈，一起到雙杠前碰頭。

不一會，我們三人一起來到了前後大樓之間的那條綠化間隔地帶。在這裡，有一具大眾化的木雙杠，大概是原先的單位立的，地上還有一副八十公斤的杠鈴，撤走的時候不要了，扔在這裡沒帶走，平時也沒有人玩，只有我有時興趣上來了耍幾下子，幾回玩下來，吸引了一批體育科的同學。我記得當時還問過他們，怎麼體育科的學生連雙杠都不會玩？他們這才告訴我說，他們實際上是徑賽運動員，各縣體校徑賽隊的，跑步還可以，在省裡大賽時拿過冠軍，其他的運動項目都不會。他們見我十八般武藝樣樣能上手，羨慕的不得了，都紛紛要拜我為師，說，「教體育的老師哪能就會一個跑步呢？多學幾手飯碗捧得牢靠。」所以每到下午課後，他們知道我要開始鍛鍊了，就都聚集到了雙杠的旁邊，等我教他們幾個簡單的動作。學生們如此看重我搞得我很不好意思，因為我心裡清楚，所謂的十八般武藝，我只會撥弄幾下子，再多了也不會。道理很簡單，對於一個臂力強壯、肌肉發達、身體協調性能好的人做各項運動都很容易上手，但要精通那就差遠了，我也沒有時間和興趣，只是在這群未見過世面的學生面前顯得神通廣大罷了。

我到的時候，平時跟著我一同鍛鍊的學生們已都來了。我掉頭朝女生宿舍樓上望去，一看，原來殷浦江、張樺茹的宿舍窗戶就正對著我們下面。我明白了，張樺茹她倆就是在那上面每天看我玩雙杠，舉杠鈴的。

我對同學們說，「今天張樺茹老師為了教學需要，要我做幾個動作，給我拍照。你們也觀摩一下。」說完我脫去了外衣，剩下貼身的運動衫、運動褲，伸腰展臂，轉身踢腿，一連做了好幾套暖身動作，再拉拉手腕筋骨，活動了一下周身的關節，然後問張樺茹，「你講的那套動作，是不是就是這套上杠動作？」我用手勢比劃了一下。

「興許是吧。」她饒有興趣地看我做完了準備活動。大賈則在尋找拍照的位置。

我鑽到了雙杠的中間，兩手分開把住了杠腰，雙腳併攏，朝後輕輕一蹬，身體離地，飄起，掛臂，收腹，整個身體像騰飛的大鳥，一直悠蕩向前，邊悠邊展腹，等到身子悠到最大幅度的時候，身體已與杠齊平，然後一個鯉魚挺腰，借助身體運動向上向前的慣性力，再加上腹肌的猛然發力，一個夾臂上杠的動作就完成了，再藉著身體往回擺的慣性，稍稍使力，雙臂直臂倒立，在空中停住了。為了讓大賈多拍幾張倒立的姿勢，我停了好幾秒鐘。然後身體下擺，又做了幾個「大浪」「小浪」的動作，最後一個非正式的滑杠，「嗤」一聲把身體送到了雙杠的另一頭，再一擺上杠，一個空中旋轉一百八十度，換手，從杠頭的一側像釘子似的篤一聲「釘」在地上。

這過程中只聽到大賈的相機在「嚓嚓」作響。

「好！」同學們鼓起了掌。

張樺茹跟大賈更是滿意地連連點頭。

大賈上前捏捏我的膀子，「好小夥子！一會兒我衝洗出來讓你欣賞欣賞你自己的美姿。」

我心裡當然更急於看到，草草教了學生們幾個簡單動作，回去換上了原來的衣服，就去物理實驗室找大賈。

大賈的衝洗室就在物理實驗室裡隔出的一個小單間。我進去時，裡面一片暗淡的紅光。房間不大，多一個人身子都有點磨不過來。木板隔成的房間壁上牽著幾根細繩子，上面夾著一條條衝出的膠捲，像似褪下的黑蛇皮。大賈已經把膠片放大在感光紙上了，他手拿著鑷子正把感光紙放在顯影、定影液裡浸泡。他看我來了，忙招呼我在角落裡的唯一的一張椅子坐下，他手裡不停地忙活著。

「小岳，我很歡迎你來做客。」

「是嗎？」

「我怕高攀你不上。」

「什麼話？我該叫你大哥呢。」

他咧嘴一笑，「我這個人吧，嘴快，想改，但是改不了了，盡給我惹禍。你大概也聽說了吧？」大賈說到這裡，又先自我解嘲地笑了。我覺得他這個人很爽快，不像他外表那樣拘謹老成。我想他既然主動提起了這件事，不妨也就問問吧。

我說，「大賈，都說你在那所大學裡犯了錯誤，是為的什麼事？」

「還不就是提了領導的意見嗎？」

我一聽全明白了。

「戴了帽子了嗎？」我問。

「沒有，給了處分：開除軍籍。」

原來是這樣。我看他心直口快，是個能交朋友的人，便也推心置腹說，「大賈，俗話說，大哥不要講二哥，生意買賣差不多。我跟你一樣呢。」

「我知道。」

「怎麼，你也知道？」

他一聲冷笑，「嘿嘿，這個破地方什麼事能瞞得住？」

「那你怎麼說對我是高攀不上呢？是損我吧？」

他歎口氣，「我說的是真心話。這個單位裡吧，我看就你是個真正的人物。」

「瞎說！」

「真話。我早看出來了，你要換個好環境，未來是不可限量啊！只是……」他看看我，罵了聲「這破地兒！」

「怎麼，你也看出是破地兒啊？」我想聽聽他的看法。

「我比你早來一年，當然比你知道得多。」

我望著他，等他往下講。

「算了，不說了。」他又埋頭忙他手中的活兒了，「我這張嘴，開了就關不住。」

我趕緊安慰，「沒事，沒事，說到哪兒，哪兒了。我保證。」

「你真能做到？」他停下手裡的動作。

「放心，反右時候我同寢室室友給打成右派，他日記裡提到了我，組織讓我交代，我什麼也沒說——經受住考驗的。」

「不過」他態度有點鬆動了，「話還得說在頭裡，就是將來如果你揭發我，我也說是你誣陷的，我絕沒有說過這些話。你能同意嗎？」

「完全贊同。」我一口應承。

「好，君子協定，擊掌為憑。」他伸出右掌，我也舉起右掌，在他掌心重重擊了一下。看他那一本正經的樣子，我想笑，但是笑不出來，反覺有點苦澀。我覺到，經過反右鬥爭劫後餘生的人們，如果還想保持原先單純的人際關係，即使是好朋友，也得預先約法三章，以增加自己的保險係數。想想，人生連說真話的自由都被剝奪了，好生可憐啊！

大賈走到門邊側耳聽聽門外，確保實驗室裡空無一人，這才對我說，「你來，我也想跟你訴訴衷腸，這個鬼地方，連個交心的朋友都沒有，把人真能逼瘋了。我是認准你才跟你說這話。這所學校，既是家天下，又是小團夥天下。」

好傢伙，「家天下」這三個極度危險忌諱的字都敢說，看來他是真把我當成了能托心的人了。也說明他對這所學校觀察不是一天兩天的，而是真正琢磨透了。

「說家天下，就是趙恒泰書記一家的。你看總務、後勤，上上下下，哪個不是他的裙帶？說是小團夥的，書記、副校長、教務長那就是一夥，利益均沾，互相抱團，你看，省裡為每個高校老師每月配供的兩條」中華牌「香煙，像你吧是不抽煙的，你領了嗎？」

「我從來不領。」

「這多下的到哪去了？全讓他們幾個人分掉了。你知道，這在黑市上能賣多高的價錢？在這樣的大荒年，他們多分多占，霸吃霸喝……」

「啊，你也知道他們多吃多占的事啊？」我興奮地問，還告訴他「他們天天晚上在我們的食堂裡大吃大喝，還請了外面的人來。我都看見過了。你知道不？」

「你這哪是新聞，全校上下幾乎人人皆知。但是這絕不准講，誰講就處分誰。」

「還有這種道理？」

「就有這種道理了，你怎麼著？這就像是黑社會的老大，你能跟他講道理？」

說到這裡，我就想起了魏校長，這個人好像跟他們不一樣，就問他，「你覺得魏校長怎樣？」

「魏校長這個人吧，是個知識份子，原先好像是一所縣師範學校的校長，人還老實。不過，他不是當家的，夾在他們這夥人中間，你要他不跟他們走，也難。」

「這麼說，趙書記就一手遮天啦？他膽子怎麼這樣大？」我十分不解地問。

「他還不是仗著所謂的『革命資歷』？都說他是『老抗聯』，不過……」他欲說又止，不做聲了。

「『不過』什麼？你讓我打啞迷呀？」我追著問。

「不過……」大賈這回態度很嚴肅地望著我，「這樣吧，這件事我還在調查，現在還沒到說的時候，但是我一旦找到了旁證，第一時間我一定會告訴你。」

「真的？」

「真的。」

我看大賈的態度很堅決，就不往下深問了。大賈說，「我看你是個靠得住的人，讓你在這兒清醒點，這兒可不是桃花源。」

我聽了這話，心裡頗為震驚，才知道這個社會遠不是我過去想像的那麼乾淨純潔，在學校時聽說京師大學何錫林書記跟女生睡覺，就覺得像天塌下來的一樣，把何錫林恨得要死，現在想想，那算什麼嘛？何錫林的壞哪是睡女生這點破事啊！

說話的當口，大賈已經把烘乾的照片取出了一套交到了我手中，說，「回去慢慢看。今天的話就當我沒說。」

我很感激他如此信任我，緊緊握住他的手，說「放心，絕不外傳。」臨出門時，我突然想起了一件事，便轉身問他，「大賈，你們製作教具是從哪裡搞來糧票的？」

大賈愣住了，「什麼糧票？」

「咦，張樺茹說是你們要我配合製作教具給我糧票做報酬的，你不知道嗎？」

大賈沒說話，一臉的茫然。

我立刻明白了，張樺茹是哄我的，目的是編造一個藉口要我收下她送給我的糧票。這個張樺茹，做事做的讓人心裡暖哄哄的，她不是說我「太可怕嗎？」能這樣可怕得令我暖哄哄的，我情願繼續「可怕」下去。

我不便再說了，謝了大賈回到圖書館裡。

# 10 智鬥史建軍

往後的幾天裡，我沒有見到張樺茹。

這些天來，圖書館改修建的小工程已經臨近了收尾，我在圖書館裡暫住的日子也快結束了。

有一天傍晚，吃過晚飯，我像往常一樣，檢查樓裡的人已全都走空，就把大樓的大門用鎖鏈穿上，再把「聾子耳朵」照樣套上，回到了圖書館裡。我仍然像往常那樣，煮我的小米飯，準備好好犒勞一下我的胃。

這時，猛聽得就在圖書館外的過道上有人在說話。改建好的圖書館雖然窗戶都堵上了，但前後門都還留著，為了是方便運書進出。後門平時是關上的，這裡也就是我睡覺的地方，跟過道就隔一道木板門，聲音傳進來清楚得很。

我一想，這個時候，會是誰又進來了呢？這種人一準是懂得解開我大門門鎖的傢伙，難道是又想偷了？我不由警覺起來。

外面的聲音好像是兩個人，一男一女，聲音先是很小，聽不清說什麼。我提起床頭的那根栗木老樹棍，靠近後門，耳朵緊貼著門縫，再一聽，吃了一驚：女的分明是張樺茹的聲音，那個男的不知道是誰。

難道是她的男朋友？要真是男朋友幹嘛要到這個地方來談戀愛呢？地方還的不對呀！一連串的問題在我腦海迴旋著，我決定聽下去。

男的說，「爸爸十分關心咱倆的事，要我來問你到底是個什麼態度？」

張樺茹的聲音，「你現在還在學習，怎麼還想這些問題？我能有什麼態度？」

「你不要忘了，我們的關係可是從小就由爸媽定下的呢。」

「史建軍，你這話就叫人莫名其妙了，伯父和我爸的關係不代表我和你。何況我從來沒有聽說關於我們之間有什麼約定。再說，你現在還是學生，我是老師。你已經耽誤了那麼多的學習機會，再不把心思用在學習上，你真要傷透伯父的心了。」

「這你就不用替我操心了。我爸說了，我的前途早就安排好了，毛主席有過一個講話，說天下是交給我們的。他不是說過嗎，世界『歸根結底是屬於你們的』？我最近又聽到一個內部消息，說主席為我們這些人已經安排了一條『快捷道』。『快捷道』你懂不懂？就是所有的學歷、職務都為我們敞開大門，加速進行。有朝一日，我想要北大就有北大，想要清華就有清華，我要想當副博士就有副博士的帽子給我戴上。我今天還是什麼研究所裡的打雜工，明天我就能當上也許是教育部長什麼的。這就叫『快捷道』。你說我還要努力做什麼？你還真以為我會把這所破學校放在心上嗎？」

啊，我現在已經聽出來了，這個人八成就是那位大人物史副書記的兒子，上回放壞水的就是這個龜孫子。張樺茹呢，跟他們家關係不一般。難怪那次公開課上張樺茹總坐在史副書記身邊呢。我已經隱隱約約猜出了他們背後的社會關係了。

但是這個男的還在糾纏，他提高了聲音，「樺茹，你別總把老師掛在嘴上，我可是比你大，既然你爸把你交給了我，我就不信我治不服你。這裡可沒有外人，你要不答應我，我讓你好看！」

「史建軍！」張樺茹明顯是憤怒了，「你想幹什麼？威脅我嗎？你真讓人……噁心！你要再動手動腳的，我就叫人！」

「叫啊，叫啊！我就動了，你怎麼著？」

接著我就聽到一聲清脆的耳光和扭打的聲音。

我頓時火冒三丈，把後門猛地一拉，大喝一聲，「誰在這兒吵鬧？」同時眼疾手快，一把緊緊抓住了那個男的手腕，他正伸手緊摁住張樺茹的胸部。

我的突然從天而降，令他倆都大吃一驚。我看張樺茹頭髮淩亂著，眼裡噙滿了憤怒委屈的淚水，趁那男的一愣神的當兒，一閃身就從樓裡衝了出去。

現在只剩下我們兩個人了。那男的破口大罵，「操你媽的？你什麼人？不想活了？敢抓老子！」他開始拼命掙扎，但他發覺他的手腕像被一把鐵鉗捏住了。他於是用腳踢，我隨手用栗木棍子在他腳踝上輕輕敲了一下，勁道雖不大，但已足夠讓他哇哇亂叫了。

我現在終於看出來了，他就是那天晚上跟趙書記那夥人一起在學校食堂大吃大喝的那個年輕人，是的，他胸前就是佩戴著這枚白校徽。

「你是誰？操你媽的你是誰？你敢抓老子！」他發了瘋似的大吼大叫，拼命想從我的手中掙脫。我想我要不把你制服，你出去後還不知道要如何囂張呢，便用棍子一頭跟我捏住他的那只手一別，來了個反關節，這下他才服了，連聲喊，「哎喲哎喲，我不動了，我手要斷了，你松一點，松一點，求求你了。」

我這才說話，「告訴你，我是誰，我是老師，也是負責這座樓安全的。這裡前不久失竊，學校派我來守衛。你先老老實實跟我進屋來，回答我的問話。你要不老實，我就警告你，今天就是夯死你，別人也只當我是夯死個入室行兇的強盜！」

他看我兇神惡煞般的，知道是碰到了硬漢，態度立刻老實起來。

我讓他坐在辦公桌前的椅子裡，在他面前放了張紙和筆，開始了訊問。

「姓名？寫！」我一拍桌子，他嚇得渾身一抖。

他寫下了「史建軍」三個字。

「哪個科的？」

「教育科二年級。」

「是怎麼進來的?寫!」

「開鎖……進來的。」

「把過程寫詳細些!」

他看我始終拿著棍子站他身邊，知道調皮不過去，只好聽話地按我的要求寫。寫著寫著，我突然心裡生出一個想法，這樓門的鎖一般正派人是不會關心它如何打開來的，就像我，要不是負責在樓裡值夜的緣故，我哪裡知道怎樣能拉開?但這小子怎麼瞭解得這麼清楚呢?莫非……?

我這麼一想，頓時心生一計。我也在辦公桌的另一邊坐下，打開我的備課本，對史建軍說，「我也要備課，看你現在態度還不錯，這樣吧，我給你一個將功補過的機會，你要不要?」

「真的?」那小子頓時緩過神來，態度也恭敬起來，「要，要，當然要。」

「你給我從書架上拿本參考書過來。」

「沒問題，您要哪一本?我給您去取。」

「但是有條件。」

「您說。」他已經迫不及待了。

「給你兩分鐘時間，把書取來。我就有條件的放了你，不報告學校了。」

他猶疑了一下，「時間幹嘛非要限那麼死呢?」

「那是考察你認錯的態度。我告訴你，何老師就制定了一套找書的辦法。你抓緊點時間，找本書，兩分鐘，足夠了。懂嗎?」

「我要是一下子找不著呢?」

「你難道從來沒來借過書嗎?」

「哦，不，我來借過，當然借過。」他支支吾吾。

「既然借過，你就懂得怎麼找書，然後把書的位置告訴何老師，他就會替你去取。何老師搞這套辦法是因為他老了，來回找書他體力吃不消。我試過，兩分鐘之內就能在登記冊上找到。」

「要是萬一，我是說萬一，沒找到呢？」

我心想，別說是萬一，就是一萬，你小子也不可能在登記冊上找到，因為我早就料定你就沒來借過書，你壓根兒不是個讀書的人。我說，「那只能說明你沒有盡最大努力，態度不端正，我就只能把你交給學校了。」

姓史的又想了想，「那你能不能事先告訴我一個書名，讓我腦子裡有點印象？」

我一聽，有門！這小子事先來過，當然不是借書。

我說，「有一本書名叫《性的知識》，我要備課用，記住了嗎？」

他小眼珠子一轉，表示記住了。

「現在，預備——」我看著手錶，「開始！」

史建軍立刻從座位上跳起來，果真，他根本就沒去找書目的登記冊，而是走向書架。他先還假模假樣地挨個兒查看書架上的書名，但只是目光一掃而過，後來發現時間不夠了，乾脆也不看別的書架上的書了，徑直去了最後一排的書架那裡，蹲下身子從最下層取出了我要的書，說，「我給您取來了，我可以走了吧？」

「慢！」我嚴厲地望著他，又拿起了棍子，「坐下，我問你，你是怎麼找到這本書的？」

「我書架挨個兒找的啊。」他還嘴硬。

「你放屁！」我厲聲說，「從頭到尾你沿著書架挨個兒最少要半個小時。你怎麼能找到？我問你，你怎麼知道這本書是放在最後一個書架上又是放在最底下的一層的？說！」

他腦子這才轉過來了，臉上開始冒汗，「我……我……」

我知道必須馬上乘勝追擊，不能讓他有思考的時間，決定再狠狠詐他一下。我一把抓起他的右手大拇指，在桌上的印泥上一摁，再迅速在旁邊的一張白紙上按上個手指印，把紙拿在手裡。

我說，「那天你行竊的時候，在窗臺上留下了你的大拇指印，公安已經採了樣，現在有了你提供的這個指印，一核對，你想逃也逃不了。說吧，」我用棍子敲著桌面，兩眼逼視他的眼睛，問，「《金瓶梅》那本書你藏哪兒了？寫下來！」

他看我一環套一環，步步緊逼，心理防線頓時崩潰，一下子跪倒在我面前，求我饒他一次，「我說實話，我說實話，請老師您千萬饒我一回。」

「好吧，就看你態度了。寫下來！」

他這下子算是澈底老實了，把偷書的經過詳詳細細地寫了一整張紙。

從他的招認中，我方才知道，這個人就是個採花賊。那天偷書的時候他在這裡的確呆了很長的時間，他是在看到何老師的那張禁書紙條時才專找那些書看的，最後找到了《金瓶梅》，偷走看完後，準備找張樺茹來舒展身手了。這麼一想，他找到這個地方來「約會」，還真是花了一番心思的，這兒多隱蔽啊。只是他事先不知道，我守在這裡。

我在他寫偷竊經過時自己也寫了張事件全程的經過記錄，一併讓他在上面簽了字。

他被我這麼一整，威風全沒了，垂頭喪氣地坐在椅子上，低著頭，嘴裡嘟嚕著，「你不是說放我走的嗎？做老師的說話咋不算話呢？」

我說，「我怎麼不算話？我是說『有條件地放你走』，不是嗎？」

「那你說，還要什麼條件？」

我其實已經想好了。學校裡的領導平時大多在哈爾濱找了自己的住處，魏校長肯定不在，唯有趙書記平時呼朋喚友大吃大喝，在樓裡留了一個單間，有時吃完也回去。如果把史建軍往趙書記那兒送，他都是趙書記的座上客了，那不是放虎歸山嗎？如果往派出所送，他畢竟偷的是一本書，古人說，『偷書不為偷是為竊』，那還不是教育教育就放了。我不如把這些證據都捏在手裡，跟他談條件，我深知這種人雖然壞到了骨髓，但還死要面子，我不如把他的面子保住，讓他聽我的。主意一定，我就很嚴肅地對他講，「你知道，如果我把你寫的這些包括妄圖對張老師圖行不軌的事交給學校，這個後果的嚴重性是什麼？」

他呆呆地望著我，不說話。

「我說『我有條件地放你走』，意思是給你一個選擇。」

「您說，什麼條件？」他迫不及待地想知道。

「公了？還是私了？」

「怎麼說？」

「公了：我馬上把你送到派出所。」

「私了呢？」

「私了：我跟你約法三章，你走人，我不把你的案子往上交。」

「當然私了囉。您說，什麼條件我都答應。」

「你聽好了，第一，」我讓他在紙上記下來，「從此不許再去騷擾張樺茹老師。你想想，她是本校的老師，你總去騷擾她，你還讓不讓她在這所學校裡幹下去？」

「可以。」他想想點了頭。

「第二，向張老師正式道歉。」

「可以。」

「第三，你把《金瓶梅》馬上交回來，我就不追究你了。能不能做到？」

史建軍聽到這裡，頭一個勁地點，連說，「可以做到，我保證。謝謝老師了。」

「簽字。」

「是。」

「但是，要是你違背了承諾，」我提醒他，「我就會狠狠教訓你，還要把這些材料交學校和派出所。我想，治你一個強姦未遂的罪名就夠你喝一壺的，懂嗎？」

「學生不敢，學生再也不敢了。」

我把他的材料收好，放他走了。臨走的時候，他還一再點頭哈腰謝謝我教育了他。

他沒有失信，離開大樓後很快就轉回來，把《金瓶梅》交給了我。

第二天，當我把書交到何先生手中的時候，他激動得幾乎哭了，「這可是孤本呀！丟了這本書，就像是要了我的命，我一下子血就衝上腦子了。你是怎樣找回來的啊？」

我告訴他，「這不是我的功勞，是小偷大概迫於我們的壓力，偷偷還回來了。早晨我一開門，就看見書放在我們圖書館的門口，就這麼簡單。」

何老師還是感謝我，「話不能這樣說，要不是你這些日子辛苦守夜，小偷還是迫於你的威嚴，否則是絕不會還回來的。」

我不禁哈哈大笑，「何老師，您把我看成是門神了。這樣吧，您把我的照片貼在您家大門上，看看小偷來不來。」

由於工程已快完工，我也快要告別圖書館回到自己的宿舍去住了。在這些日子裡，又出了一件對我來說是絕大的好事：省城機關報上整版刊登了我的一篇美學論文，這在省報歷史上是十分罕見的事情。由於邊疆省份科研力量不足，這裡除了省綜合大學有份學報外，其他的人文學術刊物基本沒有。省報能刊登我的文章大概是因為，這一陣子國內的主要學術刊物上正在熱議美學問題，而我在北京的時候偏偏對美學一度產生了濃厚興趣，當時的美學大家朱光潛，李澤厚、還有京師大學的黃藥眠的課我是一堂不落，每每他們在北大上課的時候，我都要租輛自行車騎上來回三小時的路程去趕場。正因為我做足了功課，又能把北京最新的學術動態及時地傳遞到了邊疆地區，我想這應該是省報刊登我文章的主要原因。

文章的發表頓時又一次令我成了天河師專的「知名人物」，畢竟這所小小的師專過去是從來沒有人發表過哪怕是任何一篇小小的豆腐塊文章的，遑論省報，更遑論整版！連這裡的綜合大學、省師範學院都沒有過的啊！

一時間，學校裡人人議論，個個讚揚，魏校長見到我都笑得眼睛眯成了縫，不住說，「小岳啊，我們高等學府講的就是學術水準，你起了一個好頭，祝賀你呀，好好幹！年終評個全校先進。」

我也很滿足，儘管這所學校很不理想，但想到短短大半學期，自己就能做出這樣的成就來，又開始覺得自己選擇到邊疆來還是做對了。我想，只要好好幹，我一定能夠按照自己原定的計畫走出一條光輝的人生道路來的。

這時候，「福無雙至」這句話對我不應驗了，又一件意想不到的幸運事降臨到我頭上。

# 11 《第四十一》

那是一個星期六的上午，學校告示牌上貼了張工會的通知，上面寫著，根據上級要求，學校組織全體教職員工今晚觀看內部電影：蘇聯影片《第四十一》。由於這是在哈市的所有大專院校老師的集體包場，為公平起見，座次好壞全部打亂，由各校派代表抽取。依同理，老師們也全憑抽票決定座次。

這裡所說的「內部電影」，又稱「內參影片」，是這兩年才興起的新名詞，原因就是我們跟老大哥開始翻臉了。我們說他們是「修正主義」，所以他們的電影就不能看了。已經翻譯好了的，就拿過來在內部一定的範圍內放映一下，叫做「僅供批判」的「反面教材」。其實人人心裡都清楚，越是「內參」，就越是好看，因為這些影片拍得實在是好，且不說內容深刻，手法新穎，單看那主演的女演員、男演員的那張臉就讓人心醉。於是人們也都習慣了一種新的審美方式，每當觀看這類電影時，人人正襟危坐，表情刻板，臉上做嚴肅狀，厭惡狀，若是別人談論起來，就連連搖頭說，「這個修正主義啊，真是不看不知道，一看嚇一跳，反動透頂！害死人呀！」可不，真是一看嚇一跳，人家女的、男的，怎麼就那麼迷人，只要看一眼，不論男人女人統統連覺都睡不著，難怪毛主席他老人家要批修正主義呢，再不批，家家都得鬧離婚了。就因為這個原因，每逢看「內參電影」時，單位都像過節般的心情愉快。

我是搞蘇俄文學的，當然知道這部影片翻譯過來已好幾年了，心裡早就想看，現在總算等到了這一天。

我到財務室去抽票的時候，因為上午一直有事，走不開，所以拖到了下午。進門一看，喝，怎麼又是張樺茹在負責分發影票？一問旁邊的人才知道，原來她還是我們的工會文體委員。

她一見是我，臉上露出親切的神情，笑著說，「啊呀，大名人來了。要不要列隊歡迎？」

我也不客氣，揚起手裝作要打她的樣子，說「好你個張樺茹，當眾寒磣我是吧？」我的動作嚇得她頭一縮，我於是得勝地笑了。

她等我笑夠了，就學著我的樣子「嘿嘿嘿」給了我個白眼，還嗆我一句，「得勝了吧？上算了吧？哼！」指指桌上的票，催促著，「你趕緊抽票吧，就剩下這幾張還沒發掉了，反正大家都是瞎貓碰死老鼠，抽好抽壞與我無關，快抽吧。」

我看看桌面上，只剩下七八張票了，一律的背朝上，看不見座次號碼的。

大概為了能讓我碰上好運氣吧，張樺茹的中指尖輕輕地把那幾張分散開來的票朝中間集中，不經意地在一張票的背面點了兩下。我也沒顧多想，就下意識地拿起了這張，反過來一看，氣得差點當場背過去：這叫什麼座位啊？那麼後面，沒准還是最後一排，甚至可能還在頂邊上。我「哇」一聲做一個極其誇張的垂頭喪氣的動作，旋即又笑了，「我只要能看到這部電影就很滿足了。再說呢，敖連特電影院，我還沒去過呢，聽說特別有名氣，是嗎？當然，」我立刻做出嚴肅的表情看著大家，宣佈：「我一定會好好寫文章批判它。哪怕坐在頂邊上斜著眼睛看銀幕，最後也要斜著眼睛寫一篇文章，將來登出來讓諸位看得一個個成斜眼兒，氣死修正主義者！」說的大家都笑了。

敖連特影劇院在南崗區奮鬥路上，距離學校比較遠，要乘坐電車。哈爾濱人有個好習慣，每逢看電影或看話劇，都要換上比較好看、整潔的服裝，女人身上有的還撒上幾滴香水或是花露水，這大概是受了俄國人的影響，我覺得這比北京人上影院不大講究邊幅要好多了，這種風氣跟我們江浙大城市頗為相像，所以我也換了身比較新的中山裝，就急急忙忙朝影院趕，到的時候，電影都快開映了。

這是座法式的建築，據說是本世紀初由猶太人在中國建成的最早的影劇院之一，兩層樓高，中部隆起高高的黑色穹頂，迎街的一長排櫥窗還保留著昔日的風采，咖啡館、服裝店、西餐店一應俱全，上面寫著俄文的店名，只是由於食品短缺，門庭冷落罷了，更多的中國人只能站在落地櫥窗的外面羨慕地朝裡望而已，好在都是國營的，再沒有顧客也不至於倒閉。

劇院的內部雖然已很陳舊，但仍然令我眼前一亮。歐洲式音樂大廳的風格讓人想起它昔日的輝煌，舞臺上方垂下的弧形天鵝絨懸幕，顯示出它身分的華貴。我走進影院放映廳門口後，就沿著後排的座位號碼搜尋自己的位子，一直走到最右邊的一個座位，只一看，周身的血液彷彿沸騰了——原來最頂邊的座位還不是我，我只是挨著頂邊裡面的那張空位，頂邊的已經坐了一個人，她是張樺茹。

怎麼會這麼巧呢？她怎麼恰恰就坐在我的旁邊，周圍連一個本單位的人都沒有？我的心開始狂跳起來。怎麼說呢，我真的從來沒有對她動過心思，因為她太美了，美得我都不敢朝那個方向去想。她在我的心目中就是一尊聖潔女神的雕像，今晚，在這樣的「修正主義」藝術的浪漫氛圍中，我居然能跟女神共度，你說我能不又激動又緊張嗎？

我裝作若無其事的樣子，走到她身旁，而她呢，幾乎同時也看到了我，因為她正四處張望，彷彿在等候著什麼人。當我倆的眼光相遇時，同時發出了「咦，怎麼會是你？」說完都笑了。

我說，「朝裡去去，頂邊上的我坐。」

她說，「裡面的是你的。」

我說，「那怎麼成？女士優先嘛。」

她說，「你還真有紳士風度。」

我倆又笑了，不過她還是順從我的意思朝裡挪了一個位子。她今晚也穿了一件猩紅色的薄呢子短大衣，映得她面色如胭，身上散發著淡淡的玫瑰花香。這時劇場燈光一黑，電影放映了。

「內參片」跟「公映片」就有這點不同，前面的幻燈片、蘇聯電影的片花統統免了，就像宴席上撤掉了開胃的湯，一上來就是正餐。

說真的，坐在一個美女身邊，滋味並不好受。我身子一動都不敢動，生怕碰著她；我連大氣也不敢出，生怕她討厭我。我看她倒是比我還自然些。她見我身子總是斜靠著右側的坐椅扶手，臉上似乎掠過一絲暗自得意的笑容，似乎心裡在說「岳翼雲啊，別看你平時那麼清高，那麼強勢，你也有怕我的時候啊，今天可讓我看到了尷尬的樣子。」不過她並沒有說出來，而是輕聲對我講，「你這樣歪著不難受嗎？坐正過來，我又不會吃掉你。正好，我想聽聽你對電影的理解呢。」

你瞧，這話說的，「我又不會吃掉你」，像大人在對孩子說話呢，明擺出了她意識到自己的美麗，讓我極為拘謹，這流露出了她的心理優勢。我因為被她說破了心思，臉漲得通紅，幸好光線很暗，估計她看不出來，不過她這句話真像是對我宣佈了大赦令，我輕輕舒了口氣，坐正了身子。

當銀幕上現出俄文「Сорок Первый」（第四十一）的字幕，我倆幾乎同時讀出了俄文名稱。

海浪，字幕，交替著，俄羅斯音樂那特有的憂鬱，深沉，一下子攫住了我的心。從這一刻起，我身心得到了大解脫。

「岳，看到關鍵地方，提示我。」她用氣聲傳過來。不知怎麼回事，我的名字到她嘴裡居然成了一個字「岳」，也許這是在影院裡吧，話不能多，必須高度濃縮，但喊得我很舒服。

「什麼叫『關鍵地方』？」我也用氣聲回答。

「就是……就是，特別要引起我注意的地方。比方，該欣賞的或是要批判的地方。」

「好的。」

……螢幕上出現了一支紅軍部隊，從敵人的包圍中突圍而出，只剩下了二十三個人。

漫天的黃沙，一望無涯的大沙漠，隊員們一個個地倒下再也爬不起來。唯一的出路只有穿過沙漠抵達阿拉海邊，但是如果沒有駱駝隊的幫助，這幾乎是不可能完成的任務。

隊伍裡有個女神槍手瑪柳特卡，她的槍法幾乎百發百中，在戰鬥中她已經打死了四十個敵人。她，就是由著名演員伊佐爾達．伊茲維茨卡婭主演的，她那一頭金色的捲髮，和深邃的眼睛，讓人不由得不動心。

為了走出困境，他們在途中打劫了一隻商駝隊。商人們向隊伍的政委葉秀科夫求情，他們願意交出所有的金錢，只求不要奪走他們的駝隊。因為沒有駝隊，他們也活不下去。

商人央求著，「老爺，這樣不行，我們要餓死的。」

政委回答說，「我不是搶你的，我是革命的需要。」

我看到這兒，趕緊輕聲對張樺茹說，「注意這兒。」

「什麼？」

「要批判的地方。」

「批判什麼？」

「宣揚革命的殘忍，像強盜一樣。」

「是嗎？你真厲害。」

停了一下，她又輕聲說，「岳，關鍵的地方你碰我一下，我自己先想想。」

「好的。我能碰你嗎？」我乾咽了一口唾液，小心翼翼地問。

「批准了。」

電影接著放下去。出現了白軍中尉軍官，由著名男演員奧列格．斯特裡仁諾夫飾演，他成了瑪柳特卡的俘虜，政委命令她看押這位負有特殊使命的白軍軍官，絕不能讓他逃掉。當螢幕上推出他的面部特寫鏡頭時，我看見張樺茹身子微微一動，嘴裡喃喃著，「天！」

我也讚歎著，「真俊！我覺得蘇聯的男演員比中國的要好看得多。」

「不一定。中國男人也有好看的。」

「我怎麼沒有在男演員中找到？」

「好看的未必就是演員。」

我們有一茬沒一茬地常常用幾個字來進行交流，隨著電影劇情的進展，現在我已經完全放鬆了。

……這支隊伍終於歷經艱險越過了死亡沙漠來到了阿拉爾海邊，在海岸上發現了一個吉爾吉斯人的村落。人們用大米飯盛情款待了這只紅軍隊伍。瑪柳特卡向吉爾吉斯人要了一張廢舊的畫報，又從行囊中取出半截鉛筆頭，她想寫詩，把這些日子穿越沙漠的經歷記下來。於是出現了她跟白軍軍官的又一段對話：

中尉用那碧藍的眼珠看著，驚訝地說：「你在寫詩？」

瑪柳特卡惱火地答道，「你以為只有你會跳幾下法國舞，我就得是個鄉下傻瓜嗎？」

中尉表示並不是認為她傻，只是覺得現在不是時候。他要她讀一段給他聽聽。

瑪柳特卡對他說，你聽不懂，你血管裡是貴族老爺的血，我寫的是窮人，是革命。

中尉說：「或許內容對我格格不入，可是人瞭解人總是可能的呀。」

「好，就依你……」瑪柳特卡開始給中尉讀她寫的詩。就這樣，兩人不知不覺地談論起詩歌藝術來了。

我輕輕碰碰她的肘部。

「什麼？」她問。

「融冰的開始。」

「是嗎？」

「再想想。」

她歪起了腦袋好像思考著什麼。

劇情現在進展到了大海上。政委命令瑪柳特卡押送白軍中尉乘坐小船穿越阿拉爾海送交紅軍司令部。

政委對瑪柳特卡說，「好好盯住俘虜，放跑了，你自己最好也別活著。萬一遇到白黨，不能把活的交給他們。」

小船沿著平坦的海岸飛駛。風平浪靜，水波漣漣。瑪柳特卡望著逝去的海水，覺得海水藍得什麼都比不上。突然，她的目光與中尉的藍眼睛相遇，不禁全身打了個寒噤：「我的媽呀！你的眼睛藍得跟海水一樣……」

我又碰碰她。這一回她微微點頭，似乎看懂了。

我也一面看，一面在心裡分析著作品。我記起當年在大學上課的時候有位教授告訴我們的話，他說，「學文學的人跟不學文學的人在欣賞文學作品時有什麼不同呢？他們同樣都在接受著作品的藝術感染，所不同的是，學文學的人應該比不學文學的人多一層藝術的敏感，這就是你們要學會的真本領。也就是說，你們在閱讀或觀賞作品的時候，不是被動地接受，而是積極主動地去感覺、分析和思考，尤其在最令你感動的地方，要去細細體味著感動的力量來自何處。這種訓練必須成為你們的習慣，這樣你們就能不斷提高自己的藝術敏感，它又反過來加深了你們對作品的審美感受，從而成為一個好的作家或評論家。」

這部作品寫的是兩個不同階級，不同營壘，不同教養的敵對的人，怎樣一步步地成為熱戀的情人，最後又在革命與反革命的尖銳衝突中釀成悲劇。其中最令我欣賞的是，他倆的情感發展線索極有層次感，因而也極其真實，令人信服。每到這些情感的節點，我都輕輕碰一下張樺茹。她也彷彿心有靈犀，看得越來越有興味。

……由於海上遇到了暴風雨，另兩名押送的紅軍戰士也被風暴捲進了大海，這艘小船也快要沉沒了。瑪留特卡押著這名白軍中尉來到了一座孤島。在這遠離人間社會紛爭的環境裡，只剩下的這兩個人，人性終於戰勝了階級性，他們碰撞出了愛情的火花，深深相愛了。當銀幕上放出兩個人緊緊擁抱最終相吻的鏡頭時，我看到張樺茹全身明顯一挺緊貼座位的靠背上，她的頭微微扭動，像是要擺脫什麼，胳臂也條件反射地碰了我一下。

「什麼？」我問。

「沒什麼。」她低下頭，前額抵著前排的椅背，不敢看銀幕了。

這個吻時間夠長。這也難怪，像這類接吻的鏡頭，我們在銀幕上幾乎就沒見過，乍一見渾身極不自在。我不禁也有些得意地在心裡暗笑，「張樺茹，沒有想到，你這個冰美人，不近人間煙火的，居然也有令你尷尬的時候呀？」

……影片最後的高潮終於到來。這一對孤男寡女在孤島上生活了十幾天後，海上終於出現了一隻帆船，正往這座島嶼駛來。白軍中尉認出了是自己的人，不顧一切地朝水中跑去。瑪柳特卡在他身後用絕望的聲音大喊道：「站住，你這個下流的白黨！回來！」

中尉沿著海岸在水中跑，跌倒又爬起。

「站住！」瑪柳特卡舉槍瞄準。中尉仍在跑。「砰」地一槍，中尉中彈，他轉身面對瑪柳特卡，喃喃地叫了聲〝瑪莎！〞倒下了。

瑪柳特卡丟下手中的槍，朝中尉跑去。中尉躺在水裡，瑪柳特卡一下子跪到水裡，擁抱他，把他的頭緊緊摟在懷裡，哭了。喃喃地喊著：「藍眼睛……我的藍眼睛……」

海浪洶湧，波濤澎拜，傳遞出劇中男女主人公命運衝突的緊張激烈的氣氛……

我趁著音樂還沒結束，站起身來，說，「我先走了。一會兒人太擠。」

她似乎明白我的想法，也站起身隨我一同出了影院。

我們很長時間誰都沒有說話，腳步匆匆。待到影院散場人群擁到大街上的時候，她已經領著我轉進了另一條路。我們久久沉浸在電影的情節中，看她仍低著頭，情緒沉重，在偶爾一抬臉時，我還看見路燈下她眼角上淚光一閃。

我們走了很久，還是我最先打破了沉默，「你是回學校去嗎？」我問。

「不，今晚我回家。」

「哦，明天星期天。你家住哪兒？」

她告訴我一個地名，我知道靠松花江邊很近。

「我送你回去吧。」

她沉默著，沒有拒絕。

我們沿著人行道走。已經很晚了，天上沒有星星也沒有月亮。我想把她從電影情節中拉出來，便用輕鬆的語氣對她說，「真沒想到，張老師還是林黛玉，聽評書落淚，替古人擔憂。這畢竟是電影，是編的故事。」

她歎口氣，「可那也是從生活裡來的啊。一想起這兩個人的命運，心裡就不好受。岳……老師，你對這部影片是怎麼看的？」

「上面不是已經定下了調子，是修正主義的嗎？那還用說，批唄。」

「我不是要你講大面兒上的話，我想聽你心裡真實的想法。」

我猶豫了，我跟她並不熟，反右運動告訴我，真話是不能隨便對外人講的。

她看出我心裡的顧慮，說，「你要覺得信不過我，請不要勉強。只是可惜了今晚我浪費了這樣一個聽大專家講解的機會。要知道我是多麼喜歡聽你的課啊。」

她這麼一說，我不好意思了，連忙解釋，「哪裡哪裡，不存在信不信得過的事。張老師的為人……」我還沒講完，她就打斷了我，「這樣吧，咱們先把稱呼變一變，別『老師老師』的總掛在嘴上，乾脆點，我還是叫你『岳』，你就叫我『大張』好了。」

我不樂意了，「你怎麼是大張呢？沒准我還比你大呢？」

「我就是比你大，我是三八年五月六號生，你呢？我比你大三個月。大三月也是大，不是嗎？」

我嚇一跳，「你，你怎麼知道我是哪天生的？」

「不告訴你。」她神氣起來了，「我還曉得，你是你們這一屆年齡最小的，沒談過戀愛。」

「你你，」我有點急了，「一準是從殷浦江那裡聽來的，」心想，王瑞祥說的果然不錯，哪個女生背後不議論男人？嘴裡恨恨地說，「我要找她算帳。」

「你別怪老殷了，她對你就那麼清楚？放心我不會亂說。我有我的辦法，不告訴你。」

「那好吧，」我認輸了，難怪人說，美女的厲害就是她能隨時把你心窩的話給套出來，我讓步了，「既然你想聽，我就講講我對這部電影的看法，講錯了請你別對人說，行嗎？」我決定簡單分析給她聽，但還是按照官方定的調子，這叫留有餘地。

「這還像話，岳，放心，我絕不會出賣你。」

「我相信。」

我於是告訴她，這部電影從根本上是把愛情與階級鬥爭對立起來描寫的，也可以說是建立在人性和革命的尖銳衝突之上的。白軍中尉跟漁家少女瑪柳特卡他倆分屬不同的世界，不同的階級，但是在這樣一個特殊的孤島生活的環境中，階級性模糊了，讓位於為了生存，人類必須互助互愛的人性，因而人性就戰勝了階級性。

電影渲染了這種跨階級的愛情的美，我們不妨認為這是作者以此來否定革命。你還記得，電影一開始就寫了紅軍搶奪了商人的駱駝隊，我當時就碰了你，提醒你注意，它讓人感到革命是多麼地沒有人性，一句「革命的需要」就可以同樣剝奪掉那些商人的性命，因為離了駱駝，商人們也活不了。同樣，這麼感人的愛情，因為革命需要就必須一槍崩掉她心愛的人，革命是如此地殘酷。我想這就是問題的嚴重性。

我覺得該講的話已經講完了。

「完啦？」她問。

「完了。」

她停下腳步，面對著我，那對美麗的大眼睛帶著明顯的不滿意，又望得我躲也不是迎也不是。

「我想知道，」她說，「你心裡是怎樣想的？」她把「心裡」兩個字還特別強調出來。

她的眼睛逼得我無處逃遁，「你不覺得把商人的駱駝隊搶過來置別人於死地首先就是極其自私的行為嗎？如果革命就是剝奪了他人的生存權利而保證自己的生存，這種革命首先就違背了道義，首先就應該否定！再說那對情侶，我不認為他倆的階級分野有多麼嚴重。如果沒有這場革命，在和平的環境中，他們未嘗不能結出愛情之果。那位白軍軍官品德並不壞，他從不打罵手下的士兵，他只想去讀書深造，他也答應將來提供瑪柳特卡去上學，這樣的事情，歷史上還少嗎？就拿你講的那些十二月黨人妻子她們很多不就是跨越階級的愛情嗎？這有什麼不對呢？」

我的天哪，多危險的想法！我心中暗暗吃驚，這個張樺茹想的怎麼竟然跟我完全一樣呢？天底下居然還有這樣的人，她幾乎把我心裡的話全說出來了。

「張老……」

「喊我『大張』。」她打斷我，「告訴我，你喜歡這部電影嗎？請你說心裡話。」

我暗暗叫苦，這個問題讓我怎樣回答？她的眼睛讓我的靈魂無處逃遁。我清楚，在這樣澄澈的明眸面前，我連講一句假話的勇氣都沒有。

「好吧，張，」我決定再減一個字，「我說實話，我喜歡，很喜歡……這是一部十分優秀的作品。」

她高興地一拍手，「岳，我也喜歡。我總算找到了同道。你能告訴我，你為什麼喜歡它？它好在哪裡？你不知道，我最喜歡的就是聽你在課上分析作品。」

「可是，」我看看夜已深了，街上行人明顯地少了，便說，「要真讓我講，我怕會講到天亮。」

「不要緊，你講好了，天亮就天亮，反正明天是星期天，可以睡大頭覺。」

我知道，在她面前，我連拒絕的話也說不出口，我是高高興興地敗在了她的手下。這一來，我只有打開了話匣子。我們就這樣講著，走著，不知不覺已到了松花江邊。今夜風平浪靜，漆黑的江面像靜止似的一動不動，只有拍案的濤聲以及緊貼堤岸映著燈光閃爍著的條形波紋，告訴人們它還在日夜趕赴著自己的行程。對岸太陽島上一片沉靜。在濃蔭籠罩下，閃現著寥若晨星的燈光。松花江大橋上正在通過一列火車，車廂的燈火像一長串珍珠閃亮而過。

我看她走的有點累了，便在江邊的一張雙人椅上坐了下來。

「真的還想聽啊？我怕天不早了，你家裡人會著急。」

「我真的想聽。」她流露出急迫的眼光，「再說這兒離我家已經很近了。」

「那好，」我想了一下，「我提一些問題，由你來回答，我們共同討論，不過只能是幾個問題，談完了我就送你到家，好嗎？」

她同意了。

「這部作品選擇了一個新鮮的角度，探討了人性和階級性的關係。」我先把作品的背景向她做個簡要地介紹，「其實作品發表的時間已經很早了，是在一九二四年。出來之後就爭議很大。為什麼直到一九五五年才拍攝成電影？那是因為史達林死了，蘇聯人民開始回顧反省這段歷史，學術界就出現了人道主義思潮的回歸，這就是為什麼電影裡強烈地渲染了人性的緣故。我這話是不是學術氣太濃了？你要不喜歡聽請直說。」

「不不，我就喜歡聽這個，請你不要打斷。」她急著往下聽，催促著，「你不說我還真不知道，你一講讓我突然從電影後面看到了許多東西。請你往下講吧。」

「於是人們同樣也開始反省革命，認為革命在推動社會前進的同時，也摧毀了人間許多美好的東西比方說愛情，革命同樣也犯下了許多罪孽。我以為，這也就是電影從頭到尾為什麼一點都沒有正面表現革命的原因，你想想，開頭的搶劫商駝隊……」

「啊——原來是這樣！」她像發現了什麼似地把手放在我的手背上，又嚇得一抖趕緊拿開了，「原來那段情節有那麼深的意思！你不說我還真不知道，難怪你碰碰我。」

「我碰你的又不止這一處。」

「那你就把碰的地方今晚都給我講解清楚。」

「我已經記不得了。」

「什麼，你碰了我那麼多下，居然『記不得了』？」她開始調笑我了，「岳，我的胳臂這輩子可從來沒讓一個男的在一個小時內碰了那麼多次，而且碰的滋味可不好受，你那膀子怎麼回事？像根棒槌。快講！」她簡直給我下命令了。

「好吧好吧。我想說，這部電影最令我讚賞的是他倆的愛情寫得十分真實，注意，這就是人性。你想，原來是兩個敵對階級的人，不共戴天，怎麼會，怎麼就會產生愛情呢？它寫的好的地方就在於他倆的愛情是十分有層次地，由淺入深地……」

「自然而然地、十分合理地……」她接下去說了。

「對對，從恨到愛是有過程的。一開始，是放鬆了思想的敵意，或者說是放鬆戒備。你想想，那是哪裡開始的？」

「讓我想想，我想——是從瑪柳特卡想寫詩開始的。他們都有文學的愛好。」

「你說得對。文學、藝術這是把人類的心靈拉攏在一起美妙的東西。貝多芬的音樂哪個階級的人不喜歡啊？但是，共同的愛好不是愛情，只是媒介。你同意嗎？」

「但這是很可怕的媒介。」

「咦，」我停住了，「我發現你這個人為什麼總喜歡用『可怕』這兩個字，」

「難道不是嗎？」她不僅不回答，反而反問我。

「好，」我接著說，「通過這個媒介，愛情的種子就開始落地了。我再問你，瑪柳特卡的愛情從哪一刻開始的？」

她眼睛一眨，舉起一根手指，得意地喊，「藍眼睛！」

「對。」

「『我的媽呀！你的眼睛藍的跟海水一樣……』」她模仿著女演員的聲音，十分唯妙唯肖。

我也玩笑著說，「我的媽呀！你的聲音跟瑪柳特卡完全一樣……」

她高興得咯咯直笑。

「緊接著呢，愛情進入了潛意識。『潛意識』懂嗎？」

「懂懂，別忘了我是學心理學的。你就快往下說吧。」

「那好，我再問你，瑪柳特卡什麼時候從潛意識層面愛上了中尉的？」

「你讓我想想，是，是，我想是在中尉發燒生病的時候開始的。」

「說的不錯，但太寬泛了點，能不能再具體一些，比方說，在哪個細節上……」我一邊鼓勵一邊提示著。

「在，在……我想是在……我不敢說。」她似乎突然意識到了什麼，自己先吃驚了，把想說的話又吞回去了。

「說吧，說錯了我又不會罵你。」

「還是不要說吧，萬一……」她低垂下眼簾。

「那我說出來了。就是那張寫詩的報紙！瑪柳特卡拿出來為中尉當捲煙紙。你想想，這可是瑪柳特卡特地為自己寫詩從吉爾吉斯人那裡討來的報紙，在那個戰爭的環境中，一張紙對瑪柳特卡是多麼的珍貴，但她居然預先已經為中尉想好了。你說，這種在生活細節上無微不至地時刻牽掛著對方的心理，它意味著什麼？你想出來了嗎？」

「哦，好像是吧。」不知為什麼，她並不像預想的那麼激動，只是點下頭表示同意。

「那麼我再問你，中尉對她的愛情潛意識是從什麼時候開始的呢？」

「中尉有嗎？」

「怎麼會沒有呢？愛情是一個人的事嗎？」

「你讓我想想。我想——是在講《魯賓遜漂流記》的時候。」

「太寬泛了……想想，那個高燒時的……夢囈。」

「啊——」她拖長了聲音，突然想明白了，「你好厲害呀！我猜，是他不停地呼喚著『禮拜五』，我說的對嗎？」

「太對了，你也好厲害呀！」我也學著她說話。

「但是我還沒想透。」

「你想，發高燒的時候是最能暴露內心最深層意識的時候。在現實生活裡，他是瑪柳特卡的俘虜；但在夢囈中他跟瑪柳特卡位置換了個個兒。『禮拜五』是魯濱遜一時一刻也不能離開的俘虜和助手，他居然成了中尉全部夢囈的中心，這說明什麼？」

「天！你是怎麼想出來的？」她帶著吃驚、欽羨的眼神看著我。

我們的話題越來越熱，越來越深入。我也記不起來是什麼時候又站起來走路，更不知道走了多久，不知不覺已經到了她家的門口。

這是一座獨立的帶花園的俄式民居，屋裡黑著燈，大概此時她父母都睡了。齊胸高的一道刷白的木柵欄隔開了花園和門前的小街道。她站在柵欄門前，說，「我到了。進來坐坐嗎？家裡只有媽媽。」

「不了，」我趕緊說，「天太晚了，我不想打擾您的母親。那就……再見吧。」

「不，你停停。」她像想起了什麼叫住了我，「你還認識最靠近的公車站嗎？」

我搖搖頭，這兒我是第一次來，再說天這麼黑，我都不知道是在什麼地方。她見我猶疑著，說，「這樣吧，我再送你到最靠近的車站吧。」說完，不由分說就拍拍我的肩膀讓我跟她走。

我們又談起來了。不過這回我開始留意認路了。

話題不知不覺越談越深。

張樺茹默默地在我身邊走著，她也在思考。

「我總覺得，我有個很不好的預感，」我站下來，「不知該說不該說？」

「你說吧，我不會對別人講。」她輕輕鼓勵我。

「從反右以來我所經歷的一切，我覺得我們頭上彷彿有一隻無形的大手總想把大家扭向一個我們不願意去的地方，它讓我們遠離了人類的先進文明，讓我們總在互相仇恨、互相監視中生活。我不知道他們是誰？最終目的到底是什麼？如果說到達共產主義必須經歷這個過程，這明顯有悖於常理。因為種下毒龍的毒牙永遠結不出博愛的果實，只能長出互相殘殺的人群。這可是希臘神話早就給我們留下的智慧。」

張樺茹也深有同感地說，「岳，我的思想遠遠沒有你那麼深刻。但你所感受到的，也恰恰是困擾我的，只是我無法像你這樣清晰地表達出來。我只能說，今晚你的談話讓我感覺十分奇特，這是我從未經驗過的，我不知道該如何形容，我就覺得，我好像，就好像，你把我一下子領上了高空，從天上俯瞰著大地，一切變得那樣地清晰。岳，你真是一個天才。」

我們說著說著，走到了公車站。街道上已經闃無一人，車站也冷冷清清。張樺茹藉著路燈的燈光仔細看了站牌上的時刻表，再一看手錶，不禁失聲說，「啊呀，真對不起你，今晚光顧說話了，最後一班車開走了。」

我也看了手錶，發現已經過了子夜十二點。

「怎麼辦？回學校的路還很遠。」她滿臉焦急，「要不就在我家歇一夜？媽媽不會怪我的。」

我堅決搖頭，「開什麼玩笑？要把你媽媽嚇壞的。沒事，我走回去。反正已經是今天了，是星期天。」

她十分不安地說，「那麼真不好意思，只能說——再見了？」

我望著她來時的路，那兒是一片漆黑，我有點不放心。我說，「既然決定走回去了，遲一點早一點都無所謂了，我再送你回到家門口吧。我看這一路很黑很暗，你一個女孩子，我不放心。你也知道，糧食短缺，供應緊張，現在治安十分不好……」

她也不很拒絕，問，「你能認識回來的路嗎？」

「放心好了，我認真走過的路沒有記不住的。」

就這樣，我們又往回走。回去的路上，我們步子加快了，因為天邊傳來了隱隱的雷聲。快到她家門口的時候，她故意放慢了腳步，說，「上次的那件事，我要謝謝你。」

「哪件事？」

「就是那個史建軍……」

她一提我想起來了，那個史副書記的兒子，那個人渣。「他後來去糾纏你了嗎？」我問。

「再沒來找過我。」

「他跟你是什麼關係？」我又問。

「他的爸爸和我的爸爸是老戰友，就這。其他的什麼也沒有。他一直在糾纏我，十分討厭。這回要不是你，我真要吃虧了。」

「他不是學生嗎？年齡好像不小了。」

「他跟我是中學同學。上大學的時候，他爸通過內部保送的管道給他挑了一所好學校，但他不好好上，最後退學了……這所師專是他爸給他找的最後一條路，他還在瞎鬧騰。」

我於是把那天她離開大樓後發生的事告訴了她。她沉默不語，好久才說，「真沒想到，他這麼自甘墮落！不過，我還是同意你對他的處理方式。你想，你如果把他交給學校或是交給派出所，他乾脆破罐子破摔，你又能拿他怎樣？岳，我不得不說，你這一手實在是厲害，把他降住了。為這，我真得謝謝你。」

一說謝謝，我又想起了一件事，連忙說，「那天我問起大賈來，那糧票是怎麼回事？他說他根本不知道。你能說說是怎麼回事嗎？」

張樺茹見我問她，有點出乎她的意料，但她很爽快，說，「既然你問起來，我也不瞞你了，是我想請你幫我一個忙。我們女同志，生來的飯量小，每個月我都多餘，而你是天天鍛鍊的，飯量大。我想請你也對我發揚一點共產主義風格。只是……請你不要想到其他方面去。」

我想現在已無法再推辭了，不如今後找其他方式答謝她，便謝謝她的好意說，「放心，這回我收下了，以後還你的情。我絕不會往其他方面去想，我明白你的意思，比方說，絕不會把糧票跟瑪柳特卡的捲煙紙畫報聯繫在一起。」

她「哎呀」一聲頓時急了，「你這個人怎麼這樣說話？哪壺不開提哪壺！讓你不要往其他方面去想，不就是一個很單純的糧票嘛，你幹嘛偏要往其他方面去想？所以我說，你這個人啦，『真可怕』。」

「咦，你怎麼老說我『可怕』，我給你的印象就是可怕嗎？我真希望你也能告訴我，讓我好改正。」我也反問她。

「好，直說吧，你這個人眼光太厲害，一眼能鑽透人心窩。難道不是嗎？電影裡兩個主人公的心思連我一個學心理學的都想不到，反都給你抖落出來了。跟你說話做事都得小心，一不注意就被你看透了。」

「看透了不好嗎？減少誤解，我也不是壞人。」

「誰知道你是好人還是壞人。」她給了我一個含義捉摸不透的微笑，說，「看透了不等於看得對。比方那個糧票，你開始分析瑪柳特卡的潛意識的時候，我那會兒就想，壞了，就怕你往那方面想，結果你還是真往那方面想了。」

我看她那副著急分辯的樣子，很愛看，心想再逗逗她，「你說我往哪方面去想啦？說呀，說呀，怎麼不說了呢？你呀，真是越抹越黑，你這不是此地無銀三百兩嗎？」

「你！」她被我激得不知說什麼好，做出一副咬牙切齒的樣子，十分好玩，憋了半天，突然冒出一句話，「你，這條，大馬哈魚！」

「喂喂，別罵人好不好？我在逗你呢。」她被我說得噗一聲笑了，「反正你也罵過我，咱倆扯平。」

「我罵過你？」

「你罵我是『洋人』。別不承認。」

哦，想起來了，我先笑了，「不過」我說，「我還真的一直想問你，就是不好意思問，你是……」沒料到，她聽我一說，立刻就接下話茬脫口而出，「你是中國人嗎？」

她首先被自己的話引笑了，「別不好意思問，多少人都問過我這個問題，我都習慣了。我告訴你，我是中國人。簡單說吧：我爸爸是俄羅斯族，我媽媽是滿族。你瞭解滿族人嗎？」

我點點頭。

「我想你不太瞭解。」她不很同意我的話，「你是住在長江以南的人，那兒大概是漢族人集中的地區，所以你看我們覺著奇怪，是不是？不過這裡是邊疆地區，族群混雜，對我們已很習慣了。」

「不過漢族也不像你講的那樣單一。」我也糾正著她的話，「我的頭髮長了就打卷，我媽說她祖先可能有胡人或是其他人種的血統。」

「是嗎？」她大概是頭一回聽說，顯得很有興趣的樣子。她又告訴我，「我們滿族人吧，從小就騎馬，打魚，狩獵……」

「現在還這樣嗎？」

「有些地方還這樣。像我們老家吧有些習俗還保留著，我小時候就是跟外婆長大的。」

「難怪你長得這樣……」

「怪？」她含笑地望著我。

「不，是美！真的，我說實話，從第一眼在車上見到你，我就認定你是我一生中見到的最美的美女。」

我也不知道哪來的勇氣，一下子就冒出了我藏在心底的話。

這句話她大概十分受用，為了掩飾她的羞澀，不好意思地先笑後又嗔怪我，「你怎麼好意思當我面說這樣的話？」一面低著頭捏起拳頭在我胸口捶了兩下。

「這就是你說的『可怕』的含意？」我問。

「不止這些。自己想吧。只是不准朝那方面去想。」

「哪個方面？」

「就那個方面。」

「那你不如明說了好。」

「好吧，」她那股爽朗的勁兒又出來了，「明說了，我絕不會愛上一個畢巧林。」

「你說的是萊蒙托夫《當代英雄》裡的畢巧林嗎？」我問。

「不是你剛剛在課堂上講過，難道天底下還能有第二個畢巧林嗎？」

「你讀過這本書？」

「非但讀過，還是俄文的。」

「我也讀過俄文的。」我興奮地說，「我喜歡讀原文的，文字真優美！」

「你想想，愛上畢巧林的女人哪個有好下場？」她說這話時甚至有些憂鬱。

「不過，」我略一思索，不同意她的意見，「中國有『多餘人』嗎？運動一來，你必須站隊：站錯一步，輕則批評教育，重則家破人亡。就在平時也不行。中國人的面前是沒有選擇的：非此即彼，『彼』就意味著滅亡。『多餘人』可都是貴族，那種生活對我們而言實在是太奢侈了。所以你永遠碰不上更談不上『愛』上畢巧林。」

「所以啊，」她立刻就接著我的話頭說下去，「中國只能出產洄游中的大馬哈魚。」

我一愣，原來她也把我琢磨透了，便微微一躬身子，「哦，明白了。」

「至於其他的嘛，不想說，不能說，」她怕我再問下去，連忙打岔，然後倚在木柵欄門邊，給了我一個甜蜜的微笑，輕聲說，「謝謝你，你給了我一個最愉快的晚上。還記得嗎，頭一回我們在車站派出所見面時，你還欠我一個握手，今天能還我嗎？」

我忙伸出手去，她的手便柔若無骨地融化進我的手掌中了。她的眼睛裡充滿著柔情和感動，喃喃說，「今晚我真幸福。謝謝你一直陪著我，講給我聽，再見。」

「再見。」我說。這時一道閃電突然撕裂了黑漆漆的夜空，隨後一聲響雷轟然而至。我轉身甩開了膀子擺開競走的架勢，疾步趕回學校去。

我趕回學校的時候已是淩晨兩點多鐘了，虧好我還住在圖書館裡，否則又要被王瑞祥像審犯人似的問個不停了。

在路上一場大雨澆得我雞淋透濕，但我的心裡卻像有盆火暖烘烘的，我搞不清是什麼原因。當我簡單地洗漱完畢上床就寢時，我頭貼在枕頭上久久睡不著。窗外的雨已經停了，雷聲也漸漸遠去，在遠處地平線上，仍不時地閃著光亮，這種沒有雷聲又不見閃電蹤影的光芒，用我們家鄉話叫「熱合」，它就像是暗中有誰在對我眨著眼睛。原先漆黑的夜空被電閃倏地照亮，露出了崎峭險怪的雲層，活像地獄的圖景。我把右手枕在我的臉邊，這只手剛剛在洗漱的時候，我硬是沒讓它沾上水，當時雖然覺得極不方便，但就是捨不得洗去，現在我覺得掌心裡似乎還留有她手掌上的汗和體香。我一動不動，靜靜地躺著，耳畔不時地迴響著張樺茹的聲音。這個成長在北國的少女的心啊，就像是窗外閃動的「熱合」，永遠令你捉摸不透。我不禁回想起這場劇院座次的巧遇，記起了在她讓我從桌面上的影票中挑取一張的時候，她那微微抖動的中指，那會不會是她的暗示？因為票的座次只有她作為工會的文體委員一個人絕對地心中有數。如果說，她這一次是有意識地讓我坐在她身邊，那豈不是表明她已經對我有了想法。可是為什麼她又明白無誤地告訴我，對我這樣的「馬哈魚」不感興趣？

「馬哈魚」我本不知道它是什麼意思，經她跟畢巧林一比較，我明白了：是對使命的無從選擇，既然認定了一條追求真理的路，那就一追到底吧，沒有猶豫，沒有妥協，不計代價，哪怕前面是激流險灘，哪怕是要從谷底逆流而上縱身躍上懸掛在頭頂的飛瀑，哪怕飛瀑旁就等候著餓腸轆轆的大黑熊，這一切都難以阻攔馬哈魚追求生命終極的決心。這麼說來，我跟她以往雖然很少機會來往，然而她居然一直觀察著我，並且已把我揣摩透了。她總說我「可怕」，那麼我現在才真正感到她的「可怕」呢？你想想，不哼不哈把我比她小三個月都查的一清二楚，這個還不「可怕」嗎？不過，打心裡說，我喜歡這種「可怕」，不管是畢巧林也好，還是大馬哈魚也好，至少說明，我在她心目中佔有著很重的分量。

然而這一切到底是怎麼發生的呢？為什麼這一夜間我會跟她講了那麼多的話，如果把反右之後我跟同學們全部說的話加起來，我想也絕不會有這麼多？為什麼就這一個夜晚，我能跟她把心窩裡的話全都掏了出來給她，這些話若是傳到外面去，那後果會是什麼？我開始回憶起今晚談話的整個過程。一開始我還萬分拘謹，怎麼後來竟然跟她開起了玩笑，再後來我居然極其自然地當面讚美她的美貌，而她居然會開心地捶我的胸脯。這說明我已然毫無戒備地在她的面前舉手繳械了，而且繳械之後還萬分的愉快？我到底是怎麼啦？莫非真像人們所說，美女的舌頭是帶麻藥的利刃，在把你的心挖走之後既沒有血也沒有痛，留下的僅僅是歡樂。完了完了，你這個拉赫美托夫，為什麼毫無心理定力，被她輕輕一拉就趴架啦？好在她已明確地表態了，不會愛上我這樣的人，這很好，今夜就到此為止，絕不能再往前走一步。想到這裡，我儘管覺著有點遺憾，但那顆動盪的心就像那窗外的雷電，在不安地跳動之後，慢慢平靜了，這時窗外已顯出了曙色，我終於入睡了。

我一直睡到了下午才起床。因為是星期天，食堂每逢假日都改成一日兩餐。開晚飯的時候，我去食堂買了三隻苞米餅，再加上一碗大餷粥，我真的已經餓壞了。

殷浦江剛好也來就餐，她看我買這麼多，奇怪地問，「你一整天到哪裡去啦？怎麼這麼犼？」「犼」是南方話，意思是吃相狼吞虎嚥。我只笑笑沒回答她。她突然又問，「喔，你昨晚看電影是坐哪一排？我怎麼沒看見你？」

我說，「別提了，座位差到極點，最後一排最頂邊的位置。」

「啊呀，巧了，你旁邊坐的是張樺茹，是吧？」

我點頭說「咦，你是怎麼知道的？」

「她的票我還能不知道嗎？」說完她盯著我的眼睛看，彷彿我有事瞞著她似的，問，「你的票怎麼這麼巧，就抽到了她的旁邊？」

我聳聳肩膀，「這有什麼奇怪，我就手拿了一張，你要說巧吧，哪一張不是巧？你跟坐你身旁的人不管是誰難道不也是巧嗎？因為世界全是由巧合構成的，不是嗎？」

殷浦江不做聲了，不過她也並不像往常那樣吃飯時跟我有說有笑的，只是默默低著頭吃，有時還怔怔地對著窗外發愣，她也忘掉了每次都要從她的餅子上撧下一塊來給我。

這場電影，除了引得老殷從此跟我疏遠了外，再就是，張樺茹也不再來聽我的課了。

就在我以為從此可以讓張樺茹在我心海中引起的微瀾漸趨平靜的時候，沒有想到下面發生的事情反令我對她刮目相看，我覺著，她就像一面多棱鏡，折射出了七彩光芒。

# 12 望奎的秋天

這一年，飢餓，就像一個幽靈，開始在中國的大地上徘徊，解決肚子問題，已經成了全社會的行動。中國的好些事常常是不撞南牆不回頭，撞了南牆還裝牛，這不，先是「大躍進」狂熱地放開肚皮，接踵而至的是讓大家勒緊了褲帶：大飢餓終於迫使各級領導把城市裡的幹部和高校師生統統趕到鄉下去參加秋收，為的是讓他們能在秋收的農村蹭口飯吃。黑龍江的冬季特長，莊稼是一年一熟，集中在九、十月收割。天河師專當然也接到了上級的通知，師生統統開到望奎縣的農村。

「望奎望奎，西望卜奎」，所謂「卜奎」，這是達斡爾語「勇士」的意思。這個「勇士」指的就是今天的齊齊哈爾。這句話是說，藉著東邊小興安嶺餘脈的地勢，抬高望奎這片遼闊的原地，而在它的西面，則是一馬平川的大平原，大晴天夜裡，據說站在望奎的高處，可以一眼望見兩百公里開外的齊齊哈爾的燈光。不過這話我不大相信，現在當我從一輛陳舊的卡車上跳下並把隨身的行李包扔在路邊時，向西望去，除了是一望無涯的莊稼地外，並沒有看見齊齊哈爾，相反我卻見到了最驚心動魄的一幕。

由專署借來的好幾輛大卡車把全校的師生送到了公社的一處集散地，再從這裡用馬拉膠軲轆大車把人送到下面各大隊小隊裡去。幾百號人東一簇西一簇散了一地。經過幾個小時路上的顛簸，人們都疲憊不堪，一下車都紛紛伸筋展骨，活動腰腿，尋找方便的地方。公社的人也來了好些，都沒閒著，有的在備車，有的在套轅，也有的忙著分派人數，熱鬧忙碌得很。

落在最後面的一輛卡車終於也趕到了，在經過路口一處大的窪陷時，車子像越過了浪峰又狠狠跌進浪谷似的重重顛躓了一下，突然「叭」地一聲巨響把大夥嚇得一愣，似乎是爆胎了，緊接著一匹受驚的馬不知從哪兒一下子冒了出來。

這是一匹棗紅色的大馬，它發了狂似地朝我這邊衝過來。它的前面還有幾個人，我看見其中有張樺茹，在我的後面更是有成群的學生。

我渾身一驚，大聲喊，「張樺茹，馬！」說完，就朝著奔馬衝了過去。

張樺茹與其說是聽到了我的聲音還不如說是看到了我滿臉驚恐的神色，她忙掉頭，驚馬幾乎已經到了她的跟前。

在這一剎那間，我腦子裡閃過了拉赫美托夫攔住驚馬的鏡頭，但我已經趕不上了，悲劇眼看著就要在我眼前發生。同學們也都驚慌失措地大聲喊起來：「張老師，張……」

說時遲，那時急，只見張樺茹一把推開了身邊的學生，身子一偏，閃過了馬頭，隨後一個躍步飛身而起，雙手緊緊地抓住馬的鬃毛，一翩身子，翻上了馬背，再兩腿一夾，穩穩地騎在馬的身上。驚馬發出一聲長嘶，揚起前蹄，張樺茹卻紋絲不動，身子直直地挺在馬背上。馬又載著她奔跑了一程，慢慢停下了腳步。她的這一連串的動作，如行雲流水，如高山飛瀑，毫無停頓，極其優美，都來不及讓人看清楚，一切就都平息下來了。張樺茹在馬背上輕拍著馬的脖子，安撫著它；馬也感激似的回過頭來打著響鼻，等大紅馬回到我們跟前時，她從馬背上輕輕一縱，落到地上。

這一剎那間，一個滿族的美麗少女形象在我眼前躍現。

周圍的同學們也都被這眼前的一幕先是驚嚇得失聲大叫而後又被她那高超的馴馬術震驚得目瞪口呆，當她兩腳一落地，許多同學立刻爆出發狂的歡呼聲。

我也被她的這一連串動作驚呆了，激動得不知說什麼好。她卻撣撣身上的灰，對我神眉鬼眼的，「岳老師，你衝過來幹什麼？想做烈士啊？你會馴馬呀？」

我連聲說，「不會不會。我一輩子連馬都沒碰過。我只是想救你。」

「哦，」她聽我這麼說，眼裡流露出了欣賞和感激，還有幾分得意，大概是聽到我想救她，但嘴裡卻說，「你是想替我死呀？我的大英雄！」

我知道她是在奚落我，便摸著腦袋尷尬笑著，「我可沒想到死，我只想要你活。真沒想到這麼烈的馬你也能伏得住！」我由衷地讚歎。

她聽了我的讚美，我從她眼中看出，她心裡很高興，但臉上卻裝作若無其事的樣子，「這算什麼？比這更烈的馬我也騎過。我可告訴你，我最喜歡的就是征服烈馬。」

我向她拱拱手，連說「了不得了不得，佩服。」

「真心話？」

「真的，五體投地！我還要說，動作特美，刷！嗖！」我模仿她的樣子。

「哈哈，」她的得意再也按捺不住了，終於笑出聲來。我看出來了，她很在意我的讚美，「小岳，我就喜歡聽你說這話。」

「怎麼又變成小岳啦？喊岳老師。」我提醒她。

「偏不，小岳，小岳，小岳。」她調皮地跟我開起了玩笑，既像是在要我的強，又像是在故意撒嬌，我很喜歡她這種樣子，跟平時那種拒人於千里之外的矜持簡直就是判若兩人。我也注意到了，每當她對我顯露出優勢的時候，她那股天真可愛的勁兒就冒了出來，就像是一座冰雪覆蓋的山峰下面突然衝出了一股熱噴泉。

我們就這樣說說笑笑，乘坐上了大牯轆車，和學生一道分赴到下面的生產隊裡去。馬車臨起駕時，張樺茹把她的行李跟一隻藥箱扔我懷裡，然後一縱身就在我身邊坐下了。

我問她，「怎麼又多了只藥箱呢？」

她說，「馮老師跟別的科下到其他大隊了。我們兩個科是在一起，馮老師就讓我管這只醫藥箱。」

我知道馮老師是教務主任的愛人，學校裡唯一的一名校醫。

我又問她，「你也懂醫？」

她略一點頭，「懂一點，跟奶奶學的。藥箱裡就這點藥，碰上皮開肉綻、頭痛腦熱的還能對付，再多這就成了聾子耳朵，這點小玩意兒你不懂嗎？」

我點點頭，「那是，我也懂一些——我姐姐是軍醫。不過這說明領導對你是高度信任。」

她不做聲了。

北國的秋天真是一個魔術師，大地被她的魔棒染得五光十色，色彩斑斕。土路兩旁高大挺拔的白楊樹葉已染成金黃，抬頭望上去，陽光從葉面上透下來，樹葉變得透明通亮，一張張葉子的邊緣像是鑲上了金邊。四野的莊稼地延伸到天的盡頭，在靜靜地享受著秋的成熟。玉米杆上東一丫西一杈結滿了飽實的棒子，頭上飄著的穗兒像武士頭盔上的纓絡。密密匝匝的高粱地從上往下看去像燃起了一片嫣紅。遠處山崗上層林如繪，流光溢彩：楓葉紅得像火苗，槭樹染上了鮮亮的鵝黃，只有松柏一如既往地保持著莊重的蒼翠，它們在藍天白雲的映襯下，異彩紛呈，相映生輝，猶如一幅列維坦的「金色的秋天」油畫。

兩匹大馬拉著車在土路上得得地往前跑，在轉過了一處崗子後，眼前突然出現了一條大河。學生們都歡呼起來，「呼蘭河！我們到呼蘭河了！」

我也興奮起來，呼蘭河，這不就是東北女作家蕭紅筆下的呼蘭河嗎？眼前的情景令我心曠神怡，不由得張口就唱起了達斡爾人的歌……

「阿拉合里拉——阿拉合里拉——」

「好！」車上的同學們一起叫好，都張開嘴巴跟著唱了起來，

「烏蘇里江長又長……」

歌聲在呼蘭河上慢慢飄散，也把我們年輕人的歡樂投送到了她的懷中。

河不很寬，也許對於像我這樣生長在長江下游的人而言，看慣了大江大河了，呼蘭河在我眼中就像是我們南京的秦淮河，但是它令我目不轉睛地凝視它的原因是河水那深沉的藍色，這是一種令人心靈沉醉的寶石藍，看著它，就像一支優美的小提琴曲在你心中流淌而過。

大車沿著呼蘭河畔走了一段，又折進了莊稼地，最後進了一座屯子，然後師生們就由隊裡的幹部領著，分配住進了各戶農家。

我去的這一家只有一位大娘住著，姓王，聽她說，她有個兒子，在天津城裡面工作。這裡農民的房子都是土壘的牆，屋頂覆蓋著厚厚的茅草，上面用繩子縱橫交叉網住。屋內一南一北兩座炕，朝南的這面牆開了幾扇玻璃窗，倒也顯得窗明几淨。看得出，這家因為有人在城裡工作，日子過得比較殷實，屋裡的陳設也都挺齊整。王大娘為了歡迎我這個城裡來的大學老師，還特意把南炕騰出來讓我睡，自己睡到了北炕。說實在話，跟陌生人住同一間屋子，睡一南一北兩張炕，我還真的是很不習慣，但我來之前就已經聽說了東北人南北炕上分睡著兩家人家的事情並不少見，他們有出租南炕北炕給生人的習慣，甚至在民間還流傳著不少夜間摸錯了炕亂點了鴛鴦譜的黃段子。由於有了心理準備，所以我並不感到意外，但是讓大娘為我騰開了床位，這我是無論如何也不能答應的，在我的一再堅持下，王大娘總算最終妥協了，搬回了原位。我這才高高興興地幫她挑了幾桶水，收拾了一下院子，最後打開了自己的鋪蓋卷。

王大娘盤著腿坐在炕上，看我幹活，臉上露出滿意的神色，問道，「這位老師，是教體育的？」

我搖搖頭，不想解釋，因為其他人也一樣，只要一看我的體型，都會問這個，我都懶得解釋了。

她又問，「在家也幹農活？」

我又搖搖頭，「不，我是城裡人，沒幹過農活。」

「那你挑起水來動作咋這利索？」

我笑著向她解釋，「王大娘，我們讀書的時候，在十三陵水庫工地上幹過，我練出來了，一擔能挑兩百斤。光扁擔我挑斷過三根。十三陵水庫，聽說過嗎？」

王大娘搖搖頭，又誇了我幾句。簡短的幾句話我們之間建立起了信任。

我們的秋收勞動就這樣開始了。第二天一大早，我們在隊裡的食堂吃完早飯，就由生產隊長帶我們到了庫房裡一人挑了一把鐮刀，說是今天的工作是收割麥子。科裡的徐主任和葉旭日管我們的勞動，我也注意到了學校領導是一個也沒有下來，至於趙書記更不用說了，連影子也沒見到過。這個人平時給我的印象就是個甩手幹部，真要讓他上臺做個報告或是傳達個上級的文件，那就要出他的洋相，但他的興趣在財和物，在管控老師的思想，主要就靠他的親信給他打小報告，搞相互檢舉揭發，至於教學科研他是萬事不管，整個學校靠的是他趙家軍掌管全局。

大概是考慮到老師們大多沒幹過農活，徐主任就讓老師跟學生混雜在一起領取任務。班長鄭文穎就找到我，說，「老師您跟我站一塊兒幹。」

這個學生，跟我特別貼心，他曾告訴過我，他母親是小學老師，父親是種地的，打小的家庭教育讓這學生很重禮數，對老師的尊敬是打心眼兒裡生了根的。他又讓我把自己挑來的鐮刀還到原處，專門為我挑了另一把鐮刀。我說，「我挑的鐮刀是新的，這一把都用舊了。」

鄭文穎也不對我解釋，只是說，「你用用就知道了。」

我握在手上掂了掂，覺得第一是輕，第二是把子光滑，上面被掌心磨得久了像鍍了層釉，第三是把子不是直的，而是帶了個微微的S形。

鄭文穎又從口袋裡掏出一塊長條的灰色石頭送給我，示意我像他腰上吊著的那塊石頭一樣用繩子系在腰帶上。

我問，「這是啥玩意兒？」

「磨刀石啊。」說著，他就朝鐮刀口上吐了口唾沫，叫我照著他的樣子做，兩指摁著鐮刀兩頭來回磨起來。磨好之後，他讓我用大拇指的指甲背在鐮刀口上試試，說，「如果你覺著指甲有吃進去的感覺，那就是磨好了。」

我們跟著隊長一起到了地頭。這塊田很長，看不到盡頭。葉旭日讓大夥在地頭一字排開，大聲喊著，「這是二裡二的地。一個人六隴，一個人六隴，都瞅准了。開始！」

一聲令下，大家都開鐮收割。鄭文穎挨在我的左手，只見他先在地頭割了兩把麥子打個么子平放地上，然後不慌不忙，左手張開虎口朝下把麥穗兒聚攏往前一推，連跨兩步，右手鐮刀勾住麥把子的根部輕輕貼地朝後一劃，只聽刷一聲，一大把麥子就連杆兒帶穗兒統統到了他的手中，一回頭整整齊齊地放在么子上，再一連劃拉幾下子，一捆麥子就割好了，他的身後就清出來了一塊只露出根茬的地面。

我也學他的樣子，擺開架勢，但是一伸手，麥子就不聽話，抓住了這一頭就抓不住那一頭，儘管我的手也比較大，但每一把就是沒有鄭文穎的把子又大又多，他兩把子割下來就是一捆，可我差遠了。九月頭的黑龍江，天氣已很冷了，麥稈上、麥芒上都結滿了霜，手指很快就凍得僵直不靈。而我左手裡的鐮刀更不聽話，我使勁朝後一拽，是能割下靠前的一些麥子，但鐮刀拉到了身後，就被麥杆子一起絆住了，必須接二連三地再補好幾刀，才勉勉強強地把麥把子根部清理乾淨。這麼一來，我的速度就明顯慢了下來。幾分鐘過後，鄭文穎就把我甩下了一大截。

我們的學生們到底是從農村來的，幹起農活來真是一招一式像模像樣，不到一會兒，也都幹到前面去了。剩下的幾個老師散散拉拉地掉在後面。我心想，論力氣，我最大，我還怕幹不過你們？一邊想一邊使出了蠻力，鐮刀越揮越重，左手扯著麥穗連拔帶拽，還真讓我薅下了一大塊，不過時間一長，人就累得不行，我開始腰酸背痛，為了趕速度，我連抬起腰的時間也省下了，幾乎一直是彎著腰在幹，最後實在是撐不下去了，我只能支起了腰，再一看，鄭文穎已經離我很遠了。我看他的動作，始終是不慌不忙，不緊不慢，幹幾下，轉過身來就是一捆，再跨幾步，又是一捆，然後直起腰來，叉開兩腿，有時磨磨鐮刀，有時掐根麥稈嘴裡銜著，一副悠閒的樣子，看他的幹活，動作充滿了美感。

同學們有時也回過臉來給我們鼓勁，邊開著玩笑，他們大聲朝我喊，

「岳老師，打狼囉！」

「嘔嘔，打狼囉！」

說完都哈哈大笑。

我不懂是什麼意思？幹嘛要打狼？哪來的狼啊？這句話後來下了工後問他們我才弄懂，原來東北的田地都很大，一隴地要嘛一裡一，要嘛二裡二，甚至還有三裡三的，至於幹嘛都不是整數，後面還拖個零頭，同學們都說是習慣，沒理由的。落在後面的人有時真的能遇上狼，所以大夥都拿收割拉在最後面的人戲稱作是打狼的人。

我看看自己落在這麼後面，心裡也很急，但又覺著很奇怪，怎麼我渾身的力氣就是比不過外表文弱的鄭文穎？不僅幹得慢，關鍵是我還比他累。我已經氣喘吁吁，汗流如雨，貼身的汗衫已經濕透了。我的握鐮刀的右手掌已經磨出了血泡，手指關節像鎖住了似的，鬆開手後，手指伸都伸不直。我不禁問，我的力氣到哪裡去啦？我這才領悟出，平時的體育鍛鍊跟農田勞動所用的肌肉部位並不相同，論大塊的肌肉我是很發達，但收割所需的小肌肉群卻是我很少鍛鍊到的。我現在越急動作就越亂，越亂動作就越急，猛然間我左手的中指尖像觸了電似的劇烈一震——壞了，鐮刀割到了我的手指了。我忙抬起一看，心裡也嚇一跳：整個中指尖已被削去了半個，指甲僅剩下半隻，幾乎已經碰到骨頭了，肉還連著一點，血不停地朝外湧出，順著手指流到指根和掌心。天很冷，手凍得幾乎失去知覺。一開始我並不覺得很疼，但很快就覺得痛得鑽心了。我

用右手拇指食指捏緊中指的指根，趕緊往地頭跑，這邊有一些女老師女學生在幫著把我們割下的麥捆往大車上搬，張樺茹也在這裡。

她穿著灰藍色的短外套，頭上的捲髮用一條紗巾紮了一個花結束到了腦後。看見我舉著一隻流著血的手，臉上露出緊張的神色。

「你怎麼啦？」她不安地問。

我把手伸到她眼前，苦笑著說，「真狼狽，剛剛上陣就掛了彩，求你包紮一下。」

她趕緊打開藥箱，取出鑷子，輕輕揭開了傷口上連著的那層帶著半個指甲的皮肉，頓時「啊」一聲驚叫，她看到了我指端的骨頭，眼睛痛苦地眯成了縫，抖顫著聲音問，「你，你咋整成這樣？」

我咧嘴一笑，大概表情並不輕鬆。

她見我血還在朝外流，趕緊為我用消毒酒精清洗傷口，然後小心翼翼地把沒有割斷的指尖的肉覆蓋到原位。做這個的時候，她的手指一直在微微發顫。

我知道她怕我疼，便開玩笑說，「別心疼，你就當是一根麥杆吧！你的手指就不會抖了。」

「噫噫——還笑！」她白了我一眼，埋怨我說，「骨頭都能見到了，再往上一點，這根指頭就別想要了。讓人見了都哆嗦。我是看出來了，你就是一個不服軟的命。你能跟他們學生娃比嗎？」

其實這會兒我的手指也疼得要命，人說「十指連心」這話真不假，現在已經不單單是傷口的疼痛了，還外加上了受凍，只覺得有萬根針在指尖上紮。這對我本來算不得什麼，忍一忍也就過去了，但為了在她的面前表現出瀟灑，特別在她用鑷子翻動著斷開的皮肉時，手指絕不能有一絲的抖動，這就需要有點心理定力了。我決定採取注意轉移法，眼前一個最好轉移注意力的對象就是仔細觀察張樺茹的眼睛，因為她離我的目光只有十幾釐米遠，我從來沒有在這麼近的距離看過它，由於是從側面來看，反而不會引起她的注意。我首先注意到的是她那長長的眼睫毛，有點上捲，像輕盈的羽翼；在它的下方就是那清澈幽邃的深潭，潭水綠中帶藍，幽不可測；她瞳孔上的虹彩彷彿蒙著一層夢幻般的雲霧，令人心悸魂動……她沒有注意到我正在觀察她，只是注意力高度集中在我的傷口上，她朝我傷口倒上了許多消炎粉，我知道這藥裡有凝血的功能，她再用紗布仔仔細細地緊緊包紮起來。為了不至於脫落，她問我，「可有手套？」這一瞬間，她抬起眼簾瞧了我一眼，發現我正盯著她的眼睛看，她的臉立刻紅了，一直紅到了脖子根。

「你，你怎麼能……盯著我看？」她低著聲音嗔怪著我。

我連忙解釋，「對不起，對不起，我不是有意的，我只是想轉移我的注意力。畢竟，在流血的手指，跟美女的眼睛之間，我還是選擇觀察後者心理感覺會愉快得多，不是嗎？」

「啊——，」她裝作生氣的樣子說，「你拿我的眼睛來做心理轉移練習了。我問你呢，可有手套？」

我忙示意說，「有，有，在我褲子的左邊口袋裡，麻煩你幫我取出來——我的右手夠不著。」我向她側過了半邊身子。她猶豫了一下，臉又緋紅了，但還是毅然伸手插進了我的褲子口袋裡，取出後幫我套在了手上。

「你不能再幹了，休息！我會跟你們的徐主任說的。」她用命令的口吻對我說。

我謝過她之後，想想，沒道理吧？傷了一個口子就不幹活，待會兒徐主任又要發話了。再說吧，人生就是永恆的迎接挑戰，你不強過它，它就強過你，雖說割麥不是什麼了不起的技能，但挑戰只要是臨到自己的眼前，就不能繞開去，就只能迎上去。一想到這，就沒聽她的話，轉回身子，又回到了原來收割的地方。這時候，我才發現眼前的麥子已經被割掉了，原來是鄭文穎替我割倒了一大片。我三步兩步趕到了他的身邊，問他，「小鄭，謝謝你了。我想請教你，你怎麼一把下去，能抓住那麼大的一把麥子，我怎麼就做不到？」

他說你看看我的動作，說完左手一把麥子推向前，只見他除了用手掌握住麥杆兒外，隨著他往前推進，麥杆越聚越多，他每一個手指還分開勾住一束麥杆兒，然後手到刀落，這左手裡的麥子就跟著右手中的鐮刀一塊運動，讓人看上去就像是左手在薅麥子似的，薅到哪裡哪裡的麥子就跟著手走，其實它下面的根部都已同時割斷了，這麥把越裹越大，還沒等手中的麥子散開來，他右手的鐮刀已經從麥子的根部一別，統統攏在了一起，再一轉身朝身後的麥么子上一放，一堆就堆好了。

小鄭問我，「老師您看明白了嗎？」

我點點頭，心裡在琢磨。我知道，學別人的長處關鍵不是依樣學樣，所謂「畫虎難畫骨，學藝先學『魂』」，也就是說要有悟性。原因就是小鄭作為一個農家的孩子，從小就幹農活，他的動作是長期自然養成的，如果你仔細觀察，他幾乎沒有多餘的動作，這真像似得益於生物進化的巧奪天工，他自己大概也未必能說得明白，我必須自己來總結。我想，小鄭他割得快總體上說當然是得益於他全身動作的高度協調，但關鍵是左右兩手的協同動作。左手我已經看清楚了，我再看他右手持鐮刀的動作。原來他用刀的方法跟我根本不一樣，我原以為鐮刀是靠往後拉拽的力才能把麥子割斷，所以我在使用鐮刀時，刀把偏向與地面平行，這一來，人的腰必然躬得更低，握麥稈的左手也就下移了，這就是我被刀割到手的原因。這樣一來，不僅容易造成傷害，而且無論身體還是膀子都極其費勁，人很容易疲勞。而實際上小鄭的鐮刀與地面是有角度的，只要刀背貼地一劃，不用使多大的勁，麥子都能齊齊斷了，這原因就在左手前推麥稈，右手後劃麥根，作用力剛好相反，麥杆兒在鐮刀口那兒被折彎了，根部反而平對著刀口，難怪割得如此乾淨俐落。再看那剩下的麥茬，都像一支支打針的針頭，頂上有個斜斜的茬口。我這才懂得了他給我挑的鐮刀把子有一個微微的S形的原因，為的就是跟地面形成那個角度。

綜合起來再一想，除了動作的要領外，鐮刀的鋒利絕對是關鍵，所有的動作都是為了鐮刀的一揮做準備，如果鐮刀不快，就要補上好幾刀，前面使出的力就白費了。這就是小鄭不時停下來磨鐮刀的原因。他磨鐮刀跟別人也不同，別人是好長時間才磨一次，像模像樣的磨。他是隨時停下腳步，很少朝鐮刀上吐唾沫，只是掏出磨刀石在刀口蹭蹭兩下。我馬上聯想到了剃頭師傅磨剃刀的動作，他們往往也只是在那塊懸掛著的磨刀牛皮子上來回蹭蹭兩下，就解決了問題。小鄭這樣做既讓腰部得到經常性的休息，又讓每一刀下去足夠地鋒利，用物理學的術語，叫不做無用功。哈，經過這一看一想，我弄明白了。我決定按我厘清的思路立馬試試，我先想像著小鄭的動作做了幾個慢動作，果然效果立現，這一來我的信心大增了。

小鄭說，「你手都劃拉口子了，歇歇吧。」

我小心翼翼脫去手套，看看手指上的紗布，血已經滲透出來，手指隨著心臟的跳動一鼓一脹，發出陣陣脹痛，但張樺茹的藥已起了作用，疼痛已減輕了許多。好在紗布纏得很厚，再套上一層手套，只要小心點，我想問題不大。我對小鄭說沒事，這一關總是要過的，有你在旁邊做老師，我不抓緊學不是對不起你嗎？說完我就拉開架勢接著幹起來。

手指纏上了紗布，又隔著手套，動作當然很不靈活，好在我手足夠大，不用手指的動作照樣能握上一大把的麥子。

這一回我畢竟有了正反兩方面的血的教訓，用東北話說進步果然杠杠的，雖然我因前面用力不對，腰彷彿像折斷了似的，每直一次腰都要用手托一下，但長年的大運動量的鍛鍊，加上我正值青春年華，抗壓性、耐勞性必然強過別人。慢慢地，我發現只要姿勢、用力都正確，人的動作並不太累，加上割上幾捆就挺起腰來磨磨鐮刀，或是搽搽汗，活幹得反倒輕鬆多了。人都說「磨刀不誤打柴功」，休息幹活兩不誤，此話一點不假。就這樣我邊學邊幹，動作也更加得心應手，割麥的速度也越來越快，漸漸地趕上了一般同學們的進度。

更重要的一點是，我開始發現了只要農活掌握要領，原先的身體鍛鍊和力量訓練完全派上了用場，比方割麥，肩部三角肌後肌和斜方肌發達的，一鐮刀揮下去，就是一大片，

這一天當我割完了二裡二的地隴，到達地頭時，人竟像散了架似的趴在了地上，腰再也動不起來了，但我的心裡充滿著成就感，因為我竟然能趕上許多同學的進度。同學們為我的驚人進步也都很感詫異，說從沒見過這麼短時間就學會割麥的。

張樺茹也趕到了地頭來查看我的手指上的傷，她看見紗布外滲出了很大一塊血跡，心痛地說，「你呀你

呀，小岳，我說你什麼好呢？我說你逞強好勝你還不聽，你是趕上來了，但手指一直在使勁，血能止住嗎？來，重新包紮！」說完幫我重新清潔傷口上藥包紮，這時我看到，血已經止住了。

# 13 風波呼蘭河

我們一連幹了二十幾天，麥子最早淨場，接著收割玉米，高粱，大豆等等。在割玉米地時，小鄭又教了我一手，他從玉米叢中挑了幾根青翠細嫩的竿子，割下一長段，再按杆節切成一小段一小段的，自己留下了一把塞在褲兜兒裡，又把剩下的交我手中，說，「老師，你嚼嚼看，甜滋滋的。」

我接過來，咬下一段在嘴裡嚼著，可不，真甜，還有一股清香。我高興地說，「小鄭啊小鄭，真要謝謝你，我原先還真不知道玉米杆也跟甘蔗一樣甜呢！」

小鄭說，「甘蔗我只聽說，沒見過。都說是你們南方產的，都什麼味兒？」

「甜味。」

「我當然知道是甜味兒，跟咱玉米杆兒一樣嗎？」

「當然不一樣。」我想了想，「這麼說吧，你吃的白糖是什麼味兒甘蔗就什麼味兒，白糖就是由甘蔗做的，所以又叫蔗糖。明白了嗎？」

小鄭搖搖頭，「還是不明白。老師，咱們這兒的糖都是由甜菜疙瘩做的。」

這就沒辦法了，我答應他等我回去後給他帶點蔗糖嘗嘗，當然現在這都是要票的。

我又問他挑什麼樣的玉米杆子才是甜的？他告訴我，東北的雜糧不論是玉米，高粱，還是小米，都有黏跟不黏、甜跟不甜的兩種品種，只有甜玉米的杆子才是甜的。

小鄭就是這樣一個莊稼裡手，跟他一起幹活我真是長了不少見識。

我的手指上的傷口現在也早已長好了，只在中指尖端留下了一道凹痕。我的體能也得到了完全的恢復。至於收割的技能，經過那番琢磨之後，真可謂是一通百通，無論收割什麼，我都能跟鄭文穎齊頭並進。

徐主任見我農活幹得如此飛速進步，喜滋滋地，見面就不斷提醒我，「小岳老師，保持進步勢頭，千萬不能驕傲哦。」

我得到了領導的肯定，心裡當然也是美滋滋的，更重要的是我對自己的力量有了高度的自信，我成功地又戰勝了人生的一個挑戰，因此一旦幹起活來真可說是虎虎生威。在一個群體裡，一旦有了一些人不是為了抽象的政治口號，而是純粹發自內心的生命力的爆發而奮不顧身前進的時候，必然會帶動起這個群體的奮力前行。作為一名教師，我的拼命三郎式的幹活，當然影響了許多人，加上小鄭這些農家子弟的踏實肯幹，帶動了中文科的師生的勞動熱情，於是幹活吊兒郎當的沒有了，一到地頭，分配好了田壟，都是埋頭幹活。這麼一來，我們的收割任務完成得遠遠超過了其他各科的進度。大概是有人寫了稿子通到了上頭，於是從生產隊，到大隊，甚至公社也都知道了，公社的大喇叭裡還專門廣播了表揚稿。為了獎勵我們中文科的師生，隊裡決定特意為我們兩個科的師生做一餐好吃的——黏豆包，還讓我們放開肚皮吃一頓。在這個飢餓的年份突然聽到了這樣的好消息，我們科的師生們都沸騰起來了。

由於天氣預報裡說近期西伯利亞的一場強寒潮將至，公社決定加快收割進度，爭取在寒潮到來之前完成收割任務，做到「顆粒歸倉」，因此把最大的一塊大豆地的收割交給了我們，宣佈割完了這塊地就吃黏豆包。

這塊地就緊挨在呼蘭河邊。對於我而言，這場收割真可謂是意義重大，不單單是能吃到我從未吃過的心中想念已久的黏豆包，還有一件事就是我必須借此機會到呼蘭河裡去洗一次澡。

作為一個南方人，到了東北，即使是再差的生活條件，我都可以適應，唯獨洗澡一項，我是無論如何也適應不了的。因為在南方，一年當中至少有半年是必須天天洗澡的，這已經成了我們的習慣。洗澡條件的要求並不苛刻，有時是在井邊打桶水，有時是挨著自來水龍頭，再不就是端起臉盆打盆水從頭到腳一澆，讓心中的暑氣頓時全消，那是多麼地美氣！要是冬天，至少每週也要去一次澡堂，在熱水中蒸一蒸，泡一泡，那是多麼地解乏！然而到了東北，極度嚴寒的自然環境和簡陋的生活設施，許多人並沒有經常洗澡的習慣，據說有人甚至一生只洗兩次澡：結婚和死亡。至於到望奎農村，洗澡就更談不上了，每天幹活歸來，渾身都汗濕透了，加上農活又那麼忙，哪有換洗衣服的條件，只能穿在身上自然「晾」乾，好多天下來，身上一股子餿味，自己聞起來都噁心。所以我一聽說地頭就在呼蘭河邊，就心裡做好了打算。

這一天，天氣晴朗，氣溫也不很低，我知道這很可能是寒潮要來臨的前兆，不過這於我倒是好事，我可抓緊這個時機好好洗個澡了。由於收割的地塊距離我們的住地遠，所以一大早我們就被叫醒了。我換上了游泳褲，帶上了毛巾肥皂，去隊裡的食堂匆匆吃了飯，看見隊裡已經準備好了七、八輛膠軲轆大車，於是隨著大隊人馬浩浩蕩蕩地來到了地頭。

徐主任、葉旭日已經先到了，他們負責勞動的組織安排工作。葉旭日帶我走到一處田埂站下，告訴我，這兒就是我們中文科跟教育科幹活的分界線，由於我們兩科正在開展勞動競賽，讓我這個老師做分隔標誌，以免兩邊的同學發生不必要的糾紛。

徐主任也笑嘻嘻地對我說，「小岳老師啊，現在大傢伙兒都給你們倆人」他指指我和身邊的鄭文穎，「起了個綽號，叫你們是兩台『東方紅收割機』。今天我們是跟他們教育科開展勞動競賽，就看你倆領頭羊了！」

我朝眼前一望無際的大豆地望去，問，「二裡二的？」

「對著哩。」葉旭日回答，「一人四壟。左手歸咱們科，右手那邊全歸教育科了。」

「行，沒問題。」我應承著，吩咐鄭文穎，「這四壟歸我，朝下排吧。」說完也不等他，就一頭紮進了大豆地裡揮刀收割起來。

小鄭安排完同學的任務，很快就追了上來，笑著問我，「岳老師，今天幹嘛這麼著急啊？想吃黏豆包啦？」

我看看身後，中文科的同學們已經開幹了，而教育科的同學們還正慢吞吞地朝這邊走來，隊伍稀稀拉拉，拖得好長。

我對小鄭說，「我告訴你一個祕密，我想快點幹完，到那邊地頭後，趁大傢伙還沒到頭的功夫，我想下河洗個澡。你不想洗洗嗎？」

小鄭笑起來了，說，「我當什麼大事呢，洗澡又不是見不得人的事情，幹嘛這麼神祕兮兮的？你要不提我還沒想到，經你這麼一提，我渾身也刺撓得慌，也想下河洗洗了。」

「嗨嗨，我怕的就是這個。」我著急地說，「我就怕同學們見我下了河跟我學樣，統統下去了，萬一有個三長兩短，我的責任難逃啊？我問你，你們東北同學會游泳的多嗎？」

小鄭邊幹活邊說話，「我想不太多。這兒夏季太短，農村人吧，也不能學城裡人那樣去泡游泳池，頂多也就像我似的會幾下子狗扒拉。老師您游泳肯定很好吧？我看得出來。」

「那是肯定的。」我掉過頭去把一大把割下的豆子堆在身後，「我這麼跟你說吧，老師我是年年游長江的。」

「長江！」小鄭驚呼，「聽說長江寬得望不見對岸，是嗎？」

「這要看在哪兒了。要是在上海吳淞江口，那是跟在大海裡一樣了。我遊得最長的一次是從安徽的馬鞍山游到我們南京的下關碼頭。馬鞍山聽說過嗎？」

「沒有。有多遠？二三十里地兒？」

我嚯嚯一笑，「一百五十里。」

「哇，我的老天爺！」他驚得站起身，呆了，「那不累散架啊？」

「放心，是順流而下。」

我倆邊說邊幹，倒也不覺得累，轉眼就把同學們甩下了一大截。

太陽已經升起老高了，萬里晴空，天藍得透亮，一隻叫天子迎著風頭飛快地鼓動著兩隻翅膀，像定在空中似的一動不動，唱著婉轉啁啾的歌。

幹了一陣活，肚子已經有些空了，早上喝的苞米碴子粥，比起南方人吃的米飯來，當然頂飽得多，但經不住前面那陣子甩膀子大幹，估計此時肚子裡沒消化的苞米也只剩下三、四成了。從到了鄉下支援秋收以來，肚子問題的確是得到了緩解，隊裡只收我們部分的糧票，主食雖然限量外，但土豆兒供應管夠。望奎的土豆是遠近聞名的，用同學們的話就是「哎呀，一個土豆兒杠杠的，管糊一大碗！」，當初我聽了還真是不信，後來見到了才知所傳不假，據說是他們這兒解決了土豆退化的問題。但學生們都說，這玩意兒吧，特撐肚子，擱在胃裡像扔了顆炸彈，上下爆炸，所以幹活前不宜多吃。

一想到了肚子，就想到了馬上即將到嘴的黏豆包，這個詞自到東北後，就常聽人說，但沒見過，想必這已經是東北人的最佳美食。我問小鄭，「黏豆包是什麼做的？」

「黃米麵啊。」

「什麼是黃米麵？是小米磨成的粉嗎？」

「老師你連這都不懂啊？」鄭文穎這才對心中敬仰的老師居然如此無知感到意外了，他邊說邊比劃講給我聽，「黃米就是黍子，黏性特大，用它做外皮兒，裡面的餡兒呢，就包大芸豆，老大一粒兒。這傢伙墜肚子，一般人撐不了五六個，以往幫東家扛長工的到了收割季節，都是吃這個。」

「那你們家現在也經常能吃到嗎？」

「這玩意兒精貴，都是過大年才吃，今年怕是吃不到了。」小鄭一說到這，我立刻想起了一個困惑我心頭的問題，便忙問道，「小鄭，有件事我一直搞不懂，報紙廣播裡天天都說今年全國的自然災害多麼嚴重，可我到了這裡，我沒看到什麼自然災害啊，你就瞧這片大豆地，豆子長得多飽實啊！我也問過我母親，她說我們蘇南今年也是風調雨順。我就不懂，為什麼現在到處都在說鬧糧荒呢？」

鄭文穎意味深長地望我一眼，吞吞吐吐地說，「你問我，我問誰去？」停了停又補充道，「莊稼人不問國事，自古如此。」

我望著他，沒弄懂。他看我不明白他的意思，就說，「岳老師，有句話不知我當講不當講？」

「你儘管講，難道還有什麼忌諱嗎？」

「何止是忌諱，能要人的命。」他神色嚴肅地說，「老師您是城裡人，不瞭解農村的事，不瞭解的就不要亂插。」

「有這麼嚴重？」

「可不，」他看看那些拉在後面割豆子的師生們，他們距離我們都還很遠，悄聲說，「老師您方才說的事關乎到了農村統購統銷的政策。這是不能議論的。上個月我們雙城就有個社員說了一句不中聽的話，給拘到局子裡去了。」

這真怪了，在咱們國家到處都有不能讓人議論的事，我問鄭文穎，「你說的不能議論，是不是就像咱們學校不准談論領導搞特權多吃多占的事一樣？可『統購統銷』跟那不是一回事呀！」

「老師您就別再問了，就一回事。」

畢竟是經過了反右鬥爭，經小鄭一點破，我猛然間記起了報紙上、廣播裡常看到聽到的「反對統購統銷政策」這一類聲討階級敵人的大批判語言，莫非我心中的問題已經無意間觸到了這道電網？可我並不知道什麼是「統購統銷」呀。

我就問小鄭，「我總聽人說『統購統銷』這幾個字，可是我不懂是什麼意思，你能簡單地解釋我聽嗎？」

「也不複雜，」小鄭回答我，「就是農民種的糧食統統要由國家來統一收購，不允許私下銷售。」

「這有什麼不對嗎？」我越發不明白了。

「問題是——」小鄭又警惕地看看四周，「問題是——國家的收購數字遠遠大過地裡的實際收成，最後只能把社員的口糧也上交去了。」

「怎麼會這樣？怎麼會這樣？就不能向上面反映嗎？」我真是頭一回聽說，還有這般荒唐的事情！難怪王瑞祥總說我對農村是一竅不通。

小鄭苦笑著，「反映？找抽啊？產糧數字都是下面層層報上去的，誰不想往自己臉上貼金？完了就層層加碼，都在比試誰放的衛星大。您說還有誰願意再把放上去的衛星摘下來？」

我這才瞭解了問題的嚴重性了，忽然聯想起臨來望奎縣的那天，縣委書記為了迎接我們的到來，特意為我們做了場動員報告，其中尤其強調了秋收的政治意義，說這就是為了支援全世界無產階級的革命鬥爭，支援亞非拉人民的反帝鬥爭，把全世界受壓迫的三分之二的人民統統解放出來。這麼說，這些糧食都是給別人的。但支援別人怎麼能讓本國的老百姓挨餓呢？

我知道不能再問下去了，難怪這個問題如此嚴重，這就是一條高壓線啊！鄭文穎見我住了口，神情苦惱地告訴我，「岳老師，其實我腦子裡也亂得很，我們雖然是農民，但農民也有腦子不是嗎？我只知道在我們雙城，糧食剛收下來上面統統都收購去了，農民連口糧都保不住，聽說，有的地方都餓死人了。再說了，岳老師，我讓您看看這兒，這兒，」他把地上割倒的一堆豆秸挪開，只見地面上撒的都是豆子。這事其實我也早注意到了，成熟的大豆豆莢都像漲開了嘴，手一碰就爆裂開來，裡面的豆子就灑落了一地。

我問，「這些豆子就撂地裡？」

「最後都要讓社員來撿一次。」

「撿到的歸社員自己嗎？」

「哪有這樣的好事？撿回來的要歸公。」

「要是有人偷偷撿呢？」

「那發現了可了不得，那不光是偷竊的問題，鬧不好，就抓了資本主義現行，輕則批鬥，重則判上三五年，那可是家常便飯。」

小鄭的話讓我看到了農民生活的另一面，這是我尋常聞所未聞見所未見的。我這才知道，原來當農民也有許多條高壓線是不能碰的。

我又問，「這些豆子、麥子能統統收拾乾淨嗎？我記得從縣委書記到公社幹部都反復強調要『顆粒歸倉』，能做到嗎？」

小鄭沒有正面回答我，反倒反問我，「您說呢？」看我沒回話，他倒自己回答了，「您想想，就眼前這肐噠兒的地塊，人遛個圈兒也得花個把時辰吧，要是為自己撿還當另說，上交集體您說有幾個人幹？」

我無言了，一想到灑了一地的豆子，心裡疼得不行，這可都是我做夢都要夢到的糧食啊！

我們又各自埋頭割了一陣，小鄭從口袋裡掏出了幾根玉米杆兒遞給我啃，這玩意兒還真解渴，解饞。割著割著，忽然我發現我右手邊的豆地開闊起來，這應該是教育科他們的「領地」，由於我和小鄭割的快，右手邊的地一直沒有動靜，什麼時候他們反超過我們啦？我忙抬頭朝前看，心怦然一跳，原來是張樺茹在割，她還是穿著那件灰藍色的外套，長髮在腦後挽了個鬏髻，苗條的身影在田野晴空的襯托下顯得那樣地清新亮麗。她的動作並不熟練，跟她騎馬的風采顯然沒法相比，但她割得很認真很賣力。我心裡覺著十分奇怪，她怎麼這麼快呢？我手裡動作一加緊，幾下子就趕上了她。

「嗨嗨，你怎麼會在這裡？」

張樺茹掉過臉來看見是我，笑得咯咯的，學我的聲音，「嗨嗨，跟你一樣——當界碑呀。」

「你割得真是快呀！」我稱讚著她，「什麼時候追上來的？我怎麼沒有注意到呢？」

她聽了，一臉的得意，「瞧瞧，中文科的一對領頭羊這回敗在我手下了吧！」

小鄭立起身子回頭朝遠處看看，跟我說，「岳老師，她跟你開玩笑呢。人家是幾個女生包一道。」

張樺茹這才說，「我們是車輪戰法，說一定要把你們兩人比下去。」

我也向身後遠處看去，發現我們中文科的師生們都緊緊跟在我倆後面埋頭幹活，而那邊教育科的除少數幾個冒尖外，多數都還落在很遠的地方，尤其是還有一些田壟好像根本就沒有人在收割，像禿了頂的腦袋上留下幾縷稀疏的頭髮，一直延伸到了天邊。

我問張樺茹，「你們是怎麼搞的，還留下活兒沒有人幹？」

張樺茹也看到了那好些條沒人收割的豆壟，氣憤地說，「還不是那幾隻害群之馬！人也不知道跑哪兒去了？」

我嘻嘻一笑，也不失時機地調笑她兩句，「怕什麼？你們有一流的馴馬師，只要是馬，在張大師的胯下也得服服帖帖。」

不料張樺茹反而生氣地瞪我一眼，「去去去，誰跟你開這種玩笑！別說是害群之馬了，連駑馬劣畜、咬槽尥蹶子的，我都從來不騎。小岳，我告訴你，我平生只馴最烈性的馬！」她說這話時兩眼直瞪著我，臉上神情彷彿我就是那匹烈性馬似的。

「哈哈，」她這話反倒把我給逗樂了，學著她的語氣，「『平生』，『平生』，才多大啊？小丫頭片子，還『平生』呢。」

「你！」她又生氣地瞪我一眼「誰是小丫頭片子？」。

我很喜歡看她那個假裝生氣的樣子，就像美麗的天空有時突然飄過一縷奇異的雲彩。

「就是你！」我得勝地大喊一聲，趕緊高掛起免戰牌，說「幹活要緊，不廢話了。」然後對著身後我們的同學們舉起手中的鐮刀，學著電影上董存瑞炸碉堡的動作，高喊，「同志們，為了黏豆包——前進！」

一時間田裡到處都回應起了這句口號。

「為了黏豆包，前進！」

快到中午了，日頭高照，在一片毫無遮攔的大地上空，陽光亮得刺眼，雖說已是秋深，但正午的陽光也還頗有餘威。我反正是汗流浹背了，我想大家應該是也都累了，餓了，人們都使出了最後力氣。這句口號此刻成了心中最大的動力，有的人乾脆揮一下鐮刀喊一聲「黏豆包」，再揮一下再喊一聲，很快就像傳染病似的四處傳開了，於是「黏豆包」「黏豆包」聲浪前赴後繼，此起彼伏，田野裡到處是一片快活的空氣。

我因為知道旁邊就是張樺茹的田壟，也就一路前行一路順帶著幫她割幾塊。小鄭看我這麼做，也學我的樣，幫他的「鄰居」劃拉幾刀。

終於，我聽到了沉穩的、氤涼的、清冽的流水聲。

呼蘭河！我們終於快到地頭了。

我和小鄭像百米衝刺一樣加快動作，幾下子就割到了地頭，眼前果真呈現著一條綠中帶藍的大河，靜靜地在肥沃的東北原野上緩緩流淌，就像一個仙女玉體橫陳在藍天白雲之下，展現她驕人的美色。

張樺茹和小鄭的另幾位同學也衝到了終點。我跟小鄭使了個眼色，準備找個隱蔽的地方先坐下來休息片刻就下河洗澡。我們找到了河岸邊有一處很大的雜樹叢鑽了進去。小鄭迫不及待地脫去外衣，我急忙制止他，說，「等汗乾了，再下水！現在下水是找死。」說完就把他強拉到我身邊坐在樹下。小鄭不明白什麼意思，問，「有什麼說法嗎？」

我告訴他，「古代有個名醫叫李時珍的，聽說過嗎？」

他點點頭。

「他說過一句話，『汗水未落，冷水莫澆』，我們剛剛出了一身汗，立馬下水，很容易抽筋，還容易得上各種疾病。」

我倆正說著話，突然又衝進樹叢來幾個人，一看都是教育科的，裡面就有史建軍。他們明顯是衝著游泳來的，因為上衣都已經脫光了，看見我，楞了一下，但並沒有放慢手裡的動作，三下兩下就脫得只剩下了一條內褲。他側著身子從陡峭的河岸上慢慢挪動著腳步，想下到河裡。我趕緊站起身，朝他大聲喊，「史建軍，身上有汗，不能下水！會抽筋的！」

他抬頭橫我一眼，回了句話「媽那個巴子，操心起老子來了。不要你管！」，繼續朝下走，還帶動著他那幫同學一起走下了河岸。

我知道我跟小鄭洗澡的計畫被他一攪完全泡湯了，這麼多學生下了河，要是出一個意外，在場的就我一個老師，雖說他們不是我們中文科的人，但我總有責任。我忙跑出樹叢，對著張樺茹大喊，「張老師，你們科的好幾個同學馬上要下河了，身上汗還沒乾，要有危險！」

張樺茹一聽大吃一驚，好在他們科的領導、政治輔導員都也到了地的這一頭，經我一說，紛紛跟著我跑到了河邊。

但是他們幾個已經下了河，有的靠近河岸已經在水裡撲騰起來。

「快上來！你們快上來！」他們的孫主任著急地喊。

史建軍大概看見了岸上的張樺茹，想在她面前露一手，故意朝著河中心遊去。我看出來，他的泳技十分低劣，他遊的自由泳動作頭始終高抬水面之上，兩臂直臂擺動，這說明他至少連自由泳的換氣還不會，他擺出這個姿勢只是為了想表現給張樺茹看他遊得是多麼高明。

「史建軍，你給我回……」主任的話還沒喊完，史建軍的頭就沉到了水下，我看見那兒的水面在劇烈地激蕩。

我大叫，「不好，他抽筋了！」

我這一喊，教育科的許多學生都衝到了河邊，一個個脫衣服準備下水救人。

我腦子嗡的一聲，「糟了，要出大事！這麼多人下水，誰知道他們會不會水！下水救人是萬分艱難的，僅憑熱情衝動要白白搭上許多性命！」

我大聲喊，幾乎是撐破了喉嚨，「都不要亂，聽我指揮！」

這一聲喊總算把大家鎮住了。我忙解釋，「一亂要死更多的人！我是游長江的，我一個人下去！你們組織好岸上救援！」

我看見河岸上已經停著幾輛板車，這是用來拖運割下的豆秸的，就對小鄭命令，「小鄭，快把車上的長繩子解下來，一端綁一根能浮起來的東西，一定要能浮起的！然後把這一頭扔給我。記住了嗎？要快！要快！」說完我飛快地趴下衣服，一個猛子紮進了河裡。

我立刻被渾身緊逼的寒冷浸透了，我再也沒有料到，北國河流裡的水秋天是這樣地冷徹骨髓！我的脊背上不祥地升起一陣寒噤，這是沿著經絡在走的，這種感覺奇特而熟悉，我每次氣管炎的發作都是以它為先聲，但我已經顧不上這麼多了，我幾個自由泳的劃水動作就到了史建軍的身邊，一頭沉了下去，在水下一看，河水很清澈，史建軍的一條腿蜷縮著，連腳都變了形。他的確是嚴重抽筋。他還在掙扎著，但他越掙就越往下沉。

我兩手一壓，頭冒了出來，踩著水對岸上的小鄭喊，「快，把繩子的一頭扔過來！」

小鄭是個很聰明機靈的人，不需要我多說話，一切都準備好了。他在岸邊已經組織了幾個男生握住了繩子的那一端，這一頭上綁了一根玉米杆子，為了減少在空中的阻力，葉子都去掉了，然後像擲標槍似的朝我這邊扔過來，剛剛好落在我下游距離幾公尺的水中。我游了過去一把抓住了玉米杆，解下了繩頭。

史建軍在水裡的動作已經越來越慢了，我估計他已經暈了，動作必須加快！

我迅速遊到了他的身後，把繩子從他腋下經前胸帶過去，準備再轉回他後背打個結，這樣拖帶時既不會脫落又不會影響他呼吸，但是史建軍大概感覺到了有人在身邊，下意識地一把抓住我的手腕。人說溺死的人力氣最大，我掙脫了幾次都沒有成功。我想使出反關節動作，但我手中握有繩頭，反關節動作有可能適得其反，讓繩子也纏上我，那時我就完了。我迅速改變了計畫：必須儘快讓他吸到一口空氣。我乾脆用握有繩頭的這只手臂彎曲成鉤，帶動他的上身，兩腿有力地擺動，改成仰泳的姿勢，把他的頭托出了水面，果然他大張著嘴吸了一口。我又改成了側泳的姿態，用左臂有力地劃動，目的是讓自己的肺裡裝足新鮮的空氣，然後不失時機地把右手握著的繩頭換到左手，迅速下沉。史建軍畢竟是有點水性的，他只是抽筋後處理不當嗆到了水，缺了口氣犯暈了，現在讓他換了氣，他全身自然也都放鬆了，人也就仰著浮出了水面，現在他感覺我在往水下游，他下意識地拒絕跟著我下沉，反而把死死抓住我的手腕鬆開了。我擺脫了他的糾纏，心裡松了口氣，迅速在他的後腰部系了個死結，一個剪腿，人竄出水面，大大地吸口氣，踩著水朝岸上大喊，「拉！快拉人！」

小鄭聽到命令，抓緊繩子跳到水裡，朝身後的同學也喊，「快拉呀！」

我看著史建軍的身軀被很快拉到了岸邊，這才緩緩向河岸遊去，因為方才那一陣子緊張纏鬥，我幾乎把自己的力氣全用盡了。

這時岸上已經聚滿了我們的老師同學，還有當地的民眾。當我從河水裡走出來時，由於史建軍的得救，人們都使勁地朝我鼓掌，但是霎時間掌聲都莫名其妙地全停了，他們的眼睛都朝我幾乎赤裸的身體上下盯著看，眼光裡流動著欣賞驚異的神色。

這是怎麼回事？男人光著上身沒見過啊？想看就看唄。東北人真是少見多怪！我大步走到史建軍躺著的沙地上，他已經清醒過來了，看見我，掙扎著坐起來，不好意思地低下頭。他的周圍站著我們兩個科的主任跟輔導員，幫著維持著秩序。

「都站開點，站開點！別把空氣給擋了！」徐主任高聲吩咐著。

同學們見我到來，一下子又圍攏過來，女生們更是拼命往人堆裡擠。

「都散了，散了！」他們的主任也大聲喊。

小鄭急忙忙把我的衣服披我肩上，貼著我耳邊說，「快穿衣服，您沒看見女生們的眼睛裡都帶鉤子了嗎？」

我也悄聲問，「怎麼啦？你們東北男人不光上身嗎？」

「不是這回事。老師，你渾身肌肉很好看，農村人沒見過。」

哦，原來我忘了我是練過健美的，難怪！

「可我還要上肥皂洗洗呢。」我仍然沒有忘記要洗澡的事，現在機會來了。我看史建軍已真的是沒事了，便跟徐主任打了聲招呼，我說，「徐主任，你們先行一步，我跟鄭文穎渾身都又髒又濕，我倆洗洗就來。」

徐主任點點頭習慣性地關照說，「注意安全啊。」

我笑了，「主任，注意安全是應該您們事先對教育科的同學們說的話啊。」

在兩位主任的一再勸導下，同學們漸漸散了。我和鄭文穎大模大樣地走到河邊。現在我已經沒有了下河游泳的雅興了，那陣脊椎發寒的感覺我不想重複。我倆只是站在河邊的水裡用毛巾肥皂洗洗頭髮洗洗身子，然後躲在樹叢後面飛快地換下游泳褲穿上乾淨的內褲，再拿貼身的髒衣服把身子擦乾。風陣陣吹來，我感到涼颼颼的寒意，一連打了幾個噴嚏。

張樺茹偏偏沒有走，她見我已經換過了內褲，便大大方方地走過來，帶點挑戰的眼光故意地在我身體上下逡巡。

「嗨，」我玩笑著說，「不興這樣的，沒出嫁的姑娘就這樣看男人的身子？」

「喊，去你的！」她嗔了我一聲，帶著誇張的口氣反問我，「怎麼？大知識份子你還如此封建？你練健美不就是為了讓人看嗎？怕人看別練啊。」她這句話還真把我給嗆住了。不過我也明顯地看出，她這種故意的挑戰口氣其實是在掩飾她內心的緊張甚至是害羞，她哪裡是在挑戰我，她就是在挑戰她自己，她要表現出跟其他女性的不同。

「你別把人都看扁了，以為我也是那種盯著你身子看恨不得一口吞下你的那些沒見過世面的女丫頭片子！我實話跟你說，我看你就是看一尊教具，正好還要請教幾個問題。」她這種一本正經的態度真讓我歎為觀止，我真佩服她能找到如此冠冕堂皇的藉口來，但我不知什麼原因，就是很高興她這麼說話。

「我們學心理學的也選修過人體結構，」她補充說，一面帶點行家的眼光問我，「我看你的胸大肌、腹肌都很鮮明，很標準，只是這裡兩道直線肌肉還有側線兩道肌肉我很少見過，它叫什麼？」

我看她既然問得如此專業，便也專業地回答，「這是馬甲線，這是人魚線。對不起，人魚線的下端在我的內褲裡，不方便了。」因為怕著涼，我趕緊穿上了衣服。

大概是黏豆包已經送到了地頭，我看見同學們都朝著一個方向走，我們也尾隨著慢慢走過去。這塊大田的豆子並沒有全部割完，尤其是教育科的地許多條田壟根本連碰都沒碰一下。

張樺茹走在我身邊，態度變得正經起來，她告訴我，「我剛才是跟你鬧著玩兒呢，別當真。實話說，我留下來等你是因為我要親口對你說聲『謝謝』。」

「為了什麼？」我很奇怪。

「為了你救了史建軍。」

我停下腳步，「這就奇怪了，說這話的應該是史建軍，怎麼成了你呢？你是他的什麼人？」

「我不是他的什麼人，但他是我爸爸戰友的兒子，如果在我在場的情況下他丟失性命，我怎麼向他父母交代？」

一提起史建軍，我就一肚子窩火，在水中我要是不小心被他纏住，也很可能沒了性命。我問張樺茹，

「我就不明白了，這個史建軍，活幹的怎麼比小鄭和我都快？我們到了地頭，他們居然也都呼啦啦一群都割到了地頭。神了！」

張樺茹氣得哼一聲，「什麼呀，他們根本就沒幹活！你沒看見地裡那麼多壟豆子全撂荒在那兒？」

「你們領導就不管管？」

「誰敢管？他跟趙書記不正打得火熱嗎？」

哦，原來是這樣。

這個中午，我們果真都吃到了黏豆包，當我吃到嘴裡的時候，我才真正相信了鄭文穎的話，這黏豆包就像東北人的性格——太實誠，一點不玩虛的。大概是因為下河裡受了涼的緣故，吃到第四個的時候，我已經覺得有點堵心，再也不想吃了。

# 14 險闖陰陽界

這天下午，我們終於把那塊大田收割完了，秋收任務到此已完成了大頭，下面就是收尾工作了。隊裡感謝我們的支援，特地招待我們一頓晚餐。

晚餐是在隊裡的公共食堂吃的。一間長長的大草房是這座食堂的基本結構，裡面兩排做工粗燥的長條桌，四排木制的長條凳，體現了當年前來就餐的人數的規模。從牆上貼的標語看，這裡曾經風光無限過，只見幾個大字斑斑駁駁，還保留著當年的大躍進的遺風。這幾個字應該是：「放開肚皮吃飯，甩開膀子大幹」，但由於後來公社食堂吃得鍋底朝天只能統統取消，這些字也就無人問津了，有的字整個掉落，也有的像「吃飯」兩個字各自掉了「口」和「反」的半邊，「大幹」的「大」字少了一橫，結果就成了：「放○肚子乞食　甩膀子人幹」乍一看令人摸不著頭腦。

晚飯破例做了大白菜湯，蘿蔔湯，還炒了土豆絲，主食則是中午還剩下的少量黏豆包，外加管夠的烀土豆。

由於這一整天上、下午勞動量特別大，再加上我中午的下河救人，我的體力透支太多，到了晚餐時，我很想放開肚皮多吃一些——烀土豆我連吃了兩大碗。這大概是我自從到了黑龍江後，吃的感覺上比較飽的一頓了。但是我吃得並不舒服，我中午的吃食好像還堵在胸口，說明胃口並沒有恢復。我想多吃，只是出於幾個月來已經餓怕了的心理作用，一想到從此又要回到忍饑挨餓的狀態之中，就不由得想在肚子裡多儲存一些，然而實際上中午的飯食還沒有消化掉又阻止了我的食欲。就是在這樣矛盾的心理下，我強迫自己多吃了一些烀土豆，我萬萬沒有想到，就是這一個動作，幾乎要了我的命。

我回到王大娘的住處，簡單洗漱後就上了炕睡下了。這些日子，王大娘對我的關愛可說是無微不至，為了怕我收工後再替她挑水，她是在幹完農活後自己先把水挑了，然後再為我準備了熱水，讓我臨睡前可以泡個腳。我瞭解，這種睡前洗腳的習慣在東北是不多見的，王大娘這肯定是受了她那在天津工作的兒子的影響。

我躺倒在炕上後，由於白天過於勞累，一開始就睡的很沉，但到了後半夜，我突然夢到了史建軍在水下使勁地踢我的肚子，我說，「你要死一個人去死，幹嘛拉我做墊背的？」他又喊又叫，對我吼著「你去死！去死！」，這時我感到一陣難忍的腹疼，就覺得肚子裡像是有頭怪獸越長越大，我終於疼醒了。

我看看窗外，還是一片漆黑，外面好像在刮著大風，看來天確實快要變了。我想，唯一的辦法就是趕緊去大便，把肚子出空，大概就可以緩解了。我知道東北農村基本是沒有廁所的，人們的習慣是到街上或野地去排便，即便在哈爾濱這樣的大城市，在遠離繁華的路段，在老舊的城區，人們也這樣幹。我記得有一次我到道外去找個朋友，穿過一處很逼仄的小胡同，胡同兩邊都擠滿了破舊的房子，我聽到一個孩子在一間屋裡對他爸爸喊，「爸，我要拉屎。」我看見他的爸爸正坐在離我很近的一扇窗戶裡埋頭不知在幹什麼，只見他頭都沒抬，回答卻十分乾脆，他脫口而出，「上街去！」所以在這些地方走路，隨時都要注意腳下，沒准就能踩上地雷。但是現在是深夜，我到哪裡去大便呢？我只有穿上連同行李一起帶來的棉襖，我的衣兜兒裡隨時都揣著手紙——這也是我到北方後養成的一個好習慣，踮著腳悄悄走到了屋外。

月亮還沒有升起，夜很黑，風很大，天很冷，樹木的枝葉發出可怕的嘩嘩的聲音，在朦朧的陰影裡，彷彿魔鬼在搖動著頭髮，不時還發出樹枝折斷的聲音。

我穿過院子，出到這家院子外，在這樣的環境下大便，我萬分地不習慣，生怕被人家撞見，我決定離開屯子遠遠的，慢慢尋到了野地裡，脫下褲子蹲了下來。風吹得我屁股很快就冰涼冰涼，我一邊瑟瑟發抖，一邊屏住氣使勁地往下掙，想快點完事快點進被窩，但是我發現麻煩大了，我連個屁也放不出來。我自打出生以來，從未碰到過這種情況。由於我姐姐是軍醫，耳濡目染令我對醫學也略知一二。在常人眼中，屁跟屎是人身上的最低賤骯髒的，類似於社會上的「地富反壞右」，其實屁在醫學上萬分重要，俗話說「天天放屁，上下通氣」，現在我肚子脹得厲害，居然放不出一個屁來，說明腸胃下端堵塞了，這可怎麼辦？

都說是「人到倒楣時喝涼水都塞牙」，就在我著急拼出死命掙大便的時刻，居然出現了一條狼！我知道這一帶都有狼，但沒想到它離我這麼近！

這只狼體型不大，在微微泛白的大地背景上四條細長的黑腿靈巧地跑動著，在我周圍竄來竄去。我現在真是連害怕的念頭都沒有了，我只是急得要命，因為內急過甚，我準備了那麼長的時間，就等著下面能開一個好頭，即使大不乾淨，也算是取得了初戰勝利，下面再找機會擴大戰果就有了希望。然而現在我空等半天，什麼戰果也沒有，我於心不甘哪！如果我馬上回屋，那不意味著我此前的努力完全白費了嗎？因此我不能也不願提起褲子。然而繼續蹲在這裡，狼總圍著我轉，我怎麼能指揮下面的戰鬥呢？我想狼這是在偵查我的動靜，伺機下口，特別是它有一回跑到了我身後，竟然不顧死活地企圖鑽到我的屁股下面。當我發覺它這個意圖後，真令我驚出一身冷汗！說心裡話，我寧可被狼咬住我的胳膊，也絕不願意它咬我的下身，要真那樣，丟了命根，我虧可吃大了。幸虧的是我平時功夫扎實，即使肚子再難受，也得奮命一搏，當即一個賓爾敦盜馬的腰腿功騰起身子旋轉一百八十度，照樣穩穩當當蹲在那裡，一下子粉碎了狼偷襲我下游出海口的陰謀。那只狼經我這麼一蹦，居然嚇得倒退幾步，又蹲坐在一邊不知在打什麼主意了。

經過這麼三番五次地一折騰，我知道這場仗是打不下去了，原先是想集中全力打殲滅戰，現在兵分兩路，上下分心，看來只有撤退一條路可走了。我主意打定，用手紙匆匆擦拭一下，拎起褲子就走。我看見那條狼並未離開，反而急忙在我大便的地方嗅了半天。

我回屋子的響聲，驚醒了房東王大娘，她問我，「孩子，出啥事兒啦？」

我忍住肚子的劇痛說，「沒啥，肚子疼。」

「咋回事兒啊？」

「肚子脹……拉不出……」

「吃了啥埋汰東西啦？」

「沒吃什麼，中午吃……黏豆包，晚上吃，吃了……兩大碗……烀土豆……」

「哎呀媽呀，」大娘一下子坐起來，「土豆兒是脹肚子的。別是得了暴肚子病，那可是要死人的！」

大娘這麼一說，我頓時警覺起來，猛然想起過去從姐姐嘴裡多次聽過的一個詞——「急性胃擴張」，每當逢年過節赴親會友吃飯的時候，她都會提起來，說部隊裡哪個戰士得了這種病。現在我會不會就是得的這個病？那時候因為自己沒有經歷過，一點概念也沒有，經大娘一提，我越想越像，不由得心裡緊張起來。

我又吃力地說，「我在外面還……遇到一隻……狼。」

「啥？」大娘嚇得一聲驚叫，「咋回事兒？」

我已經疼得不想再說話了。

「不會啊，」大娘想想又轉回來了，「咱們這圪墶長久沒見狼影兒了，咋就冒出來了呢？你不會看走眼了吧？」

我摁住肚子勉強說，「不會，它……它還想咬我……下面……」

「哎呀媽呀，那不是狼！」大娘一拍巴掌，明白了，「那是狗，是條野狗！甭擔心，它只是想吃你粑粑。」

我也想過來了，可不，哪有那麼膽小怯懦的狼？主要還是因為在深夜的野地裡，陌生的環境造成我高估了情勢的嚴重性。可是我鬧不懂，秋收的季節，怎麼還有飢餓的野狗呢？但是我肚子已經疼的不想再張口了。

王大娘已經下了炕，嘴裡還在安慰我，「其實這些野狗吧，都是家狗變的。不害人。它們也可憐，這年頭，人的口糧都不夠，哪家還有餘糧養狗啊？」她邊說邊點起燈，到外間去，隔了會功夫又進來了，說，「我已經給你的炕加了幾把火，你先躺下把身上的寒氣驅驅，興許能緩過來。要是再不行絕不能硬扛，得想法子去醫院了。」

我謝了大娘，摀著肚子躺倒在炕上。加了柴火的炕很快把熱量傳到了我的背上，沿著我中午入水時打著寒噤的經絡運行，麻酥酥的，很舒服。儘管肚子仍然很疼，但我強忍著，頭腦在飛快地轉：我必須保持冷靜，把自己的病情以及應對方案想清楚。此時此刻我不由得慶幸起姐姐平時給我的幫助了。我的姐姐是部隊的醫護工作者，她的部隊就駐紮在南京，平時常常回家住。長期在一起，耳濡目染我也懂得了不少醫學知識，於是我按照姐姐的方法開始了自查。我摸著自己的上腹部，的確漲的很難受，已經鼓起來了，像個球，急性胃擴張是毫無疑義了。王大娘說的沒錯，這是危重病，要死人的，死亡率高達六成。解決的方法似乎只有一條路就是去醫院，聽姐姐說過要插胃導管或是乾脆把胃切開，放出裡面發酵的氣體才能有救。然而這深更半夜黑燈瞎火的，最近的醫院也要到望奎縣城，我不清楚我所處的位置距縣城到底有多遠，但從來時卡車走過的路程估算，少說也有幾十公里甚至更多，人怎麼過去？剩下的辦法就是去找咱們的校醫馮老師，可她現在在哪個隊？距離這兒有多遠？她能有什麼治療條件？我統統不知道。最後一著只有找張樺茹，但即使是她我也不知道她住在哪一家，更何況我對她太清楚了，她不就有只醫藥箱嗎？能解決什麼問題？無非是讓她替我乾著急而已。這麼一想，我清楚自己已陷入極其危險的絕境，遠水解不了近渴，我是絕對地孤立無援，唯一的辦法只有立刻、馬上自救。

這時候我的胃已經脹得很大了，一種強烈的噁心感直衝我喉口，我想吐。我強咽著反射似的口水，右手拼命地掐我左手的合谷，然後是內關、外關、再猛烈地掐我的足三里。這些穴位都是平時姐姐教給我的，她常常告訴我一些自我保健、自我救護的知識。第一陣胃的痙攣總算被我遏制住了。我知道第二陣胃痙攣肯定很快就會來到，那時候必然會地動山搖狂吐出來，然而嘔吐不能從根本上解決我的問題，它只會加重我的失水，並造成電解質的紊亂，我甚至會昏迷，而這個病的核心問題是從十二指腸以下的腸功能弱化或喪失，也就是說，關鍵是要打通下部通道。該死的黏豆包！該死的烀土豆！早知如此，我就不吃了！現在可好，黏豆包堵死了我下面的通道，土豆拼命地發酵，在胃裡像孫悟空折騰鐵扇公主似的翻江倒海。但是這一番思考也令我看清了自己病情和病因，我覺得它並沒到不可收拾的地步。它的特點是來勢猛，來勢急，但後續的力度有限，畢竟就是中午那幾隻黏豆包和晚上兩大碗烀土豆，在正常的年份，我吃這些不是問題，不屬於過量飲食；從我自身的身體狀況來看，我的胃一貫健康，由於常年的腹肌鍛鍊，我堅信我的胃器官肌肉發達堅硬似鐵。我不相信就憑兩碗土豆泥就能讓我的胃造成胃穿孔。今天之所以會急性發作，估計是跟我下了冷水有關係。別看我身體倍兒棒，但我卻有個極易受傷的軟肋——我有氣管炎的病根。這是大學一二年級的政治狂熱造成的。那一陣子，全國上下都像夢遊似的，一個又一個美好無比的口號滿天飛，學校裡也號召「為祖國健康工作五十年」，大搞體育鍛鍊，於是全校興起了跑步接力到什麼什麼遙遠地方的長跑運動。我們班提出的宏圖大志是要在兩個月內跑完二萬五千里長征。因為我平時喜歡鍛鍊，團支部就要求我起帶頭作用，要我完成的里程比其他人多好幾倍。於是乎，每天早晨四點多鐘，我就要開跑了。這時操場跑道上就已是人影幢幢，腳步雜沓，人們望著啟明星，一圈又一圈像驢子拉磨窮轉，一到上課時，人實在撐不下去了，就一個個哈欠連天。北京的冬天早晨氣溫通常在零度以下，人們穿著單衣跑的大汗淋漓，一歇下來，就著涼了，我就是那陣子得的病。那時候氣管炎沒有好藥，只有喝一股薄荷味的藥水，一點不管用，於是這一拖就拖下好幾個月，從此落下了病根。我中午剛下水時就被背上的寒噤提醒了大事不好，那個部位我敏感得很，它像天氣預報似的成了我的生病警報，就是它影響了我的消化系統，用中醫的話來說，就是造成我的「胃閉」。

經我這一番思考，我已經對病情心中有數了，我的判斷是：病情程度中度嚴重，敵我雙方勢均力敵，死亡與生還機會並存，關鍵是決策不能錯誤，再就是自己的堅持程度，拖延只會加重病情造成我死亡。

就在我強忍著腹脹緊張思考對策的時刻，第二陣胃部痙攣又開始猛烈發作了，一股酸水直衝腦門，噴吐之前的唾腺發狂工作，跟我喉嚨的強咽動作激烈衝撞，我已經把持不住了。我掙扎著翻身下炕，披上棉襖，踉踉蹌蹌奪門而出，剛剛衝出院落門外，一股強烈的酸水從我口中噴射飛出，頓時口腔裡、鼻腔裡、眼睛裡到處都是一塌糊塗。強烈的胃部痙攣發作了不止一次，似乎閘門打開了就再也堵不住了。我吐得昏天黑地，一直吐出了苦水我上氣不接下氣，頭也開始發暈了。好容易狂吐間歇下來，我喘息著趕緊吐乾淨口中的穢物，掏出手紙把眼睛鼻子嘴巴擦乾淨，因出來的太匆忙，衣褲都沒有穿齊整，加上屋外嚴寒徹骨，我凍得牙床咯咯作響，只有趕緊再回到屋裡躺倒炕上。

王大娘經我這麼一折騰，乾脆起床了，她為我燒了熱水讓我漱口給我擦拭臉上衣服上的穢物，告誡我，「口再渴，也不能喝下肚。」

我點頭，「我……懂。二十四小時……禁食……」

大娘又問我是不是要她找隊裡去報告準備車馬去縣城？我心中很清楚，連連搖頭，我知道死亡的腳步已經迫近，送縣城醫院絕對是來不及了。強烈的嘔吐一旦開始就不會終結，我將休克到死，現在一切只有靠自己了。

我喘息著平躺在炕上，回憶著姐姐平時告訴我如何護胃，如何引導食物下行，如何阻止逆胃運行的嘔吐的方法，用手指找到兩邊肋骨交接處那個叫做劍突的穴位，我知道這兒就是食道通往胃部的入口處，然後用雙手手掌輕輕按住，沿著兩邊經絡輕輕揉動下推，一直推到兩條人魚線的下端叫做少腹的位置。我連續做了幾十次，再用拇指分別摁住肚臍兩旁一邊一個對稱的穴位，它的名稱我有點混了，不知哪邊叫盲俞哪邊叫章門了，不管它了，我只知道這兩個穴位是保胃保肝又保腎的關鍵穴位，我先是輕輕揉壓，逐漸加大力度，感受著穴位酸脹的感覺。這樣按摩揉壓了十幾分鐘，我開始感到腹脹似乎減輕了些，至少不像開始時那麼難以忍受。

我一遍又一遍地按摩著，我必須趕在再次嘔吐前抑制住它的爆發，我必須趕在它的前面。我就這樣按摩揉摁著這些穴位，直做到嘔吐的感覺緩和下來才住手。

王大娘不放心我，一直陪著我沒睡，她見我在被子裡動來動去，以為是我疼得難受，不停地問，「實在撐不住別硬撐，要不我出去找隊長去？」

我吃力地說，「不……不要……我是在按摩……自救，我懂……懂一點……」

「哎呦可了不得，孩子你能耐可真大！能行？」

「不是……不是……沒辦法嘛？」我大張著嘴，呼吸，斷斷續續說，「去醫院……路多遠啦？該死的也救不及了……」

回答我的是王大娘的一聲重重地歎息。

我這才第一次意識到居住在中國廣大偏遠地區的農民生起病來是多麼艱難啊！其中的絕大多數……不能再想下去了。

我在做這些按摩動作的時候，感覺到身體已經虛弱到了極度，我渾身上下都在冒出冷汗，頭腦一陣陣眩暈，我知道再下去就是休克，但我沒有辦法停下來，我必須用渾身所有的氣力堅持下去，因為我看到了一線曙光：原先完全消失的腸鳴音開始微微有了一兩聲，我感覺到了腸子在緩緩蠕動。我又用手掌沿著大腸、小腸的路線輕輕揉動下腹部，終於等來了一絲氣體艱難地排出了體外。緊接著就是一陣腸子的痙攣，我的肛門發脹了。

儘管我已頭暈目眩，但心裡還是清楚的，我知道我距離勝利只有一步之遙了，我明白這一步將十分艱難，有點類似於傑克倫敦的《熱愛生命》主人公最後遇上的那頭狼，誰勝誰負就看最後誰占上風！

我搖晃著身子再一次下了炕，這一回我覺著特別地冷，會不會是發燒了？但沒有退路，我必須堅持著穿好衣褲，我要做足準備打最後一仗！

大娘看我又要出門，忙問，「你想幹啥呢？要我幫忙不？」

我強撐著說，「沒事，大娘，我想再試試……」

這一次出門，我覺得身體特別畏寒，渾身都在打顫，我肯定是發燒了，而且燒得不輕，但我必須咬緊牙關堅持。我這回隨便找了個大便的地方，我已經蹲不下來了，肚子裡的氣頂住了我。還因為呢，我兩腿在顫抖，沒有了力氣下蹲了；更何況，那只久違的狗又如期而至，我根本沒有力氣盡顧著趕狗，我必須選擇一個方向，集中全力演出一台大戲，必須有所突破，否則我真的可能從此就倒在了這裡。

我解下褲子，撅起了屁股，兩腿微屈，高抬重心，用顫抖的雙臂撐住顫抖的兩膝，給腿部分擔一部分身體的重量。為了怕大便污染了褲腰，我只能把褲子褪得更低點，這一來，寒風就直往我兩條光腿、直往我肚臍眼吹，我的腸子又發出一陣痙攣，我牙齒咯咯咯地響，眼前突然出現大馬哈魚回流的場景，在一道高懸的瀑布前，馬哈魚在奮力地一躍，它在空中飛快地甩動著尾巴，把空氣當成是水流，來推動自己在空中的騰飛！一陣腸子的痙攣令我肛門發脹發疼，我頓時抓住這個時機，心裡發狠，使勁掙啊，即使脫肛，決不後退！

「to be, or not to be, that's a question!」

（活著，或是死去，這是一個問題。）

哈姆雷特選擇了死亡，而我必須選擇活著，我還有許多事要去做。

風雖然很大，很冷，但我都絲毫顧不上了，一切置之度外！我已經感到了腸子在蠕動，堅持！堅持！再堅持最後的幾秒！

那只狗早就等在我的屁股後面，我瞥了它一眼，看見它蹲坐在那裡，兩眼直勾勾地觀察我屁股的動靜，就像等待著觀賞戲臺開演莎士比亞的悲劇《哈姆雷特》似的。終於，下腹部一陣激烈的痙攣，我也順勢屏足了內氣，撲地一聲，我那千呼萬喚才出來的孫悟空終於像一發堅硬的炮彈噴射出去，緊接著連氣帶料夾湯帶水稀裡嘩啦一陣連發！

狗已經迫不及待地竄了過來，我趕緊挪開地方，讓它盡情吃個夠。緊跟著我下面又唱起了華彩的男高音，頓時身體就覺著輕鬆了許多，肚子也小了下去。儘管我眼前一陣陣白花花一片，但心裡在歡呼，我有救了！我勝利了！

我想後面的動作大概是本能驅使在做，因為我什麼都不記得了，更不知道我是怎麼走回去的，我已經使完了全身最後的一點力氣。凜冽的冷風，透骨的寒氣，狂跳的心臟，汗水濕透的全身，渾身劇烈的抖戰，十方埋伏，立體化圍攻，我撐不住了，見了大娘，只說了三個字，「成功了……」便一頭栽倒在炕上昏死過去……

# 15 紅顏知己

我不知道昏迷沉睡了多久，只知道當我醒來時，看見斜射的陽光已經照在東邊的牆壁上。屋子裡好像沒有人，十分安靜。我定了定神，想，現在不知是什麼時間了？我想舉起手臂看腕上的手錶，這才感到手臂的沉重以及渾身的酸痛，我的手臂上貼了膠帶，我的鼻子也轟隆轟隆的，像開火車，口乾的厲害，像要噴出火來。我慢慢想起了昨夜經歷的一切，首先想到了肚子。肚子已經不那麼腫脹了，但也不像通常那樣的放鬆，胸口總像仍有什麼在堵著。我這才發現，我的外衣外褲都已經被脫去，只穿了貼身內衣和外面的乾淨的襯衣襯褲，這是誰幫我換了衣服的呢？我努力地回想，但是一點都想不起來。我看著牆上的陽光，忽然記起，這不是下午四五點鐘的陽光嗎？難道我已經在炕上躺了一整天？一想到這，我說什麼也要掙扎著爬起身來。

我剛剛坐起，就覺得頭重腳輕，天旋地轉，又睡倒在炕上。這時，我方才看到在我的枕頭邊有一張「紙」，我拿過來一看，原來是張樺樹皮，上面用圓珠筆留了幾句話，一看筆跡，是張樺茹寫的，顯然她來過了。

樺樹皮上這樣寫著：

你好，『勇士』：

昨夜，你把我嚇壞了。真沒想到，在短短的十多個小時裡，你卻經歷了陰陽兩界。我問你，昨晚你為什麼不首先找人來叫我？你還拿我當好朋友嗎？從王大娘的介紹裡，我知道你處理得很得當，這給了我幾分安慰。現在想想，真是後怕。馮老師也來過了，給你掛了生理鹽水。我剛才給你量了體溫，三十七度六，燒已經降了下來。你現在還不能大意，傷了胃，要恢復胃功能還有個調理過程。我知道你不找我是因為你知道我那藥箱裡根本就沒什麼藥，但是你不知道的是，我從小是外婆調教出來的，我已經按照滿族人的藥方為你採來了草藥，很管用的。你先好好休息，我想等你的禁食時間過去，我會來為你煮藥，你等著我。

祝你健康。

張樺茹

你就像是一本書，翻開哪一頁，都有令人驚異的內容。你再次讓我另眼相看。

樺茹又及

她的字跡十分娟秀，我看著這些字，就想起了她那可愛的樣子，心裡很感動。看看時間已經不早了，我就試著起身，穿衣，下炕，洗漱了一番。幸虧是昨夜基本清除了胃裡的積物，再就是燒降下去了，人雖虛弱，但已無大礙，我把枕頭挪到了旁邊靠壁櫃的那邊，人半靠半躺在炕上休息。

王大娘大概在打掃著院子，我聽見院子裡掃把掃地的聲音，不一會，王大娘進來了，她一見我已經坐起身來，又驚又喜，大叫一聲，「你終於醒啦？都能起來啦？你真把我們都嚇壞了！」

我輕聲說，「大娘，我昨夜進門之後就什麼都不知道了，後來發生了什麼？」

「啊呀媽呀，」大娘神情誇張地說，「你這一倒，後面就全亂套了。」

「怎麼回事？」

「你這一倒，可把我嚇蒙了，你說我能不去找隊長嗎？隊長就找上了你們的徐主任，一起又找了你們那賊俊的老毛子張老師。她一聽，瘋了似的飛奔過來，一瞅你都休克了，趕緊掐你的人中，硬把你掐得回過氣兒來。她問過你的情況，聽我說你最後講的是『成功了』三個字，就說眼前的威脅是暫時度過了，但是危險還沒有過去，就是先前的吐，也能把人吐死，送醫院指定是來不及了，只有去找你們的校醫。她說她知道下鄉的時候你們校醫還備了一些供急救用的醫療用品，只有找她才能讓你緩過勁來。她還說她知道你們的校醫馮老師住在五隊，她去過，見過面。她又說備車太慢，還要叫起車把式，她只讓隊長給備匹馬，她騎上就走了。」

「什麼？」我簡直不敢相信我的耳朵，「您說張老師是騎馬去找馮老師的嗎？」

「可不？我看這閨女動作挺麻利的，跨上馬背一溜煙人就沒影兒了。」

「就她孤身一人？」我驚得瞪大了眼睛，這太讓我出乎意外了，她在我心目中頓時變得異常高大俊武，幾乎令我不敢相認了。

「可不？」

「五隊離這兒有多遠啦？」

「遠著呢。」

「一個人走迷了路怎麼辦？黑燈瞎火的？」

「這倒還好，我看那陣子西邊月牙兒已經升起來了，道兒能瞅清。」

我被大娘的話震驚得說不出話來。一個女孩子，深更半夜，單人匹馬，越過闃無人跡的曠野叢林，這要有多大的膽量啊！可這一切在張樺茹的樺樹皮信中一個字都沒提。大娘的這一段話震得我心都在發抖，我差點感動得哭出來，但我強忍著，心裡在想，張樺茹，今生今世，你的恩我如何償還啊？

「後來呢？」我深深吸了口氣，強迫自己平靜下來，接著追問。

「後來，大概不到一個時辰，她帶著你們的馮醫生騎馬回來了。馮醫生給你量體溫，量血壓，聽心聽肺聽肚子的檢查完了，說，從目前來看，生命危險倒沒有，幸運的是你懂得自我救護，換了旁人後果就難說了。休克的原因是先前嘔吐造成什麼什麼的我可說不上來，只要掛瓶水就能稍稍緩解了。我問她那發燒是咋回事呢？馮醫生說，那可能是身體的應激性的發燒，也可能是受了寒，問題都不大。就這樣給你在這兒掛了水，留下了一些藥，走了。」

我又問她，「我醒過來的時候，發現我裡面的衣褲都換成乾淨的了，是誰幫我換的？」

大娘明白我的心思，笑起來了，「孩子你別不好意思，是我跟馮老師兩個人幫你換的。你想想你那麼沉，誰獨自能換得動你？馮醫生說，你衣服都能擰出水來，不換能成嗎？張老師我想她大概是大姑娘家，不好意思，回避了。我還忘了告訴你，馮老師看了你渾身的疙瘩肉，還說了句玩話，說幸好你底子厚，經得住這番折騰，換了旁人，該開追悼會了。哦，盡顧到說話了，我得馬上通知張老師去。」

王大娘說完就起身走了，不一會功夫，只聽外面人聲嘈雜，一大撥子人都跟著大娘進到了屋裡。

張樺茹最先急匆匆走進來，一見我已經能斜靠在那裡，一臉的又驚又喜，「老天，神了！你都能起來啦？」

跟在她後面的大多是我的學生，鄭文穎關切地問我，「岳老師，身體好點了嗎？我們聽張老師說這種病老厲害了，有死亡的可能，都嚇壞了，好些女生當場都哭了。不信你問她們。」

那些女同學們更是嘰嘰喳喳擠到我跟前，有的伸手摸摸我額頭，有的說要給我把把脈，引得張樺茹不停地提醒她們，「岳老師病情剛好一點兒，別把他給碰碎了。」

這話把大家都逗樂了。

王瑞祥也來了，他這些天住在別人家，因為幹活老師跟學生們在一起混搭，碰面的機會也少了，乍一見發現他瘦了不少。

王瑞祥看我恢復得不錯，聽我簡單講了如何自救的經過，也很高興，他眉飛色舞地告訴大家，「同學們，我向你們報告，你們的岳老師在京師大學裡頭就是個出了名的『雜家』，什麼陰陽五行，河圖洛書，說卦推背，經絡穴位，可說是上知天文，下知地理，大至宇宙，小到量子，幾乎是無所不知，無所不曉。你們跟了他可真是三生有幸，得好好拜師啊。這一回若不是他精通自我救助，怕是小命難保了。不過，若用過去迷信的話來說，也是他命中註定有此一劫，你們想想，昨日中午時分，教育科的那個叫史建軍的平白無故地下河游泳，他是會水的，怎麼好端端的差點就歿命了呢？按老話說，他是被鬼索命來了，可偏偏岳老師救了他，那鬼肯自罷甘休嗎？就把一股怨氣泄到你們老師的頭上，讓他頂替史建軍去鬼門關報到。可是偏偏呢，你們的老師命特別大，特別硬，連閻王老子也怕他三分，說，『你回去吧，這兒廟太小，沒你呆的地方。』這才讓他回來了。你們說我講的有沒有點兒道理？」

那些學生聽了，都說有道理，明明是岳老師代那個王八羔子受死，今後一定要找那么蛾子算帳。

我聽到這裡，連連咳嗽，暗示王瑞祥話講太多，儘管是玩笑話，但人多嘴雜，萬一傳到上頭去，說是宣傳封建迷信，吃了虧可划不來。王瑞祥經我一咳，也領悟出來了，趕緊住了嘴，連聲說，「這是玩笑話，出外可別亂講。」

張樺茹聽到人們談論起史建軍，臉色有點不自然，我趕緊替她解圍，我說，「不能怪人家，要怪還怪我，要是晚上不貪吃那兩碗炆土豆，我想也不會出那種事。你們知道，我昨晚為什麼死活也要闖過那道鬼門關嗎？不知道吧？」

「不知道，岳老師，您快說給我們聽聽。」同學們都七嘴八舌地催我。

我說，「生死關頭，別以為我的想法多麼高尚，大實話，就為了害怕死了之後被你們指著我屍體講閒話，說這個人是因為貪吃活活撐死的，是個好吃鬼。你們說這話有多難聽。我就為了不讓你們這麼數落我，硬挺也要挺過來。」

我這一說，大夥也笑了。

王大娘盤腿坐在炕上聽我們說道也跟著樂，不時插話說，「你們昨天是沒見到岳老師遭的那個罪，把我都給嚇住了。他可能扛了，那疼的啊，滿頭滿臉都是汗，怕我難受，硬是一句也不哼！連我看著也疼得不行。我一次次問他要不要叫隊長駕車送醫院，他說他能自個兒解決，送醫院沒准還來不及呢。這話還真給他說中了。」

我也趁這個機會向大娘道謝，我說，「昨天一夜我把大娘吵的夠嗆，整整一宿也跟著我沒合眼，為我燒炕燒水，還為我去找人救我。我想沒這炕，沒您救我，我也不會好的這麼快，真解決問題。謝謝您了大娘，你真像我媽似的照顧著我，我一輩子會記住您的恩的。」

大娘聽我這麼一說，也動了感情，抹起了眼淚，說，「可不嘛，我看你難受，我就想起我那在天津的兒子，你比他還小，他平時生起病來旁邊有人能照顧他該多好啊！我這一想，就尋思你那在千里之外的娘要知道你遭這個罪指不定有多難受呢，一想到這，我就……我就……」她又流了淚，說不下去了。

大家也都跟著唏噓了一陣，都說是「兒行千里母擔憂」說的大家都想起媽來了。

說話間，徐主任也來了，看我坐了起來，也跟我問寒問暖了幾句，完了說，「小岳老師啊，這回可是個教訓，以後吃東西注意點。你們年輕人哪，不能盡圖嘴裡痛快，你看這一次就為了多吃幾口，驚動了多少人啊，今後再不能這樣了。」

張樺茹聽了，臉就放了下來，說，「徐主任，這話我有點不愛聽。要不是岳老師中午下河救人，我想僅憑他吃了這點土豆也還不至於病成這樣吧？昨天晚上比他吃的多的人有的是，怎麼不一個個地也鬧肚子？您不表揚他反倒批評他，有失公平。再說他想多吃一些，還不是因為平時他餓得太狠了嘛？」

一句話嗆得徐主任臉僵僵的，坐了一會就走了。

張樺茹看看大家話說的也差不多了，就招呼大家說，「這樣吧，讓岳老師休息吧，他是剛剛脫離虎口，一整天滴水未進。都散了吧，我還要給他服藥呢。」說完，大家也就散了。

張樺茹從大娘家裡取出了一個煮中藥的陶罐和一個大的杯子，我這才知道原來她把藥都已經預備好了，現在就是把陶罐裡的藥重新熱一下。王大娘接過去到廚房裡準備去了，張樺茹就側著身子在我的炕沿兒坐下。

屋子裡沒人了，她對我轉過臉來，神情挺嚴肅地盯著我眼睛，看著看著，突然眼圈一紅，低聲埋怨我，「你咋這麼不小心，要真有個三長兩短，叫人怎麼……」她停頓了一下，大概在選擇用詞，完了補充說，「叫我怎麼……做人？」

我奇怪地問，「這跟你有什麼關係？是我自己生病，還能賴到你身上嗎？」

「你不懂，你的病發得這麼急，明擺著就是跟下河救史建軍有關聯，我記得中午吃黏豆包時，你就說肚子不舒服，不想吃了。沒成想就出了這麼大的事。」說完長長地歎口氣。

「你歎氣做什麼？」我問她，「我不是好好的麼？」

她垂下了眼睛，「你不知道，早上見到你那樣子，真怕人，都燒迷糊了。」

「真的嗎？」我有點擔心，生怕說了什麼不該說的話，便問道，「我沒說什麼胡話吧？」

她搖搖頭，「你就是不停地哼哼。我想你是難受得厲害。」

我放心了，心想開個玩笑吧，免得她總那麼嚴肅，便說，「我想我也沒說什麼，至少不會喊『星期五吧。』」

她像被什麼扎的一樣「呀」一聲，接著只是一聲苦笑，「你呀你呀，生病還有心思開這種玩笑？」

「不笑難道還要哭嗎？」

「你不知道，當時你那樣子……真讓人揪心……要不是王大娘說你已經排過了，我是說什麼也要讓隊裡立刻送你去縣城的，即使是路上出了問題，那也是沒有辦法的事。」

我看著她熬了一夜的黑眼圈，心裡真的被她深深感動了，想起她深夜孤獨地騎在馬上奔跑的身影，真想捂住她的手，深深地說一聲「謝謝」，但是我不敢，我只是動情地說，「小張，王大娘統統都對我說了。我沒想到你為我做了那麼多，真謝謝你了，你不說我還不知道，你這是於我有救命之恩吶！」

「快別這麼說，」她拼命搖頭，「你救了姓史的命，你又要誰謝呢？不說它了，好嗎？」

「好吧。」我經她這麼一說，也想換個話題，問道，「你給我準備的是什麼藥啊？」

「馮老師臨走前是給你留下點藥，像是食母生、健胃丸、黃連素之類的，不過真正對症的也還是沒有。我按我們滿族的民間方子給你採了小天老星，又跟王大娘這裡要了點生薑，乾橘子皮，還採了點野山楂，給你煨了藥，待會兒熱了你就可以喝了。」

我十分詫異她還有這個本事，「張，你說我像一本書，怎麼我看你也像是一本書呢？翻到哪一頁都是精彩。你說的小天老星，我從沒聽說過，是什麼藥啊？」

「就是半夏。」她解釋給我聽，「小天老星是我們東北人叫的名稱。」

我不由得心裡又一次受到了震動，現採現製藥這有多艱難啊！我想像出她從送走了馮醫生走了後，一點沒撈到休息，就又馬不停蹄地在為我操勞了，為了那些小天老星，那些野山楂，我真不知道她要付出多大的艱辛！

我知道這個方子裡，半夏是主藥，有護胃紓解積食的功能，放進生薑，是為了止吐、暖胃，只是不知道這個半夏野地裡好找不好找。

她回答的倒是輕巧得很，「你放心，這小天老星在地頭，玉米地邊邊常見到，野山楂也不愁，不認識的人放他眼前也不會在意，認識的人一眼看過去盡是。」

「張樺茹……你……」我感動地說不出話來，「大恩不言謝，我，記住了。」

「又來了，又來了，」她不好意思地推辭著，「酸溜溜的，弄得人寒毛直發酸。別這樣好不好？哦，我還給你採了一味好藥，我保證你從來沒喝過，你現在可以先喝這個，我知道你肯定是渴壞了，來，嘗嘗？」

說完她把那只大搪瓷杯子端到我面前。

「是什麼啊？」

「白樺樹汁。」

我一聽這名字，就打心眼兒裡舒服，多美麗的名字啊！我是頭一回聽說白樺樹汁還能喝。這麼美麗的樹，這麼詩意的樹名，從這些亭亭玉立的樹幹上流出的汁水一定也是非常美麗可口的，就像俄羅斯女人的乳汁，難怪她給我留的信紙是張白樺樹皮。

我端起杯子，揭開杯蓋，看見裡面是淡黃色清澄的液體，聞起來有股淡淡的清香，我呷了一小口，有點微微的甜味，清純可口，很好喝。

「別一次喝太多，」她關照我，「分幾次喝吧。」她又告訴我，白樺樹汁含有多種維他命和氨基酸，比我掛的生理鹽水成分豐富得多，不僅調理胃功能，還能保腎保肝，甚至還有美容的功能，是俄羅斯人十分喜愛的飲料，也是很好的保健飲品。

她看著我喝了白樺樹汁，在我這裡一直呆到捱晚才走。

這個晚上王大娘用她的口糧為我熬了一碗稀稀的小米粥，我開始進食了。

王大娘一邊看我喝著小米粥，一邊問我話，「孩子，這位張老師跟你是相好，對不？」

我趕緊搖頭，「不不，我們只是同事，平時還談得來。」

「不對吧，你糊弄我呢。」大娘不信。

「真的，我們啥都不是。」

「我不信。」大娘看著我，眼神怪怪的，明顯的是不相信，「你知道不？她一眼瞅見你暈在炕上的時候是個啥表情嗎？她邊問我話，邊就紅眼巴嚓了，一直到她跨上馬背的那一刻，她還在偷偷地抹眼淚。」

大娘的這句話讓我心頭猛然發燙，眼淚又湧上了眼眶，我久久說不出話。這一天一夜啊，我就像度過了漫長的一生繼而又投胎轉世似的，從生到死，死而復生，這當中嘗盡了人生的酸甜苦辣，閱盡了人生的千姿百態，最難得的，就是在我人生旅途中，遇到了一位真正的紅顏知己，我想這也就不枉過此生了。

在張樺茹的藥物和大娘的飲食調理下，我很快恢復了健康。

# 16 見義不得勇為

秋收終於結束了。

令我十分意外的是，當我和同學們返回學校後，小鄭突然偷偷地送給了我一袋子大豆，估計有十來斤。我吃驚地問他從哪兒弄來的？他先是支支吾吾不肯說，後來被我逼急了，他才告訴我說，「我在望奎鄉下偷空撿的。我知道要是當時交給您，您肯定要上交給隊裡，那我的功夫不就白費了嗎？您當是上交隊裡糧食都會分到社員手中啊？沒那事兒，都給國家收走了！我等回校後再交給您，您想上交也沒地兒交了。老師，您是多麼需要糧食啊，您不收下，撂在地裡也是讓野耗子、麻雀叼了去，幹嘛這麼傻呀？」

「你要是給人發現了呢？你想過後果沒有？」我著急地教訓他。

「放心，我是在他們劃拉過的地裡撿的。」他若無其事地回答我。

「劃拉完了還能撿到這麼多？」

「他們劃拉完了是要交公的。您想想，他們不給自己留點嗎？「

我明白了。小鄭說的對，退的確已經無法退了，決定還是收下來，我說，「我只能把錢給你了，算是對你的勞動的補償吧。」

有了這十幾斤大豆，的確解決了我的大問題。鑒於王瑞祥上次偷吃了我晚餐的饅頭，我決定還是把黃豆放在圖書館何老師那裡。何老師當然對我是有求必應，表示還希望我繼續晚上睡他那張床，這樣他可以對圖書館裡的書更放心一些。我當然也是求之不得，因為我可以有自己的一統天地，讀書，備課，還可以放心地加餐。每天晚上，每當我讀書感到疲倦之時，我就在爐子上燒一大杯子水，然後放進一把黃豆，不一會兒等水開了，黃豆就在開水裡滾來滾去，上下翻騰，像小精靈在跳著曼妙的舞蹈，這時候我的口水就流出來了。這些優質的植物蛋白質繼續補充著我大腦的思維和肌肉的力量。

除此之外，小鄭還要我抓緊秋收剛剛完結的時機，利用星期天他找當地的同學借上兩掛自行車，帶著我到哈爾濱近郊的農村裡去「拾漏」，就是在社員們撿過之後的田地裡再搜索一遍，這時候就絕不會有人來管你了。我開始時總認為這可能是浪費時間，但稍稍實踐之後，方知鄭文穎真不愧是中國農村問題的專家，他太有經驗了，他只要用眼睛一瞄，就知道哪兒「遺漏」豐厚。他不選玉米地，高粱地，專挑大豆地。他還有一個本事，就是能用一塊大如浴巾的布，再加上一根長長的細繩，就能把幾個頭收攏來打一個特別的繩結，於是一隻「雙肩包」就做成了，可以背在身後。這樣我們每次的收穫再多也能統統帶回來。有時候，一時找不到適合的地點，他也會別出心裁地找到一塊蘿蔔地，對我說，咱們先在這裡填填肚子解解渴，歇息一會兒再幹。我心想，東北的蘿蔔不像我們南方的，個頭兒都特別大，圓的紅蘿蔔像個小足球，長的白蘿蔔像根大棒子，從地裡起出來用東北話說就是「費老勁了」，要是把它背回去做菜做湯一頓兩頓就吃完了，再說了我也沒有這個做菜的條件啊，跟大豆提供的能量相比，還是大豆實惠。我把我的想法告訴小鄭，他笑著說，「誰說要帶回去啊？就在這兒加餐了！這不剛剛下過雨嗎？您瞧我的！」說著，走到一處地勢稍有點傾斜的地方，對著有點隆起的土塊，用腳後跟猛一蹬，埋在土裡的大紅蘿蔔就滾出來了，他一連蹬了兩個，一手捧一隻，拿到我跟前，「吃吧！」我倆就地坐下，一人一隻，先用手指把黏在外面的泥巴摳抹掉，再用袖口把要下口的地方使勁擦乾淨，然後一口咬下去，頓時一股帶點辛辣又帶點土腥味的蘿蔔汁水充盈著口腔。這蘿蔔味道，真是久違了！

小鄭看我吃得津津有味，初時還有點不好意思，問我，「老師，您這樣吃不嫌埋汰嗎？」

我也用東北話說，「有啥好埋汰的？你別看蘿蔔皮上的泥巴，微量元素老鼻子了，城裡人缺的就是這。」

坐在這塊蘿蔔地裡，方信小鄭所言不假，即使是在社員撿完的地裡，收穫也是豐厚的，公社化的弊端真個是處處可見。

我們邊吃邊聊，不知不覺一隻大蘿蔔都快吃完了，肚子也有點飽了，滿嘴裡放的盡是「蘿蔔屁」，想想阿Q當年為了填飽肚皮也偷過尼姑庵裡的蘿蔔，不覺心裡好笑，現在雖然說不上偷，可也光彩不到哪裡去，一個大學老師，餓得滿野地找蘿蔔吃，這多年以後回想起來，一定是回味無窮吧。

小鄭帶著我利用秋收後的這一段好日子填飽了肚子，就這樣快快樂樂地繼續著，很快，就到年底了。

由於我無論是教學還是科研，無論是下鄉勞動還是見義勇為捨身救人都有出色的表現，因此在年度終結的評選中被評為學校的先進工作者，另外的一名就是張樺茹。

就在我對於自己第一次踏進社會的成績頗感滿意一心迎接學期結束寒假來臨的時刻，就在我盤算著回到闊別四年的老家南京時帶些什麼東北的特產拜見二老的時候，學校裡出了一件意外的事。它再次證明了一條真理：在一個強控制的脆性穩定結構中，任何一個微小的攪動都有可能澈底顛覆系統的穩定性而釀成一個重大的事件，而它的影響波及卻往往是不可預測的。

這純粹是個偶發事件：我們學校裡有位剛從吉林師大畢業分配來的歷史老師，姓余，這個人可是老實人堆子裡挑出來的好人，跟人說上三句話就臉紅，長得清清秀秀的，最大的缺陷是高度近視外加一個高度缺心眼兒：眼睛不行是生理毛病，心眼兒特缺就是心理毛病，兩個加起來，他對外在世界的認知就出了嚴重的判斷不清的問題了。

來到這所學校的老師我想沒有不知道學校的第一把手趙書記是個家天下的總頭領，也沒人不知道他的屁股是摸不得的。但是余老師居然是不知道，或許是別人告訴他了但他沒拿當回事，有一次居然得罪了食堂裡趙書記的親戚王師傅。

那一天，也是開飯的時候，許多老師簇擁到了賣飯的視窗，一看掛在上面的牌子上寫的仍然是玉米餅和咸蘿蔔，老師們就開始埋怨了。

「又是棒子麵餅！又是蘿蔔頭！」

「怎麼還是他倆『二人轉』啊？」

這時候輪到了余老師買飯了，他對王師傅說，「王師傅，你不能也給我們做個拔絲土豆嘗嘗嗎？那才是您的拿手好戲啊。」

王師傅一聽，臉立刻沉下來，他手裡的勺子朝檯子上一敲，「這位老師，你怎麼說話呢？我什麼時候做過拔絲土豆啊？你瞅見過？」

要是換了旁人，就趕緊住嘴了，偏偏余老師太老實，他臉紅著說，「你不常給趙書記他們做夜餐嗎？我看見都有那個拔絲土豆的，絲拉得老長老長了。」說著還做了個拉的很長的手勢。

王師傅立刻把勺子一撂，走了出來，鐵青著臉，問，「你瞅見啦？在哪瞅見的？說啊！」

余老師還在結結巴巴想說什麼，被他旁邊的老師拉走了。

王師傅仍然怒氣未消，對著余老師的背影罵罵咧咧，「啥玩意兒，你能瞅見啥？你是瞎了眼了！朝我頭上扣屎盆子！」

王師傅的話當然令許多人心裡都忿忿不平，但經歷過反右之後，大家都學乖了，對領導的事兒最好是不吭聲。我想起，安徒生不是有個《皇帝的新衣》童話嗎？那裡面講的是皇帝光屁股走在大街上，大家都還要說他穿著很豪華美麗的衣裳，拍他的馬屁。只有一個孩子說皇帝沒穿衣裳，於是大人們這才醒悟原來孩子講的才是真話。

我們這裡呢？我想最大的不同就是旁觀的人們，個個都知道皇帝光著　，就連皇帝也知道自己吊兒郎當在街上走，但硬是拿出了一副「老子就光著雞巴你拿我怎麼著吧」的派頭，還絕對不准許你說出來！用魯迅的話就是「你說就是你的錯」！

這就麻煩了，趙書記搞特權多吃多占是決不能講的，就是事實擺在桌面上也不准講。當然不講也可以，忍忍氣吧，好在中國人在專制制度下生活時間久了，忍慣了，只要不出事就天下太平。可惜的是，余老師的事遠遠沒有結束。

我們的食堂還有個規矩，每到開飯時都要有一位老師來幫廚，理由是食堂人手不夠，尤其是中午要抬出一大盆熱的高湯，要由幫廚的老師跟大師傅兩個人抬出來。這一天是余老師幫廚，抬高湯是王師傅跟他倆人。由廚房裡面到外面要下一層臺階。王師傅因為是熟門熟路，所以是倒著走；余老師是面對著高湯盆往前走。走到下臺階的地方，余老師遷就著王師傅，儘量弓下腰。他因為高度近視又要顧著高湯，又要顧著看腳下的臺階，深怕一腳踏空，這就難免手忙腳亂。我剛好也在排隊買飯，看見余老師動作這樣困難，就上前想幫他一把。就在這時，我看見王師傅已經一步就下了臺階，手卻猛地一丟，他這邊的盆底就先著地了。余老師呢，正在下著臺階，他面前的盆擋住他的視線，所以他走得特別小心，這邊王師傅一撒手，他那邊身體就失去了重心，他急忙用雙手去尋找支撐，於是一隻胳臂和半邊腦袋頓時栽進熱氣騰騰的高湯裡，只聽他一聲慘叫身子就倒下了，要不是我及時拽住了他的另一隻胳臂，結果還不知道有多慘。

我和站在近處的其他幾位老師立刻把余老師送去醫院，由於傷勢嚴重，必須住院。

十多天后，余老師出院了，我們乍一見，都嚇壞了：這哪是一張人的臉？他整個右邊的臉佈滿了疤痕，皮膚有的地方像寸草不生的平坦的月球表面的隕石坑，有的地方又一道道突起，像漁民們齊心合力拉網起魚時拉起的網繩；他的右眼眯成了縫，眼皮多出了一塊向下耷拉著。至於他的右胳臂和右手，更是疤痕摞著疤痕，已經伸不直了。

余老師見到我們，笑笑，只是笑容很怕人，像深海裡的海怪。我們只有故作輕鬆地有一句沒一句地跟他搭訕著，誰都不知道說什麼才好。

余老師真是老實到了極點，他大概覺得自己反正是公費醫療，又是國家幹部，人都是公家的人了，受點傷，破了相，也算是為社會主義祖國做了點貢獻，有什麼好埋怨的呢？

余老師是結了婚的，他的新婚妻子在吉林工作，據說是家庭有點背景，她不幹了。這一天，大概是在單位裡請了假特地趕到了哈爾濱，一直找到趙恒泰書記的辦公室。在我們這兒，丁點大的小事也能掀起十二級風暴，更何況是外省來了一位特別身分的不速之客呢？於是很自然地在趙書記的辦公室外就聚攏了三五個好奇的教職工。那一天我剛好沒課順道走過這裡，看見她們一問，方知道是余老師的愛人就在裡面，我一直很關心余老師這件事故的事後處理，也很為余老師心抱不平，便也停下來站在外面聽。

一開始房間裡還很安靜，但是過了一會兒，雙方說話的聲音就越來越高，最後爆發出激烈的爭吵。趙書記重重地拍著桌子，高聲吼著，「你說我們老王師傅是蓄意報復你家老余，你有什麼根據？你拿出證據來啊！我告訴你，你拿不出證據我就告你誣陷！」

雙方爭執不下，最後余老師的愛人灑淚離開了學校。

這件事按說我是在現場最靠近余老師的人，王師傅是否存心報復我不敢說，但他那個故意摔盆的動作我是清清楚楚看到的。據我事後的回想，王師傅當時想教訓一下余老師的想法肯定是有的，但他很可能事先並沒有想到後果會這樣嚴重，因此不論是他本人還是趙恒泰，都採取了一致的態度，就是能賴則賴，能推則推了。問題是，這對於老余極不公平，平白無故地破了相，毀了容，這算哪一門？至少工傷、福利以及預後的事情總該有個說法，對王師傅也該有所處理。我這個人有一個毛病，看不得人家受冤屈，一想起老余愛人灑淚離開學校的樣子我心裡就不是滋味。憑什麼就要讓這兩個老實人受委屈？於是我儘量回憶起當時在場的還有哪些人，然後一個一個地去詢問，請他們幫忙作證。然而我萬萬沒有想到的是，居然沒有一個人願意站出來說一句公道話。這些老師都不是我們科的，都是從縣師範學校裡調來的，跟我都不熟，問起他們時，不是說自己沒有看清楚，就是說根本就沒有看到，我這才知道，趙書記的淫威就是造就絕對自私的奴才！

我的這番調查活動不知被誰「反映」上去了，於是徐主任約我談話。他劈頭就問，「小岳啊，你找那些老師幹哈呢？」

我說，「請他們做個旁證，因為我覺得老王師傅的確是故意摔盆子的，這造成了事故的直接原因。」

徐主任說，「小岳啊，你想沒想過，余老師這件事的要害是什麼？矛頭是指向趙書記。」

哦，繞來繞去是為了趙書記。你不得不佩服這些人在保護領導權力方面用心極為縝密，對一個摔盆子的動作的調查當事人都還沒想到他們居然都能想到那麼遠。

「你有沒注意到，老余這件事後來再經他愛人到單位一鬧，發酵了，有些平時對領導不滿的人也想渾水摸魚，起勁得很，這幾乎成了單位裡的一場風波了。你說你在這當中湊什麼熱鬧？你千萬不要忘記『反右』的教訓。」

我想的不錯，他們對任何真相的調查都很敏感，都要提升到政治高度來看待。

我說，「徐主任，我只是想證明，老王師傅的做法是要付嚴重責任的，我們單位至少應該給余老師一個公平的交代。至於單位裡有些同志有意見也說不上是別有用心，大家還不是為單位好嗎？說到余老師反映領導『多吃多占』的一些話，應該講外面的傳言已經很多了。我以為我們的領導應該多多注意自己的形象。」

徐主任一聽，突然冒出了一句我聽不懂的話，令我後背有點寒森森的感覺，「你終於把你心裡想說的話說出來了。」

他接著又追問，「你是親眼見到的？」

事情到了這一步，已經無法回避了，要來的終歸會來，躲，不是辦法。

我說，「徐主任，請你跟我對對表。」

「什麼意思？」

我就手在他桌上拿了一張便簽寫了幾個字，我說，下面是我正式向您，組織彙報的內容，請您記上時間地點，簽字證明。

徐主任為了聽我的彙報，極不情願地簽了字。

我把那天晚上親眼見到的在食堂後面小屋裡趙書記大吃大喝的情況說了一遍，證明單位裡的傳言都是真實的，只是沒有提到任何一個人，當然也包括王瑞祥。

徐主任的臉頓時就發青了，他一言不發，悻悻地走了。

我知道，這一刻我已鑄下了大錯，但這是無法逃避的「大錯」，因為在我們單位，真話是不能講的，你就是拿著板上釘釘的鐵證，他們也是要死活抵賴的，而且抵賴的時候他們比你還理直氣壯。就連京師大學，明明何錫林睡了外語系女生，誰說誰就是右派，就是向黨進攻。這簡直是豈有此理！你明明看見了趙書記大吃大喝，強搶了我們全校師生的口糧，你就是不能講！誰講就報復誰，甚至把你燙的面目全非！這是何等的霸道！

這次談話弄得我很不愉快，但我感到問心無愧，我總算為余老師說了公道話，也為大家講出了心裡話。但我萬萬沒有想到，等待著我的卻是一場幾乎令我滅頂的政治陷害。

我們單位的政治學習原定在每週星期六的下午，但因為學期結束階段，政治學習已正式宣佈本學期也結束了，不料，這一天早上，徐主任突然通知我們下午的政治學習由趙恒泰書記做「新雙反運動」的動員報告，所有教職員工必須準時參加，不得缺席。

「新雙反運動」，是個什麼意思呢？我記得京師大學「反右運動」後，緊接著也搞過一場「雙反運動」，那時是響應毛主席的「拔白旗，插紅旗」的號召，在右派教授們被打得滿地找牙後再把其他的老教授再整趴下的一場運動，但是現在多了個「新」字，這個詞就很陌生了，好在這些年來，「反」的太多了，我耳朵都生老繭了。不過再怎麼的，我想跟我應該是毫無關係的，我都已經是今年的先進個人呢。

下午的會是在大會議室裡開的，一進場氣氛就感到不一樣，前面的黑板上寫上了幾個大的粉筆字：

動員起來，投入新雙反運動中去！

我知道又一場政治運動要開始了。

趙恒泰書記一手端著水杯，一手拿著一張發言稿坐在講臺上開始了動員。他先讀了一個中共中央的文件，題目是《關於開展反浪費反保守運動的指示》，然後根據指示精神，他又做了一番說明，說是這場運動是在以往「雙反」運動的基礎上，對運動深入不夠，群眾動員程度不足，整改不澈底的單位要再一次地進行補課，這就是「新雙反運動」的目的。

我聽到這裡，才有點明白，原來還是原先那個「雙反」運動的繼續。我想，在這個新成立不久的師專，連個教授、講師都沒有，還能拔哪根「白旗」呢？

趙書記的發言稿，寫得很長，不知是誰給他代筆的，常常讀著讀著就讀不下去了，囉囉嗦嗦說了半天，大體上我聽懂了兩個意思，一個是「新雙反」中的「反浪費」是什麼意思呢？高校中最大的浪費就是人才的浪費，人才的浪費就體現在高校教師不是「又紅又專」，而是走「白專道路」；「新雙反」中的「反保守」是什麼意思呢？高校中最大的保守就是對右傾思想的容忍放縱，就是右傾保守主義。在這場政治運動中，人人都要「高舉階級鬥爭的旗幟」，都要「堅持兩條道路的鬥爭」，每個人都必須「向黨交心」。

趙書記一說到這裡，我的心就拎起來了，怎麼說著說著，就又轉到「白專道路」、「右傾思想」上呢？要是依我的理解，「反浪費」總是跟「反貪污」連在一起的，毛主席不是有句著名的話「貪污和浪費是極大的犯罪」嗎？要說我們單位的貪污第一號人選首先就應該是趙恒泰自己，當全校老師和同學每天都在忍饑挨餓，還要完成極其繁重的教學任務時，書記卻天天呼朋喚友大吃大喝，酒氣熏天，他不知道他吃的都是我們的口糧嗎？

我正在胡思亂想之際，忽然聽趙書記話鋒一轉，離開了手中的稿子對著大家聲色俱厲地說，「我們天河師專問題也嚴重得很，有的人一貫走白專道路，對黨有嚴重的敵對情緒，也有的人一貫怪話不斷，躲在陰暗的角落裡與革命群眾格格不入。這些人在這次運動中都必須向黨做澈底的交代，爭取黨和人民的寬大。在今天的會上，我還必須點幾個人的名字，這就是，中文科的岳翼雲和物理科的賈恒勇，你們兩個人的問題性質很嚴重，從現在起好好做檢查，準備接受老師們對你們的批判幫助！至於那位余老師，他已經收回了自己的講話，認識錯誤了，就是好同志嘛。」

趙書記的話像一記悶棍打得我腦子裡嗡嗡響，在聽到他點到我的名字的時候，我周身的血彷彿一下全都湧到了我的臉上，我的心砰砰狂跳，一股巨大的恐懼感籠罩了我的全身，我腦海裡頓時冒出了陸文舉的身影，當時他被點名右派的時候，他那慘白的面容倏地在我眼前閃過。我知道現在又輪到我了。然而此刻我的心頭升起的卻是一股憤怒，我太陽穴旁邊的血管在蹦蹦作響：你們太過分了！我做錯了什麼？無非就是向徐主任說出了我的真實的想法，但這不正是你們所要求的向組織「交心」嗎？這不正是你們強調的「通過組織途徑反映問題」嗎？我顯然被徐主任出賣了！

我看見老師們都紛紛掉過頭來望著我，帶著驚恐的、同情的、莫名其妙的、幸災樂禍的種種十分複雜的眼光盯著我的臉看。我的自尊已被損害到了極限，我必須反抗！

我站起來，對趙書記說，「趙書記，您方才的話我十分不解，我不知道做錯了什麼事？學校剛剛把我評為先進人物，這說明無論老師、同學對我的工作表現都是肯定的，我不知道為什麼剛剛過了幾天，我就成為『新雙反運動』的對象？您能對大家說清楚嗎？」

趙恒泰顯然沒有料到我會公開反對他，他臉刷一下白了，兩眼冒出狠光，他把手中的杯子重重磕在檯子上，惡狠狠地說，「岳翼雲，有你說話的時候，但不是現在！你先坐下，否則我就把你趕出會場！哦，你倒提醒了我，我也宣佈一下，今年本校推舉的先進人物，原來是有岳翼雲的，那是因為我們校領導當時把關不嚴，現在經研究，決定撤銷岳翼雲的先進稱號。我最後還要宣佈，『新雙反運動』要佔用寒假時間，什麼時候放假？要看問題什麼時候解決，總之，不獲全勝，絕不收兵！散會！」

趙書記話剛講完，就聽見前排傳出一個聲音，「趙書記，我有話要說。」

我一看，是張樺茹。她很平靜地站起來，聲音也不高，像是剛剛做的動員跟她毫無關係似的，至少是我這麼認為。她只是說了短短的一段話，「您剛才宣佈撤銷了岳翼雲的個人先進稱號，這是組織的決定，我不好說什麼。但是如今只單剩下我了，我很慚愧，我的表現遠遠不如岳翼雲同志，這是大家有目共睹的。我只能要求退回我的先進稱號，否則我沒臉做人。」說完，她就跟隨著散場的人流離開了會場。

我被徐主任留了下來，說要找我談話。我隨他去了他的辦公室。

他問，「小岳啊，聽了動員報告，你有什麼想法？」

我說，「徐主任，趙書記今天點我的名，我想主要是因為我主動向你彙報思想造成的，但這完全是按照我黨規定的組織程式進行的，毛主席說過，中國共產黨取得勝利有三大法寶，其中一條就是『批評與自我批評』，為什麼我對組織反映了趙書記作風問題在群眾中已經造成了很惡劣的影響，反而被作為重點的運動對象拎出來？我想不通。」

徐主任一聽這話，臉頓時沉了下來，緊繃著臉說，「岳翼雲，現在不是你反映意見的時候，這是一場嚴肅的政治運動，你的思想首先就要轉過彎來，不要對運動產生抵觸情緒，否則你將承擔極其嚴重的後果，不要怪我事前沒告訴你。」

我一言不發。

他又說，「沒有幾天就要放假了，你這幾天就先考慮自己的問題，寫檢查，等學期一結束，運動就開始。」

我說，「我不知道要檢查什麼問題。」

徐主任已經有點不耐煩了，他態度生硬地說，「趙書記都講得清清楚楚了，你還不知道？岳翼雲，我挑明了說，關鍵不是你反映的那點問題，而是你對黨、對組織的態度，你想想，為什麼別人從不提你說的那些捕風捉影的事，就你專門打聽領導的毛病，就像那些右派分子那樣，專挑黨的陰暗面，你說這不是立場問題又是什麼？你這個問題是有根子的，你想想你在反右裡的表現，你的家庭根源，這些不都是維吾爾女人頭上的辮子，一抓一大把？再說了，你那個人英雄主義、白專道路的問題還不突出嗎？好好想想吧！」

談完後，我回到自己的寢室。王瑞祥見我也不像往常那樣話說個沒完，只是沉默著，半晌，他才低聲說了一句，「也找我談話了。」

「什麼意思？」我問。

「要我交代咱倆在一起談話的內容。還要我揭發你。」

「你對他們講了什麼？」

「我……我就講了一般性的……」

我回了他一句，「我可沒提到你。」

我明白了，他也揭發了我。我坐在自己的桌前一動不動，最後我說，「我還是睡到圖書館去吧，免得連累你。」

我知道，一旦被政治運動套上，你最好的選擇就是趕緊跟周圍的人澈底切割，在自己的身體周圍深深挖一圈壕溝，否則你今天在朋友圈中說的話明天就會變成朋友們變本加厲檢舉揭發你的材料，哪怕講的時候是出於無心，但有可能就會上綱上線到可怕的高度，到時候你還沒有任何辯解的餘地。

這天晚上，當我躺在何先生的那張床上時，白天的情境一幕幕地在腦海中重播。現在我的情緒已不像開始被點名時那樣衝動了，我開始冷靜下來，我想我必須要極其理智地分析一下形勢，考慮一下我的對策。

應該講，經過反右，一般人對於我國政治運動的「流程」已經相當熟悉了，所謂的政治運動，就像是上頭的莊家，清楚地知道賭客們手中的每一張牌，然後一口口把你吃掉，而你對莊家的牌卻一無所知。

我現在的問題是，對這個「新雙反運動」整個是莫名其妙，你不知道「反浪費反保守」怎麼會反到我的頭上來？天哪，我只要看到哪兒的水龍頭還在滴漏，我都會伸手去把它關牢，儘管它跟我屁事不搭；我平時連一張廢紙都不捨得隨便扔掉。我就想不通我怎麼「浪費」啦？至於「保守」，我又不是領導，我只是名教師，我在講課中力求讓學生學到最新的研究成果，你還讓我如何做才「不保守」呢？想到這裡，我開始意識到，我們的政治運動最可怕的是什麼呢？就是說的那一套理論也好，名詞也好，都不講邏輯界定。當初說「右派」是「反黨」，那麼你讓大家「捨得一身剮，敢把皇帝拉下馬」是什麼意思？不就是號召大家「反黨」嗎？你不就是首犯、教唆犯嗎？

我現在最大的不確定，就是不知道這場運動的底牌到底是什麼？如果就是「反右」運動的延續，那我已經死定了！一想到這，一種空前的恐懼感猛襲我心頭。我怕什麼呢？一般地說，我時時刻刻都在鍛鍊自己的意志力，我很少懼怕什麼。我現在的怕，是因為我從右派的遭遇中，清醒地意識到，這個社會任何個人都沒有獨立生存的空間，我除了周圍的空氣還能自由佔有外，其餘我是一無所有，我靠什麼活著？難不成我一輩子只能靠父母供養？一想到遠在南方的父母親，心裡就發軟發燙髮酸，他們如果知道他們的兒子剛剛畢業就有了滅頂之災，他們不知要有何等地傷心呢！想到父母已經年邁，還指望著兒子孝順他們，一股委屈、屈辱、憤怒、恐懼、不知所措的複雜情緒像打翻了五味瓶在心裡上下翻騰，我再也抑制不住心中的憤忿，喉頭不由自主地抽搐起來，隨即就爆發出了哭聲，我索性用被子把頭一蒙大哭一場。

我這一陣子感情的宣洩，令我心頭舒服了一些。我坐起身來，認真思考下面的應對之策。最首要的，立刻、馬上轉移我的日記本。宿舍、圖書館我生活的地方是最不安全的，外面天寒地凍也沒有地方好藏。中國之大，連一個小本子都找不到收藏的地方，令我極為悲涼。我想來想去，唯一的辦法只能交給鄭文穎，當然這也有風險，如果他出賣了我，我就澈底完了。但相比之下，他是目前最安全的保管者。原因就是他是學生，馬上放假他很快就要回家了，運動跟他毫無關係。我想定後，把日記本裝進了一個大信封封好口，交給了小鄭，我說這裡保存了我的一點私人信件，快放假了，學校人都走空了，請你代我保管幾天。小鄭答應了我拿走了。

下面就是針對運動來思考應對之策了。我想，最好的辦法就是以不變應萬變。以我目前的情況，除了說了得罪趙書記的話之外，其他任何犯忌的言行我都沒有。我懂得，組織若是要處理一個人，最終也還要看材料夠不夠上綱上線，因此我的辦法第一就是堅持我的行為完全符合組織原則，有徐主任的簽字為證。第二堅決把問題限在給書記提意見多吃多占的問題上，只要不聽他們的花言巧語，不聽他們的誘供、逼供，就不會出問題。第三就是絕不扯出任何一個人。因為你如說到別人，就會引出別人添油加醋地對你說的更多，到時候你將百口難辯。唯一的「危險」是在私下裡和朋友說的那些話。我到底跟哪幾個朋友說過知心話呢？算下來，有四個人，乍一想，心頭還真是一驚，媽呀，四個！怎麼這麼多呢？只要有一人亂咬，就夠我喝一壺的了。但是後悔也來不及了，我開始仔細地「過濾」以往說話的內容：跟王瑞祥平時說的是很多，但主要是生活上的瑣事，他這個人牢騷最多，但都是他在說，對農村裡的那些事情我原本就不知道，我想他也不可能傻到那個地步去主動交代揭發。其次就是跟鄭文穎在農村幹活時講的統購統銷的內容，那是要觸電的，但那也是小鄭主動告訴我的，我頂多也就是發點議論而已，小鄭這個學生，我比較信得過他，再說，他馬上就回家了，我連日記都交給了他，我完全不擔心。第三個人是跟大賈，這一次他也被點了名，不知道是為了什麼原因？估計還是他那張嘴。從那次見面後我就沒有再接觸過他。不過賈恒勇這個人，嘴雖然管不住，但不笨，好像是個老「運動」員，這方面經驗我看他比我還老到，更何況我跟他之間也只有一次談話。我記得當時物理實驗室裡裡外外都沒人，未必被人注意到，自己不說，大賈是絕不會說的。最最危險的對話當然是發生在我和張樺茹之間圍繞著電影《第四十一》的討論上，那天晚上是怎麼搞的，像吃了迷魂藥似的，跟一個並不熟悉的「洋人」怎麼就掏心掏肺地說了那麼多積壓心底多年的存貨，神經病啊？難道真的是女色在起作用嗎？難怪拉赫美托夫也差點滑絲！難怪電影上最厲害的間諜都是美女！那些話只要露出一點點，就足夠置我於死地。但是即使我需要懷疑所有可能出賣我的人，我也不會把她，張樺茹算進去，憑什麼？說不出理由，就是不相信她會出賣我！她是我心中的一棵小白樺樹，那麼純潔，那麼優雅，世上任何骯髒、齷齪都跟她沾不上邊。我這麼一想，心已經沉靜下來。為了保險起見，我再給自己打造了一條最後的防線，這就是不論他們當中有誰揭發我說過什麼話，我一律、堅決、徹底、乾淨、始終如一地「絕不承認」，哪怕他們講的是真有其事，我也絕對要抵賴，當領導首先破壞了誠信，你再跟他講誠信，你就是一個書呆子！這是他們製造的「運動」給逼的！只要是兩個人之間的對話，你不承認誰也不能僅憑一個人的供詞就把你定罪。

我這麼策劃一番，覺得自己已經有了萬全之策，心也就沉下來了，還是那句話，兵來將擋，水來土掩，我就不信過不了這個坎兒！繼而又轉念一想，今天的中國人，做人要做得如此之費勁，連說句知心的話都隨時恐懼有一天會被揭發出來，連給別人說句公道話都如此之艱難，這個社會算個什麼東西呀！

這一夜我盡做惡夢，睡得極不踏實。

第二天，何老師來圖書館上班，見我時我發現他的臉上表情很不自然，他沒有看我的眼睛，只是看著進門借書的那張檯面，說，「不好意思了，這兒你不能再來睡了。」

我立刻懂得是什麼意思，就是說他要跟我劃清界限了。我知道這是政治運動的規矩，我不能苛求何老師為我犯忌。我默默地收拾了自己簡單的行李，那包豆子我當然小心地用被子包裹得嚴嚴實實，帶走了——只要是知道這座大樓的鎖是怎麼打開的，就能夠晚上煮豆子吃。

一夜之間，同事們見到我都很尷尬，平時噓寒問暖的，現在沒話說了，連劉蘭見面總跟我喊「小弟」的也不喊了，待在一起都覺得特別地不自在。這架勢我並不陌生，反右時期我過的就是這樣的日子，無非就是少說話再回到我關起門來成一統的狀態，過去就習慣了，現在還能怎麼樣？

寒假終於開始了，學生們都離校了，「新雙反運動」也就開始了。

為了對我進行深入批判，中文科、教育科的老師們合併為一個組專門「幫」我，其他的科合併一個組專門「幫」賈恒勇。於是一大早，這兩科的老師都帶著自己的椅子擠到了我們的辦公室。

會議由徐主任主持，氣氛很是嚴肅。他等大家坐定，就咳了兩聲說，「那，咱們就開會？趙書記在動員報告裡已經說的很清楚了，『新雙反運動』就是要反對人才的浪費跟右傾保守的問題。這是兩條道路的鬥爭，是嚴重的政治鬥爭。我們科呢，趙書記點了岳翼雲老師的問題，這件事吧，我也要首先檢討，我呢，平時對岳翼雲吧，教育得不夠，出了這樣的問題，我也有責任。現在先讓岳翼雲做檢查，接受大家的批判教育。」說完，他示意該我說話了。

我拿出了事先寫好的稿子，照章宣讀起來，「各位領導，各位老師，我自從在大會上被趙書記點名之後，思想上背起了沉重的包袱，在這裡我簡單地把自己的思想經歷過程向大家彙報一下。」我看看大家，一個個面無表情，像廟裡的菩薩，只有張樺茹坐在角落裡，大概那兒空間狹窄，她只能側著身子，手支著下頜，眼睛盯在牆上。牆上好像有只蟲子在爬，她在注意地觀察。

我接著說，「一開始我是有著嚴重的抵觸情緒，我認為自己到天河師專雖說是只有短短一個學期，但工作還是努力的，教學、科研還有勞動都是好的，為什麼偏偏要點我的名字？我想不通，我……」

「夠了！」突然賈若曦厲聲打斷了我的話，他用拿腔拿調的南方普通話說，「徐主任，我認為岳翼雲在這裡純粹是在為自己評功擺好，這首先就是個對待運動的態度問題。岳翼雲我告訴你，你現在必須做的，就是老老實實交代你的反黨言行，深挖自己的思想根源跟階級根源，其他的話都是廢話！今天革命群眾的眼睛都是雪亮的，你想滑也滑不過去。」

他這一發言，會場上其他的老師都紛紛回應，紛紛七嘴八舌地指責我的態度有問題。中國人真的很有意思，像這一類的批判會，說白了，就是一大堆混蛋或者是心裡明白故意裝作糊塗的人來把一個明白人的嘴給堵上。當然也不是所有的人，好人還是有的。像劉蘭老師，雖然不喊我「小弟」，但始終一副事不關己高高掛起的架勢，頭一直歪著，一言不發，連表情都沒有。至於張樺茹，則更是連看都不看那些發言的人，只是在聽到一些激烈的言詞時，眉毛一挑，斜瞥一眼，嘴角帶點輕蔑的微笑。

我知道，在這種時候，最好的反應就是不說話，靜靜地聽，表情做沉重狀。

徐主任聽了眾人的發言，轉過臉來對著我說，「岳翼雲，你聽到了革命群眾對你的意見了吧？你那些委屈的話都不要講了，接觸正題吧，就講你那些反黨的思想。」

我點頭表示接受革命群眾的意見，又接著讀下去，「現在講我的主要問題。去年十一月份，由於余老師的那件事，我對她跟他愛人的境遇表示了同情，他愛人希望我們那些當天在場的人能出面為余老師作證，但是最終沒有一個人站出來，我怪同情她的，我想為她說句公道話。這件事涉及到老余講的領導作風的問題，所以就在徐主任找我談話時作了彙報。我這樣做完全符合組織程式，我不認為這是什麼反黨的言行，這正是出自對黨組織的愛護，所以批判我反黨我是不能接受的……」我說到這裡，其實已經把自己要講的話都講完了，最後堅決把反黨的帽子扔回去。有理走遍天下，我就不信靠人多勢眾就能壓迫我接受你們的結論。我這就是給他們嘗個軟釘子吃，去你媽的，都是些什麼玩意！

接下去的幾天會我已經歸納出了中國式批判運動的一套模式，估計幾十年內都管用。頭一階段是整我的態度，用運動式語言就是「打掉我瘋狂向黨進攻的囂張氣焰」。這主要靠的是群狼式攻擊。你的應對之策是禪坐。

第二階段是理論批駁。是時一定會有理論家登場。理論家的任務就是把白的說成黑的或是相反，根據任務需要而定。我之所以敢這樣說，不僅僅是因為這些所謂的「理論」從基本邏輯上都站不住腳，也還因為我有十足的把握，再過幾十年，當你重新看這些批判文章時，它們都必然是國際大笑話，連屁都留不下。

果然，賈若曦充當了理論家的角色。我知道他一直想報我那次公開課無意得罪他的一箭之仇，而且我更知道他就是徐主任他們預先組織好的批我的重要打手。應對之策就是繼續禪坐，必要時用事實和理論給以回擊，讓他好看。

賈若曦拿出的理論是「下級對上級應盡義務論」。他又拖長了嗓子開講了，「剛才岳翼雲總算講到了實質問題，但是立場仍然站在反動的方面。問題不在於你按沒按組織程式，而在於這種對黨組織的態度。為什麼你僅憑偷看過一眼就對領導所謂的多吃多佔有這麼大的情緒？你想幫老余不就是因為他替你說出了領導『多吃多占』這句話嗎？這不是反黨情緒又是什麼？我們都知道，我們黨一直有一個規定，就是下級對上級必須盡兩個責任或說是義務。第一就是，有保衛的義務，第二，有營養的義務。在延安的時候，我就知道有一次國民黨軍隊來進攻，毛主席帶著部隊在山裡走，沒有飯吃了，許多士兵都把自己僅剩下的最後一口飯拿出來給毛主席吃，這些事例都讓我感動的流下熱淚……」他打開了話匣子，正想放開往下講，但被牆角一個幽幽的聲音打斷了，是張樺茹說話。

「賈老師的觀點給我的印象就是十分新鮮，有點聞所未聞的感覺。不過我認為，在這樣嚴肅的政治運動中說話必須有根有據。你說我們黨有這個規定，下級必須對上級有『保衛的義務，營養的義務』，說到『義務』兩個字那是必須明文規定的，我咋就沒在『黨章』上見到過呢？尤其是後一個『營養的義務』，簡直太離奇了，太有想像力了，你能拿出鉛印的文字來讓我們看看嗎？你說岳翼雲僅憑『偷看一眼』就提意見，可你方才講的話我覺得連『偷看一眼』都沒做到，就像是你自己杜撰出來的。據我聽到的許多事例恰恰相反，就是紅軍在長征中，常常是領導把最後一口糧食省下給傷病員吃，給戰士吃，正是因為有了這個官兵上下一致的傳統，我們的工農紅軍才能在那樣艱苦的條件下走過二萬五千里。要是都像你講的那樣，領導帶頭偷吃那些傷病員的口糧，那仗由誰來打呢？我總覺著吧，賈老師剛剛說的話，就像是在夢遊似的。」一句話把大夥都逗笑起來了。

張樺茹這番話嗆得賈若曦臉一陣紅一陣白，只是端著杯子埋著頭喝水。

徐主任眼看著批判要走調了，馬上出來打圓場，「張老師，這話也不能這麼說，說『義務』可能是重了點，要說是下級對上級的『敬愛』之心，那也不算過，對不？讓領導吃得好一點，那的確是我們黨的傳統，延安的時候領導都是吃小灶，戰士吃的是大灶，伙食標準就不一樣。」

一說到這，做為「理論家」賈若曦就又推出另一套新理論，叫做「錯誤行為革命需要論」。他立馬接過徐主任的話頭，「我再補充您一點，您要不說我還沒想起來，您這一說更說明我講的對了。怎麼就不是義務啦？吃小灶早在國內革命戰爭時期就開始了，只不過不叫這個名稱，當年毛主席就專門寫過文章批判紅軍中的絕對平均主義，這就是鉛印的證據，你們沒看到那些革命回憶錄裡寫的領袖們在戰爭環境中還能招待客人吃雞、吃肉，還能送對方貴重的禮物？你能說這是多吃多占嗎？這就是革命的需要！所以說岳翼雲的思想說輕的起碼是一種絕對平均主義思想，說重的就是一種反黨情緒。我說的不對嗎？不對嗎？唵？」

「我不同意你的意見。」張樺茹態度還是不慍不火，慢條斯理地說，「你說的是戰爭環境，現在是和平環境，大家都拿工資。大灶、小灶已經由國家『按勞取酬』給你劃分好了，糧食定量也是由國家劃分好的，已經充分考慮到了各種人的不同需要，根本不是絕對平均主義的環境。你要是再多拿多吃多占，這不就是貪污嗎？我想請教賈老師，你說的『營養的義務』要營養到什麼程度才是個頂？要是領導想吃熊掌、人參、燕窩，想嘗龍肝、鳳腦、瑤池酒，作為『義務』你該不該盡？」

賈若曦也當場反駁，「問題是我們的領導從沒吃過熊掌、喝過瑤池酒這些對象啊，我想頂多不過吃些『拔絲土豆』啊，喝喝雞湯啊這一類的，在革命戰爭期間這算什麼呢？」

「咦，」張樺茹一聲冷笑，「這倒奇了，賈老師是怎麼知道領導吃『拔絲土豆』喝雞湯的呢？莫非你是去偷看了？」

「我是說『我想』，誰說過我親眼看見的呢？」

「難怪我要說你是在夢遊呢？都不知道哪句話講的是真的了。」

他倆一來一往唇槍舌戰起來，其他的老師倒樂得聽個熱鬧。會議頓時形成了幾個中心。我看見另一個角落裡，幾位教漢語和文選課的老師乾脆就大灶小灶的問題爭論起了，教漢語的堅持說小灶的標準是三菜一湯，教文選的則說是四菜一湯，倆人都說自己也曾親口吃過，教漢語的是個湖南人，力陳湖南的小灶三個菜的內容是五花肉，番茄炒雞蛋，外加一小碗辣椒，還補充說，「那五花肉又說就是東坡肉。燉的時間好長好長，文火，邊燉，邊不住地下作料，這才入味，你曉得啵？……」

等到張樺茹跟賈若曦那邊已經住了嘴，這邊還在辯論：

「拉倒吧，你那就是紅燒肉，啥東坡肉？東坡肉是啥味兒，你嘗過？你就扒瞎吧。」

「我莫嘗過？你嘗過　？東坡肉頂頂好吃的是肉皮，看上去油光水滑，但是油而不膩，吃進嘴裡是入口即化……」

「打住打住！再說哈喇子都下來了。」

等到他把大家的哈喇子都吊起來的時候，才發覺會上的人個個都在聽他在說話。

徐主任對他們的子彈橫飛相當地不滿，使了幾次眼色，他們也沒看見，最後還是張樺茹的發言把會議帶回到了正題：

「岳翼雲主觀上反不反黨，我沒有證據，不敢亂說。但是不管是人參還是『拔絲土豆』，如果有多吃多占的事，都是不對的。毛主席不是說過嗎？『貪污浪費是極大的犯罪』，反貪污和反浪費是連在一起的。」

張樺茹的發言令我心頭一動，她這話我也說過，怎麼她跟我又想到一處去了呢？我回想起，自從我被公開點名後，單位裡的同事們對我的態度前後立刻判若兩人，所有的人見到我連個招呼也不打了，看見我就像是沒見到似的。這裡若要細分一下，仍然可以分成兩種人：一種是平時對你心中頗為忿忿的，這時他們恨不得立時把你踏倒在地，再跳上你胸口狠狠跺幾腳；另一種是平時跟你關係還不錯的，此時臉上就會現出尷尬的面容，見你像見瘟疫似的，低著頭趕緊躲開。我知道這都是我們社會的教化之功，反右運動強化了統治意識的民粹化，即使內心善良的正直心靈，也只能臣服於淫威三緘其口而已。「暴君治下的臣民，大抵比暴君更暴」，「民眾的罰惡之心，並不下於學者和軍閥」。只有張樺茹，她是個例外。她見到我時，既不打招呼，也毫無表情，更沒有尷尬的躲避，只是一副與己無關的神情。但在發言時，她卻能把那些對我壞有惡意的攻擊頓時化作無形。在她那文靜的外表下，卻具有一顆淩厲之心。這個張樺茹，不僅於我有救命之恩，而且與我心心相連，樺茹呀，你令我感佩莫名。

第三階段就是群眾性批判階段，這其中有檢舉，有揭發，有劃清界限式的自我檢查等等。到了這階段，你就看大家表演了。

批判還在繼續著，又有一些人發言，也包括王瑞祥的。我知道，他不發言過不了關，但我已經聽不下去了，心裡已在想著，若是沒有這場所謂的「運動」，此時我應該已經是坐在南下的列車上直奔自己的家鄉了。算起來，我離家整整四年了，除了入學第一個寒假我作為國務院下派的普通話推廣視察小組的成員回到江蘇抽空請了半天假回趟家之外，這之後先是因為身為學校某社團的負責人必須組織假期社團活動，接著就是反右運動的持續進行所有的假期都必須進行勞動鍛鍊，我根本沒有了回家的機會。如今父母親的音容笑貌還是四年以前的印象，想必現在是更老了吧，儘管開展「新雙反運動」的消息我已拍發了電報告知了家人，但想必父母雙親正在望眼欲穿地倚門等著最遠處的小兒子歸去吧？真不能再往下想了，假如他們還知道我的遲歸的原因就僅僅是因為我仗義執言而在單位裡接受大批判並等待對我的發落，他們將何等傷心啊！一想到這，我心頭一酸，幾乎要掉下淚來。我還擔心的是，我的車票現在還沒有著落。就在大前天傍晚，殷浦江突然到宿舍來找我，她把我叫到室外。我見她眼中的神情已失去了往日的那種親切，完全是一副公事公辦的樣子，她只是說了一句，「岳翼雲，我告訴你，火車票很難買，到時候很可能買不到。」儘管就此一句，但她毫不避嫌給我通報消息，就足夠我感動了。

我問她「你怎麼知道的？」

「我已經買了。只預售三天的。」

「你怎麼能……？」

「我的母親病重，家裡拍來了加急電報，趙書記批假了。你……」她下面的話沒說出來，歎口氣，就走了。

果然今天我就沒見到她。

火車票呀火車票，越往後就越靠近春節，可我現在連回去的確切日期都不知道，到時候也沒有一個人能幫我，我該怎麼辦？我相信，這個問題在趙書記他們是根本不會想到的，因為除了今年招進的一些外地大學畢業生外，其餘的家都在本地，他們回家只是一提腿的事情，哪裡會想到我們面臨著數千里旅程，一路上還要轉車、水陸兼程呢？

一想到這，我不由得大聲歎了口氣。

徐主任望望我，說，「你這聲歎氣說明你有了悔改的態度，這個態度很好。會就暫時開到這裡。」批鬥我的會就按照我說的那幾個階段整整開了十來天，會上把我「反右」期間的檔案上內容也翻了出來。直到最後，人都開「皮」了，因為實在也無話可講，常常是開會冷場，一冷就是好半天。最後才宣佈「運動告一段落」，我則被宣佈還要遲走兩天，讓我把檢查的書面材料交上去得到認可後才可以離校。

# 17 雪中送炭

老師們這一走，大樓裡就空空蕩蕩了，白天除了還有少數教務處的職員忙著做學期交替的準備工作外，到了晚上連個鬼影子也沒有。幸好後勤處也還有些收尾工作要做，通告暖氣供應繼續維持兩天，否則黑龍江的冬天冷得鬼呲牙，我不凍死才怪。這期間王瑞祥一直跟我沒有多話說，當然他也沒有揭發我什麼實質性的東西，況且，我也實在沒有什麼實質性的東西能讓他說。他只是告訴我「車票很難買到，我是甘蔗切了段，啃完上段找下段，不知在路上要走幾天呢。」說完就跟我告別了。所以對我而言，第一件事就是到車站去買票。

至於我的書面檢查，我只有一個選擇：做兩面派：表面認錯，骨子裡全打回票。不是我想做這種人，而是逼著你做。這個社會既然那麼熱衷以言治罪，那人們也就只能是口是心非；在一個耍流氓的地方，你也只能是流氓對待。我不由得又想起車爾尼雪夫斯基當年被關在彼得堡羅要塞裡的境遇，在沙皇專制制度那樣黑暗殘酷的迫害下，監獄長居然還能允許車爾尼雪夫斯基寫出那麼多的作品，完成他的大部頭著作「怎麼辦」。而我現在卻完完全全是在浪費時間，聽完了一群人在胡說八道後，還要繼續在此寫一大堆謊話廢話。也許俄國沙皇是還讀過一些正經書的，不似我們的這類人出身草莽，根本就不讀書，或者要讀也盡讀些厚黑權謀狐鬼神妖色情笑話一類的垃圾書籍，他們根本不知道時間對於一個知識份子是多麼地重要。我終於弄懂了，趙書記把我作為運動重點的目的只有一個，就是用這種懲罰手段讓我從此對他的貪污特權行為永遠封口，所以他要的就是我「認罪」，否則就絕不放我回家。我終於懂得了，他們這類人嘴裡掛著的「人民」只是個招牌幌子，他們所要的就是抓牢手中的權力。

我一旦看透了他的目的，我也就想開了。原先我會認為一旦向他認錯就是出賣了我的做人的原則，我應該像車爾尼雪夫斯基一樣地絕不低頭。但是經過反右的經歷，我懂得了不能把他們看得太高尚，他們內心的陰暗醜惡在掌握了權力後已瘋狂擴脹成了魔鬼。他們靠反撒旦起家，如今自己卻成了撒旦。這種依靠政治運動來整肅異己的做法不僅鼓勵了說假話做鬼事的惡習，也讓人性普遍變得更墮落。為此，我必須懂得如何在跟他們周旋中保住自己的底線，寸步不讓！

我想定之後，花了一個晚上寫了洋洋灑灑的萬字檢討書，第二天一早，冒著零下二十幾度的嚴寒，全身披掛停當，就直奔哈爾濱火車站去買票了。

車站售票處果然是人頭攢動，隊伍排得老長，為了不浪費時間，我先到問詢處打聽了一下，那個女員工態度倒是挺和藹，告訴我說，到上海方向的長途快車票不在此站出售，要去三棵樹車站。我一聽頓時傻了，「三棵樹」在哪裡我都不知道，再問，女員工只得客氣地對我說，「對不起，這兒問詢的人太多，您自個兒出去問人吧。」我擠出人群，找人四處打聽，才知道所謂的「三棵樹」是在市區的東面，距離大老遠了，路上行車至少還要走一個多小時。怎麼辦？再遠也要去啊！

我費了老大勁最後總算是摸到了三棵樹，到那裡時已是下午了。再一看，這兒好像就是農村，車站很小，很破舊。地面上積雪早壓成了鼓鼓棱棱的冰，人走在上面哧溜——哧溜的直打滑。但這兒也是萬頭攢動，只是跟哈爾濱車站不同的是，那裡好歹還有個隊形，這裡簡直就是千軍萬馬過荊門，你想排隊任何一個人都是隊尾，你就排吧。售票處就像是農村集市上的某個小賣部，只是視窗小，外面還釘著鐵柵欄，在鐵柵欄的下方有個小口子，頗像是電影中常見的舊社會監獄裡給犯人送吃送喝的送飯口。許多人都擠在小口子那裡大聲朝裡喊叫著，兩旁的人一窩一窩地往前擠，像風向不定的浪頭。通常是，買到票的人手剛剛接到車票，一個浪頭就從側面撲了過來，人就被擠離了窗口。還有幾個人不知使的是何種拳腳功夫，居然能從視窗兩旁高出視窗前擁擠人頭的大半個身子，側彎著腰把頭伸到視窗朝裡面吼叫，看上去就像是售票窗兩旁一邊爬著一隻巨型壁虎。

有人在喊，「別擠，別擠！要擠死人了！」

「排隊排隊！」有人義憤填膺。

「這是搶皇位還是搶彩頭啊？」也有人說話帶點黑色幽默。

如此的亂象令我哭笑不得，說後面那句話的真是民間高人，一句話把中國兩千年的改朝換代說到位了：「搶皇位」，不就是一群流氓一撥又一撥地衝向那扇窗口，恨不得永遠霸住那扇視窗不放，歷史不就是這般德性嗎？審時度勢，我想，既然是禮崩樂壞，天下大亂，沒有秩序，沒有隊形，沒有規則，那我也只能自成一隊，自立山頭，拼命朝前擠。「槍桿子裡面出政權」，我不怕使力氣，無非所到一處，一片叫罵之聲。東北人豪氣，急了敢動刀子，但也很實際，畢竟來的人都為的是買票，不是尋釁鬥毆的，畢竟每個人都在擠，都在搶，你要罵還罵不過來呢。再看我這一幅莽張飛的架勢，邊擠邊嘴裡還念叨著「對不起」，你還能把我咋樣？就這樣我終於殺入千軍萬馬，直取中帳。我對售票員大聲喊，「一張快車票，要聯票，到南京的。瀋陽轉車。」那售票員眼都不抬，一句回話「沒了！」我還想問，但兩旁的大蜥蜴加上後面的人群已死命把我往外排了。我抓牢了視窗上的鐵柵欄，大聲問話，「什麼時候有票？」

那個售票員更是不理，只對外面的人大叫，「票賣完了！」說完，啪一聲，從裡面把售票口的窗戶關上了。

人群頓時就鬆散開了，原先像鬥雞似的一步不讓頓時又變做志同道合的一群，互相之間訴苦、埋怨、甚至交流經驗，熱絡得很。而原先那些站在週邊的人們也一起湧了過來，這都是些想退票的、換票的、賣黑市票的，還有就是賣黑市食品的。有一個高大的黑臉漢子，穿戴的像座山雕似的，張開手掌，大聲叫賣著，

「甜疙瘩，甜菜咧！」

我一看，掌心裡只躺著一片薄薄的紅黑色的甜菜乾，跟他那龐大的體型形成鮮明的反差。

我問他，「怎麼賣？」

「八毛！」他停下，還盯著問，「要不要？」

我搖頭。

「再看這個。」

他又張開另一隻手，掌心裡有一顆大白兔糖。

「多少錢？」

「八毛。」

我操他先人！賣人腦子啊？

我的注意轉移到了身旁交談著的人，我站在一旁聽他們講話。這是個身材瘦小的基層幹部模樣的人，他在大聲抱怨，「這狗逼操的！老子打早就來排隊了，票窗一開，就讓這幫狗日的給衝了出來，緊擠慢擠，使出我爸媽造我的勁擠縫兒，好容易擠到了跟前兒就又讓衝了出來，你說這咋整啊？」

我忙問，「請問，您說您是排隊的？」

「咋不是呢？」

「我怎麼沒看出隊形來呢？你是幾點來排隊的？」

「我來的時候，天還沒冒亮哩，你說幾點？」

「那會兒公車還沒有呢，你能來這兒？」

「我就住那旅店，出差嘛。」他指指不遠的一座臨街的小客棧。

「你到哪裡？」

「天津衛。」

我腦子裡一亮，問，「明早你還來買票嗎？」

「不來咋整啊？哦，」他認出我來了，「你就是那個使大勁兒的那個小夥子。你到哪裡啊？」

「南京。」

「你沒戲！」他沒抬臉就扔過一句話，「沒瞅著山海關以內的都夠嗆？」

「這位同志，」我有了主意，「我想跟你合作一回，怎麼樣？」

「咋合作？」

「我們單位距離這兒太遠，一大早我趕不過來。」我說。

那位同志看看我胸前的紅校徽，贊同地點頭，「路上得耗倆鐘點。」

「你反正靠這兒近，」我講，「你明早還是來排隊。我呢，趕在九點開門售票之前趕到這兒，我來維持秩序，不叫人把你擠出去。你看怎麼樣？」

那人想想說，「那敢情好。我看這兒就缺維持秩序的人。老師是教體育的？」

「對。」我回答很乾脆，「教舉重跟打拳。」

「成，明早我一準等你。貴姓？」

我告訴了他，他也告訴我他姓邵。

第二天一早，我斜挎了個書包，裡面多放了兩張玉米餅子，把棉大衣罩在了外面，在棉大衣的腰間再紮了一根皮腰帶。帶書包不光是為帶餅子，主要是為了能把頭上的皮帽子收起來，免得擠搶中帽子被人帶走了；外面的皮腰帶更是怕擠搶中把我的大衣撕扯壞了。總之，一切裝束都為了這搶票時的一搏。

我趕到三棵樹的時候，離九點還隔一個多鐘頭。一看還真是的，隊伍已經排得老長老長，有帶小板凳的，有帶一塊厚厚的毛氈子席「冰」而坐的，也有人乾脆用根稻草木棒什麼的放在冰面上算是掛號了，人就呆在旁邊的，啥樣子都有，說明早到的都希望有個秩序，否則早來遲來就沒區別了。我再一看，老邵果真是來了，前面大概只有五六個人。他見了我，高興地一揚手，我就站到了他的前面。

臨到九點的時候，隊形就開始亂了，許多人開始朝視窗擠，於是排隊的人就大聲喊「排隊排隊！後來的到後面排隊去！」

後來的人呢，也不言語，也不離開，就在原地轉悠，想瞅準時機再下手。

我看看時間快到了，把帽子摘了下來，裝進書包裡，再把大衣外的腰帶束緊，跟我前後面的一些人大聲說，「各位，大夥都大早趕來排隊，不容易。今天說什麼也不能讓排隊的吃虧。我站在視窗前維持秩序，誰要是插隊大家幫著我大聲吼，趕走他們，好不好？」

「好，好！」大家都齊聲說。

「不過，我只能維持到我前面的這一段。後面的希望每一段都出來幾個熱心人來維持秩序，好不好？」

「好，我算一個。」

「這一段我來管，你們同意嗎？」

很快，整個排隊買票的隊伍都有熱心人出來分段管了，視窗前只要出現了插隊的，全體排隊的人都會發出一致的呼聲「排隊！後面排隊去！」

果然售票視窗打開時，由於有我站在旁邊，不停地向插隊的人解釋請走，視窗前秩序井然，很快就輪到了我。

我向售票員說了昨天說的相同的話。這一回售票員對我是相當地客氣。

她耐心地對我解釋，「你要的聯票現在沒有賣的，你只能分段買。」

一句話像澆了我一頭冰水，天啦，我在路上要走多少天哪！我聲音都有點抖了，「我最遠能買到哪一站呢？」

「天津站。」售票員看看我身後的人，悄聲問我，「你買不買？我看你維持秩序，是好心人，我才告訴你，今天的就剩最後一張了，時間趕趟。」

我一聽毫不猶豫把我身後的老邵往前一推，「他是去天津的，這張票就賣給他吧。」

老邵頓時喜出望外，連聲說謝謝，掏出錢來把票給買了。他還想對我說什麼，我推開了他，催促著他，「別說了，邵同志，快走吧。我倆是合作的，機會必須均等。天津是你的唯一選擇，我可能還有其他選擇，所以機會只應該給你。再見了，一路平安。」

「謝謝你了，岳老師，你是我一輩子見到的難得的好人。」他對我擺擺手告別了。

我又掉過臉來問售票員，「別的站還有沒有？」

「像你這麼遠的路，難了。你還可以在瀋陽換車，但是三天之內的都沒有了。」

我後面已經有人在催了。我不想戀著皇位不放。

此時我頭腦裡已是一團亂麻。我原先知道的也只有這兩個方案，都行不通，我該怎麼辦？我知道不能再問下去了，我必須重新思考方案，只有悵悵地離開視窗。

我垂頭喪氣地回到了學校，向空蕩蕩宿舍樓走去。我很清楚，如果我明天再想不出辦法來，我整個冬天就只能在這個宿舍裡度過，即使是晚上蓋上王瑞祥的被子，也根本頂不住寒氣。我該怎麼辦？我該怎麼辦？

我正在苦思冥想之際，忽然看到在我房門口外還站著一個人，她斜靠在牆上，單腿撐著身體，另一條腿曲著，看上去已站立很久了，用這樣的姿勢讓兩腿輪流休息，再走近一看，呀，原來是——張樺茹。

她穿著一身深藍色的棉猴大衣，帶狐毛邊的猴兒帽已經褪到了腦後，露出瀑布式的一頭捲髮，一隻耳朵上還掛著取下的口罩，脖子上圍著一條長長的鮮紅的毛線圍巾。

「怎麼會是你？」我有點出乎意料，心裡又頓覺溫暖，剛剛經過了「運動」，她一點不嫌棄我，還來看我。

「怎麼，不歡迎？」她見到我眼裡顯得特別高興，前幾天眼中的故意裝出的冷淡一絲痕跡也沒有。

「哪裡，你是稀客。請進，請進。」我趕緊開門請她進屋。

「我可找了你兩天了。」她的聲音裡充滿了委屈，彷彿是一個孩子在走失了後重新找到了家人似的。

「對不起，對不起，讓你久等了。」我連忙招呼她在我桌前坐下，順手給她從暖瓶裡倒了杯水，抱歉地說，「很不好意思，水肯定是冷的了。」

她坐在我的椅子上，帶點拘束的神情開始打量起了我的房間，一面搓著手呵氣，「你房間怎麼這麼冷？」

我只有苦笑沒法回答她。

「我聽人說你去車站買票了，我可找了你兩天。」她又重複了一次，問，「買到了沒有？」

我只有乾笑，連我都聽不出是什麼意思，「哪裡買到啊，簡直是一場地獄旅行。」說著我就把這兩天的事情一一對她訴說了一遍，當說到我跟那個老邵的合作，最後把唯一的機會讓給了他時，她的眼睛裡現出了驚喜和感動。

「我就是這樣的倒楣。」我也不停地呵手取暖苦喪著臉說，但是想想又笑了，我說，「不過，這兩天我也不是完全沒有收穫。你知道嗎，我在售票視窗前這兩天不同的境遇讓我突然領悟到中國歷史規律的一個大問題。你想聽聽嗎？」

「當然，我就喜歡聽你講。」她毫不掩飾自己的心情。

「第一天，」我說，「大家亂作一團，全都蜂擁地擠向視窗，好像在搶奪什麼似的。這時候我聽見有個人喊『這是搶皇位還是搶彩頭啊？』，一句話提醒了我，在中國人的眼裡，皇位跟彩頭是一回事，都是為了爭利，只是大小不同罷了。大利爭的人就多，皇位當然是天下人都要爭的了。爭的時候，大家都毫無規則，毫無信譽，赤裸裸地露出每個人心中的醜惡，大家都憑拳頭或者說是『槍桿子』說話，我立刻想到，中國兩千年的改朝換代不就是這樣嗎？不就是一批批的流氓輪換嗎？這就是中國人自己製造的苦難。我說這個你有興趣聽嗎？」

其實我不需要問，我已經發現張樺茹眼裡那興奮專注的目光。

「你說。我就喜歡聽你講。」她又重複說了一遍。

「到了第二天呢，」我接著又說，「我跟老邵搞了個合作，然後自己出來維持秩序。當我把這個主意對大夥一說，我沒有想到，居然那麼多的人都回應，居然秩序會非常之好！真的，好得我都不敢相信自己的眼睛。這說明什麼？在群眾完全無序的狀態下，只要有人敢於站出來制定一個公正的規則，中國人接受起來是很快的，完全沒有阻礙。那些認為中國人沒有民主傳統只能適合專制制度的說法是根本站不住腳的。這就揭示出一個規律：中國的歷史是『帶頭人』創造出來的……」

「精闢！」張樺茹激動得居然用拳頭捶了我一下胸口，我記得上次捶我胸口是在看蘇聯電影后的那個晚上。

「你說出了十分新鮮的我聞所未聞的觀點。我能補充你一句嗎？」我沒有想到，她居然對這個話題如此有興趣。

「當然。」我說。

「關鍵就在於，這個『帶頭人』的品格。好的帶頭人制訂一套好的規則，就能帶出一部好的中國歷史，壞的帶頭人只能帶出壞的充滿苦難的中國歷史。是這樣嗎？」

「對。」我也忘乎所以的用手指頭在她額上點了一下，「由此我又想到一個問題。任何群體參與的事情，第一個人立下什麼規矩，往往就開闢了一個什麼樣的傳統。秦始皇開闢了中國的集權專制傳統，華盛頓開闢了美國的民主傳統。中國最遺憾的是什麼呢？直到本世紀以前，都沒有一個好的領頭人，唯一的例外是孫中山先生，他跟歷史上所有的中國開國皇帝不同，他是美國的博士，是受過系統的西方科學和民主教育的，儘管他也有缺點，但總體上他開闢了現代中國的民主傳統，可惜他逝世太早了……」

「我還要補充你一點，」張樺茹也被自己的想法激動了，「你所說的這條規律不光是適用於中國歷史，也是一個普遍的社會行為的法則。第二天買票能夠建立秩序的關鍵，是這個『帶頭人』偏偏是你，而你又是一個真正無私的人，因此第二天的情況就跟第一天完全不一樣。特別令我感興趣的是，你制定的那個法則非常有價值。」

「法則，我制定了什麼法則？沒有啊？」我也被她說糊塗了。從現在起，我們的對話完全成了對一個重大命題的討論了。

「不不，你先聽我說」張樺茹急著要把她的思想說出來，「你制定了規則，只是你沒有意識到。你對老邵說的那番話『我們是合作關係』，『你只有唯一的選擇，而我還有其他的選擇』，還有什麼『機會必須均等』……」

「不不，那不是規則，這是我做人的準則。」

「也是規則。」她強調著，「翼雲，你告訴我們，什麼才是真正的公平公正？儘管林肯說過『人生而平等』，但是現實生活中，人生而就是不平等的，原因是先天後天環境給予每個人所能支配的『選擇』是不一樣的。在中國，這個距離是多麼大呀！你的『公平公正』的標準告訴我們，我們的社會，應該儘量讓人們擁有的『選擇』或者說生存的條件相接近，而不能是製造分裂、製造等級和隔離，更不能製造仇恨，社會應該把擁有『選擇』條件最少的人放在最前面並提供幫助，這才叫真正的公平公正。你在這兩天裡扮演了兩個不同的角色，你既有流氓的體力和霸道，又有君子的修養和人品，然而你最可貴的選擇卻是做一個君子。我說的對嗎？」

現在是輪到我吃驚了，我沒有想到張樺茹能把我的還沒有想清楚的思想歸納得如此清晰。張樺茹啊，你接受的教育，你的教養令我暗暗吃驚啊！看來我還沒能完全看清你。

我只能是佩服地點頭，「張……」

「就叫我樺茹吧。」

「好的，樺茹，反正怎麼稱呼都是由你定，我真的沒有想到你這麼有思想。」

她對我的讚揚肯定十分高興，立刻咯咯直笑，笑得十分開心，突然她做了個十分調皮的動作，一把揪住了我的耳朵，逼著問我，「佩服不佩服？」

「佩服佩服，我五體投地……」她的動作讓我很是吃驚，我覺得她在我的面前有時十分矜持，有時又十分隨便；矜持的時候令我敬而遠之，隨便時又令我受寵若驚。我趕緊捂著耳朵連喊帶叫。

她鬆開了我的耳朵，眼裡卻滿是對我的欣賞，那股委屈頓時煙消雲散了，她感歎著，「其實真正應該說『佩服』的應該是我。翼雲，我最喜歡聽你講，我最欣賞的就是你的……哦，不說它了。你說我們兩人是怎麼回事？一見面就聊個不停，倒把我的正經事差點弄忘了。」

她這話也把我提醒了，「對了，你來找我是做什麼呀？」

「你把回家的火車車次告訴我，我想幫你買火車票。」

「什——麼？」完全不敢相信自己的耳朵，「你再說一遍。」

「你把時間、車次馬上給我寫下來。」

「你，你，你是觀世音菩薩啊？」

「別廢話了，快寫吧。」說著她看看腕上的手錶。

我這才回過神來，心裡在想，天爺，我這是感動了哪路的神仙啊？不敢多問，怕問多了希望飛跑了，趕緊提筆寫下了車次。我告訴她，「我回去沒有直達的，只能有兩個選擇，一處是在瀋陽轉車，從那裡我就可以乘上起點站的四十六次直達浦口的直快車；另一處是在天津轉車，但那兒有個問題就是沒有從天津到南京的始發車，都是從北京發出的，估計上車就沒有座位……」

她迅速打斷了我的話，「那就選擇瀋陽轉了，後一個不考慮了。」

「萬一……」

「沒有萬一。」她似乎很有把握。她看看我寫的字條又問，「你回來準備哪天？時間、車次也寫下來。」

「什——麼？你，你是說給我買來回票？有賣嗎？你神仙哪？」我掐了下自己的大腿，心想可能是做夢。

「我問問吧。」她又問，「你寫的紙條上為什麼不是瀋陽到南京呢？為什麼是浦口呢？浦口是什麼地方？」

我連忙解釋，「浦口就是南京了，就好比你們的三棵樹就是哈爾濱。外人都不太知道。只是浦口在長江北岸，南京在長江南岸，長江上沒有橋，只能輪渡。懂嗎？」

「哦，我明白了。」她又看了一下腕上的手錶，對我說，「你在這兒等我十分鐘，我馬上去教務處打個電話聯繫你的車票。」

我這回只是驚得張開了嘴，「樺茹，你，你怎麼能手眼通天，一個電話就能把來回票給我弄來？」她對我扮個鬼臉，「我哪有什麼通天的本領，我是打電話給爸爸。」說完她就快步離去了。

我在等她的時間裡，心裡真是百感交集。這個張樺茹，簡直就是我的救星，怎麼每回我遇到大難，都是她出手相助？她難道真的是我的七仙女？我的田螺姑娘？不過有一點我是可以確信了，她的爸爸很可能是哈爾濱鐵路局的領導，否則不可能打個電話就能定下車票。難怪她即使在我們的單位裡身分都顯得如此之特殊，哪怕她自己從來不張揚，也從不說他爸爸到底是幹什麼的，但從她能當面頂撞史建軍的爸爸，在「新三反運動」中能處處跟趙恒泰書記不露鋒芒地唱唱反調，就說明她的爸爸身分不一般。當然這樣一來，也更加大了我倆之間的差距，使我對她更加不可能有任何的非分之想。

過了一會功夫，她就又回來了，垂頭喪氣，臉上是一幅苦相。

完了，我心裡想，早該想到，這事哪能那麼容易啊？也好，我欠她的人情已經夠多了，不想再欠了。便主動安慰她說，「買不到沒關係，我再想別的辦法。你為我已經盡心了，我真的很感動，別為我擔心了，謝謝你。」

不料她突然臉一變俏皮地笑起來，「騙你呢。成了！」還用手掌在我面頰上輕輕拍打了兩下，「翼雲，你明天上午就啟程回家。」

「真的？」我又在懷疑是否做夢。

她也如釋重負地舒了口氣在我的桌前重新坐下了，嘴裡又一次重複著，「真的，這兩天我一直在，一直在找你。」

我明白這兩天她找我可能十分辛苦著急，把她等傷了，她說話的語氣和神情都讓我感動得心滾燙。

「謝謝，謝謝。我把錢給你。」我從抽屜裡取出錢夾，拿出了八十元交給她，我說，「我打聽清楚了，從哈爾濱到浦口，直快聯運一趟是整四十塊，來回剛好八十。請你點點。」

「你就給我一趟的錢吧。我爸爸說了，回程的票沒有辦法幫你預定，但是南京鐵路局的領導他認識，他準備給你帶封信給那邊的領導，你有困難可以去找他，他會幫你解決的。」

她從我交給她的錢中取出了四十元還給我，餘下的裝她身上了，說，「真沒想到，你回一趟家要花這麼多的錢，夠我倆月工資了。」

我問她「你不知道票價呀？我猜你們家是鐵路上的，能不知道嗎？」

「說實話我真的不知道。」

「難道你從來不乘火車嗎？」

「火車倒是常坐，就是從來沒自己買過票。」

果真讓我猜中了，他爸是鐵路上的領導幹部，有員工福利，可以免費乘車，難怪。

大概是重要的問題已經得到解決，我倆也都輕鬆下來。她這才想起要喝水。

「真不好意思，你頭一回光顧——寒舍，」我故意選用了個文縐縐的詞語來增加一點距離感，表示著我的歉意，「我都沒有熱水給你喝。」

她喝了一口，口裡嘶一聲吸口冷氣，「真謝謝你呀，賜給我的第一口就是『寒水塞牙牌』冰汽水。」

我不好意思地苦笑，「真不好意思，我這裡是『家徒四壁』，除了幾本書。我真的沒有什麼東西能招待你的。」

「不用解釋了，」她臉上帶著揶揄嘲弄的微笑，「你讓我領略了古書上『寒生』一詞的含義。我今天到你這裡來，有種像是『聊齋』裡的孤魂野鬼光臨一個窮秀才的家的感覺。」說得我倆都相視而笑。

「那就讓我這個野狐狸看看你這個書生在書房裡忙些什麼吧？」她隨手拿起我桌上的一摞稿紙，問，「最近又在寫什麼呢？」

我急忙想掩飾，「這個還不能看——我正嘗試著寫小說。」

「哇！真沒想到你還是個作家！」她那蘭栗色的眼珠瞪得老大，一聲驚歎，拿著稿紙的手飛快地閃到一邊，「不給人看可以，不給我看，你可得小心我治你！」

「剛剛開始寫呢。」我又想去奪稿紙，又被她閃開了。

「我就要先睹為快。」說著她掀開第一頁，讀出了標題，「《北方的白樺樹》。好美的題目啊！我要看，要看，一定要看！」

「好的，我寫完後一定第一個給你看。」我趕緊點頭，「不過你不能對別人講我寫小說的事，好嗎？」

「好。正好我也有句話要關照你：我這次幫你買票的事無論如何不要跟單位裡的任何人說，好嗎？」

我也連忙點頭。

「我們領導不是不知道我爸的工作單位，但我從不應承任何替人買車票的事，這也是我平生第一次求爸爸幫人家做事。一開始我也沒有把握，但沒有想到，我爸爸聽了你的情況後一口就答應了，所以我也很高興。」

「讓你為我破了例，我欠你太多了。」我心裡真是極度不安，「再說這畢竟是利用了你爸爸手裡的權力。」

「不能這麼說。你真的是特殊情況。你要是明天不走，難道真的想凍成冰棍嗎？說起來這是個特權，但是根據你的『選擇』的理論，難道不是最符合社會要向缺少『選擇』的人提供公平公正的機會這個觀點嗎？再說，你為著給余老師討回公道，冒著這麼大的風險，這次的『新雙反』，分明就是衝著你的一場報復，對你是十分的不公。我能夠袖手旁觀嗎？」她這一席話說得我心頭滾燙，幾乎把我瞬間融化了。

我說，「你對我的好我心裡有數。說實在話，這次運動，他們說了我那麼多的壞話，說我這個那個，說我在反右裡受處分，說我有反動的家庭出身等等等等，你卻跟那些人不同，一點都沒有想跟我劃清界限的意思，反倒是出手相助，我真的是萬分感激。」

「你呀，」她有點埋怨地說，「你要真的這樣想我，真把我給看扁了。你說說看，一粒鑽石即使被人踩在腳下，踏進泥土裡，難道它就不是鑽石了嗎？」

我沒有想到她對我的評價是如此之高，便也想就此向她討教，我說，「既然說到了這場運動，我有個想法，想聽聽你的意見。我想把趙書記的問題反映到專署領導那兒去，你覺得好不好？」

她聽了思索半晌，「這件事吧，我覺得還要慎重。一來他的多吃多占的確問題很突出，群眾中連我都聽到過很多反映，據說是過去就有人向上面反映過，但是反映的信件最終又回到了趙書記的手裡……」

「怎麼會這樣？」我吃了一驚，幸虧我沒有貿然行事。

「二來呢，現在糧食緊缺，幹部多吃多占已經成了普遍的現象，但也普遍存在著處理難的問題。我想原因可能是因為取證實在不容易。你說你天天看見他給自己開小灶，證據呢？我想這也正是趙書記把天河師專的財務、伙房都安排成他們一家人的原因。你的勇氣我很欽佩，但如果不瞭解情況，很可能反受其害。過去寫反映信的老師最後都調到了很差的學校去了。你先想想吧。」

我也表示了對這場運動的擔憂，「主要是心裡沒底，」我說，「會不會將來處理我？像劃右派那樣？」

她略一思索說，「這還不好說，估計不太會，放心，我會幫你繼續打聽。我想你不妨把你家位址留一個給我吧，萬一有什麼事，我隨時給你寫信，急事我就發電報，好嗎？」我答應了她。

「好了，我不打擾你了，你今晚好好休息，明天一早我就來送票給你。再見。」說完，她回頭送我一個燦爛的笑容。

第二天一早，她果真很早就來了，交給我一張聯票和她爸爸寫的信，聯票上寫著從哈爾濱到瀋陽、從瀋陽到浦口的車次號。座位是已經定好的，都是三車廂〇一號。我知道這是每列直快都要留出的給特殊人物預留的空座位，哪怕是車廂裡乘客爆滿，這幾個座位都是必須空出來的，從中也可看出張樺茹這個女兒在他爸爸心目中的位置。

我一早也全都收拾穿戴好了。她看著我身穿仿毛領棉大衣，頭戴狐皮帽，腳蹬翻毛大皮鞋，一副東北人的樣子，帶著欣賞的眼光上下打量著我，由衷地讚美道，「你這樣子還蠻好看的，像楊子榮。」

「真的？」

「就是少點鬍子，」她補充說，「真像個打虎英雄。你行李帶的多嗎？」

「不多。」我指指地上的兩個行李包，它們的提手上我用毛巾系在了一起，提起朝肩上一搭，一前一後，問道，「怎麼樣？像個跑山貨的樣子吧？」

她笑起來，問，「你這個包怎麼這麼大這麼沉？裝的是啥呀？」

「甜菜疙瘩。鄭文穎幫我在他家買的，帶給老爸老媽嘗嘗。」

張樺茹聽了頓時咯咯笑個不停，「你呀真能逗。甜菜疙瘩！到錦繡江南，千里迢迢，你就帶這個？」

「這不沒東西好帶嗎？」我一臉的無奈，「我也想帶點好東西孝敬二老，但實在是想不起來。人說東北有三寶，人參、貂皮、靰鞡草。人參據說這年頭想買也買不到，即使找到了我也買不起，那都是特供品。另兩樣東西南方人根本用不上。這靰鞡草墊進鞋子裡，到了南方，穿著燒腳。你說還有什麼東西好帶？」

「也是。好了，不說它了，」她笑過後，問我，「要我送送你，去車站？」

「不用。行李不重。再說你為我……付出夠多了，就在此道別吧。」這一刻，我突然感到站我面前的這個女郎對我是如此之重要，它甚至使我體內產生了溫存的衝動，真的，此時我好想抱抱她。

她想想，說，「也行。我送你到門口吧。」

走過趙書記的房間時，我知道此時此刻他還沒來，就把一封厚厚的信從他門縫下面塞了進去。

「這是什麼呀？」她問。

「趙書記要我交的運動檢查材料，說只有交了才准許我離校。對不起了，老趙，老子走了。」

我們在學校門口握手告別。她有些傷感，眼睛望著我突然別過臉去，聲音卻顫抖了，「要有整整五百零二個小時見不著你的人影了。」說完又衝我勉強一笑。

「什麼？五〇二啊？」我忙用玩笑話想衝淡一下愁綿的別意，「用這種膠水把兩個一貼就立馬見到了。」但是她沒有笑，嘴裡只是輕聲說，「這就……走啦？」

「走了。」

「今宵酒醒何處？」她輕聲問。

「楊柳岸曉風殘月。」我也輕聲回答，此一刻，我心裡反而充滿著對她的眷念。

「你快點回來。」她囑咐著。

「很快就能見面。」

「那好，走吧。問候你父母親。」

「謝謝。」

「走吧……」

我大踏步地朝公車站走去，行出好遠，回頭望去，看見她還在大門口的臺階上佇足遠望著我，她那圍在脖子上的紅圍巾像火一樣地燃燒著。

# 18 彭總身邊的劉姐

我回到闊別四年的老家時是在第三天的淩晨。當我乘坐著南京城裡唯一的一條通宵公車線上的公車，從下關駛向新街口方向時，從咯咯作響的車窗裡朝外望去，那闃無人跡的街道，那偶爾見著的挑著菜擔趕早市的菜農們急匆匆的腳步，那透過脫光了樹葉僅留下粗壯梧桐樹幹的照在地面上的路燈投影，那一閃而過的古老的城門……都喚起我久違的記憶，給我的感覺既陌生又親切。

最先開門迎接我的是母親，在昏暗燈光的照射下，我看見她微微蜷曲的華髮中露出星星閃閃的銀光，此一刻我的眼淚幾乎就要流下來了。她卻只是盯著我的臉看，一面揉著乾澀的雙眼，像看不夠似的，嘴唇一癟一癟，只是說，「瘦了，瘦了……」

父親緊跟著也出來了。他是滿頭的白髮，腰板照樣還是挺得直直的，只是我總覺得他的身形彷彿縮小了許多。他看我的眼光仍然是老樣子，威嚴，嚴厲，但也透出欣賞自豪的眼光。

他的話不多，只說了六個字「好好補補身子」，大概就算是最高指示吧，說完就回房間繼續休息去了。

母親看我已經放在堂屋地板上的旅行包，悄聲問，」這麼多的鼓鼓囊囊的東西是什麼啊？」

我說，「是甜菜疙瘩。帶給您看看嘗嘗。」母親打開一看，立刻「呿！」一聲，「我以為是什麼寶貝呢，就這個黑咕隆咚的紅蘿蔔，還背了幾千里？喂豬都不要吃。」

我尷尬得很，心想，就這不起眼的東西，那邊為了「拔絲土豆」還鬧得余老師落下了終身破相，還幾乎把我打成反黨分子，這江南跟東北差距多大啊！我不想說這些，只是解釋說，「這不是你們沒見過嗎？再說東北也真沒什麼稀罕的東西呀，除了餓得前胸貼後背的精瘦的鬼，啥都沒有。」

「好了，」媽媽已經打開了燒煤基的爐門，把鍋墩上去。「我先給你做點吃的，然後就趕緊洗洗，還是回你的屋睡覺。這麼多天夠你辛苦的了。」

媽媽給我做的是一碗餛飩，我只吃了一口，大腦就立刻接收到來自舌尖的味蕾傳來的強大信號，令我渾身一個激淩，鮮得我恨不得立馬死掉，這叫做「朝食鮮，夕死可矣！」。

我又看看地板上還放了好幾件行李，問，「這是誰的？怎麼放這兒？」

媽媽豎起手指擋住自己的嘴唇「噓」一聲，指指另一個離得遠點的房間，悄聲說，「小劉來了，別驚醒她們。」

「哪個小劉？」

「就是你的劉姐。你姐姐也在裡面，她們睡一起。」母親示意我說話小聲，怕吵醒她們正在熟睡，

噢，原來兩位姐姐都在家裡，好多年未見了！我十分高興。我趕緊吃完，草草洗了，踮著腳尖回到自己原來的房間，睡到自己原來睡過的床上，只是被褥都是新洗過的，散發著肥皂的香味。當我的頭剛剛落到枕上，頓時就像是騰雲駕霧般地飛向了天空，我在七彩的雲端，看見七仙女飄然而至，及至近處，方才認出竟然是張樺茹，她那美麗炫人的眼睛，望得我不敢對視，但心裡卻充滿著甜蜜。

我這一覺一直睡到了下午，醒來第一件事就是去敲姐姐的房門。進門一看，只見兩位女軍人正隔著書桌面對面地談心。

我大喊一聲「二位姐姐！」

她倆都迅速站起身來，驚喜地望著我。

姐姐我是一眼就認得出來，她仍然是那樣地美麗，歲月只是讓她顯出一個成熟少婦的風韻。另一位面孔

有點陌生的女軍人帶著疑問的表情問我的姐姐，「他是……？」

「小翼雲啊！你忘啦？」姐姐提醒道。

「啊？」她頓時驚得睜大雙眼，目不轉睛地盯住我看，似乎在尋找我臉上還留下多少以往她所熟悉的痕跡。

「翼雲？怎麼長這麼大了呀？我記得我最後一次見他的時候，他還只比這張桌面高一點呢，怎麼說長就長這麼高，這麼魁，完全是個又棒又俊的小夥子了！」

我連忙喊她，「劉姐。」

「唉！」她響亮地回應著，一把把我拽過去，撫摸著我的肩膀。

我早就知道，劉姐在我姐、以及在我們家中的位置。她叫劉翠芬，是我姐的結拜姊妹。說起來她倆的因緣還有段故事，簡單說，就是在日本鬼子投降之後，我姐姐仍然在南京的鼓樓醫院裡當護士，由於她的業務熟練，工作態度認真，此時已經升為了護士長。有一天大清早，她到醫院後面的鼓樓小山上去鍛鍊，猛地看見樹叢中一個人吊在了樹上。姐姐不敢怠慢，急忙把她放了下來，就地急救，總算是救醒過來了，一問，方才知道她的姓名，因為受不了做童養媳的苦，尋死上吊了。於是姐姐把她留下來，又供她到鼓樓醫院的護士培訓班學習，幾年過後成了一名合格的護士。從此她倆就義結金蘭，成了生死與共的一對。二十世紀五十年代，黨中央組織部要選拔一批在中央首長身邊工作的專職護理人員，階級成分是一條死杠杠。那個時候好像有個不成文的規定，「童養媳」就屬於最苦大仇深的一類，比燒紅的蝦子還要紅，算作是「產業工人」成分了。於是劉姐就被選到了中央任彭德懷司令員的專職護理。我見到她的時候，都是在這之前，從她到了中央以後，就再也沒有見到過了。如今一晃十好幾年，我們真是在街上即使遇見也認不出來了。至於我的姐姐，我在去京城上大學之前，她跟姐夫就已從四川被調回了南京。姐夫在南京的軍事學院做教員，姐姐就在軍事學院醫院裡工作，只是我在大學期間沒有見面，算來也快五年了。

劉姐見到我，熱情地拉著我手招呼我坐下，問我這些年來過得可好？我注意到她，軍人的領章帽徽都沒有了，只是穿了身軍服，看這樣子，她已經復原了。我一想，正好，眼前正有一位來自中央高層工作的姐姐，中央的政策她肯定要比我們知道得更清楚，不如今天趁這個極其難得的機會把我心裡的那些問題當著兩位姐姐的面，拿出來請她們指教指教，也算是我的一番畢業工作後的彙報吧。於是我就把這半年在東北工作中所遇到的事情，我的苦惱，統統都倒了出來。我講起我的教學、科研和農村的勞動，講起了我在農村中得了急性胃擴張幸虧想起了姐姐平時的傳授才救了自己的性命，我也講起我受到的獎勵，以及最後的「新雙反運動」我因為替余老師說了幾句公道話反對了趙書記的多吃多占大搞特權因而差點被打成「反黨分子」，以致連剛剛評上的先進也被取消了還差點不准我回家……

在我講的過程中，兩位姐姐都臉色嚴肅神情十分專注地聽，末了，我就問劉姐，「我就不知道『新雙反運動』是個怎麼一回事？難道『反浪費反保守』是要反我這種人嗎？為什麼我幹得這麼努力，他們怎麼說翻臉就翻臉，把我做的那麼多的成績一筆勾銷？」

劉姐聽我說完，接著我的話題就說下去了，她畢竟是一直在高層工作，說話、氣度就是不一般，講話很到刀口。她說，「翼雲小弟，聽你一說，我知道你幹得很好，做得很對，跟你姐的脾氣完全一樣。你所講的『新雙反運動』我還真的沒有聽說過。我只知道原先有一個『雙反運動』，說白了，就是在高、中層幹部以及在高級知識份子當中再進行一次『反右』的補遺搜漏的工作。但是因為全國的發展極不平衡，從反右開始這些年來運動一個接一個，很有可能到了你們的邊疆地區，又走了樣變了味，變成了某些政治品質惡劣的人立下的名堂來整治異己的運動。你的情況我不覺得有什麼了不得的問題，分明是你們書記的打擊報復。至於你想告他，憲法、黨章都寫了這些權利，但實際上中國的現實是說歸說，做歸做，是不能當真的。你要是當了真，反倒極有可能是家毀人亡。原因正像你那位叫張樺茹的同事講的那樣，我們黨的信訪制度根本沒有什麼規範，極有可能信件又回到被告者的手裡。這方面的事例太多了。你說自己想不通，我比你更想不通呢。」

姐姐也在一旁說，「你說自己的先進稱號說抹就抹掉了，你委屈，想不通。你畢竟還太年輕，見的事太少。這在我們中國，可以說是司空見慣，你只要得罪了單位的主要領導，不管你有多大的功勞，都可以一擼到底。你那個先進稱號算得了什麼呀。你想想反右以來發生的那些事還少嗎？」

我當然明白，姐姐說的不錯。

但是我還不甘心，我想既然劉姐是彭總身邊的人，能不能請她向彭總反映一下情況，只要彭總說句話，那個趙恒泰算個什麼東西呢？

不料我把這話一說，兩位姐姐反而面面相覷不吭聲了。停了好一陣子，姐姐徵求劉姐的意見，「翠芬，不如告訴翼雲真相吧。他不會到處亂講的。」

劉姐想想，這才對我說了實情，「翼雲小弟，你以為我這次是來遊山玩水嗎？不，我剛剛復員了。原因呢，實話告訴你，彭德懷老總是犯『錯誤』了，黨內的『反右傾機會主義』，毛主席反的就是他，他早就在黨內失勢了。毛主席讓他反省。我也就申請復原轉業了。我這次來南京是最後跟你姐姐見一面好好話別，完了我就跟愛人一道回故鄉南昌了。我跟彭總在一起的時間很長，這些年來，他常常做社會調查，只帶兩個人，一個是我，另一個是警衛，微服私訪，走村穿巷。我不瞞你弟弟，我們見到的農村和底層的實際情況真可以說是觸目驚心：幹部特權，欺上瞞下，欺壓百姓，民不聊生，有些地方甚至出現人吃人的現象……彭總每天回到住處都是緊鎖眉頭，一言不發。別說是你反映的趙書記的事，就是彭總親眼見到的大量的事實他又能到哪裡去反映，去傾訴啊？他不是稍稍反映一下問題就全給擼了嗎？」

我真的沒有想到，情況是如此地嚴重！這太出乎我的想像範圍之外了！

劉姐又說，「現在你知道了吧，得罪了第一把手後果是多麼嚴重？彭老總可是跟毛主席一起打江山的開國元勳，大功臣，大重臣，一言不慎，照樣『身敗名裂』！翼雲小弟，想開點吧，你那點先進稱號又算什麼呢？」

劉姐的話讓我深受震動。我原以為頂上面那就像是奧林帕斯山上的宙斯，一定是光芒四射，聖潔無暇，沒想到也……我簡直不敢往下想了。

「這麼說，上面也……也……」我不知道該用什麼詞來形容了。

「你是想說『不乾淨』？」劉姐嘴角露出了一絲嘲笑，「豈止是……啊……？」

姐姐還是那個性格，心直口快，馬上岔岔地插句嘴，「簡直太……太……唉！」連她都把話吞下了肚，想必是情況遠遠超出了我的想像。

「這麼多年來，」大概是打開了話匣子，劉姐還是平靜地往下說，「我一直跟著彭德懷老總，他的為人我十分清楚，我相信他是個頂天立地、無私無畏的大丈夫。我隨便說點輕鬆的話吧。這些年來，只要是微服私訪，我們一行三人當中，最辛苦的你們猜是誰呢？就是彭總的警衛員小王，因為彭總不允許他貼身跟在他身邊，他喜歡一個人到處亂鑽，總是跟他捉迷藏。彭總說，『小王，我放你的假，你自己找個地方去玩，也讓我輕鬆一些。』小王說，『這是上級交給我的任務，我要完不成，我怎麼向彭總、向組織交代啊？』彭總就笑了，『小王啦，我這次下來也是組織交給我的任務，就是要瞭解百姓的實情。你想想，我跟老百姓交心，旁邊站著個腰裡杵著槍的人，這算怎麼回事？人家還跟你掏心窩子嗎？要讓你完成了任務，我的任務就別想完成了。既然你還喊我老總，你就聽我老總的命令：休假！』」

劉姐的話活脫脫地勾畫出了一個心系人民群眾的「彭大將軍」的親切感人的形象。她又接著說，「有一次，還出了一件事，我看見小王在偷偷抹眼淚，我就問他，『小王，怎麼啦？誰氣你啦？』小王趕緊抹去了眼淚說，『挨彭總訓了！』『怎麼回事？說說。』小王這才把前因後果告訴了我。原來是他又一次把彭總給弄丟了。小王急得到處亂找，最後終於在一條十分偏僻的小巷檔裡才把彭總找著。看見彭總時，他正跟一個賣餛飩的老頭兒就坐在一家人家的牆根下背靠著牆聊得正歡，彭總手裡還端著一隻空碗，大概是剛剛吃完了餛飩。小王趕緊跑他跟前，敬了個禮，大聲喊『彭總，您在這兒啊，你讓我找得好苦啊！』那個老頭兒嚇了一跳，跳起身來，結結巴巴地問，『你，你你你……是彭德懷司令員？我……認出來了！該死該死，說了那麼多不中聽的話。我該死！我該死！』邊說邊自己抽自己的嘴巴。回來後彭總把小王那一頓尅啊！彭總說，『小王啊小王，要不是看在你一直跟著我鞍前馬後的份上，我簡直……簡直要抽你一頓！你說我跟人家談的好好的，你偏來攪什麼屎棍子？你說擔心我的安全，我老彭原本就是個老百姓，百姓跟百姓交心，我怕什麼？誰會來殺我？啊？』彭總的話，我聽了眼淚也出來了。他真是個共產黨裡的好人啊！」

劉姐這會兒是真動了感情，她抹了下眼角邊的淚水，說，「我這次來，一來呢，我心裡也是憋了一肚子的話，我想找個親人澈底傾訴一番，你們說這些話我能跟誰去講？只有我的好姐姐，換了別人只能把這些話爛在心裡；二來呢，翼雲小弟，我也可能是最後一次跟你，我的小弟弟見面了。這回能碰巧見到你，我真的十分高興。我老家在江西，將來你如果有機會，到南昌來咱倆再見面……」說的姐姐也跟著流下眼淚。

之後的幾天，姐姐、哥哥和我，都儘量陪著劉姐到處走走，散散心。有一天，我跟姐姐和劉姐一道逛玄武湖公園，我們沿著湖邊邊走邊聊著，劉姐突然問我，「翼雲，你們黑龍江有餓死人的事嗎？」

我聽了一愣，回答說，「我自己倒沒有親眼見到，但糧食的短缺已經到處可見，城市治安很差，農村裡餓死人的事我聽說了一些，挺嚇人的，也不知是真是假。」我記起鄭文穎對我說過的話，說，「農民對統購統銷意見很大，許多地方把農民的口糧都搜得底朝天，最後餓死人。」

劉姐聽了若有所思，隨後冒出的一句話更令我不寒而慄，她說，「中央似乎有個精神，叫『犧牲農村，保住城市。』我怕下面農村要死更多人了……」然後就一語不發了。

在接下去的幾天裡，我們說了好多好多的話。儘管劉姐講的依然很有分寸，往往只是蜻蜓點水，含混帶過，但誰都能猜出那背後的意思是什麼。劉姐只是一再關照我們，到了外面千萬不要跟人說。她也承認，「我這也是犯了組織原則了。不過我既然已經脫下這身軍裝。回老家後，我跟愛人商量好了，躬耕隴畝，歸隱南山，從此再也不問世事。」

送別了劉姐後，哥哥開始執行父親吩咐的讓我「好好補補身子」的最高指示，具體的做法就是每天去中央商場為我訂一份「營養餐」，價格不菲，二元一份，四菜一湯，內容相當豐富，只是因為需求甚旺，必須提前搶佔座位。父親告訴我，家裡兄弟姐妹都有工作，我的錢就不用再寄了，已經寄來的讓你吃到肚子裡去。我這麼一對比，方才感到江南勝地跟東北真是天差地別。這裡雖然也據說是「自然災害嚴重」，糧食定量也是少得可憐，魚肉油糖也都要憑票供應，配給的菜蔬大多也是「飛機包菜」，街上也常見到面容浮腫的人，據說因營養不良而得了肝病的人也比比皆是，但飢餓狀態絕不像東北那樣嚴重，原因就是副食品的來源千渠百脈，民間始終涓流不絕。從一些來我家看望我父母親的鄉下親戚嘴裡，我瞭解到江蘇、浙江兩省農村的管理不像東北一刀切死沒有絲毫餘地，用階級鬥爭的觀點看，就是「資本主義的尾巴」割的不乾淨，儘管一旦被上級發覺也是「堅決懲處不貸」，但實際上許多村幹部只是睜隻眼閉隻眼甚至自己帶頭幹。經這一番瞭解，什麼是好，什麼是壞，我心中已經有數了。

有一天星期天，姐姐又回來了。母親、姐姐、哥哥和我一塊吃中午飯，母親突然停下了手中的筷子，問我，「翼雲，你今年實足已經二十二歲了，有對象了沒有？」

我也不知是怎的，一下子就想到了張樺茹，猶豫了一下，還是搖搖頭。我心裡很明白，若論起這半年來東北有誰能稱得上是我的紅顏知己，非張樺茹莫屬，但若論起我的對象，我還真的不敢提到她。我們真的好到了無話不說，可是卻從來沒有談過戀愛，我們誰都沒有說起過這個字。

母親對哥哥說，「你把那封三叔的信跟他說說。」

「三叔？你們說的難道是……我……爸爸？」我奇怪地問，「是在香港的我生父嗎？怎麼，他給你們來信啦？我記得我還是很小的時候見過他，現在都沒印象了。」

三哥起身從他房間裡取來一封信。我一看這是封來自國外的信件，不光是上面有中文也有英文，連信封式樣跟國內的都不一樣。從信封上的郵戳看，這封信是從香港寄來的。這樣的來自境外的信件，我平生也是頭一回見到。

哥哥對我說，「有件事要告訴你，你權當是作為一個話題先考慮一下。你生父解放前就到了香港，一直是音信斷絕。前些日子我們突然接到這封信，信裡講的是你爸的近況。他現在定居在香港，生活過得還不錯，有自己的產業，在澳洲的悉尼郊外還有自己的莊園。他唯一的缺陷是沒有後嗣，考慮到他的家產將來無人繼承，他想跟爸爸商量，讓你去繼承他的家業，所有的法律手續都由他來辦理。爸爸他們兄弟間關係一直很好，當初也是考慮他這個三弟喪妻之後孤身一人獨闖海外會面臨許多困難，所以毫不猶豫地答應收養了你，這麼多年你也知道，爸爸媽媽拿你完全當親生兒子養，你也跟我們完完全全是親兄弟。但是現在三叔也就是你爸年紀老了，身邊沒有子女也的確是個問題，所以爸爸同意了你爸的意見。自然，這件事最後的去留還得由你決定，先讓你知道一下，供你考慮。」

哥哥的話令我有點雲裡霧裡，一時沒回過味來，也不好說什麼。因為香港我從未去過，更遑論澳洲。它們對我而言，實在是太遙遠了，唯一的印象就是香港是「紙醉金迷」「腐朽資本主義」的代名詞，至於澳洲，只在小學地理課本上的一副插圖上見過，上面畫著胖胖的綿羊，後面還有一隻立著的袋鼠，其他什麼也沒有。

姐姐也把信封拿在手裡翻來覆去地看了幾遍，聳聳肩膀，「得，我也準備脫下這身軍裝了。」

哥哥也皺著眉頭說，「這封信早不來遲不來偏偏這個時候來，是很麻煩。」

姐姐笑著問，「你說什麼時候來就不是個麻煩？」

媽媽有點不解，問，「這有什麼麻煩？不就一封信嘛？」

哥哥說，「媽媽你不懂，麻煩大著呢！這就叫『海外關係』。我們家的出身問題已經夠麻煩的了，現在又添上一條『海外關係』，你說還有個好嗎？」

媽媽還是不懂，有點不高興，「『海外關係』就『海外關係』吧，不能說自家的親戚都不能認了？認了就犯法啦？再說了，只要你們別到外面去亂講，誰能知道我們有這一層關係呢？」

姐姐畢竟是軍人，政治上的事比我們清楚。她解釋給媽媽聽，「媽，『海外關係』呢，就好比境外敵對勢力闖了進來，你說問題嚴重不嚴重？你說只要我們不對外人說，誰都不會知道。媽你真是太天真。這封信能讓它進來，肯定是經過了公安部門的手，我們家早就被登記在案了。」

姐姐這麼一說，反倒讓媽媽犯愁了，「這麼說，你三叔的信不是反倒給我們帶來麻煩了嗎？」

「媽，別煩心。是福不是禍，是禍躲不過。家庭出身已經這樣，即使再加上『海外關係』，無非是『債多不愁，虱多不癢』，又能拿你一個家庭婦女怎麼樣？沒准還給翼雲多一條選擇的出路呢。」姐姐安慰著媽媽，「你整天只知道上街買菜，只知道青菜多少錢一斤，人家公安哪有心思注意你？」

姐姐這一說讓媽媽更不放心了，「你這一說我覺都睡不踏實了。你看電影上的特務不全是上街買菜做家務的老太嗎？」

說的我們全都笑了。

這封信就這麼過去了，除了增加了巨大的心理陰影外，什麼也沒有留下。至於我，不論香港還是澳洲，對我都是個遙遠的連在夢境中都沒有出現過的一張圖片。去不去香港或是澳洲生活？我無可無不可。我這個人，已經是在距家最遠的地方工作了，再遠點也不是問題，既然信能寄過來，人去了當然也能回來。總之，別說是家裡人，就連我自己也沒有把這事放心裡，這就有點像是「有獎儲蓄」上的頭號獎，雖然設在那裡，但在還沒抽獎之前，誰也不會把這事放心上一樣。

高興的日子都是過得很快的，轉眼寒假就快到了尾聲。有一天，我去新街口百貨大樓去轉，猛然撞見了我在京師大學的同年級的一位女同學。我跟她本不熟悉，但她一度時間裡不知腦子裡哪兒搭錯了筋，對我居然很有意思，先總是出現在自修教室裡我身旁的座位上，見面總找些話跟我搭訕，後來乾脆給我遞條子了，我就裝呆，沒有回應她。反右以後，我聽說她成了積極分子，畢業時就留校了。對這樣的人我一向是敬謝不敏的。然而偏偏是在新街口百貨大樓裡的一張櫃檯前迎面撞見，她立刻認出了我，伸手指住了我的臉：

「是你！」

我也只好說，「是你？」

我看她胸前別著「京師大學」的紅校徽，意氣頗為奮發。我胸前可是什麼都沒有，那枚「天河師專」的校徽上了火車我就收起來了，這裡的人誰知道它是什麼鳥蛋？

她仍然很熱情，「啊呀，太高興了，在這兒碰上你！我們找個什麼地方坐坐？」

她這一說我反而推辭不得了，再怎麼說也算是同學一場吧。

我說，「就在近旁有個『三星糕團店』，名氣很大。那裡的赤豆羹很好，我請你吃。」

我們選了個靠窗的桌子等人走開了坐下。像這樣的甜品店在北方是幾乎已完全絕跡。大饑荒的日子，誰都想在胃裡增加點糖分，而這裡的糖居然完全沒有兌進糖精，僅此一點就足以令人嘖嘖稱奇。另外一點也很值得稱道，就是這個店除了用主食做的甜品諸如「四喜湯糰」、「酒釀元宵」、「桂花馬蹄糕」之類的要付糧票外，非主食類的一律只付錢不需要付糧票，錢收的也很公道。以上兩點就足以令南京傲視全國各地的了。赤豆羹就是不需要糧票的甜品，兩毛錢一碗，是這個店的特色產品，價格雖已加過，但並不太離譜，所以前來光顧的顧客很多，儘管是在新街口鬧市區，店面也還上相，但裡面就像個單位的大食堂，和各地一樣，服務員是沒有的，大家都是工農兵，誰服務誰啊？我去排隊買了兩碗。

她端著碗，沒動調羹，只顧跟我說話，很是興奮。我靜靜地聽她講。

畢竟她身處北京母校中心位置，消息當然比我靈通，我從她嘴裡瞭解到我的許多同學別後所經歷的種種不同的人生。

「你還記得周季斌嗎？」她突然問我。

「哪個周季斌？」

「就是鼎鼎大名的學生中的那位校黨委委員。」

經她一提，我猛然想起來了。這可是我們同學中的頂級紅。他是印刷工人出身，家庭也是純粹的產業工人。由於他從小好學，通過自己的努力，考取了京師大學，曾經出席全國先進青年積極分子代表大會，和毛主席握過手，拍過照，還受邀登上了天安門城樓。反右當中，他作為學生中的左派代表人物，參加了學校黨委領導的反右鬥爭，擔負著極重要的對極右派學生的處理工作。

「他怎麼啦？」我問。

「他呀，闖了大禍了！」她痛心疾首地直搖頭，「你說一個人怎麼會好好的日子不想過，非要跟自己過不去？」說著她大致地講了一下經過。原來他對如何處理那些極右分子的同學越來越「心慈手軟」，於是跟黨委書記兼副校長何錫林發生了嚴重的衝突，據說最後鬧到相互拍桌子大罵的程度。周季斌罵何錫林是打擊報復製造冤案心狠手辣，何錫林則罵周季斌是混進黨內的階級敵人。周季斌一氣之下，宣佈辭去學校黨委委員的職務，並宣佈立即退黨。

那一天，周季斌獨自一人蹲在學校大門口，地上攤著他自己買的馬列著作和毛澤東著作，他統統都不要了。在反右鬥爭取得了全國性的決定性勝利之後，全國人民都緊密團結在毛主席周圍乘風破浪意氣奮發大躍進的時刻，居然發生了這樣的事件，性質可想而知是何等嚴重！那一天，據說是京師大學校門口觀者如堵，通往北太平莊的公車都停了。周季斌卻自始至終，蹲坐在地上，一言不發。這件事當天就成了全北京的轟動性新聞，事件迅速傳到了黨中央，令中南海十分震驚。處理決定迅速下來了：開除黨籍，向全黨通報。

這個消息我是頭一回聽到，也令我極為震驚。我眼前立刻浮現出周季斌那瘦削的身影和蒼白的面容，在我的印象中，這是個很老實很平和的人，怎麼會做出如此激烈的舉動？我想，也許是他在處理右派同學的時候越來越多地發現了「莫須有」的荒唐，越來越多地掌握了何錫林的許多見不得人的事，他的良心承受著越來越大的重壓，終於他承受不住了，爆發了。也許他在選擇進行公開反抗的時候還心存幻想，覺得自己是產業工人，毫無污點，是黨的最基本的依靠力量，黨絕不會把他拋棄，因而他有恃無恐，換做別人是絕不會有此膽量的。不管怎樣，他總算是做了一件對得起自己良心的事，是值得人們尊重的。由此我又立刻聯想到了彭德懷元帥的境遇，我才知道自己的過去一直是生活在一個美好的夢幻中，而如今，蒙在現實生活外表的美麗外衣一下子撕開扯下了，露出了那赤裸裸的猙獰和殘酷！

「我真是想不通，」這位女同學為周季斌大為惋惜，「他原本可以一路順風地將來坐上學校領導人的第一把交椅，可他偏偏不要，我不知道他到底想要什麼？」

「也許，他想要的是良心的安寧。」我試探性地說。

「我不同意你的意見。」這位同學立刻亮出左派立場，她儘管臉上還是帶著不自然的笑容，但語氣明顯是在反駁我了，「良心是有階級性的呀。難道你說的良心應該是站在右派那邊的嗎？對那些反黨反社會主義的代表人物，難道不應該堅決澈底打倒嗎？你呀，岳翼雲，我看你受『人性論』的那套毒害還蠻深的。」

她說到這裡，我覺得這赤豆羹整個都變了味，我放下了手中的碗。

我說，「我已經吃完了，對不起，我還有些事情要去做。我們今天是不是……？」

她還沒等我把話說完，就連忙又拽住了我的手，「有什麼事情能讓你忙成這樣？好容易見個面，再陪我坐一會兒。對了，我還沒問你過得怎麼樣呢？」

我於是面帶笑容地告訴她，「我的變化嗎？我新近結了婚。對象是南京軍區某大首長的女兒。說來不好意思，是親戚從中撮合，沒想到她見了面後反而一口咬定非我不嫁了。」

一句話把她說得臉色由白轉黃，再由黃轉灰。我於是跟她客客氣氣的擺擺手告別了。

就在寒假快要結束之前，我收到了張樺茹寄來的一封信。當郵遞員敲我家門的時候，我正在起勁地在鐵鍋裡熬制甜菜糖。這些像紅薯似的圓疙瘩，媽媽拿它不知怎麼辦才好，南方人幾乎從未見過，送人沒人會要，扔掉了又可惜，畢竟是兒子數千里以外背回來的。我說，乾脆我來熬糖吧。於是我把甜菜疙瘩洗乾淨，切成很小的塊兒，在鐵鍋里加些水，放進水裡大火煮。水滾開之後，甜菜汁很快就流了出來，它們慢慢地變成了暗紅色的糖稀，等甜菜塊兒裡的汁析出來差不多了，我再把甜菜渣取出來，剩下的就全是甜菜熬出來的糖稀了，我再用小火慢慢熬著，糖稀就變得越來越稠，顏色也從橙黃慢慢變深，像是橘紅色的透亮的琥珀。

媽媽在一旁饒有興致地看著我搞。我用筷子挑出一小坨糖稀送進媽媽嘴裡，糖稀拉出來的絲好長好長，像一根頭髮絲晶晶亮，遇到冷空氣很快就變硬變脆，輕輕一碰就斷了。媽媽嘗了嘗，說，「味道還不錯，不像蔗糖甜的那麼純正，但也有股子香甜之氣。」這件事很費功夫，也只有我能做，因為我在學校食堂裡見過王師傅做過——原來學校每回做「拔絲土豆」都是先熬甜菜糖稀，這是現炒現賣的活計。

就在我的糖稀愈來愈稠的時候，郵遞員敲門了。我招呼媽媽幫我關火門把糖起到空罐頭瓶子裡面，出門接了信件，一看信封上面的字跡就知道是張樺茹的。信是七天前寫的，裡面用信紙包裹著一張美麗的樺樹皮做成的她的相片書簽。打開信紙，內容是盼望日子快點過去，寒假快點結束。信中告訴我，春節前夕趙恒泰書記找了幾個人到學校聚餐，受邀的有姚主任、教育科的孫主任，他們兩位都是家住哈爾濱市的，另外就是張樺茹跟史建軍兩個「特殊嘉賓」。席間從趙書記說的話裡並沒聽出「新雙反運動」還有哪些進一步的安排，因為第一件緊迫的事就是開學後學校就要搬家到海倫縣去，原因是開春後青黃不接，糧食供應極為緊張，省裡決定許多單位要從大城市下放，天河師專屬於松花江地委專署，遷出哈爾濱市勢在必行。這件事很緊迫，已經無暇他顧了。第二件事倒是趙書記說得最多的，據說是在安達地區找到了石油，傳言很多，說得神乎其神。他說，那肐噠有石油那早在滿洲國那會兒日本人就發現了。有一回，一個日本小隊長進了那大草甸子，遇見了一隻狼，他回頭一槍，狼沒打著，槍子兒打進了土裡。沒成想，這一槍打出了一個石油礦，只看見那石油嘟嘟地打槍子兒窟窿中朝外冒，黑咕拉稀的。鬼子得知這個消息，立馬派了地質勘探隊來勘察，為了保護勘探人員的安全，鬼子還特地又加派了一個步兵團，結果呢，那個團進了草甸子就失蹤了，沒影了。據說是碰上了成千上萬只狼，一下子被狼全滅了，從此日本人就再也不敢踏進安達這塊地方。現在呢，國家正缺石油，勘探工作早前就一直在進行，估摸著今年會有大行動。要真那樣，安達可是屬於松花江地區，咱專區富得流油不說，天河師專鉚不定就得在那兒建自己的校舍。總之這一年肯定忙得不消停。信的最後還說，寫完了這封信，屈指算了算，還要等待二百四十八小時才能見上面，真有點度日如年的感覺。

這一天碰巧姐姐又回來了，她眼疾手快，一把從我手中拿走了那張樺樹皮書簽。

「什麼東西啊，亮的晃眼？」姐姐在我面前習慣於先斬後奏，拿到手裡只一看，就「呀」一聲，「這是真人還是畫的啊？」說完又一手奪過了我手裡的信，看完才狡黠地望著我，「翼雲，講老實話吧，談戀愛了吧？」

我感到臉紅了，忙分辨說，「哪裡話。我們就是平時說得來，但就是連半個『愛』字也沒提起過。不瞞你說，我這次回來的火車票還是她幫我買的呢。」

姐姐眼睛逼視著我，不相信地眨巴著。她這個人只要是覺得對方說謊話就是這個表情，眼睛能眨得人心裡發慌。

「我騙你不是人。」我再次表白。

「不是愛情，你臉紅什麼？不是愛情，過日子能數著分別了多少個小時？」姐姐再次拿起書簽對著照片仔細端詳起來，問我，「俄國人？」

「不，混血兒。她爸是俄羅斯族，她媽是滿族。」

「混血兒好，漂亮。難怪長得像天造尤物。」姐姐語氣裡充滿著讚美，「家裡是幹什麼的？」

我只得一五一十地把前面的那些事都念叨了一遍，再三保證「真的，不是戀愛。你們想想，她是什麼出身？我們是什麼出身？換在舊社會，人家就是貴族階級，我們只是比奴隸略好一點的平民階層，可能連平民還不如。我敢朝那上面去想嗎？」

「你說的也是。」姐姐贊同我的看法，她把照片遞到媽的手裡。媽媽看著看著，眼睛濕潤起來，「真是頭回見到這麼好看的美人！唉，怕的是有緣無分呀。」

「聽你的介紹，這孩子人品相當不錯啊！」姐姐又把照片拿過來仔細摩挲著，我看出來，她很欣賞張樺茹。一直等她看夠了，她才把照片書簽還給我。

這真是一枚製作極其精美的書簽，它是由一枚帶有象徵派特徵的鑰匙形狀的硬紙板做底板，上面貼上了光滑如緞的樺樹皮做成的。頂端略帶橢圓，邊緣一轉有細齒，齒槽裡勾連交織著密密麻麻的五彩繽紛的絲線，織出一圈中部鏤空的相片邊框，在中心鏤空的圓裡，嵌著一張張樺茹的半側面頭像。這是我十分熟悉的相貌，蜷曲的麗發飄灑在肩，她那深邃攝魂的眼睛在遙望著遠方，充滿著期待和憧憬，彷彿在等待著霧海中的孤帆……我知道，這絕對是出自她的手工製作。

在看到她的照片的那一剎那，我不知怎的，胸中彷彿湧起一股大浪，衝擊得我的心柔軟得發痛。張樺茹在我腦海中的印象一下子被喚醒了，啟動了，變得觸手可及似的。她瞳孔裡那一星晶亮的光，她嘴角那一絲含而不露的笑靨，她面頰上漾起的那若隱若現的酒窩，讓我一下子想起她在那月黑風高的莽原上孤身一人躍馬揚鞭為我求醫的身影，想起她在趙恒泰點我名字的會上她從容平靜的推辭掉先進稱號時綿裡藏針的言辭，想起她在我求票無門的時刻她站在我門外不停地倒著腳嘴裡說著「這兩天我可一直在找你……」那委屈的聲音……我的眼裡立刻朦朧了。我突然意識到，我愛上她了！千真萬確，愛得從來沒有過的強烈，這股濃烈的情感把我的心都要搓揉碎了。我第一次體驗到愛情原來是讓人心痛的。

「哎哎哎，」什麼都瞞不過姐姐的眼睛，原來她一直不露聲色地在一旁觀察著我，「露陷了吧？露陷了吧？還說沒有愛情？瞧你那眼神，一蹭都能擦出火花來。」

我趕緊收回了心猿意馬，說，「姐姐，你放心，我能把握住自己。」

「那就好。現在階級鬥爭要年年講，月月講，天天講。你跟她之間橫著一道不可逾越的階級鴻溝，腦子裡要清醒。我不是說你們之間完全就不可能，關鍵是要看她，更要看他家裡人的態度，因為沾上你他們家就沾上了甩都甩不掉的稱作『複雜』的社會關係，將來有可能就限制了人家的發展。」

姐姐的話令我心頭升起一股憤懣，我不由得脫口而出，「姐姐，你說我們是什麼階級？父親解放前地無一壟，廠無一間，他完全靠的是政府的工資生活，憑什麼說他是剝削階級？馬克思哪一句說他是剝削階級？」

姐姐也挺無奈地回答，「那不是由你說了算，是由毛主席說了算的。他說你們知識份子是資產階級，你就是資產階級。」

「那他自己又是什麼階級？他父親不是富農嗎？」這句話在我心底已經憋了很久了，直到今天在親人的面前才敢說出來。

「行了，別胡扯了！」姐姐厲聲制止我，「弟弟，你喜歡思考，但政治是不容你思考的。你的這些想法千萬不能讓它們露頭，那是要招致殺身之禍的！」

「你放心。」我放緩了語氣，「你弟弟還沒傻到那個地步。我早就看出來了，革命無非就是讓一些原先壓在底層的人翻過來再把其他人壓到下面去。既然看清了，也就無話可說了。誰叫你是我的姐姐呢？弟弟是把你當做最親的人才說真話的呀。」

姐姐嚴肅地望著我，眼裡流露出擔心的神色。

轉眼間，寒假就要結束了。在距離行期還有三天的時候，我特地去車站售票處看了一下，發現一個奇怪的現象，那兒的開往東北的車票並不緊張。怎麼一回事？來的時候，往南方的車票簡直是一票難求，難道那些人不回去了嗎？我不去想了，只是決定不去找張樺茹的爸爸認識的南京車站的那位領導的關係，就在售票窗口買了直達聯票。

餘下的兩天時間，我腦子裡一直轉著該買些什麼禮物謝謝張樺茹。我去了江蘇省手工藝品大樓，這是屬於省輕工局的國營單位，我一定要找我們江蘇省的最有特色的工藝藝術品。我看中了一把檀香扇，兩塊錢一把，扇骨完全用優質的檀香木製成，扇面則是絹絲的，打開來，是一幅傲雪寒梅的圖畫，送來了淡雅高貴的檀香。我又挑中了一串東海的珍珠項鍊，顆顆圓潤飽滿，玉瑩晶亮，價格雖然高達十元，是箇中商品最貴的，但我十分喜歡，換在平常，我是買不起的，但既然爸爸允許我工資自用，我當然願意為張樺茹做一次付出，因為我能想像出它戴在張樺茹的脖子上會是何等地美麗。我又去了新街口南北貨商店買了兩盒綠豆糕，這是不需要糧票的，但要憑計畫，每戶每月只能購買兩盒。家裡把計畫給了我，我決定一盒送張樺茹，另一盒送給鄭文穎，我謝謝他幫我保管日記本，還讓我帶回了甜菜根，我也以甜相報吧。

離家的時刻終於到了。我的伯父-爸爸還是老習慣，送我只送到自己房門口，絕不多邁一步，揮揮手聲音洪亮地說，「好男兒志在四方。不要掛念我們。到了寄封平安家信。」

媽媽——我從小沒了母親，我理所當然地還是喊她媽媽——送我到大門口，她動了感情，擁抱著我，口中喃喃著，「兒子，你翅膀硬了，飛吧，向著北方你心中的那顆白樺樹，飛去吧……」

# 19 珍珠情

我抵達天河師範專科學校的時間是三天后的早晨六點多鐘，這時候應該還沒有什麼人來，但是在大門口的臺階上，我已經看見了一朵鮮紅的火苗在燃燒。

我們相距老遠就都高舉起雙手相互打著招呼。她見到我時還舉起她那帶著棉手套的手在我手套上擊了一掌，「耶，你到底回來了！」那股高興勁兒溢於言表，感歎句後的第一個問句就是，「我的信你收到了嗎？」

我高聲說，「收到了。書簽做的美極了，尤其是照片。是你做的？」

「還能是誰呢？」

「我一猜就是你。」

「你可真能猜。」

我又問她，「大清早，你怎麼在這兒？難道是等我？多冷啊！」

她只是嘻嘻笑，「我算定了你一準這會兒到。別忘了全國的火車時刻表我再清楚不過。你一路走我一路都能掐准你的點，知道你到哪兒了。來，我幫你拎東西。」

「不不，一點都不重。」我問她，「王瑞祥回來了嗎？」

「沒呢。」

「那我請你到我宿舍去，我有點東西帶給你。」

「什麼東西啊？」她笑得陽光燦爛，高興得很。

她隨我來到了我宿舍，邊走邊問個不停。打開門來，一切都照舊，只是人走和人來時，心情完全不一樣了。這趟回家，我瞭解了、接觸到多少社會現實，我對很多問題思考更深刻了，同時對自己內心的情感變化已經從朦朧變作清醒。

我從旅行袋裡取出禮物交她手中，她立刻被禮品盒的外包裝驚得睜大眼睛，連問，「你別嚇我好不好？你帶的是什麼呀？咋這麼漂亮呢？」

我先打開了檀香扇的盒子，她一聲驚叫，「呀，好漂亮的摺扇！好香啊！」

我又打開了珍珠項鍊的匣子，她只一看，臉就興奮得一下子脹紅了，這紅，很快就染到了她的耳根，傳到她的白皙的脖頸，我想，她可能從來沒有見過我們錦繡江南的天地精華呢。

「這……這……是給我的？」她不敢相信自己的眼睛。

「這是我的一點點謝意。」

「這麼貴重。我怎麼能收呢？」她猶豫著，最後還是決斷地搖著頭，露出一臉的沮喪，「不，這禮我不能收！它太貴重了！」

「難道能跟你對我的友情比更貴重嗎？」

我對友情的讚美令她的臉又紅了，她不好意思地瞅我一眼，立刻垂下了眼簾，但就在這目光一閃間，我瞧見她眼裡充滿著羞澀，感動，和難以掩飾的高興，但還在推辭著。我問道，「莫非你不喜歡？」

「不不，喜歡極了，就是不好意思收下來——我平生從來沒有收過人家的如此貴重的東西。」她說話真是老老實實，「我要是收了，我會覺得欠了你的太多了，我良心會不安的。」

「樺茹，你怎麼能這樣說話！」我裝作不高興的樣子，「你這樣說話就生分了。你也承認我倆是無話不說的好朋友，好朋友之間不興說這樣的話。你要是真不想要，」我想激她一下，故意把臉別過一邊，「那就還給我吧。我可是千里迢迢專為你帶來的，你這就是看不起我。」

她沉默了會兒，看我沒理她，便碰碰我的手，「你生氣啦？」

我故意不吭聲。

她又碰碰我，求我說，「你別生氣呀。」

我還是不理她。

她再次碰碰我，猶疑著說，「那，你要是生氣，那我就……收下來？」她說話的口氣像個認錯的孩子。

「你早就該這樣說了。樺茹，你平時那股子爽快勁兒到哪去啦？這麼扭扭捏捏的，哪像個滿族人的後代？」

「那不都讓你們漢族同化了嗎？」她有點不好意思地辯解著。

「同化應該是相互的。雙方都把好的東西留下來。少學漢族那些五迷三道的鬼玩意。」

「那你倒說說，漢族哪些是五迷三道的？」

「我看啦，」我說，「漢族最壞的是沒有一個皇帝是好東西，我提起他們就要罵人，真是他媽的！他們一個個都是『打江山坐江山』，什麼意思？就是把國家、人民當成是自己的家業；他們說的「治理」就是把百姓馴化成他們想要的那類家畜。」

張樺茹聽著我這番議論，也引起她的一番感慨，「翼雲，你這番話我還真的很少從漢族人嘴裡聽到過。你的想法總跟別人不一樣。我欣賞你的也就是這。不過說起皇帝不是個東西來，滿族、俄羅斯人也都差不多，專制得很。」

「不過比漢族總得要好些吧？我自到了東北，我就感覺到，那些少數族群的同學性格比漢族同學豪爽得多。這說明他們的文化裡面束縛人的東西比漢族少。我說的有道理嗎？」

張樺茹同意地點著頭，「你說的可能有點道理。」

「那不就結了？這點禮品你就推來推去，滿族人都這樣嗎？」

張樺茹被我說的有點不好意思地笑了，「滿族人是比較豪爽，只是，只是這話真說不出口。」

「這有什麼不好說的？」

「如果，如果，收下了人家的厚禮，那就是說，你想把心交給人家了。」

「有這麼嚴重嗎？」我問。不過她的話倒提醒了我，這會不會真是她們滿族人的習慣？難怪她要再三推辭的。我其實內心裡倒真希望是這樣，但若真要是這樣，我又充滿了矛盾。我只得很誠懇地跟她講，「我們漢族人也有個傳統，叫做『滴水之恩，湧泉相報』。樺茹，我回南京後，腦海裡常常出現的竟然總是你在那天夜裡單人匹馬為我去求醫的情景。我總在想，那天夜裡，那麼冷，那麼黑，風那麼大，甚至是恐怖，你，一個女孩子，竟然為我甘冒那麼大的危險，那一路上你遇到些什麼？你心裡想著什麼？這份情意壓在我心上沉甸甸的，我該怎樣來償還啊！」

「你快別說了。」張樺茹急忙做了個用手來捂我嘴的動作，「你再說我眼淚都讓你說出來了。你這個人舌頭能舔人的心。我謝謝你在千里之外還想著我。我收下了還不行嗎？」她這才把禮品緊緊貼在胸幫上，對著我莞爾一笑。

接著她又像孩子似的在得到大人禮物後徵求著大人的意見，「我打開看看成嗎？」然後小心翼翼地打開了檀香扇，不由讚歎著，「做的好精緻啊！連扇骨上都雕滿了花！我從小就聽說過檀香，可我不知道啥是檀香，今天總算是聞到了。」她拿在手裡扇了兩下，「香極了！」又連忙收起重新放進了盒子，對我伸伸舌頭，「把香扇完了就不好了。」一句話說得我撲哧笑出來，我說，「你放心，這香是扇不完的。當然了，時間久了，是會減退一些的。」

她又打開了珍珠項鍊的匣子，取出了那串項鍊，讚不絕口，「真美啊！說出來你別笑話我，我從來就沒見過這麼大這麼圓這麼亮的珍珠。小時候，看『灰姑娘』的童話，我總在想，什麼時候讓我也遇到一位王子就好了，他會給我一雙水晶鞋，胸前掛上珍珠的項鍊。沒有想到，今天我的夢成真了。」說到這裡，她突如其來張開雙臂把我抱住，雙手捧住我的頭，在我前額上結結實實地給了我一個吻，深情地說，「謝謝你，你真好。」一下子把我倒弄得滿臉通紅。

現在反倒輪到她來嘲弄我了，「哈哈哈，你不是要的是滿族人的豪爽勁兒嗎，我真的使出來了，瞧你那個扭捏勁兒！哈哈哈。」

我被她說得尷尬得要命，臉上的血管彷彿要爆裂。她趕緊打圓場，「別不好意思，我們滿族人高興起來雙方親親前額不算個事情。」

我其實心裡別提有多高興呢，在她吻我的那一剎那，我聞到她那淡淡的體香，它讓我心旌搖動。但我也在心裡暗暗責備自己，瞧，你真虛偽，又渴望人吻你，又要做出一副道貌岸然的樣子，一副漢族封建傳統偽君子的面目。

她又拿起了那盒綠豆糕，問我是什麼？我告訴她這是我們江浙人很愛吃的一種甜食，是綠豆做的，只是可惜是要用計畫的。她在盒子外面聞了聞，嘴裡嘖的一聲，「光聞就要淌口水了，一定很好吃。我把它們留給我的爸媽吃。」她把它們抱在懷裡親親它們，俏皮地對我說，「我現在總算是明白了。」

「你明白什麼呀？」

「為什麼我的老祖宗努爾哈赤要拼了命的往南方打？那兒好東西太多了呀！」

我把這幾樣東西用我的一隻小小的布口袋裝起來，交她手裡，關照她，「別叫人看見，免得人家說閒話。尤其是你屋裡的老殷。哦對了，老殷回來了嗎？」

「回來了。我忘了告訴你，老殷這回回一趟上海，可是幹了一樁大事。」

「是嗎？」

「她結婚了。」

這可真讓我出乎意料，「怎麼前面一點動靜也沒有呢？」

張樺茹嘻嘻一笑，「她這叫不見兔子不撒鷹。你看沒看出來，她先前對你有過意思？」

「瞎說，」我聽都不聽。

「你們男同志啊，這方面心才粗呢。我早就看出來老殷她可一直在瞄著你。她認為有人在跟她搶你。」

「誰啊？」

她沒有回答我，只顧自己說，「後來發生了一件事，她又誤會了，才決定放棄你了。」

「發生了什麼事啊？」我越聽越糊塗。

「自己想去。」

「怎麼你今天講話盡跟打啞謎似的，讓人莫名其妙？」

她還是沒理我，「從那以後，她就決定去上海找了。她決心通過結婚申請調回上海去。」

這個消息聽了讓我心裡微微一震，我這才知道殷浦江原來有這麼一個宏大的計畫。我不由得不佩服老殷具有上海人的精明。若是換在半年前，我沒准還會對她的做法心有微詞，但是在經過那些事情後，我打心眼兒裡覺得她應該這麼做，就連我自己也對這個單位毫無好印象了。

張樺茹在我這兒又坐了一會囑咐我「好好休息」就告辭了。她離開後我就倒在床上美美地睡了一覺，三天兩夜的行程疲勞，我一覺就統統補了回來。

吃晚飯的時候，我去了食堂，還是那乾巴巴的苞米餅子，那稀淌淌的看得清小米粒兒追逐跑步的「粥」，我三口兩口就對付完了。這時候殷浦江進來了，我一眼就看出她的扮相有了變化，她燙了髮，外面的棉猴大衣解開後，露出了裡面一身嶄新的猩紅色的天鵝絨棉襖，胸前還別了一枚亮閃閃的胸針。

我忙向她伸出手來，「嗨，老殷，賀喜賀喜。」

老殷笑顏逐開，在我手心裡放了兩顆大白兔喜糖，又在其他吃飯的老師面前每人放上兩顆，大聲宣佈，「諸位老師，我結婚啦。真不好意思，喜糖是要計畫的，買不了那麼多，只能意思一下了。」

於是大家紛紛向她道喜。殷浦江這才在我身邊坐下，問我，「你是一大早就到的吧？」

「是的。」

「張樺茹見到了吧？」

我又點點頭，說，「還是談談你吧。你這麼重大的事，都不預先告訴我們老同學一聲，也好讓我們為你做點什麼。」

殷浦江遲疑了一下，看看周圍沒人注意，低聲說，「其實我放寒假前也沒想到會結婚，怎麼可能告訴你們呢？」

「你是閃電結婚啊？」我有點奇怪，老殷的條件並不壞，要模樣有模樣，要學歷有學歷，做人也很地道，犯得上這麼著急嗎？

「也說不上什麼閃電結婚。」她解釋說，「小岳，我從上學期他們整你，我就把這個單位看透了，我必須得走！剛好我回去後有人找到我母親來提親。對方是在部隊的研究所裡，搞技術的。我看他專業跟我相近，人也不錯，就抓緊時間給辦了。我跟你直說了，你別對外人講，找部隊的就是為了便於調動。我告訴你，我的請調報告已經交上去了。」

「啊，你動作這麼快？」

「不快不行，我可告訴你，想調走的人多了去了。趙書記看到我請調報告臉都綠了。你可別講出去。」

我答應了就回到宿舍，這時才發現王瑞祥也回來了。

短短的二十來天的別離，我發覺他變得又黑又瘦，人也顯得疲勞不堪。他半躺在床上，有氣沒力地跟我打聲招呼。

我問他吃飯了沒？他說在車上吃過了，不想吃。我又問他家裡怎麼樣？他好長時間沒做聲，最後才長長歎口氣說，「別提了，不回不知道，一回嚇一跳。那地兒，人沒法活了。」

我說怎麼回事？他這才坐起身子，對我講了一番話。

「翼雲，我這回回去，才知道什麼叫做『人相食』，什麼叫『易子而食』……」

我一聽頭皮都發木。

「真的？哪能呢？」我不信。

「騙你是孫子。」他說。

儘管我此次回家鄉也道聽塗說了許多事情，特別是劉姐對我說的那些高層的齷齪事，已造成我內心極大的震動，但說到「人相食」，這還真的是第一回聽說。

「怎麼會呢？」我有點不相信。

「唉！」王瑞祥重重地歎氣，「我家二大爺那邊就出了這種事。慘不忍睹啊！」

「你們那裡災荒那麼嚴重啊？」

「什麼叫嚴重？什麼叫不嚴重？」王瑞祥兩眼盯著我，眼睛通紅，「我問你，河南哪年不鬧個小災小荒的？但餓死人還是少見的。現在是大面積地餓死人！有件事我真要謝謝你，你上次借我的三十斤糧票真的是救活了我的老爸老媽。你知道怎麼一回事嗎？打去年秋收起，我們家的口糧、種子糧、牲口飼料糧，都被公社幹部強收走了。村村、隊隊、家家都這樣。農民們只能吃草皮、樹葉，最後吃觀音土……你那糧票寄到我爸手裡的時候，他是對天跪下來叩頭的！說『有救了，有救了，觀音菩薩顯靈了！』」他說到這裡眼裡滿是淚水，他羞愧地說，「翼雲，有件事我必須對你說，上學期結束前的『新雙反運動』我也揭發了你……我不是人！我老爸聽說了這事，一個巴掌把我從炕上甩了下來。他罰我跪在地上，說，『你把救你爹娘的恩人坑了，你要遭報應的！』」說完他就嗚嗚哭起來。

我忙說，「別這樣，瑞祥，你沒說我什麼了不得的事情，我一看都是應付他們的。再說你不這樣做你能過關嗎？我一點都不怪你，真的。事情都過去了，咱倆老同學，千萬別這樣！」

他哭了一會兒，好容易才止住。

我這才知道了王瑞祥為什麼總是說我是大城市裡長大的，總是既羨慕又嫉妒。我哪裡知道中國的農民這麼苦啊！

「我還告訴你，」他又對我說下去了，「我那老姐姐，嫁到了離家幾百裡外的信陽，那兒已經餓死了許多人，這回帶了我十歲的小外甥，來投靠我們，就衝著有我這個弟弟還掙了一份工資，還有你借的這三十斤糧票。小外甥說，一路上，信陽縣封鎖消息，層層設卡，民兵逮著輕則毒打，重則關牢，活活折磨死。一直走出信陽縣境，情況才好一點。他們是隨著逃荒的人群走的，走著走著，就有人倒下來，再也爬不起來了。別的縣裡怕死人太多，沿著大路邊隔著三、五十裡地就支一口大鍋，裡面燒了些湯湯水水的麥麩子面，讓飢餓的人能喝上兩口。小外甥說，那口鍋很大很大，幾個人在裡面洗澡都成，架在很高的地方，要想喝到『粥』，得爬上坡去。小岳，我是下決心了，堅決要求調動，我哪怕回省城鄭州當個中學老師，也比在這兒強。你想我這趟回家，光路費就花了三、四十塊，這能買多少斤糧食啊？」

王瑞祥的話讓我陷入了深思。一個寒假的見聞，濃縮了中國大地上的深重的災難。在我的腦海裡，倏地浮現出一幅畫面：白茫茫一片河南大地上，寒風刺骨，寸草不生，千村荒蕪，萬戶蕭索，一股看不見盡頭的饑民隊伍孑亍在荒原上，他們拖家帶口，扶老攜幼，行走在風沙之中。他們那千篇一律的破爛的黑棉衣，就像是灰白大地上直立的一個個的驚嘆號，又像是一支龐大的虛弱的企鵝大軍搖搖晃晃地行往天邊。在路的一旁，一個小小的孩子，端著只破碗往坡上爬，爬，然後來到那只巨大的黑鐵鍋前，踮起雙腳，舉起手中的那只碗，由於極度瘦弱而凸顯出深陷在眼眶裡的大大的眼睛裡，充滿著美麗的夢想，想吃那一口幸福的「大鍋飯」……

# 20

## 李玉瑤

海倫縣城距哈爾濱北二百多公里，從車站出來，就一條穿腸的馬路直通到底。城裡沒有公車，出門全靠步行。馬路上，平日裡行人也不多，每逢集市，四野八鄉的農民就會湧進城來，買個日用品，換個農具，打個家具什麼的，倒也熱鬧。這條門前的馬路，打從去年落了第一場雪，雪就凍在了地上，以後越積越高，也就越踩越結實，最後就變成一條既看不出白也看不出黑來的冰路，好在東北人冬天都穿大氈靴，要不就是翻毛大皮鞋，在冰上行走也不很滑。步行穿過全城大概也就半小時左右。

遷校工作大概花了不少時間，老師、同學日以繼夜，全力以赴，打包、捆紮、搬運，最後全部開拔，總算是安定下來了。

學校就在穿腸馬路距離尾端不遠的路旁一所騰空出來的校舍內，據說原先就是海倫師範。院子裡一律的平房，屬於典型的農村中學的建築格局。

中文科的老教師大多都來自這樣類型的學校，住進來後倒也如魚得水，如甘如飴，沒有絲毫的不習慣，十幾個人聚在一間大教室裡辦公備課，六個人擠一間房間睡覺，私密空間完全沒有。但這對我們這些關內來的、尤其是像老殷和我這樣從南方大城市來的人那可真是遭罪。

就連來自河南農村的王瑞祥，一到這裡，眼睛都直了，腸子都悔青了。他對我悄悄說，「前世不知造的什麼孽，發配到這等鬼不拉屎的地方來！你看沒看到廁所坑裡的糞便，拉下去立馬凍住，越堆越高，下面像金字塔，上面就成了擎天柱，也不知道是哪個王八蛋拉的，最後能拉出一根針尖形，就像拉絲土豆的糖絲，幾乎紮到了屁眼，這功夫也是何等了得！不行，這下面還得帶了凳子來拉屎。」

一到了晚上，大家沒處去，只能聚在寢室裡胡扯，話題一律是圍繞「性」字，而且每次都是藉著對我這個還沒有結婚的年輕人進行「啟蒙」的由頭展開，我甚至懷疑，這大概是借此來過過他們自己的性癮或是借此來意淫。

像今天，剛剛好一位老師婚假結束回來了，他們特地把他拖過來，讓他為我上「性啟蒙」課。

「怎麼樣？說說，那活兒滋潤不？給小岳上上課。」

那人立刻眉飛色舞，跟我說，「小岳，我就送你一句話。」

「什麼話？」

「舒服呢！」

於是大家一起問，「怎麼舒服？」

還是那句「舒服呢！小岳，結婚吧，快結婚吧。」

我說，「結婚也不能隨便在大街上找一個吧？我對象還不知道在哪呢。萬一找錯了怎麼辦？」

那人說，「咋辦？你想太多。只要是女人，都一樣。」

「話哪能那樣說，都一樣？上街隨便拖一個來，能一樣？」我不同意他的意見。

「都一樣！」大夥立刻哈哈大笑，「小岳，不懂了吧？再醜的女人，關起燈來都一樣。」

於是大夥就七嘴八舌，「小岳你還愁什麼？追你的女生都能排長隊。你主要是眼光太高。」

「女老師裡也多的是。我看那張樺茹吧，你倆是郎才女貌，挺般配。這妞吧，一水的嫩肉，一捏都能化了。你看夏天她穿那藍色的布拉吉，小胸脯挺挺的，尖尖的，像踹了倆窩頭……」

我很生氣，說，「人家還是大姑娘家，別這樣說人家。」

於是談話氣氛就有點僵了。

我十分討厭他們說起張樺茹時的那種語氣，那種神態，我覺得噁心。當然我也承認，他們有些話弄得我心裡火燎火燎的，那未知的神祕，讓我既想聽又怕聽，最後我決定不參加他們的聊天，我更不想如此地浪費時間，於是我決定每天晚飯後乾脆一個人出去散步，沒有地方可去，就沿著門前唯一的馬路，從學校走到火車站，再從火車站回來。一路上我可以背俄語單詞，背整段整段的俄文詩歌，可以構思我的論文或者是小說，我習慣於在走路時思考。

這條馬路兩邊集中了縣城的全部「精華」，有政府辦事機構，有專政機關，有管民生的國營商店，有醫院和診所，有一家影院，永遠掛著「白毛女」的廣告，還有幾處國營的統統叫作什麼食堂的「飯店」，門口總掛個幌子，裡面談不上美食，只是一律地要糧票。北國的冬天，天黑得早，下午四點不到，店面就紛紛打烊關門，於是整個海倫縣城只留下唯一的一條有稀疏而黯淡的路燈照亮的馬路。

馬路的頂點就是車站，門前有個廣場。海倫的火車站很小，看上去很舊，牆上、地上到處都能看見鼻涕，像蚰蜒留下的痕跡，髒兮兮的。車站就一個進出口，一個大廳，裡面靠牆有幾張木長凳，平時的旅客也不多。我每次走到這裡，都習慣性地進車站候車廳裡轉一圈，很難說清是出於什麼心情，也許是一種潛意識，因為只有在這裡我才意識到自己跟數千裡外的家鄉相連。

已經是四月底了，天還沒有回暖的跡象，大地照樣冰封。這一天晚上，我又來到了車站，照例進去轉了一圈。候車廳裡大約有一、二十個人在候車。都坐在長凳上，地上堆放著大大小小的包裹。有的人在睡覺，有的人在叭叭地抽著旱煙袋。坐在牆角落長凳上的是個小女子，她佝僂著身子，臉朝向牆壁，頭無力地靠在牆上。她身上穿著件破舊邋遢的棉猴大衣，肩頭的線都已綻裂，露出了裡面的破棉絮，由於常年穿著它幹活，大衣的顏色已很難看出它的本色，或者說就是種骯髒色。她的腳上穿著一雙沾滿了泥巴的靴子，腳後跟已經咧開了嘴。在這樣寒冷的天氣，她的腳肯定早已凍壞了。

她渾身在劇烈地顫抖著，但周圍的人誰也沒有注意到她。當我走近她身邊看到她時，我開始的時候以為她大概為了什麼傷心的事在哭泣，但漸漸地我覺得不對勁了，那明顯就是冷得發抖。這時剛好檢票口打開了，檢票員大著嗓子喊，「旅客們注意了，旅客們注意了，開往哈爾濱方向的，開始檢票了。」

人們於是紛紛提起了行李包裹湧到了檢票口，人不多，很快候車廳裡就剩下了幾個人，那名女子仍然縮在旮旯兒裡瑟縮發抖。女檢票員走到她身邊，輕輕拍了拍她的肩頭，習慣性地大聲說話，「喂，這位女同志，醒醒了，醒醒了，列車要開了。」

不料她這麼一碰，那小女子竟然順勢躺倒在了剛剛空出的長凳上，蒙在頭上的棉猴帽掉到了腦後。我這才看出來，原來她的臉上被一隻又大又髒的口罩整個蒙住了，只露出兩隻眼睛。這眼睛讓我眼熟。

「喂喂，你怎麼啦？」女檢票員有點驚慌，摸了摸她的額頭，「啊呀，好燙呀！你病了還是咋的？喂，你說話呀！」

那小女子緊閉著眼睛，沒有反應。

女檢票員解開了她掛在一邊耳朵上的口罩，整張臉都露出來了，我只一眼，就認出來了，「李……」我失聲喊出了一個字，趕緊急剎車：她竟然是——李玉瑤！她怎麼會在這裡出現？怎麼會到了這個偏僻之地？一連串的問題在我腦海中飛旋，莫不是……？一種不祥的預感猛襲我的心頭，但我已經沒有時間猶豫，必須要為她做點什麼。我立刻喊出了「李巧兒！你怎麼在這兒呀？」我移步上前，扶起了她，她的頭無力地靠在我肩上，沒有搭理我的話，她已經昏迷了。

我不好意思地對檢票員說，「真謝謝你了，她是我們單位的，沒想到她會病倒在這裡。」

那位檢票員看看我胸前的紅校徽，慶幸地說，「這位老師，幸虧碰到了你，要不我們還沒法處理呢。您看是……」

我連忙說，「我送她去醫院。」

我把她腳下的兩隻旅行袋——它們是用粗繩子系在一起的，拎起來掛在我的頸子上，然後蹲下身子，讓她伏在我背上，背起她就朝縣人民醫院走去。

她很輕，在我背上像根羽毛似的。醫院離車站不很遠，穿過站前廣場，沿馬路走個十來分鐘就到。

一路上，我可說是心亂如麻，各種想法，各種方案在腦子裡衝撞激蕩。我最害怕的是在街上碰到人，好在天早已黑了，街上行人極少。我想起和她最後的見面是在當初分配來黑龍江的列車上，那時候她的雙手是被銬住的，現在流落到這裡，會不會是逃出來的？如果是逃犯，我該怎麼辦？按照我們國家的規定，我必須馬上舉報她，如果還想保留一點同學間的情誼，最保險的做法就是裝作不知道，馬上離開，你不用為她負任何責任，因為這是國家的意志，這個國家已經決定懲罰她，你卻想救，就是決心跟國家作對，為此你也將受到可怕的懲罰。然而，有一個巨大的心理障礙橫梗在我面前，如果我漠然走開，她卻由此延誤了治療而喪失了性命，這能說是與我無關嗎？我能在內心裡洗脫自己的責任嗎？不，當務之急是先救人，救活了以後再把情況弄清楚，然後再考慮如何處置她。但是怎麼救呢？看她現在這個樣子身上肯定是什麼證件都沒有，到了醫院我該怎麼說服醫院收留她？我們是個嚴抓階級鬥爭的社會，怎麼躲閃都是躲不過去的。我清醒地意識到，我背上背的是一顆定時炸彈，隨時可能把我炸得粉身碎骨！但是已經沒有時間去多做考慮了，救人！救人要緊！

我連跑帶走地把她背到了醫院，所幸醫院裡沒有幾個病人，我直奔急診室，值班的是位女醫生，我急急地說，「大夫，她病了，昏過去了，請你救她！」

女大夫讓我把她平躺在床上，問我，「她是什麼人？」

我已經想好了，「我愛人。」

她此時已經解開了李玉瑤的大衣和裡面的衣服，給她的腋下塞進了體溫表，正用聽診器伸進她的胸前在聽。聽完了還用手在她的腹部輕輕摸了摸。大概是她看出我倆的穿著差別太大，帶著懷疑的神色，轉過臉來問我，「是你愛人？」

「是的。」我的語氣異常肯定。我知道，絕不能解釋，多一句就是此地無銀三百兩。

「她的證件？」

我早想到了這個問題，「出來急了，沒帶。不過我帶了。」我忙掏出我口袋裡的證件。那位大夫看看我胸前的紅校徽，又打開證件對照著照片看看我的臉，像犯人槍斃前驗明正身似的，總算是通過了審查，她臉上的表情也明顯地緩和下來。

她仔仔細細地聽了李玉瑤的前胸，又讓我扶起她坐起身來聽了她的後背，等候了片刻，取出了體溫表，看過甩甩表，說，「三十九度七，高燒和身體極度虛弱導致昏迷，必須住院觀察。」

我連連點頭。

「公費自費？」

「自費。」

「叫什麼名字？」大夫拿起桌上的筆填寫住院單。

「張樺茹。」我知道世界上只有這個名字最保險，最可靠，我最可以信賴。

躺在床上的李玉瑤大概醒過來了，發出一聲輕輕的呻吟，把我嚇壞了：早不醒遲不醒，你可偏偏要在這個時候醒，萬一說漏了嘴怎麼辦？我傻在那裡，不敢動。

「你馬上去繳費。」大夫把那張單子交我手裡。

我站在那裡，盯著李玉瑤，看見她的眼睛只是稍稍睜開一下，帶點迷惘，就又合上了。

我忙跑過去交費，同樣的問題問過一遍，同樣地驗明正身，最後連同著蓋了章的住院單一起甩出了一句話，「星期一把她的證件帶來看一下。」

我愣住了，這可是事先沒做好的功課，我問，「怎麼住院看病還要證件啊？她是我們單位的家屬工。」

那人沒好氣地回答我，「你們單位是公費的，名字都在冊。沒有單位的，住院一律要由單位或當地派出所開證明，這規定你難道不知道嗎？」

「她沒有工作證。」我已經毫無退路了，只能抵死說謊。

「沒有工作證，開張單位證明也成。萬一收留個階級敵人，這個責任誰負啊？」

我不敢耗在這裡，只有點頭的份。

我又跑回到醫生這邊，把蓋了章的住院單給她看。她示意我帶了病人跟她一道到病房。我重新頸上掛著她的兩個旅行包，把她背在身上，跟著她走。好在醫院不大，病房就在旁邊。屋子裡比較暖和，煤火燒得很旺。我把李玉瑤放到床上，把她的旅行袋藏到了病人的衣物櫃裡。進來了個護士，扔過一套病人的衣服，吩咐，「給她換上。」

我又一次地被頂到牆角。我猶猶豫豫地拿起病服，不知該怎樣下手，我可從來沒有看過年輕女性的赤身裸體，更何況是我的同學。女大夫還沒離開，看我這副樣子，已經露出了懷疑的神色。幸好，此時李玉瑤醒了，她睜開眼睛看見是我，眼裡露出吃驚和慌張的神色，我連忙用眼神制止了她，對她輕聲說，「樺茹，你病成這樣，怎麼不跟我說一聲？你總算醒過來了，這兩天你先在病房裡好好治療休息，一切放心，我都安排好了。你先把衣服換一下。」說完我故意背過身子跟醫生說話。

「大夫，您看她這病……？」

「從初步觀察看，還是受寒引起的感冒發燒，可能已導致了肺炎，按理應該馬上做個胸透，但看她現在身體過於虛弱，先這麼處理吧。」女大夫對我仍板著臉，帶著明顯的不滿數落我，「自己的愛人，不知道心疼嗎？」

我的臉立刻紅了，只有唯唯諾諾，不敢分辯一句。

「病人是極度營養不良。她懷孕了，你知道不知道？」

我又嚇一跳，連連點頭表示早已知道了。

「我給她馬上掛生理鹽水，葡萄糖，加了消炎退燒的藥。你在旁邊照看著。」說話間，李玉瑤已換好了衣服，頭無力地倚在枕頭上。女大夫臨出門時說話的語氣仍是悻悻的，「現在的男人啊，真是靠不住。只顧自己活得痛快，就不知道體恤一下自己的老婆。還大學老師呢，真是不嫁也罷。」撂下了這句狠話兀自走了。

我趁護士出去準備掛水的空擋，趕緊低聲告訴她，「記住，你的名字叫張樺茹。多話別問，待會兒有時間聊。」

話音剛落，護士推著玻璃吊瓶架子進來了，問，「張樺茹。你叫張樺茹？對嗎？」

李玉瑤點下頭算是答應了。護士讓她伸出胳臂，當她捋起衣袖，令我觸目驚心的是，她那曾經是白皙秀美的皮膚如今乾黑細瘦就像個老婦人的手臂，她的手上留下了道道皴裂的傷口，彷彿被刀劃過似的。

大概是因為她的靜脈太細的緣故，女護士找了半天才找到，忙亂了半天，總算把一切弄妥了，最後說了句「有事叫我」，扭身走了。

我拉過一張凳子在李玉瑤的病床邊坐下，我見她看我的眼神總是怯怯懦懦、躲躲閃閃的，心裡也猜到了一二，只是無法開口問。

她卻低著頭，緩緩地問，「你怎麼會在這兒？」

我簡單地講了自己工作的單位以及遇上她時發生的情況。

她看看屋裡沒人，吃力地說，「你……我記得是叫岳翼雲吧？我，我必須告訴你……」

我不想她往下說，就打斷了她，「我們能不能不說話？」

但是她卻堅持要說，「不，我的良心告訴我必須要告訴你：我是逃犯。」她說出了這一句最重要的話，停下來，喘息著，「現在……你可以告發……我了……」

我立刻打斷她，「李玉瑤，你怎麼這麼對我說話？你把我看成了什麼人？」

「不，不，」她很虛弱，吃力地搖頭，喘息著，「我不能……連累……你。」

「我必須救你！」我態度堅決地說，「要說連累，從我把你背到醫院起，我們已經扯不清了。李玉瑤，我們可是四年同窗的老同學啊！我最清楚你是蒙受冤屈的啊，我能丟下你不管嗎？那我不成了畜牲嗎？我只是想幫你，請你不要拒絕我。」

一顆碩大的淚珠從李玉瑤的眼角流了下來，流過了她那瘦削枯乾的面頰。她激動地說，「那就……謝謝你，……」

我看她虛弱得厲害，為了讓她先恢復體力，就把自己的情況簡單告訴了她，還告訴她這裡的住院手續、費用、病號飯都幫她搞定了，讓她寬心在這裡休養幾天。

大概是吊針的點滴加上屋內的暖氣漸漸地起了作用，李玉瑤的臉上出現了活氣。她斷斷續續地告訴我，從離開北京押解到黑龍江後，她跟范長虹一道被送進了「黑龍江省第八勞動改造管教隊」，對外的名稱是「地方國營海倫農場」。這是專門收容來自全國各地右派分子和反革命分子的勞改農場之一。范長虹跟她分屬不同的大隊。按說，在服刑和勞教期內男女之間是根本不可能接觸的。但一場寒流即將來襲，女隊的收割任務難以完成，場部只能調來男隊支援。就在這次支援搶收中，范長虹和她種下了種子。農場的勞動，苦和累自不必說，最要命的是飢餓。然而不知什麼原因，今年年初上級又突然宣佈把農場下放歸海倫縣管理。失去了國家財政和糧食的支持，一個國營農場的比較雄厚的生產設備瞬間又成為被地方各部門瓜分的唐僧肉，最後連種子、牲口飼料、農業機械等等統統都搶光了，加上資金嚴重缺乏，開春之後，生產難以為繼，正常的糧食供應也斷絕了，農場一下子餓死了好些人。最慘的是，有個管教幹部跟「二勞改」(1)女人偷情懷了孩子，為了怕事情敗露，讓這個女人墮了胎，母親含著眼淚剛剛埋葬了孩子的屍體，這天夜裡就有犯人偷偷挖開了墳墓，把死孩子分吃掉了……於是在飢餓的脅迫下，從農場職工，到在押犯人都紛紛出逃。為了千方百計保住肚子裡的孩子，李玉瑤決定一人出逃，回無錫老家，等孩子出生後再另想辦法，絕不能讓他在娘胎裡就受餓，更不能重蹈那個死孩子被人分食的噩運。就這樣，幾天前的一個夜裡，她就離場出走了。她計畫先徒步一路討飯到海倫車站，然後找空子爬車回去，沒想到天寒地凍，腹中飢餓，她反倒病倒了……

聽了她的敘述，我的心為她陣陣發痛，我的心裡已經流滿了淚水，我為她所經歷的苦難內心極為震撼。我已經隱隱猜到，造成李玉瑤農場困境的根源很可能就是劉姐說的中央的那八個字：「犧牲農村，保住城市」。劉姐的預感無疑是對的。我更清醒地認識到，她的逃亡之路充滿了艱險。不說別的，單說一路爬車，儘管現在鐵路上「盲流」比比皆是，但她畢竟是個懷了身孕的小女子，可說是步步驚心啊！就像她現在，還未走遠就深陷危境，她還能繼續走下去嗎？

水很快掛完了，她的狀態已略有好轉，但她說著說著卻打起盹來，我知道她已極度疲勞，需要休息了，便對她說，「真不好意思，我知道你一直餓著肚子，但是這裡晚上所有的店面都關門了，沒有地方替你買吃的。真對不住你。」

她吃力地睜開眼睛，安慰我說，「不要緊的，剛剛補了葡萄糖，我已經不餓了。你回去吧。」

我握住她的手，關照她，「今晚上你好好睡一覺。明天是星期天，早飯醫院有供應。我可能要遲點來，我要想辦法給你搞個證明。」接著我又讓她把棉衣和鞋子的尺碼告訴我，我說，「我明天再去給你換身行頭。否則人家要懷疑你是我老婆了。」我說這話的時候，她大概沒有聽出我的用心，只是機械地應答了一聲，我話還沒說完，她已經睡熟了。望著她那張瘦削呈顯出與年齡極不相稱的小臉，我腦子裡不由得浮現出「反右」前她那花容月貌，心裡說不出有多難過，在她小小的身軀上，憑什麼要讓她承受那麼巨大的苦難？我知道我眼下的心情完全是一種喪失階級立場的表現，完全站在階級敵人一邊，而我們的社會每天每時每刻都在教導我們要仇恨他們。但是我的心在反抗，因為我清楚，李玉瑤是個冤案，她絕不是階級敵人！

從醫院回到宿舍已是深夜了，我躡手躡腳地摸到自己的床鋪靜靜躺下，沒有吵醒一個人。當我躺在床上回顧起李玉瑤夫婦倆的命運，我突然腦子裡冒出一個可怕的想法，我開始發現那場轟轟烈烈的「反右運動」實際上是一場對我們民族優秀分子的有計劃的大絞殺。我想起了我們幾屆同學中的「右派分子」，我想起了我們教授、老師中的「右派分子」，哪一個不是平時教學、科研、學習中的佼佼者，哪一個不是平時為人極受人尊重的人傑？而那些借「反右」扶搖直上的又有幾個是能讓人看得起，更別說讓人尊重的？我被自己的這個想法嚇了一跳，這可是忤逆大罪呀！

我在床上輾轉反側，眼前總晃動著那個被吃掉的嬰兒的影子。我的心被逼著拿到「天理」的天秤上去衡量。一邊是國家的所謂「法律」，認為檢舉她是愛國的行為，是革命的需要。另一邊是兩條人命，其中的一條還沒有出生，憑什麼他就必須面臨被吃的命運？我為這一良心的拷問痛苦得淚水直流。我這時才意識到，原來人生，永遠面臨著兩重審判：一重是來自群體，它經常以國家的意志出現，這是外界強加的。在一個嚴重扭曲的社會裡，它往往代表著荒謬、愚昧、殘忍、甚至是邪惡。對群體審判的抵抗需要的是面對孤獨的勇氣。第二重則來自自己，這是人最不能坦然面對的，它是用任何托詞都繞不過去的。它就是靈魂的核心，叫做「天良」，它是造物主設定的。它的內涵就是：對真理的堅守以及人性中固有的善良，這是人類社會文明程度的重要標誌，違背它必遭天譴。既然自己已經想清楚了，剩下的也就只有一條路了：殺人須見血救人須救徹，我不可能去告發她把她重新置身於飢餓的死地，更何況她是我的同學，一個我清楚地知道她蒙冤的同學，一個我十分心儀的曾經是何等美好的同學。如果說我沒有聽到王瑞祥親口對我訴說河南信陽那些地方發生的人吃人的事情，如果我沒有在整個假期裡聽到劉姐告訴我的那麼多人間的苦難，如果我沒有親眼見到那麼多人在飢餓線上掙扎的事實，如果我自己沒有始終飽嘗著飢餓的滋味，換在往常，也許我還會相信那些官方的宣傳，認為這是她李玉瑤這個階級敵人的造謠污蔑，然而現在我完全相信她說的是真的，我如果把她棄之不顧，那我必將經受夜夜靈魂的折磨，直至跨進死亡門檻的那一刻！我在心裡狠狠地說，不！就是把我打死，把我逮捕，我也絕不放棄！絕不！

這一夜我翻來覆去想著如何去搞一張證明到手。我想到了學校介紹信是由人事秘書吳老師掌管，這個人平時夾生得很，很不好打交道，不過她跟張樺茹倒走得很近，這是因為她總跟家庭背景「好的」人來往的緣故。這麼說來，又得有勞張樺茹的大駕了。自遷校以來，由於海倫校區居住條件所限，加上隆冬季節，毫無私密空間，更由於我和她都是單位裡屈指可數的未婚青年，身後都被許多雙男生、女生的眼睛緊盯著，任何一次在公共場合的碰面都會在單位裡引起騷動，為避免麻煩，我們都儘量減少接觸，竟然至今沒能說上一句話。看來唯一的辦法，只能吃早飯時在食堂那兒候著了。

我知道星期天女生們一般都起得遲些，她們在吃飯上不像男的那樣積極，便故意也遲些去吃，果然不錯，被我遇上了，她見我時臉上總是浮現出難以掩飾的欣喜。我低聲說，「飯後到〇五號教室，我想跟你說件事。」

我為什麼要選擇在教室裡交談？因為這是公共空間，但今天是假日，同學們早走空了，教室反而成了最安全的會面地點，如果被人撞見了，可以說是在談工作。中國人已習慣於被人監視告密因而在潛意識中也時時具有反監視的避嫌意識。

我們在教室碰頭時果然室內裡沒有人，我把李玉瑤的故事對張樺茹訴說了一遍，說到那個被吃的嬰兒時，我哽咽了好幾次，差點哭出聲來，張樺茹也淚眼婆娑，但我心裡多多少少還有點顧慮。我當然對張樺茹萬分地信任，但這回事情不比往常，這是罪與罰的大問題，是政治問題！搞不好就會身敗名裂！雖說是李玉瑤跟她張樺茹沒有關係，但要是讓她去開證明，問題的性質就變了。所以我說的時候不停地看她臉上的反應。我沒有料到的是，當我說到為了讓李玉瑤能順利住進醫院，我故意用了張樺茹的姓名冒名頂替了。張樺茹聽了先是覺著有些出乎意外，但只是平靜地說了句，「你可真會『張冠李戴』啊！」我沒想到她這個成語用的如此貼切，但我看她這個反應，心也立刻就放下了，於是就說出了要請她幫忙為李玉瑤開個單位介紹信的事。

張樺茹想了一會兒，臉色嚴肅下來，她問我，「這件事的危險性，翼雲，你仔細想過沒有？」

我點點頭，「可是我沒有選擇，一邊是嚴酷的政治，一邊是人的良知，我已經被逼到了牆角。」

「一旦事發……」

我急忙打斷她，「你放心，我絕不連累你！我會把所有的責任都攬在我身上。」

「你以為我會推責嗎？」

「不，要是那樣，」我開始猶豫了，「你說得對，我不能找你，這事會連累到你。」我起身準備走了。

「翼雲，」她叫住了我，「我說不幫你了嗎？來，你先坐下聽我說。許多事情的判斷並不複雜。就事論事地看，如果你那同學得不到治療，她和她的孩子就可能死去，能不幫嗎？事情就這樣簡單。」我見她的臉上絲毫沒有推辭的意思，她只是想了又想，最後才說，「這件事交給我辦吧。我來找個藉口要去縣醫院做個檢查治療，請吳桂蘭開份介紹信，抬頭肯定由她寫，下面的內容就由我來填了，你看怎麼樣？」

我說，「關鍵是找個什麼藉口呢？不能讓人有懷疑，畢竟你我都是公費的。」

「你放心，找什麼藉口我來想，你一個乳臭未乾的小毛孩懂什麼？」她臉上雖然仍然很嚴肅，但至少又開始拿我取笑了。我們之間早習慣於這種拿我取笑的方式了，知道她是用來表達對我的親昵之情，心裡也頗感動。我說，「真不好意思，每回我遇到難事都第一個想到你，這回又把你拖累了。但這樁事情我的確很犯難，我知道很危險，但我不能把兩條人命推出去不管，更何況她是我同學，我比誰都清楚，她沒有罪。」

張樺茹聽我這麼一說，態度變得十分認真，她那澄澈的大眼睛看著我，鄭重地說，「翼雲，你知道我最看重你的是什麼嗎？就是這種對普通人的發自內心的尊重和愛。你那種『我不下地獄誰下地獄』的犧牲精神令我感動莫名。實話說，我交上你這個朋友，我真的很自豪。」

一句話說得我心頭暖烘烘的。

然而我們誰也沒有想到，正是在這間教室裡的對話，決定性地改變了我倆一生的命運，並把她推向悲劇的終點。

交代完了這樁事情後，我立刻去了縣百貨商店，按照李玉瑤告訴我的尺碼為她買了一件棉猴大衣，一雙保暖的女式翻毛皮靴和一雙粗布襪子，這襪子樣子雖不好看，但我想到她平時是要幹活的，它最實用。我讓售貨員幫我包紮好，拎起繩子，就來到了醫院。

李玉瑤已經坐起身來了，身後墊著摞起來的枕頭。經過了治療和一夜的休息，她看上去狀態好多了。

我見室內無外人，便大聲問她「吃過早飯了嗎？」她點點頭。我又問「燒可退了？」她又點點頭。我把手裡的物件朝她床上一擱，她問「這是做什麼？」

我忙指指兩邊牆壁示意她防止隔牆有耳，低聲告訴她，「我給你換了身行頭，否則醫生會懷疑你是我的老婆了。」

說的她臉刷地紅了，這可是我們這次會面後第一次見到她面頰上居然還能浮現出血色。她的眼眶裡立刻噙滿了淚水，這是充滿委屈的淚水，這是一種自尊心遭受到傷害的屈辱的淚水，我嚇得連忙對她解釋，「你千萬別誤會，我絕不是可憐你，真的，我哪怕有一星半點可憐你的意思，讓天打五雷轟！讓我變成狗！讓我馬上死掉！」

她急忙阻止我再往下說，著急地擺著手，「哪個讓你發這樣的毒誓？行了我收下好了吧？我收下還不成嗎？」

我繼續往下說，「李玉瑤，雖然你我不同班，平時也不熟悉，但你是我們全年級同學們心中公認的女神。你不明白你在我們心目中的位置有多重要！你以為你現在淪落到了社會底層，我們會看不起你，或者說心好點的會可憐你，你錯了，我是尊重你，敬佩你，我為能夠有這樣一個機會為你做點事情感到幸福，你就不能給我這點幸福嗎？你還記得嗎？當中文系總支書記陳璨把你拎到講臺上面對著全年級同學宣佈你是小偷，說你洗澡時偷了別人的紅毛線衣穿在身上。坐我身旁的一個女同學就埋著頭低聲自言自語著，『浴室裡女同學脫的衣服到處亂放，盡是紅毛線衣，穿錯的又不是她一個人。』你知道這名女生是誰嗎？就是大作家劉紹棠的愛人，她跟我同桌可不是一天了，那時候劉紹棠在北大也已經出事了，也已經波及到她了。那時候我看著你站在臺上，抬起頭，坦然面對著全年級的同學，面無愧色，毫無懼色。我那時就認定你就是我們的女中豪傑。我這才知道他們的一貫做法就是，當他們要除掉你的時候，必先要製造一個藉口把你搞臭，比方說誣陷你是小偷，比方說你是個淫棍……你還記得留美歸來的一級教授武兆發老先生嗎？全校批鬥他之前先宣佈他是個調戲女生的流氓，說他帶著同學實習躺在輪船甲板上休息時手伸進了睡在旁邊的女生的褲襠裡，你說誰信啊？甲板上人來人往讓你伸手先掏掏自己的褲襠試試看。這些人為了搞臭人什麼手段使不出來？我從那時起就決定，絕不聽信他們的任何一句話！這全是何錫林之流導演出來的。今天你別以為我比你地位高，我是在施捨你，你錯了，我是什麼？這回單位裡搞什麼『新雙反運動』，我才知道自己的真實身分就是一個『內定右派』，這個詞你聽說過沒有？我相信你沒聽說過，這可是我們對馬克思主義的偉大創造。我的身分就是被稱作『組織』的人隨便寫的幾個字定下了終身。這幾個人你我都認識，我們班就是從你們班調過來領導我們『反右』的屎秋蔡。他是個什麼人你能不知道？哦，這就是所謂的『組織』！李玉瑤，我們這些人已經註定了被扔在社會底層受人家的白眼，我們這些人難道不應該抱團取暖嗎？」

這時我聽到了走廊裡響起了腳步聲，便連忙住了口。李玉瑤也趕緊擦乾淨了眼裡的淚水。原來是護士，走進來給李玉瑤量體溫。

「張樺茹。」護士叫，確認病人。

「是我。」李玉瑤回答的已很自然了。

趁著護士給她量體溫的時候，李玉瑤還裝作跟我很親近的樣子，打開我為她買的大衣，笑著稱讚我真會買，十分貼身。

她的體溫果真已經降下來了。

等護士出去後，我趁著沒有新的病人住進來的機會，抓緊時機跟她商討她下一步的計畫。我問她范長虹現在的情況怎麼樣？她說比自己要好一些。他屬於勞教人員，不像她是勞改。勞教跟勞改分屬不同的大隊，再說他自己好鑽研，學會了修理農業機械，現在在農場的機修隊，人活泛點。他還很會動點子，田鼠窩，老鴉巢，哪兒能淘到吃的地方他就往哪兒折騰，這才算是能活到了今天。不像她這樣，隨著懷裡的孩子越長越大，她就越來越餓，常常在地頭餓得昏過去，逼不得已，不得不鋌而走險了。

我又問她，回到老家後沒有口糧你怎麼過？她說太湖邊上死魚死蝦都能撈到，靠這也能活下去。我說孩子沒有戶口怎麼辦？她說顧不得那麼多了，先把眼前的這一關渡過去，總比活活餓死要好吧？

我陷入了深思。翻來覆去地思考，我問她，「你如果逃回老家，他們會很快追到你的家，你想過沒有？」

她說，「這一點你放心。我家親戚朋友很多，我再傻也不可能傻到住回自己家去。」

我又問，「你的孩子將永遠沒有戶口，沒有口糧，沒有油鹽醬醋，最重要的是，永遠沒有上學的權力，這個問題你考慮過沒有？當今中國，一句話，把人死死綁定，最後的一道鎖就是戶口，天羅地網無所逃遁，你怎麼辦？」

她說「我怎麼沒考慮過呢？不是實在是走投無路了嗎？」

「如果你回農場，我每個月給你寄錢呢？能解決問題嗎？」我想給她再想點其他出路。

「這怎麼可以？」她臉又紅了，連忙擺手，「我怎麼能用你的錢？這是絕不可以的！現在哪家不窮啊？」

我說，「這個請你不要擔心。我家哥哥姐姐多，都有工作，這次回家，爸爸親口關照我從此不用寄錢回家了，攢點錢將來成家用。你想我連個對象還沒有，成什麼家呀？」

「那我也不能用你的錢。關鍵是，我即使收了你的錢，在農場裡我也沒有地方去買東西吃。我們那裡真的是連草根都扒光了。更何況我是不自由的。」

她這一說，我立刻理解了，我想起自己在單位裡想偷偷煮點東西吃都那樣困難，更何況她還在勞改。

我又問，「孩子的戶口可是大麻煩呀！」

她說，「其實我走之前已經想好了，想先把他生下來，等災情緩解後，我再帶著孩子主動投案，我可能被加刑期，但我畢竟是生育，處分要輕點。但孩子爸爸勞教可能已經解除了，孩子的戶口是能解決的，我已瞭解過了，讓他爸爸帶著孩子吧。」

她的語調十分平靜，但在我的眼前卻是勾畫出了一條萬分艱辛危險的求生之路，這一切卻要讓這個體型瘦弱的小女子去獨立承受。聽她這麼一說，我相信李玉瑤在逃走之前已經把這一切後果都想清楚了，她是出於一個偉大母親的愛決心以命相搏了。

看來，唯一的出路只能是逃走了。而我，必須在是否幫助一個逃犯逃跑還是阻止她逃跑中做出抉擇。我以為是非的標準只能是就事論事地做出價值判斷。我想即使按照國家的意志也絕沒有從肉體上把她和她腹中的孩子消滅的意願，而我如果出手阻止就是幫助實現這個罪惡的目的。之所以出現這種情況，罪在上頭，不在李玉瑤。因此我沒有選擇，只能是幫她逃跑。想定之後，我對她說出了於我而言是性命交關的話：「車票的錢我幫你出，你就做走的準備吧。」

李玉瑤聽我這麼一說，突然猛地把頭埋在被子上面嗚嗚大哭。她哭得十分傷心，彷彿要把心裡所有的辛酸悲苦借機統統傾倒出來。我等她慢慢平靜下來，她這才抽抽搭搭地說，「你讓……讓我怎麼承，承受得……起啊！」

我想我必須要讓她跨過心理上的這道門檻，便說，「李玉瑤，今天我們兩人都是平等的以人的身分做的一場對話，你如果還認為承受不起，那是你的心裡積澱了許多我們文化中的消極東西，你的心靈沒得到解放。我舉個例子，猶太人中的窮人認為他們的富人必須幫助他們，而他們的富人也認為幫助自己族群的窮人是自己義不容辭的義務。正因為他們有如此先進的觀念，他們才能歷盡歷史的磨難產生那麼多世界級的巨人。我們難道不應該學他們嗎？」

李玉瑤聽我這麼一說，不由得不點頭承認道，「你說的真的很有道理。我沒有想到，在我們年級的同學中還有像你這樣思想如此新穎的人物，我除了佩服真的讓我說不出話來了。」

我說，「你又錯了。你的思想難道不先進嗎？你在何錫林書記面前質疑毛主席說過的話勇氣多大啊！你不在強權面前折腰。我聽說把你打成『右派』、『反革命』的時候，你始終拒絕承認你有罪，不管他們用各種各樣的話用花言巧語來引誘你要你認罪你就是始終不從。我佩服你的勇氣，我更佩服你完全沒有中國人一種最壞的品質：苟且！所謂『好死不如賴活』，但是你，不苟且！堅持到底。中國人都像你這樣，中國早就有救了。」

「但是實際上，我們……比……畜牲還不如……呢。」她囁嚅著說。

「不，你是人！有些人就想把你們做人的尊嚴都給剝奪乾淨，千萬別上當。我覺得你們跟當年十二月黨人的境遇很相像，但他們始終保持著做人的尊嚴，普希金的詩歌高度讚美的就是這種偉大的尊嚴。李玉瑤，我掏句心窩話，你在我心目中一直是非常非常之美好。你是一顆太湖裡的珍珠。」我重複了張樺茹的話，「一顆鑽石即使掉到灰裡，它也還是鑽石。難道不是嗎？」

她聽我這麼說，眼眶又紅了，激動的捏緊我的手說，「我好久好久……沒聽到別人這樣說我了。謝謝你。你給了我勇氣。」

總之這個早晨我們談得十分痛快。李玉瑤也覺得心裡撂下了一塊大石頭，心裡反而急著想走了。我說，明天我第一件事必須拿到你的介紹信，第二件事是還要讓醫院給你再檢查一下，如果沒有什麼大問題，我同意你出院。這裡畢竟夜長夢多。一切等看明天的情形再決定。

回去的路上，我覺得心情特別地輕鬆，出奇的好。天很藍，陽光照在頭頂，我突然覺得海倫縣也很好看嘛，尤其是回到學校前，發現不遠處居然還有一處綠茵茵的森林，在春寒料峭的嚴寒中，綠的那樣的媚人，我怎麼從前從未見到呢？有機會一定要去朝拜。

第二天，我一整天沒有課，快近中午前，張樺茹找了個機會跟我擦肩而過，一張介紹信已經飛到我手裡。我把抽屜裡剩下的錢全拿了出來，趕到了醫院，一看，李玉瑤已經穿上了我為她買的新衣新鞋，臉上重新又蒙上了一隻大口罩，正坐在床邊等我呢。她把行李已經重新包紮好了。我也幫她把舊衣服爛鞋子捆一個包扔到醫院的垃圾箱裡。

她見到我高興地說，「上午醫生看過，認為我已經基本好了，不需要再做胸透就可以出院了。你看出院單她已經簽過了字，就等你來結算呢。」

我很快把介紹信交到院部，辦完結算手續，就把她送到車站，幫她買了張去哈爾濱的火車票，把一路所需的錢和糧票都交給了她。看看還有時間，我找了一家叫做「公社食堂」的飯館，看看裡面沒有人光顧，環境較為安全，就請她吃了中飯。裡面的東西當然又粗又差，一律要付糧票。我給她叫了一碗小米粥（這當然比學校食堂要稠得多，沒有尅扣），幾隻黏豆包。她吃得很開心，說這是她到東北後吃得最飽的一頓。因為要分手了，我們都有點留戀，話也說得有一句沒一句的。

我問她，「陸文舉可有什麼消息？」

她說，「從新近轉過來的一個犯人的口中，據說他是到了雙鴨山的煤礦，真的是到了礦坑的底層去挖煤了。」

隔了一會兒，她又說，「我早就聽說我們全年級有個叫岳翼雲的文武雙全，沒想到會在這裡碰見你……」

她又咬了手裡的黏豆包一口，捏著它轉著看來看去，像有許多話要說，「謝謝你……從我被打成『右派』的那天起，我就深受全社會的歧視，到了後來弄得連我自己都歧視自己……你是第一個能這樣平等對待我的人。我，我很感動……」

她的話令我心情萬分沉重，我說，「難道不平等反而是正常的嗎？我們通常的做法都是，先把一個人的尊嚴踐踏在地，再踏上一隻腳肆意蹂躪，最後再剝奪他做人的權利。然而，當社會把一個人的尊嚴剝奪乾淨後，這個社會剩下的就只有無恥和墮落。我始終看的是人品。人的好品質有許多種，像誠實啊勤奮啊等等，相反，有的人說話從來不算數，今天這樣講，明天那樣說，哪一句是個准啊？有些人不是最喜歡『資治通鑒』嗎？你知道這部書最重要的是什麼話？『夫信者，人君之大寶也。國保於民，民保於信；非信無以使民，非民無以守國。』孔子也說，『言而無信，不知其可也』，說真的，我不喜歡講話反復無常的人。」

李玉瑤若有所思地點點頭，我們都沉默了。這一剎那，我心頭莫名其妙地掠過了一絲念頭，我突然清醒地意識到了我跟這裡的某些人是格格不入的，他們觀念的陳舊落後愚昧，令我無法認同，也許……我真該……遠走高飛了？那維多利亞港灣……那大洋洲遼闊的牧場……

有片刻功夫我們都沒有說話，最後還是李玉瑤打破了沉默，她大概想說點輕鬆的話題。

「翼雲，我發現你的性格很招女孩子喜歡，你怎麼會連對象都沒有呢？追你的姑娘應該很多很多吧？」

我撇撇嘴說，「是有不少女學生，我嫌煩，真正知心的又能看上你的，在茫茫人海中真比大海撈針還難，我說的是真的。」

「這回我冒名頂替的叫張樺茹的是個什麼人？我看出來，你們的關係很不一般。這可不是一般人能做出來的。」她又問。

我承認說，「我們兩人是好朋友，幾乎是無話不談，但誰都沒談起過愛情的事。」

「這倒奇怪了。」李玉瑤覺得不可思議，「可能是你們兩人都太矜持了。」

「我有什麼好矜持的？我對你說實話，她是個混血兒，有俄羅斯的血統，長得美極了，我都從來不敢正視她的眼睛，美得讓人眩暈，我在她面前有點恍。」

「傻瓜，」李玉瑤終於被我的話逗笑了，我想這大概是她自『反右』以來的第一次展露笑容吧，這笑容一下子就把她當年的風采煥發出來了，「你呀，你呀，你這不就是愛上她了嗎？」

「可是我不敢愛她，」我歎口氣，「因為我的出身會給她將來的發展留下陰影——我們兩人中間隔著一道鴻溝，一道『紅與黑』的鴻溝。」

「哦，我懂了。」李玉瑤輕輕歎口氣，「她的態度呢？」

「不知道。但是她說過她不會愛上像我這樣的畢巧林式的『多餘人』。」

「你是多餘人嗎？我怎麼看也看不出你有一絲一毫的『多餘人』的氣質啊？相反，你到很有點車爾尼雪夫斯基的影子，你這個人心裡總揣著一團火，總是對人類懷著大愛無邊的悲憫情懷。看來，關鍵就在張樺茹的態度了。」

她還想往下說，但我示意她開車的時候快到了。

我送她到了列車車廂門口，她眼睛濕潤了，輕輕握著我的手，哽咽起來，「翼雲，大恩……不言謝……」

我也貼近她耳旁，輕輕背誦了一段普希金的詩句：

在西伯利亞礦坑的底層。
望妳們保持驕傲忍耐的榜樣。
你們悲慘的工作和崇高意向，
決不會就那樣消亡……

大顆的淚珠從她那枯乾的眼睛裡湧出，流到了她尖尖的下巴，打濕了她的衣襟，她抽搭著說，「你真像……我的親弟弟，保重吧。」

# 21 樺林野趣

俗話說，有一好，無二好。相反呢，即使壞也總能摳出點兒好的地方來。

到了海倫這個荒僻苦寒的囚犯發配之地，跟地處西北方的十二月黨人的流放地伊爾庫茨克也相距不遠了。天河師專的校舍雖說是比不上哈爾濱那裡的樓房，都是一式的泥磚平房，但有一個好處卻是哈爾濱那邊所不具備的，那就是它的取暖方式一律是燒火牆。不論教室還是宿舍，每間都有一扇牆是通火的，燒火的爐子都設在兩間房間共用牆的房間外的走道上，由於火是在屋外燒，所以房間裡是一塵不染，絲毫煙味兒都沒有。火牆這玩意兒，你不得不承認這是東北人的偉大創造，初看上去，你會以為能把一扇牆燒熱，那肯定要消耗很多的燃料，實則不然，這玩意兒熱效率極高：煙通過火牆裡曲曲彎彎的通道從屋頂上的煙囪裡排出，由於壓差巨大，拔風力極強，哪怕是劣質煤投進去，最後都能燒的盡光。黑龍江的富饒不表現在江南水鄉的物產豐富，而表現在自然資源的取之不竭上。就說燒火的煤吧，一到冬天，各個單位的空場子上都堆起了高高的一堆黑金般亮閃閃的煤塊，誰要用煤了，你就拿個桶去挖煤。用當地話說「你就可勁糟（zào）吧！」意思是你想燒多少就燒多少。於是我們常常能把一扇牆都燒紅了，即使外面冰雪幾尺厚，房間裡你簡直就可以脫光了衣服跳非洲舞。這跟哈爾濱的暖氣總是陰死陽活的要好得多，當然它的代價就是流鼻血、口乾舌燥。

我自從搬到海倫來後，最大的不習慣就是寢室裡的人多，那兩位講粗話的老師倒不是問題，最討厭的就是賈若曦和葉旭日，我知道安排他倆跟我住一起的目的就是便於監視我，他們是經常要向徐主任彙報的。我一直絞盡腦汁想擺脫他們，只是因為學校條件簡陋，只能大夥困在一起。就在我無計可施的時候，有一天我碰到了劉蘭老師，我問她自從遷到海倫之後，這一陣子怎麼很少見到她。她說，她已經在外面租了屋子住，這樣他們夫妻倆就能住在一起，不像在單位裡住集體宿舍那樣不方便。她還告訴我，搬出來住還有一個好處，伙食不再受學校食堂的克扣了，他們每月把糧油計畫取出來單獨做飯，逢年過節趕集時到集市上轉轉，生活倒比在學校要好，至少是肚子不像吃食堂那麼餓了。

劉蘭的話一下子提醒了我，我再一次地意識到，我的生活經驗真的是非常缺乏，我必須好好向劉蘭他們學。

從這天起，我就開始留意打聽外面的租房消息了。真所謂「求神神到，求鬼鬼到」，平時從不注意的事情一瞭解原來根本不是個問題。學校周圍就是農村，農民們平時想賺點錢真比登天還難，只要有人想租房的，哪怕自家騰出一張炕或是讓出房間給客人，自己住豬圈都幹，價格還十分便宜。這種交易都是私下進行，跟社會主義道路無關，也管不起來。就這樣，經過我一番調查瞭解，我相中了離學校很近的一座農舍，它就在一座不高的小崗子上，跟女老師的宿舍相隔一片低窪的農田，走過去也就大約六、七分鐘光景。這家人家就一對老夫妻，姓關，兒子參了軍，屋子是新蓋的，原先是預備給兒子結婚用的，但兒子正面臨提幹的機遇，來信說自己決定再「積極向上」一陣子，爭取一個好前途，就暫時不結婚了。這樣房子空著也是空著，一見來了個隔壁鄰居大學的年輕老師，又沒有家眷，你說這樣的房客上哪裡去找？所以關大爺一見我上門說明來意，二話不說，「房錢嗎，月租五元。有什麼想法，您儘管提。」

我仔細察看這房子，相當獨立，周邊已經為他兒子家庭的未來發展預留了大的空地。房子是南北向，一南一北兩座炕，朝南的三扇大玻璃窗，光線充足，從這裡望出去，可以清楚看見女生和女老師宿舍的幾扇窗戶，其他的都被樹叢和房屋擋住了。這裡還屬鎮上，有電，電錶分開。唯一的不足是冬季燒炕我沒有柴火，而學校裡多的是煤，理應有我一份。我把這個想法一提出，關大爺立馬說，「不成問題，我把炕口改造一下，既能燒煤，又能燒柴火。這一來冬季取暖就解決了，兩張炕架起火來，屋裡不比燒火牆差。

我又提出，我獨身一人，平時要上課，沒有時間做飯，能不能在他們家代夥？我可以每月再付他們七元的伙食費，吃什麼東西不講究，他們吃什麼我也吃什麼，糧油票按我每月的計畫交。關大爺一聽，笑的合不攏嘴，要知道七元一月的伙食費可是大城市的標準，再加上有糧油票補貼，平時求都求不來，當下拍掌成交。

我用這個方式給自己贏來了一點自由的空間，擁有了自己的小小的天地，其他人知道了後徒生羨慕，也無話可說，我也沒有請他們來過。一般地說，我是不太喜歡花時間在應酬上面的。我由於已工作了兩年，試用期結束，工資漲到了伍拾陸元，又沒有家庭負擔，單位裡真算得上是個富裕戶了。搬家的地點，我只告訴了張樺茹等極少數幾位，其餘的我統統沒告訴。他們幾個知道我搬了家，也來看過我幾次，不過他們都是白天來。就連張樺茹，我們也商量好了，在這個偏遠小鎮極其閉塞的環境裡，對於我倆都是未婚青年而言，屬於敏感人物，犯不上惹上閒言碎語。不過即使這樣，大白天我們之間說個話，交流思想還是方便多了，不用像以往那樣像地下工作者似的。

我又對她說，馬上開春了，我很想去尋找一個地方，那兒景色一定很美。她忙問我是哪裡？我說，「你隨我手指看那遠處，那一片蒼翠的森林當中，是不是有一抹隱隱約約浮在空中的淡淡的鵝黃色的霧靄？」

她順著我指引的方向望去，被她找到了，「是，我看到了，很淡很淡，不注意根本看不見。」

「我猜想，那是一片很大的白樺樹林。」

「咦，你怎麼知道的？」她好奇地睜大著眼睛。

「我想，白樺樹經過一冬，是最先長葉的，應該就是那種顏色，若隱若現，若有若無。我很想哪天去看看，她並不很遠。」

「呀，還真讓你說中了，這的確是初春白樺樹葉的顏色。難得你這麼細心。你哪天去？約我一道去好嗎？」

我答應了她，約好了等地面上積雪化盡之後我們就開始一場『探尋之旅』。

「我想說是我們的『朝聖之旅』。我看出來你很喜愛白樺樹，是嗎？我也是。白樺樹都是我們的心中最愛。」她又補充說，「我還有一個提議，那一天我們就當是一次野遊，我們的午餐就在外面吃了，我們各自做點準備，好嗎？」

「我準備吃的。」我搶著說，「魏校長聽說了體育科的同學們對我的反映，認為是應該讓體育科的同學們技能更廣泛一點，不要只會跑步。就請我給他們上點拳擊、中國武術的興趣課程。所以我現在定量是體育老師的了。」

「那好，」她也不跟我客氣，「我負責喝的。」

她這個建議太合我的心意了，你想想，自到了這個偏遠的荒僻之地，沒有任何文化生活，每天都看著那幾張讓人生厭的老面孔，誰受得了？我也替張樺茹想想，她一直在哈爾濱這樣的大城市生活，家庭的條件我已在她家門口感受到了那份優裕，現在到了這裡，她遇上的困難可想而知。我們真應該自己來尋找生活的樂趣了。

計畫定下後，我就靜下心來等待著春天逐漸臨近的步伐。

我在這間屋子裡的燈下又開始了我的寫作。每到夜深人靜，看看窗外的夜色，在深藍色的夜空下，星光分外燦爛。獵戶星座明晃晃的三星下，是被積雪壓矮了的黑色的校舍，對面的那一星燈光溫暖地親吻著雪野，反襯出夜的靜謐。我不知道那間屋子住的是誰？是誰這麼晚了還不入睡？難道那兒也有一位像我似的癡迷於書本的呆子，在徹夜苦讀？

有一天在學校休息時碰到了老殷，她對我說，「你來一下，我有話對你說。」

老殷自從結了婚後很少跟我見面了，這一次臉上帶著神祕的笑容。她把我帶到了無人處，笑嘻嘻地問，「岳翼雲，你對我說句實話，你對張樺茹印象怎麼樣？」

「什麼怎麼樣？」我有點奇怪地問，「很好啊。」

「那麼我告訴你，」老殷笑的甜蜜蜜的，「她愛上你了。」

我嚇一跳，「不可能。我們之間從來不談愛不愛的事。再說，她還比我大三個月呢。」

「什麼大三個月？」老殷笑得更厲害了，「她是比你小三天。」

「不對，她親口對我說的。」

「你呀，你呀，這是一個姑娘家在要你的強，目的是掩飾她的害羞呀。我就問你，一個姑娘家怎麼會對你的年齡知道的那麼清楚的？」

是啊，這個問題我也正想問老殷呢？我記得從未跟別人提起過我的生辰八字，怎麼她們就這麼清楚？再說，她老殷又是怎麼知道我的出生月份的呢？不過我這話沒有說出口，只是說，「我不相信，張樺茹這個人是很好，但是她性格孤高得很，她怎麼會看上我？你又是怎麼知道的？難道她對你說過嗎？」

老殷被我說的得意地直笑，「這還要人家說啊？看也就看出來了。好吧，我問你，你每天晚上睡覺的時候，注意沒注意到你對面我們屋裡的那盞燈？它是什麼時候熄滅的？」

她這一說我猛地想到了，難道那燈光就是她們屋的？

「那是她每晚在窗前守著你呀。」

這一句話，就像一記重錘震得我心弦發顫。人哪，心裡都有根最脆弱的弦，一旦被人觸到，就能把人給融化了，這一句話，就能讓你記住一輩子，直到地老天荒……我頓時呆住了，一股巨大的幸福的熱浪衝擊著我的心田，我的第一反應就是覺得自己是在做夢，這是真的嗎？我居然會被如此世上的「極品美人」愛上，這幸福的「鐵餅」為什麼偏偏正好砸中我的腦袋令我幾乎昏厥了？一時間我眼前只剩下她那雙清澈如湖水的大眼睛了。

「你好好想想，想好了給我一個答覆，或者讓我傳個話，我樂意為你們效勞。」老殷寬厚地說，「她是個好姑娘，你也是個很好的小夥子，你們真是天造地設的一對。」老殷看我還愣在那裡，親昵地丟下句「傻小子！」就笑嘻嘻獨自走了，留下我一人怔怔地站在那裡發呆。

整個晚上，我都坐立不安，我一次次狠下心來埋頭讀書，但讀著讀著，眼前就浮現出張樺茹的倩影，她就像黏在我腦海裡的一幅畫，怎麼甩也甩不脫。後來我乾脆打開日記本，在上面畫起了她的像。我的筆就像是鬼使神差般的，完全依從著記憶，信馬由韁地自由馳騁，等到畫完之後，連我都大吃一驚，怎麼畫得這般相像？那幽深的眼睛，那向上蜷曲的睫毛，那欲言又止的神情，那若隱若現的笑靨，活靈活現的就像站在我眼前一樣。我捧起了日記本，在這張畫像上深深地一吻，心中獻上我默默地祝福。

到了夜裡，我更睡不著了，頭腦在發暈，有時候昏昏沉沉沉浸在幸福的想像裡，有時候忽然又覺著自已從迷糊中一激靈清醒過來，我開始懷疑了，整個兒地就是不相信！我猜想這是老殷在跟我開玩笑。我說不清是什麼原因，我甚至認為，任何女人都可能愛上我，唯獨她張樺茹不可能愛上我，因為她是那樣的高貴，那樣的聖潔，像出污泥而不染的荷花，像雍容華貴的白牡丹，我對她只有敬愛的份，哪敢有一絲非分之想？我想起了《性的知識》那本書，一想起「進入肉體」那句話我就覺得猥瑣，我甚至覺得，如果我對她張樺茹這樣想，這樣做，簡直就是對她的褻瀆。然而，如果老殷說的那句話是真的，一想起她每晚坐在窗前遙望我屋裡的燈光，我就能想像出她那令人生憐生愛的美麗倩影，她的兩手支著她那細巧的下頜，全身心地望著我那灑在雪地上的昏黃的孤燈，一如我望著她屋裡的燈光一樣，一想到這，我的心就生憐生痛。唉，我該怎麼辦？怎麼辦呢？我可不可以問她一聲，「樺茹，老殷說你……愛上我了，有這回事嗎？」不，好像不行，這，這像是什麼話？是菜市場裡買蘿蔔白菜啊？要不，我寫首詩試探一下，古人都這麼幹的。但轉念一想還是不行，張樺茹是何等聰明的人，一旦看出來，要是她根本沒有那個意思，我不是自討沒趣嗎？畢竟這一切都是建築在老殷的假設之上啊，那麼我們之間好不容易建立起來的這種毫無間距的友情不要毀於一旦了嗎？你這樣不是自找霉頭嗎？不行，這層窗戶紙還是不要捅破為好，我太承受不起我倆如此純真友情的失去了。左思右想，右思左想，想不出一個辦法來。我這人，怎麼這麼笨呢？

我不知道什麼時候入睡的，昏昏沉沉之中，我如入地獄。周圍是無盡的黑暗，恍惚中前方有一圈光亮，我尋著光走去，看見光影中立著一個玉人，我努力想朝她靠近，但不論怎麼使力氣，我永遠也到不了她的跟前。我呼喚著，「樺茹，樺茹，你等等我呀。」她不說話，只是奇怪地往前走。突然，天庭上發出震耳的轟鳴，一個威嚴的聲音在地獄中迴旋激蕩：

「有海外關係者，屬境外敵對勢力，罪比地富反壞，更加一等，必墮阿鼻地獄！」

話音剛落，只見地層轟然斷裂崩塌，我失足墜入虛空，我叫喊著，身體飛旋著，一直墜入可怕的深淵……

我渾身冷汗，嚇得坐起來，心口仍然砰砰亂跳。回想起夢中的情境，我慢慢冷靜了下來，心想，縱使老殷說的是真的，我也絕不應該心生妄念，除非，這是張樺茹出自內心的斷然選擇，否則我將拖累她、愧對她一輩子。我記起李玉瑤臨別時說的那句話，「關鍵還是取決於張樺茹的態度。」是的，作為一個臉上打上「鯨印」的等外品，我哪裡還有選擇呢？

這事過去了幾天後，我拿拉赫美托夫和傾愛他的貴婦人的例子為榜樣，竭力控制住了自己的情緒。我謝過了老殷的好意，我說「我不相信你說的是真的，你只是想說合我倆好呢。我哪敢奢想得到張樺茹的愛情？這於我是太昂貴了，我消受不起啊！除非張樺茹親口對我這樣說，否則我怎麼可以打擾她的人生呢？」

老殷聽完之後狠狠戳著我的腦袋，「你這個書呆子！你還要人家姑娘先張口啊？真是榆木腦袋，朽木不可雕也！我可告訴你，過了這個村，就沒了這個店，人家可是黃花閨女，等不得你多少時間的，有你後悔痛哭的日子呢！我跟你說，春天來了，有句話，哪個少女不懷春呢？」

可不，北國春天的腳步，就像一個輕盈的姑娘，無聲無息之間，說來就來了。冰雪飛速地融化，樹上鮮嫩的樹葉一個星期內就發了瘋似的長出繁枝茂葉。春天異常珍惜大自然給她的這個短暫的視窗期，要在下面的四個月的時間裡完成開花結果繁殖下一代的使命，她不得不加速她的步伐。

在一個週末的晚上，我記起約張樺茹去白樺樹林的許諾，便打開桌上的燈，我想起過去跟張樺茹在一塊時曾對她說起過早期的中文電碼，因為大賈的物理實驗室庫房裡還有這種老掉牙的發報機，也有電碼本，大賈就喜好擺弄這些老古董，為了好玩，我們當場還做了簡單的應答。我想，如果我對面的窗戶果真是張樺茹和老殷的房間，我不仿發個燈光的信號試試。於是我用一本書來隔斷燈光，發出了一組簡單的信號，傳過去的話是：「明早九時去樺樹林，岔路口等你。」

我一連發了幾遍，為的是能讓張樺茹記下來，事後一翻電碼本就能懂了。我看見那扇窗戶裡的燈光滅了，又亮了，又滅了，又亮了，如果在星際交流中收到外星發來的這種信號，只能說明對方星球對我方信號的一種反應，我想張樺茹也絕不例外。

第二天是星期天，我在房東家早早吃了早飯。我必須說，老關一家對我真的是照顧得無微不至，大概他是認為在吃飯問題上他占了我很大的便宜，畢竟農村人從來也沒有這麼高的伙食標準，因此總時不時地給我單做些好吃的，比方打來的野雞野鴨野兔，這都是國家管不到的地方。黑龍江又是一個「棒打狍子瓢舀魚，野雞飛到飯鍋裡」的野生動物資源富饒之地，這一來我的營養條件大大改善。我吃完，穿上靴子，外面罩了件風衣——這樣的風衣是東北男人眼下很時興的服裝，被認為很能凸顯出男子身段的挺拔和瀟灑，曾經一度也流行到了關內，但到了江南就銷聲匿跡了。因為這成了東北人的標記，人家一看，怎麼的，到江南現代文明的繁華之地來裝斯文，給誰看啊？就這麼淘汰了。我把前一天下午準備好的食品都放在書包裡挎在身後，出了校門，獨自先走了。在繞過了一處小土崗子看不見學校了以後，我就站在岔路口等她。果然大約十幾分鐘後，她跟過來了。大概是因為頭一回採用這種燈光電碼聯絡的方式取得成功而獲得了成就感吧，一見面她就擊了我一記手掌神祕地笑，「噫，成功了！」樣子活像個大孩子，跟她往日的矜持穩重，前後簡直判若兩人。我特別喜歡她這樣的性格。

她今天也穿了一身銀灰色的短大衣，深色的華達呢褲子，褲腳收束在一雙高腰的黑皮靴筒子裡，這種皮靴是俄羅斯軍人穿的最多的。她的背上背著一隻厚帆布製作的雙肩包，式樣很特別，至少是我從未見過的，是用過很久的，裡面鼓鼓囊囊，不知裝了些什麼東西。她這麼一裝扮，倒顯得分外地英姿颯爽。

她見面就誇我，「我發現你這個人點子特別多，跟你在一起生活一點不枯燥。」說話時滿臉笑得光彩照人。

我伸手想捏捏她的背包，問她，「你這包式樣很特別，幹嘛帶這麼多東西？」

她一閃身，不讓我摸，賣關子似的，「到時候你就知道了。告訴你，這背包可是我爺爺留下的，有年頭了。」

我從腕上取下手錶，把時針對準了太陽，用時針和錶上的數字十二之間的角平分線定為想像中的指北針，再根據我們要去的樺樹林的方向找到它的方位角。

張樺茹看著我做，覺得很奇怪，「你這是幹什麼？」

我說，「那地方我們沒去過，也不知道有路沒路，但估計要穿過一片蠻大的針葉林，我先把學校和樺樹林的方位找定了，不論怎麼走，都不會迷失方向。現在告訴你，北北東二十四度。」

「啊？你還有這本領，你簡直就是只信鴿！」張樺茹驚呼，「手錶怎麼成了指南針啦？」

「想聽我告訴你嗎？我小學時候接受的是美國式教育，再具體就是童子軍教育。中學是學了蘇聯的，少先隊教育，它也不是一無是處。我們的中學生活很豐富。我參加過無線電訓練，航模，野外求生，天文等等訓練。到了大學，我更參加過射擊、跳傘、拳擊等等訓練，還拿到了國家等級運動員證書。到了後來，我們是中國大陸式教育，只學會了兩件本事：一是大批判，有理無理先把屎盆子扣過去，連最基本的邏輯都不要，比嘴狠，一準贏！二是學會使用最落後生產力參加農業勞動，此外無他。於是我就學會了挑擔子……」

她被我說的笑起來，「你的概括是『話糙理不糙』，就是讓有些人聽起來不舒服。」

我接著跟她簡單地講了手錶定位的原理，她倒也一點就透，羨慕地說，「到底是富饒江南啊，教育發達。我小時候跟外婆過，我們那兒就是脖子上戴個紅領巾，其他啥都沒有。進了中學才到哈爾濱跟爸爸媽媽過，受到一些現代教育。跟你們比差遠了。」

「我們那邊條件差別也很大。我是新中國的第一批少先隊員，那時候叫少兒隊。我的輔導員是南京中央大學的地下黨，叫謝家極。解放後她作為國家的代表團成員專門去蘇聯學習過，這都是她回來後教我們的……可惜的是，不久前聽說，在『反右』中出了問題……」

「難怪呀，」她咂著嘴，羨慕的心情溢於言表，「你從小受到了那麼多的好教育，所以你不管到哪裡，總顯得與眾不同。」

「其實你也很棒。」我由衷地讚美她，「你那『寸子舞』，你那降馬術，我說給人聽，人家都不信。」

「你說給誰聽啦？」

「我媽。」

「啊，你都對你媽說到我啦？」這消息大概出乎她意外令她特別高興，忙追問我，「你媽媽怎麼說？說實話，快說！」她在我背上親昵地捶了一拳。

我知道我說漏了嘴，趕緊支支吾吾打岔。可她偏偏不放過我，死纏著不放，我只得說，「對不起，我在數數，別說話了，我怕搞亂了。」

「咦，你又玩什麼花樣？」

「待會兒會告訴你。」

我於是走在前面，領著她朝著森林的方向行進。我們先是走過了一片積雪融盡的收割後的田野，被雪水浸泡得膨脹的黑土地踩在上面像走在棉墊子上一樣，彷彿下面充滿了乳汁。接著我們走上了一條留有車轍的土路，它彎彎曲曲通往那森林，再後來就變做了一條羊腸小徑，在進入針葉樹林後，我又在林間空地上用手錶對了一次太陽，告訴她要轉過一點角度，果然在穿過了這片樹林後，眼前豁然開朗，開闊的坡地上，站立著一片肅穆的白樺樹林。成千上百棵的白樺樹像身穿白色布拉吉的俄羅斯少女，手攙著手恭迎著我們。她們那挺立的身姿，顯得那樣的聖潔、美麗，端莊，華貴，她們的頭上，有若隱若現的青雲籠罩著，彷彿是俄羅斯姑娘頭上戴的花冠。白樺樹林靜靜地肅立在那兒，彷彿在沉思著什麼；風在林間穿過，彷彿是她們在竊竊私語。站在她們的面前，你的靈魂在悸動，在顫抖，在昇華。張樺茹和我都不約而同地陷入了沉默。

「多美啊！我真害怕一不小心碰碎了這令人心悸的美。」她低聲說。

「我也是。」

我們緩緩走近白樺樹林，幾乎是帶著一種朝拜的心情在林間散步。積雪融化後顯露出的厚厚的斷枝殘葉在腳下反應似的發出嘎巴嘎巴的聲響。向上望去，筆直潔白的樹幹伸向天穹，彷彿與絮狀的白雲相接，樹幹頂端已經披上鵝黃色的春裝，柔嫩的枝條上已經爆出毛茸茸的杏黃嫩芽。幾隻不知名的鳥在我們走過時被驚得飛起，使勁地撲打著翅膀飛走了，從空中掉落下幾根羽毛。

我們選了一處林中的空地，這兒的白樺樹長得有點奇特：地面上有兩株粗壯的樺樹長得擠在了一起，已被人齊齊鋸斷，留下兩段高矮不齊的樹樁，像似兩張緊挨著的凳子。這樹樁看上去真的很怪，外表看上去的兩棵樹居然樹身長得你中有我，我中有你，以致你竟然分不清它倆到底是連根的兩棵樹呢還是本就是一棵的分叉呢？奇特的還不止這一處：就在這樹樁的旁邊，還立著另一株更粗壯的大樹，她那靠近根部的灰白色的樹幹上留下的疤痕，居然像極了一隻大大的人的眼睛，它是那樣的惟妙惟肖，除了線條分明的上下眼皮外，最令人稱奇的是那眼珠的瞳孔層次色彩極其分明，看上去不像是漢族人的眼睛。

張樺茹就在這只大眼睛面前放下了自己的背包。

「就在這兒歇息？」我問。

「就在這兒。」

「在她面前？」

「誰？」

「那只眼睛。讓她看著我們？」

她看看樺樹幹上的大眼睛，笑了，「就讓她瞅著吧，咱們又不幹壞事。」

我脫下外面的風衣，準備鋪在地上。

她阻止著，「別呀，地上埋汰，別把你那件挺括的『門面服』整髒了。我準備了。」說著，她打開了帆布包，從中取出了一卷大的防水油布，鋪在了地上，又在中間鋪上了一張不大的臺布，於是野餐的「餐桌」就佈置好了。

我也把包打開來，先取出用報紙包著的一大塊棗糕，這是我用一斤糧票買的。

我說，「真不好意思，跑遍了整個縣城，在國營食堂裡最好的就這玩意兒了，其餘的副食啥都沒有，櫃檯裡一片空空蕩蕩。你也知道，咱們的肉、油、蛋等等副食品票券統統都在單位的食堂裡，我們連影兒都見不到。請你別在意，我只能用這把你肚子填飽了。」

她倒絲毫不在意，反而解嘲地說，「這麼大的棗糕，你想把我給噎死呀？幸好沒人瞅見，否則人家要說咱們奢侈了。你別責怪自己，誰都知道，這年頭咱這兒想找吃的，真比在月球上找條馬哈魚還難。」

「不過我還搞到了一點別的。」我趕緊討好她說，「你看。」說著我從包裡又取出了三隻碩大的蛋。

「咦，」她驚呼，「是……大雁蛋！你是怎麼搞到的？」

我得意地說，「自己撿的。我們房後不是莊稼地嗎？旁邊還有片小小的沼澤地，我早就注意上了有幾隻北上的大雁常常在這裡歇息，前天我就在草棵子裡發現了這三隻蛋，只能委屈它們了——我已經煮熟了。」

張樺茹眼睛一亮，捧起了一隻蛋貼在自己的臉旁邊，然後把棗糕、鵝蛋都放置在臺布中央。

「很好，主食都有了。來看我的吧。」說著她把背包一倒，裡面稀裡嘩啦掉出一大堆東西，三隻大搪瓷茶杯，一隻廣口空瓶子，一把三角刮錐，兩把刀，一長一短，還有布口袋、細繩子、幾把小勺子等等，倒是一點喝的水分子也沒看見。

「喂喂，你這些東西又是從大賈的實驗室裡整來的吧？你想幹什麼？」我驚奇地睜大眼睛，不知她葫蘆裡賣什麼藥，「你不會是把我騙到這兒來，給我扒膛開肚動手術吧？」

「嘻嘻，你真說對了。」她調皮地對我眨著眼，「豈止是扒膛開肚，我還要取你的心臟來下酒哩！岳翼雲，你今天落到我孫二娘的手裡，明年今日就是你的忌日了！」

說完她拿起那把三角錐，一把小刀，挑了一棵比較粗壯的白樺樹，用刀先切開一塊十公分見方的樹皮，形狀像個「凵」字，留下上面那一橫的表皮沒有切，反把裡面好幾層樹皮都開了個「口」字取下來了，小心翼翼地放在一旁。揭去了樹皮的部分露出了樺樹的木質。然後她拿起三角錐子朝木質樹幹扎進去，邊扎邊轉動著錐子，很快旋出了一個深若三公分左右的洞，再把割下放在一旁的樺樹皮捲了兩根長約六七公分的圓管子，用其中的一隻，插進那個剛剛打出的洞口，於是從管子裡便流出了略帶黃色的清澄的液體來。

「哇！樺樹汁！」我這才知道那次我生病飲的樺樹汁就是這麼採集來的。

張樺茹又拿起一隻大搪瓷缸，用繩索連把手帶杯身一起綁在出水管口下方的樹身上，於是樺樹汁便源源不絕地流進了杯子裡。她再把捲起的樺樹皮像門簾似的放下來，壓在那根樺樹皮的出水管的上面，起了固定的作用，這棵樹的取汁工作就完成了。

原來就這麼簡單。我忙說，「我懂了，另外再找兩棵樹做兩個取汁的管子對嗎？行，出力的事交給我了。」

我接過她手裡的錐子和刀，依樣畫瓢地開始了工作。

張樺茹則拿起另一把長點的刀不知跑到哪裡去了。

我不一會便一連挖了兩個樹洞，插了兩根樺樹皮管，把其餘的兩隻搪瓷缸都綁好在樹上。

樺樹汁像沒有完全擰開的水龍頭流下了細細的汁流，杯子裡的汁水一點點地升高，我開始聞到了一股挺醒腦的清香。

張樺茹不一會也回來了，一臉的興奮，一手提著小布袋，袋子底下好像被什麼濡濕了，另一手裡提著那把刀，手指上好像染上了什麼黏黏糊糊的糖液，油光水滑的。

「瞧瞧，看我又弄來了什麼？」她砰一聲把布袋扔在「臺布」上，從裡面取出了好幾片黃色的圓圓的餅子狀的東西，上面好像還有一些蟲子在爬。

我已經猜到了是什麼，只是還不敢相信。

「野蜂蜜！」她得意地說。

「這……是蜂窩？」我猶猶豫豫地問。

「可不？」她說著拿起一片黃蠟蠟的「餅子」，那上面還有一隻「蟲子」在爬，她若無其事「噗」地吹一口，把那只蜜蜂吹飛走了。

「你……你沒有給蜂子螫了？」

「嘻嘻嘻，蜜蜂從來不螫我。不信？你瞧我這手，這臉，可有一點紅腫的地方？」

「你是……野人啊？！」我大聲驚呼，已經不敢相信自己的眼睛了。這個張樺茹，像有無限相，你不知道下一分鐘又會變出什麼相來。

張樺茹被我誇得直笑，「小事一樁，其實蜜蜂你只要不讓它覺到了危險，它是不會螫你的。小時候我可是常幹呢。來，讓你看看我怎麼把蜜弄出來。」

她把手裡的那片蜂窩，用刀割開了封口，說，「這就叫『割蜜』。你看這些聰明的小蟲子吧，想的可周到了，蜜採滿了，會把口字用蜂蠟封起來。我現在把這些口子切開，蜜就流出來了。」她說著把手裡的蜂窩對準那只廣口瓶輕輕一磕，果然，濃濃的蜜就流到了瓶子裡。她就這樣一點點地把蜂窩裡的蜜集中到了瓶子裡，還隨手切下一小塊蜂窩，交給我，像是大人打發貪吃的孩子那樣吩咐，「嘗嘗，甜不甜？」

我接過來，手指立刻就被濃稠的蜜黏住了，「就這樣吃嗎？」

「難道還用眼睛吃嗎？放心，蜂窩是可以吃的。」

我把那一小塊放進了嘴裡，果然，又甜又香，還略略有點苦味。

張樺茹把一切搞定後，找到了不遠處的一個小水窪，招呼我說，「這是融化的雪水，乾淨得很，咱們洗洗手，開餐吧。」

她解下了樺樹幹上的兩隻搪瓷杯，裡面的樺樹汁已經接滿了。我知道，第三只是為了可以讓我們喝完以後隨時添加的。

我們席地而坐。她經過前面的那陣子忙碌，臉上已有了些微的汗珠，我掏出自己的手絹遞給她讓她揩一揩，她這一揩，讓面部的血液流得更歡暢了，一張臉就像是盛開的杜鵑花。

現在臺布上的食品已經有點象模像樣了，她像主婦似的攤開雙手，說，「瞧，澱粉，蛋白質，多種維他命，多種氨基酸，該有的都有了。下回來就有經驗了，最好能有口鍋，煮熟食，我還能採些蘑菇，野菜，還能弄到漿果。翼雲，我甚至想，我們兩人如果生活在一起，走到哪裡也不會挨餓。你說是嗎？」

說完她拿起刀把棗糕切小一點，用小調羹挖了蜜拓在棗糕上，遞給我一塊，自己也拿起了一塊，舉起了另一隻手裡的杯子，說，「咱們幹一個？」

「幹！」於是我們兩隻杯子便碰到了一起。

這頓飯因為張樺茹出色的野外生活經驗而生色不少，我見到她幹活那樣地麻利，行為甚至帶點野性，心裡除了佩服已無話可說了。

我說，「你野外生活的經驗也很豐富嘛。」

「都是跟外婆學的。你也很了不起。哦，我忘了問了，你一路上數數做什麼呢？」

「我在量步子，計算距離。」

「結果呢？」

「因為講話的緣故，不精確。大致是兩千多步，二公里不到。」

「哇，什麼腦袋啊！」她讚歎道，「原來你是靠步子跟手錶定位來確定方向的。」

「聰明！」

「跟你在一起，不會迷路。」她若有所思地說，「你猜我剛剛聯想到了什麼？我們現在有沒有一點像是《第四十一》裡面那兩個人在野外的生活嗎？」

「你是說瑪柳特卡跟那個白軍軍官？」

「是呀。」

「那誰是白軍軍官呢？」

「當然是你了，我又不是男的。」

「我不幹。」

「總不能叫女的當吧？」

「那最後讓你一槍崩掉我，我傻啊？」

「誰想崩掉你啊？你就不能往好的方面想嗎？我是說假如。」

「但是我的眼睛也不是藍的。真正的藍眼睛就在這兒，她不當由誰當啊？」

「你是說我的眼睛是藍的囉？其實我也不是純藍的。」她說起來似乎還有點遺憾。

「你仔細看過我的眼睛？」她又問。

「沒有。只從旁邊看過。」

「為什麼？」

「好意思看嗎？」

「這有什麼不好意思的，又不是幹壞事。」這是她今天第二次說起「壞事」兩個字，不知道她這個「壞事」指的是什麼意思。

「今天我讓你正面看好嗎？來，對著我的臉。」她突然想出了這個主意，倒讓我不知所措，我想看就看吧，人家姑娘家倒這樣大方，我一個大男人還怕什麼？更何況我早就想好好看看了。可是我剛要看她，她反倒繃不住臉先咯咯笑起來，臉都紅了，完了又閉著眼睛，調整了半天情緒，最後終於正兒八經地把眼睛對著我。

「看吧！」

不料我剛剛正眼對著她的眼睛，她已經先盯上了我，吃驚地喊起來了，「啊呀，你的眼珠好黑呀，黑得像一汪深潭，深不見底，中間還有我的人影，我生怕一不小心就掉進去了。」說完就閃開了自己的眼睛。

我說，「我的眼睛不好看。」

「不，像亮晶晶的黑寶石，深邃悠遠。」

「還是你的美。你不是淺海的蔚藍，而是深海的藍色，深不可測。只是我還沒來得及看你的呢。」

「不讓你看了，以後再讓你好好看吧。」說罷她哈哈大笑。

我這才知道上了她的當。她卻樂得躺在我睡衣上笑個不停。

這頓飯我們吃得很飽，很盡興。吃完我們把剩下的食物包起來，我讓她帶回去，我說，「你離開了家，糧食肯定不夠，你帶著吧。」

她想想說，「也好，我給大賈送去，你看他瘦的，腦袋只剩三根筋撐著了。」

收拾完了，我們隔著中間的「臺布」躺在油布上休息，看著天空被白樺樹幹樹枝樹葉環繞的藍天，那真是一種人生少有的體驗，這一刻，人間種種揪心倒胃的爛事都付諸了腦後，唯剩下那片明淨的天空了。

我問，「能說說你藍眼睛的來歷嗎？」

她沉默片刻，用一種平靜的語氣對我說起了家世，「我的爺爺是俄羅斯人，中東鐵路的高級工程師，很早就來到了哈爾濱，我家的房子就是他那時留下的。我的爸爸，學的是鐵路，所以也留在了中東鐵路工作。九一八事變後，日本人佔領了東北，中東鐵路改由蘇聯政府和偽滿洲國合作經營。有一次，他在鐵路上冒險救下了一名東北抗聯的祕密特派員，被日本人發現後遭到了通緝，他逃亡到了很遠，在那裡遇上了我的母親，於是就有了我。後來，經那位特派員的介紹，父親也加入了抗聯，據說還成為俄羅斯族中第一批的共產黨員。再以後呢，中東鐵路收歸了國有，他就仍然回到了哈爾濱鐵路局工作。要不是那位特派員，大概也不會有我吧，你說人間的事情怪不怪？」

我們就這樣談著，不知道是出於什麼想法，都連家譜都向對方抖落了一遍，事後想想也覺著奇怪，幹嘛要談這些？難道是談婚論嫁嗎？最後我們都認為這個地方選的不錯，尤其是這只樹幹上的大眼睛看著的一高一矮的兩座擠在一起的大樹樁，是談心的好地方。於是就把這兒定做了將來有要事商談的碰頭地點，一如從事地下工作那樣。畢竟在「革命」的旗號下人的尊嚴和隱私一錢不值，然而我倆卻到了有隱私必須保留在心中的年齡。

臨別樺樹林時，張樺茹提議我倆把我們的姓刻在大眼睛上面，「算是留個紀念吧。」她說。

# 22 薩爾圖風雪之夜

這次野餐，我明顯感覺到我們雙方都已經離不開對方了，如果不是我心中的那道鴻溝，我早就會跨過去的。然而，愛情的火苗就像點燃起的一堆樹葉，假如沒有風的吹拂，也只能是被燜在樹葉下只是不停地在冒煙。如果不是被其後的一件事所催化，也許我倆的所謂「愛情」也只是一縷永遠漂浮在空中的青煙，決不會擦出火花，更不會釀成後面的悲劇。

這一切的轉折，就來自薩爾圖大草原的那個風雪之夜……

這是一九六零年，短短的數個月內，在遼闊的松遼平原上，來自全國各地的十萬石油大軍雲集到了薩爾圖大草原——大慶會戰拉開了序幕。

大慶是後來起的名字，原先只叫安達，蒙語是伴侶的意思，滿語是好兄弟。這裡地屬松花江專區。天河師專一直為尋找建校的永久地址而發愁，專署領導的意思是，既然安達有可能成為全國重要的石油基地，不妨也就把專區的第一所高等院校天河師專也建在這裡，以便將來的更大發展。當然作為東道主，參與大慶會戰責無旁貸，除了份內的支援工作外，一項帶有象徵意義的舉措就是讓天河師專的師生也直接參加大會戰。由於勞動條件的極其惡劣，勞動強度的極為艱巨，參與會戰的人僅限年輕老師和同學，於是這年的秋季，我也和學生們一道浩浩蕩蕩開到了大草原。

這正是最飢餓的年份，農民紛紛逃離家園，到能找到任何生路的地方去求活口。松遼平原上大油田的發現，像給北方的農民打了一針興奮劑，於是他們也和石油大軍一樣，齊聚到這裡，無論是列車上、車站、月臺、站前廣場，裡裡外外，到處都擠滿了被稱作「盲流」的人群。他們穿著破爛，蓬頭垢面，個個都經歷了極其奇特的趴車歷險記，出現在每一個可能有機會的角落。

這又是一個「大講階級鬥爭」的年份，從王瑞祥那裡，我才聽說就在他老家附近，河南信陽發生了餓死百萬人的大事，據說毛主席聽了大為震驚，決定以攻為守，大抓階級鬥爭，以防民之口。於是被飢餓逼迫得走投無路的農民又面臨著另一重的困境：因為人們一旦打上了「盲流」稱號，也就失去了姓名，失去了身分，甚至是失去了公民的資格。你若不信，出了安達車站，沿街大道邊，百米告示欄上貼滿了槍斃人的佈告，多到了目不暇接，數不勝數。沒有人關心被槍斃人的姓名，更無人關心所犯的罪行，只記得重複率最高的就是「盲流」二字，似乎這就夠了，它已經給犯下或可能犯下的任何罪行留下了想像空間。佈告末尾在「此布」下面打的紅鉤，就成了盲流們投向往生的通行證。

我記起來安達路上自己所在的那節車廂裡，占盡了座位的，居然是來自山東的同一個村子的「公社社員」們。他們大聲喧嘩，談笑，為趴上了列車做一次「免費的」關外旅行而興奮不已。有個年輕人，穿了一身補丁摞補丁已經看不出底色的破衣服，對坐他身旁的另一個年輕人大聲說話，從他說話的動作、口氣看，沒准就是從小一塊爬樹上房掏鳥窩的發小。

「狗剩子，」他開口就直呼小名，「這回要不是你帶頭，借我個膽兒也不敢！」

身旁被叫做狗剩子那人，穿一身復員軍人的舊軍裝，忙用軍帽蓋住自己的臉，身子驚慌地縮作一團，嘴裡嘰嘰咕咕著，「這，這，跟俺有啥關係？別提俺，誰提俺跟誰急。」

坐在另一排座位上一個年紀稍大點的人立馬站起，指著那個年輕人，態度十分嚴厲，「二蛋子，說啥呢？不興提咱支書！走前可是發的血誓，忘啦？」

年輕人也知錯地乾笑著，「不是沒外人嘛？」

「沒外人？說溜嘴可是性命交關的大事！」

一句話說得大家一臉嚴肅。

我這才知道，這個村的年輕人都在村支書的帶領下集體「盲流」出來了。我不知道當他們下了車後，看到沿大街的槍斃佈告會怎樣想？他們會不會被當做妄圖破壞這項重大戰備工程的犯罪團夥被集體用朱筆打上紅鉤？

不過對於我們，任務卻十分單純：為石油會戰大軍建造過冬的房屋。

每天天不亮我們就起身，一邊抓撓著被蚊子飽餐一夜的滿身佈滿紅點的肌膚，搓揉著惺忪的睡眼，從那些歪歪斜斜、破舊不堪、門洞大開的土坯房子裡鑽出來，——這些房子都是原先的牧民們由於工程的需要撤走後留下給我們暫住的，簡單吃過後就由工程人員帶著去工地。

工地離住處還很遠，也無路可通，好在薩爾圖大草原地勢平坦如砥，少有起伏，四野望去，芳草萋萋，延展到了天際，人走在深可沒膝甚至及腰的草叢中到處都是路。這裡的地面上幾乎沒有什麼標誌物，如果沒有天空的陽光，向四面八方望去，東南西北都一個樣子，如果離開了帶隊的人，是很容易迷失方向的。

走在草叢中，立刻就遭到蚊蟲的集團式進攻，向空中望去，蚊子就像漫天下起了紛紛揚揚的大雪，你只有手裡不停地揮動衣服、毛巾，才能略有緩解，即使這樣，蚊子仍然勇不可當，有的甚至像「神風」敢死隊似的直接衝向你的眼睛、鼻孔和張開的嘴巴，在那裡壯烈地犧牲。

我們的工地，就是石油工人日後的居住地。沒有磚，沒有瓦，沒有任何建築材料，唯一的就是腳下的土，於是一種最經濟實惠的辦法——「乾打壘」就誕生了。

這方法很簡單，先清理平整出建房的地面，在上面用石灰畫出房屋的邊框，然後在距離牆基兩公尺的地上取土，朝牆的模板架子裡倒，每鋪一層土，上面就要站上兩個人，面對面地掄錘把土狠狠砸緊夯實。鋪一層土，錘打一次，直到把牆用土堆成。「乾打壘」就這個意思，當地人叫俗了，就叫成了「乾打雷」。這純粹是力氣活，取土、夯土，哪一樣都不輕鬆。這種房子看上去不起眼，實際上是冬暖夏涼。牆體的剖面呈梯形，越到下面牆越厚，堅固得很。

我們中文科這次仍然跟教育科住一個屯，一塊幹活，一塊吃飯，但他們負責領隊的由於科主任年齡太大，來不了，除了原先的輔導員外，反而把張樺茹推出來了。一打聽，原來趙書記大概是受了史副書記之托有意把她作為黨的發展對象來培養，想給她創造條件，儘管我知道她本人連入黨申請書都沒寫過，也從未聽她說起這個意願，因為我知道，她具有極高的藝術靈性，對政治卻毫無興趣；她對學識極有興趣，卻毫無組織學生的能力。然而時勢比人強，「組織」找上了你，你想推也推不掉，於是這個於她極不相稱的擔子就落到她肩上，而史建軍就成了她頭一號刺兒頭。

會戰伊始的大慶，自然條件極其惡劣。每年九月底這裡就飄起了大雪，遇上西伯利亞寒流，氣溫就能降到零下二十多度，然而若是在白天，如果有強烈的日照，又能讓你脫光脊樑。一九六零年這裡又是一個多雨的年份，三天兩頭下雨，雨水落到地面上，被地上的厚厚的鹽鹼層擋住，完全滲不下去，在地面上就積成牛奶般乳白色的積水，人走在上面，一步一滑，兩步一跐，連滾帶爬，狼狽不堪。不過倒有一點是好的，經過城水泡過的鞋襪，摔倒在地沾汙的衣服，從水裡拿起那是絕對的乾淨。至於生活條件，那就不用提了，石油工人常年連蔬菜都吃不上，許多人都得了浮腫病，而我們因沾了松花江專署地主之誼的光，有時還能吃到專署給我們送來的一些白菜葉子。

由於要趕工期，我們的「乾打壘」都要做到任務包乾，到時必須保證完成，否則許多石油工人在今年大冬天就得在零下三十度的冰天雪地裡露宿草原，那後果將不堪設想。

中文科總結了上回去望奎農村勞動的經驗，把我和鄭文穎分在一起，組織了一支「突擊隊」，讓我當隊長。我當然知道，這並不表示我在知識份子中的「階級」地位有所提升，不，這是毫不相干的。根據毛主席對知識份子的階級劃分，統統都打入了「資產階級」範疇，屬於專政的對象；但其中有例外，比方黨員、中層幹部或處以上官員，就基本劃入了無產階級，是依靠對象；其餘的又要細分，依出身、有無歷史問題、家庭親屬情況，直到最後的「地富反壞右」等等，我因有了「海外關係」，那應該是處在最底層的。給你個「突擊隊長」幹幹，是為了要你拼死賣命，不等於是真的抬舉你，這跟張樺茹負責教育科師生的帶隊是完全不同性質的兩種事情，她那是預備脫胎換骨由蛇蛻變成仙的。這一點，毛主席心裡劃得是很細很細的。這一層層的中國特色的「階級」劃分，就構成了一九四九年以後中國大陸表面平等實則空前嚴厲的「階級」分野。處在不同「階級」層面的人，關鍵是要「識相」，你只能做這一層讓你做的事，說這一層讓你說的話，「亂了規矩」，就會大難臨頭。

不過我無所謂，把我放在但丁「地獄篇」裡的哪一層都行，因為我不想做官，只想做學者，一輩子憑業務實力吃飯。到了這裡，為了國家找石油能做點貢獻也是應該的，所以叫我幹「突擊隊長」我就賣力幹。我跟鄭文穎帶上了十來個中文科的精幹的小夥子們，真是說幹就幹。在這種活計當中，我的優勢盡顯出來了。建房開始，取土最吃緊，薩爾圖草原是重度的鹽鹼地，一鎬頭下去，虎口震得生疼，還只能啃下核桃大小的一塊土，像這樣幹下去，房子將不知要幹到猴年馬月？但只要掀掉了上面這層十幾至二十釐米的鹽鹼蓋子，下面的土就好取了。這工作只有靠我這個大力士來幹。我採取的辦法是，由坑及線，由線及面，也就是用丁字鎬對準一處堿土深深鑿下一個坑，然後再靠近連續打幾個坑，讓它們連成一線，再重擊其中的連接處造成整體斷裂分離，於是一大塊堿土蓋子就掀開了，這樣連續打開幾處堿蓋子，工作面就開闊出來，大家繼續往深層取土，速度就上來了。等到取土加快後，更吃力的就是站在牆上面的乾打壘的人了。這時候我就跟鄭文穎兩個人一人掄一隻大鐵錘。他力氣小，打第一錘，起指引作用；而我就在他的錘印上再狠狠加一錘把土夯實。一邊捶實一邊添土，一旦開了錘，連休息喘氣的時間都沒有。為了給自己鼓勁，我也學會了工地上此起彼伏的號子：

「嘿嘿呦吼。嘿嘿呦吼。嘿嘿呦吼。嘿嘿呦吼。飛起我的夯呦，掄起你的錘呦。加上那木板打好樁，我把那泥土壘呦。挑水的穿梭忙呦，好似大雁飛呦……」

號子一喊，幾錘子夯下去，渾身的汗就冒出來了，一開始我曾脫去了衣服，一分鐘後就嘗到了苦頭：蚊子的輪番進攻讓我無法招架，於是我穿上了襯衫，蚊子照樣能穿透貼住皮膚的衣服，饕餮一番，我只得在外面再套上中山裝，這似乎已經固若金湯了，但是不，一種更厲害的昆蟲取代了蚊子，它不聲不響，穿過厚厚的衣層，一口螫下去，疼得讓你寒噤般地發顫，這就是牛虻。我這才知道，往常看見牛身上某處皮膚忽然抖動起來像水紋似的，於是牛尾巴便開始抽打起來，現在才明白，原來就是牛虻在叮咬。這種能把厚厚的牛皮都穿透的螯刺，對付人身上的幾層衣服那真是小菜一碟。防備的辦法只能是，我們一邊幹活，一邊互相監視著，一旦牛虻落在了誰的身上，上去就是一巴掌，還不能往身上拍打，否則螯刺就真的被拍到人的皮膚裡去了，而是橫起巴掌一甩，把牛虻拍落到地上，然後再一腳踏死。

我們的任務是包乾制，規定的任務幹完了就可打道回府。

工作開展起來後，我們這邊的土牆就像是雨後春筍節節拔高，一天一個樣，而緊挨在我們旁邊的教育科包乾的房屋就像是營養不良的初生兒，瘦骨伶仃的，怎麼也不見長。收工的時候，我悄悄問了一下張樺茹，她一臉的無奈，說，「還不就是那個臭蛋，他橫豎不幹活，還怪話連篇，一隻爛蘋果壞了一筐。我能怎麼樣？我還巴不得趁這個機會證明我根本不是那塊料。」

眼看著我們任務就快完成了，可那邊呢？還差了一大截兒。我想幫幫張樺茹，便跟我們的帶隊葉旭日商量，我說，我們的活兒所剩不多了，最好能跟教育科同時回去。他們那邊進度可差大老遠了，我帶「突擊隊」過去支援他們吧。葉旭日正為我們的進度飛速深感自豪呢，自然也沒有意見，說我跟他們張老師說一聲，今兒收工後跟他們開個會就把你們并過去吧。這事就算談成了。

這天收工後，我帶著手下的十五名幹將去到了他們那邊。教育科的師生們知道我們要加入他們的行列，那的確是出自真心地歡迎——你說誰不想早幹完早回學校嗎？誰想整天渾身汗津津的忍饑挨餓做蚊子的口糧呢？所以收工後早就坐在地上等我們的光臨了，一見我們就稀裡嘩啦拍了一陣子巴掌。

張老師把我們向大家做了介紹，表示熱烈歡迎，下面就有人插嘴，「張老師，您甭介紹了，望奎那陣子我們早就見識了。岳老師不是還下河救了狗懶子嗎？」

「誰啊？誰提老子啦？」學生中有人挺橫地應了聲。

我尋聲望去，見史建軍半躺在地上，撿了個土塊，朝那個嚷嚷的人頭上扔過去，嘴裡還罵罵咧咧的，「沒見過嘴這麼糞的？我反正受夠了，這是人呆的地方嗎？他們來了最好，誰愛幹誰幹，我是不想幹了。」

張樺茹看看他，拿他毫無辦法，只得叫大家歡迎我講幾句話。

我說，「我帶了十五個中文科的小夥子來支援兄弟科系，希望儘早勝利完成任務早日返校。剛才有同學說這兒不是人呆的地方，我同意這兒條件的確很艱苦，但是我們常常經過礦井工地，看看那兒許多工人師傅還睡在簡易的工棚裡，甚至就睡在露天，下起雨來只能用一張油布蓋在身上頭上，同學們，難道他們不是人嗎？他們可是整個冬天就要在這裡度過的啊。我們沒有別的能力，只能把房子儘快地建成，讓他們能住進去。就為了這，我們中文科才一致同意讓我們『突擊隊』全體跟諸位同學並肩戰鬥。我別的話沒有，請看我們的實際行動吧。」

我的話剛講完，史建軍怪聲怪氣地喊了聲「老師！」然後他慢慢站起身，帶著挑釁的神色對我說，「你們既然號稱是『突擊隊』，不知怎麼『突』法，能不能當場讓大夥開開眼？」

這不明擺著是要客人好看嗎？張樺茹急了，大喊，「史建軍，你幹什麼？」

「不幹什麼？請他們露一手，讓咱們學啊，同學們說是不是？」

張樺茹無可奈何地瞧著我。

我若無其事地說，「請史建軍同學說說，要我們怎麼露一手？」

「吔，這話爽氣。」史建軍朝土坑裡的兩筐堆得滿滿的土一指，「這兩筐土你們有誰能挑起來，我就服你們這個『突』字。不行，就少拿雞卵子當尿泡踩。」

我看那兩筐土，純粹是惡作劇堆起來的，不僅堆得很高像兩座山似的，而且還故意踩得結結實實，少說也有三百斤。我一看就猜出來，他們就是這麼幹活的，拿同學開玩笑，取樂，你們不是挑不動嗎？那就統統都別挑了。

我說，「行，我來試試。不過話說頭裡，我要挑起來呢？」

史建軍眼一斜，「我就服你的。挑不起來呢？」

「你說呢？」

「在地上爬三圈，滾！」

「史建軍，你怎麼這麼說話！」張樺茹氣的頓腳。

「沒事，」我安慰著張樺茹，然後束緊腰帶，大步走到土坑裡。我心裡當然有數，『負重深蹲』那是練舉重的人的必修課，這點重量算得了什麼？過去是肩膀不行，打十三陵水庫工地上鐵肩膀就練出來了。

我拿起扁擔，理好兩頭的繩索，上了肩，兩腿一挺，「起！」擔子就離地而起了，同學們剛要叫好，就聽「叭」的一聲脆響，扁擔從中間齊齊折了，兩筐土重重摔在地上。

「好！」同學們齊聲喊好。

我又從地上選了根更結實粗重的扁擔，套上繩索一聲「起！」輕輕鬆松地挑到牆旁邊，把兩筐土倒進了木板模架子裡。

「史建軍傻眼啦！」

「服不服？服不服？」同學們紛紛開始拿他起鬨了。

他瞪著眼睛不吭聲。我知道這種人，平時狂得要命，仗著老子做官的後臺，天王老子也不怕，但你若是拿出實力來，他心裡還是很在乎的。

「史建軍，你講話要算數。明天起，你跟著我幹，我挑二百，你挑一百。我錘二百下，你錘一百下，你敢應戰不？」我問。

「應戰呀，史建軍，別自自妞妞的。」

「狗懶子逮兒啦！」

大夥七嘴八舌拿他取笑。

我當然只是嚇唬嚇唬他，我哪能把他弄到我身邊。我這十五人，都已經是訓練有素了，各司其職互相配合十分默契，有他在，不壞了我一鍋菜。

我把我們的經驗傳給了教育科的同學，其實他們當中很多人也是很能幹的，只是原先史建軍拉了一幫子偷懶耍滑的從中攪忽，弄得大家牽胳臂絆腿的，現在障礙掃除，速度也就上來了。

然而天氣確是一天比一天冷了，轉眼就到了九月下旬，早晚氣溫都到了零度以下。我們每天早出晚歸，也就是囫圇一覺，其餘就是幹活。這裡既看不到報紙，也沒有廣播，連日期都能過迷糊了。

這一天，天特別冷，冷風颼颼的，天空烏雲密佈。我們像往常一樣去了工地，但到了下午收工時，清點人數，發現少了兩個人：一個是史建軍，另一個是號稱「狗尾巴」的他同學。少了人，這可是大事，張樺茹一下子就慌了神。我讓她馬上找她的副手教育科的輔導員小李立刻召集學生幹部，讓大家回憶最後見到史建軍他倆的時間和地點，七嘴八舌之後，都說是不清楚，原因是史建軍從來是不幹活的，每到勞動時刻，他不是找幾個人躲在野地裡打撲克，就是貓在哪個旮旯兒跟他那夥海裡胡天地擺龍門陣。有時候也時不時地冒個頭，到工地轉一圈，掄幾下鎬子，跟人們開開玩笑，搞個惡作劇。這種人你就很難確定他的行蹤。

我看張樺茹已經急得六神無主的樣子，便安慰她，讓她先把同學們帶回住地，把大家先穩定下來。我說，沒准他們躲在哪兒尋方便也未可知，這種事當然是愈隱蔽愈好，總不希望給你們開展覽會吧。「都回吧，」我對張樺如說，「我到四處找找，你別急，我一準給你一個交代。」

她不放心地聽了我的話，帶大家先回去了，臨走前還不時回過頭來關照我，「你快點回來啊，別讓我久等。」

我到堆放勞動工具的剛剛建起的乾打壘房子裡挑了根掉了鎬頭的木把子，權當是手杖，用它可以撥開草叢，必要時也可做自衛的武器，穿戴上了我的仿毛棉襖棉帽，向著大草原走去。

風越來越猛，一陣緊似一陣。我邊走邊喊，「史建軍——」「你在哪兒啊？」我口剛張開，風就把我的聲音給吞沒了。

開始的時候，我只能是挑草長得最深最密的地方去尋找，我想他們不管是幹什麼，一準是找最隱蔽的地方，這樣我就越走越深，越走越遠，我的喉嚨也喊啞了，但卻一無所獲。我站立下來，四處望去，天已經黑的可怕，極目四望，草是一樣的草，天也是一樣的天，九月的北國，天黑得快，手錶指示的時間是下午五點多鐘，但天卻已經擦黑了。我想，我是不是該回去了？但轉念又一想，我這樣兩手空空地回去，如果史建軍他倆仍然沒有找到，那張樺茹的心裡不知是多麼痛苦和焦急呢，這一夜你讓她怎麼熬過去？我簡直無法面對她那雙極度失望的眼睛。不行，說什麼我也要再繼續找尋下去，說不定就在我放棄搜尋前的那一剎那我找到他倆呢。懷著這樣的想法，我又漫無目標地四處尋找了。

我不知找了多長的時間，天是已經完全黑了下來，風卻像是決了堤的洪水轟隆隆地從大地和空中滾過，風聲中時不時地像有一股股獸群猛然發力發起衝刺，發出「呼，呼，」的咆哮，短促而強勁，又像是發瘋的女人吹著口哨橫衝直撞，衝擊過後，留下一絲尾音在空氣中顫抖。我一次又一次地大睜雙眼藉著大氣層中折射留下的最後一絲餘輝仔細地搜索著地平線上微小的起突，指望找到就近的村落，但是我一次次地失望了，直到最後，我終於發現了遠處似乎有農舍的輪廓凸起。我朝那裡走去，陰影越來越高，越來越大，我忍不住心中的狂喜，想也許史建軍他們也會摸到這裡來呢，畢竟四周也就僅有這一個村落啊。可是當我走近它時，我周身的血液驟然凝住了——這竟然是一座墓群！只見三座高椿饅頭似的高大墳墓陰森森地站立在那裡，在它們的前面還並列著一排比較低矮的墳墓。墓叢中荒草淒淒，草木叢生，十分荒涼，加上狂風中猶如是萬鬼齊度奈何橋，一片鬼哭狼嚎，平添了恐怖的氣氛，咋一看，彷彿是到了一個鬼世界。

我渾身雞皮疙瘩驚起，巨大的恐懼感由後背沿著脊椎神經飛升，直達腦際，頭皮一陣發麻，我下意識地端起手中的鎬把。

三座陰冷高大的墳墓激發起我大腦中的豐富想像，它們似乎隨時會嘣的一聲在我眼前爆裂，隨著一陣白煙升起，從裡面慢慢升起一具僵屍，用它那沒有瞳仁的白眼珠瞪著我，我腦海裡驀地浮現出果戈裡《狄康卡近鄉夜話》裡的情景，那個可憐的教堂小祭司被從棺材裡飛出來的鬼魅最後嚇死了。

我必須戰勝自己的恐懼，我強迫自己的眼睛不允許移開墳墓一絲一毫，然後對著它大喊一聲，

「我是鍾馗！」

「有鬼嗎？速來迎駕！」

我的聲音粗野、淒厲而雄渾，是一種陽剛之氣，在墓壁間迴旋激蕩，發出嗡嗡的空響，最後一切又歸於寂靜。在一陣猝發的驚恐過後，我慢慢鎮靜了下來。我平生最不懼怕的就是「懼怕感」，我甚至還有幾分喜歡這種感覺，因為我知道，只有在這時，人體內的荷爾蒙才會大量分泌，我渾身的肌肉群將迅速聚集起全部能量，集中到我的拳頭，集中到我的鐵砂掌上，奮力一擊，將能擊碎石板。我故意地挑戰自己的恐懼，帶著渾身的驚悚，仔細打量著這座昏暗中的不祥的墓群。我想，這裡安葬的大概是蒙古族或是滿族人的貴族，後面的三座大墓，中間的那座很可能就是王公的墓葬，而兩邊的可能就是他的妃子，前面矮些的墳墓極有可能是他們的子孫輩。今夜不好意思，打擾了，願你們的靈魂得以安息。

風還在發狂地呼嘯，透骨的寒氣和墓地的可怖感覺令我頭皮仍在陣陣發緊，我的第一個意念就是，我迷路了。為了儘快找准思路，我背靠著一棵粗壯的大樹，面對著墓群坐了下來，一來是我需要護住人體的危險區後背和後腦勺，二來是監視著墓群中有什麼動靜，人只有面對危險才不會害怕，三來我也的確需要休息一

下雙腿，讓自己冷靜一下，因為當務之急是思路想清楚，然後制定明晰的行動計畫。我想我必須回答的是兩個問題，首先是我的第一要務到底是什麼？看上去很簡單：找人。但是人沒有找到，自己卻迷了路，那麼到底還要不要繼續找？答案好像是肯定的，找不到人張樺茹如何向學校交代？我如何對張樺茹交代？問題是該找的地方幾乎是全找了，為什麼就是沒有人？我猛然想起史建軍說過的那句話，「我反正受夠了」，那麼，會不會是他開了小差？我眼前一亮，但旋即又否定了：在這茫茫大草原上，他史建軍單憑兩條腿是很難走出去的。但是如果有了交通工具呢？哪兒才能有呢？唯一的與外界有交通聯繫的就是礦井工地，我就曾見到有運送物資器材的卡車來往於工地。那麼會不會是史建軍瞅准了時機，爬上了卡車走了呢？為什麼不會呢？如果換了是我，我也會這麼做。然後呢？那還用問？直奔安達買票回哈爾濱。對，我的目標應該是安達火車站。這麼一來，問題清晰了，第二個迷路的問題也就迎刃而解——在荒原上尋找一個大目標畢竟比找紅星屯這樣小的目標要容易得多。我開始回想初到安達車站時乘上專署派來的卡車來紅星屯的情景，那時我曾在車上用手錶測過方位，是安達車站的東北偏北三十幾度的方向，這麼說，我只要現在正面對著西南偏南的方向走去，我就能走到安達。根據當時車速的估測，距離大致在二十至三十公里的範圍內。現在剩下的就只有一個問題了，在如此昏天黑地的草原上我怎樣才能找到西南偏南方向呢？

隨著一陣能把人捲起的疾風過後，我臉上被一陣刺骨的冰粒抽打得生疼，緊跟著，眼前就只剩下一片天地攪雜乾坤顛倒的白色煙霧了，——大風雪，大風雪驟至了。我知道這就是東北人說的「大煙兒泡天」，碰上這種鬼天氣，人和牲口最害怕的是撞上了「鬼打牆」——繞來繞去總在原地打圈子，他們在風雪中迷了路，最後凍僵倒斃在雪地裡。我把棉襖上的仿毛領趕緊豎起裹住了帽子兩邊的護耳，又掏出口袋裡的口罩把嘴和鼻子罩住，為的是儘量減少身體暴露在外的部位。這棉手套和大口罩，是東北人過冬的必備，平時都是放身上的。氣溫已經驟然地下降，但我的腳卻凍得厲害，我立刻站起身，決定只有不停地走動，以免我的腳凍壞，我決定迅速離開墓地。

狂風勁吹，風雪在我四周彷彿築起了一道厚厚的雪牆，天地一色，陷入黑暗的深淵。我該朝哪兒邁出我的腳步？對，是風聲提醒了我。這場暴風雪明顯的是來自西伯利亞的寒流，根據黑龍江地區的氣象特點，來自西北方的冷空氣跟來自東南方向的渤海灣的暖濕氣流交匯將會引起風雪天氣。那麼這股強勁的風暴明顯地指示出一個方向，就是西北風，如果讓風始終吹著我的右側身體，那麼我面對的方向就是西南偏南，只要往前走，總能走到安達車站，那兒將是一片燈光的所在。我毅然決然衝進了雪幕之中。

風在我四周肆虐，雪珠在我的前額上抽打，北國的雪啊，不像是江南冬雪的綿柔，倒像是亂紛紛的乾麵粉，彷彿碩大的麵粉袋子被一隻巨手提到了空中整袋整袋的朝下倒。風聲中我開始聽到了一種穩定的聲音，總是嗡嗡的，開始時我懷疑是風聲，後來又懷疑自己的聽覺是否因為疲勞產生的錯覺，漸漸地越來越清晰了，我的心因為狂喜而加速跳動了：因為我聽出來了，這是電線在寒冷天氣裡發出的聲響，我循著聲音很快找到了一根電線杆，果真，這聲響一直沿著電線傳到了遠處。我遵循著電線的嗡嗡聲朝前走了一段，沒錯，電線延伸的方向是西南偏南。也許這是電話線，也許這是近距離的低壓輸電線，不去管它了，總之，這應該就是從安達連接到礦井工地的線路。我終於找對了方向，不管它風雪再大，我已經成竹在胸了，我將沿著這條大地琴弦的震動直奔安達城。

我拄著鎬把當拐杖使，在雪地裡大步艱難地行進，不敢做絲毫的停留。渴了捧一點冰雪含在嘴裡，讓它慢慢化掉，讓它也化解了我的困意。雪，還在下，風，還在刮，積雪越來越深，雪把草原上的草都壓倒了，轉眼成了一望無際的茫茫雪原，我的視野可以更開闊了，即使是深夜，雪野的反差也相當鮮明。

大概是走到了後半夜吧，我終於看見了地平線上空被雪映射的闌珊燈火。

我終於又見到了熙熙攘攘的人群，又一次從連成片的打紅勾的告示欄前走過，一直闖進了安達火車站。我擠到了售票視窗，掛在外面的小黑板上寫著一行歪歪斜斜的粉筆字：「當日車票售罄」。我忙問售票員，車票是什麼時候售完的？那個女售票員不耐煩地回答，「一早就賣完了。」

我站住了，想，這麼看來，史建軍即使是下午就到達了這裡，現在也還沒有走成，那麼他會到什麼地方去呢？如果換了我，我肯定是買了明天、不，就是今天的票，既然要等那麼長的時間，我當然不會像站前廣場上那麼多的農民在風雪中就躺著靠著在地上蒙塊雨布坐等，我肯定就近找個住的地方暫時住下來。我仔細地在車站廳裡搜尋了一遍，確認沒有那倆人，轉身就往車站外面的幾家「招待所」「旅舍」裡去找，果然，我沒有花費多少時間，就在一家的入住登記冊上找到了史建軍這兩人的姓名，我預先的估計完全猜中了。我找到了他們的房間，一敲門，史建軍打開門看見是我，兩眼瞪得直溜溜的，大張著嘴，「你，你，你怎麼……？」

我看見房間裡的桌上放了幾隻酒瓶，都喝空了。我用鎬把子敲敲桌子，問，「史建軍，你這樣不辭而別，是男人幹的事嗎？」

他結結巴巴，說不出話來。

一整夜的疲勞，焦慮，艱辛，危險，化作了我滿肚子的怒氣，我必須發洩出來，否則我的肺都要氣炸了。我用棍子重重地砸著桌子，厲聲訓斥道，「你知道不知道，你拍拍屁股走人，讓你們的張老師為你背黑鍋，讓她急得像熱鍋上的螞蟻，都不想活了。你們的同學到處在找你們，今夜還不知道怎樣度過，你還是人不是？」

這兩個同學被我的氣勢嚇怕了，連聲說，「我們錯了，錯了，要打要罰，您就一句話，求您放我們一碼吧！」

「放一碼？怎麼放？」

兩個一聽，都撲通一聲雙雙跪在地上，「就求您放我們回家吧。」

史建軍更訴苦說，「岳老師，你大恩大德，我是真的受不了啦，再呆下去我是非死在這裡不可了！就求你放行，下輩子給你做牛做馬都幹。」

我看他倆鐵了心要走，知道強扭他們回去也做不到，便說，「你們都先站起來，辛亥革命都幾十年了，怎麼還有下跪的習慣？喜歡見人下跪的人一旦得了勢，就會更喜歡老百姓給他下跪。這個習慣要不得。」

他倆聽了忙不迭地說「是是」站起身來。

我問，「你們的票是幾點的？」

他們忙拿出來給我看，「是早晨四點多鐘的，時間也快到了。」

我想了想，在房間裡的意見本上扯下一張紙，找了根圓珠筆，說，「這樣吧，既然我教育了你們，你們也不願回去，我也不勉強你們，但責任必須由你們自己承擔，跟學校和老師統統無關。你們說是嗎？」

他們連連點頭，「那是當然的，一人做事一人當，怎麼能讓老師負責呢？」

「那好，我們寫個具結書。我念，你們寫，寫完簽個字，你們就走人，怎麼樣？」

「好，好。」他們照我的意思簽完了具結書。對我鞠了個躬，史建軍看樣子很感動，用關懷的口吻對我說，「老師，我想你也很累了，住房費我們已經付了，我們走了您就好好歇著吧。」說完又鞠個躬走了。

我收好了他倆寫的具結書，這時全身的疲勞才一起釋放出來。也許是房間裡的暖氣起了作用吧，我的眼皮突然沉重起來，我和衣躺在了床上，很快就沉入深深的夢鄉。

我睡得並不很踏實，興許是心裡有心思吧，腦子裡好像總有根弦在拎著，醒來的時候，發現已經八點多鐘了，我趕緊洗洗涮涮，到招待所食堂付了錢糧票吃了早飯，便告辭了招待所到街上去了。一夜的暴風雪已經停息了，陽光分外燦爛，地面上的積雪都已凍成了冰。我快步走到車站廣場，那兒有許多牌子，都是各個單位的站前聯絡點。我找到了礦井工地的聯絡處，講明了我的來意。他們帶我到了一個地方，告訴我上午有輛車要路過我們那兒。開車的師傅是個很熱心而善良的老頭，當他看到我走路一瘸一瘸的樣子，忙問我的腳怎麼了？當他聽我說了一夜風雪徒步歷險的經歷後，只是不停吧嗒著嘴，說，「吉人！老師您是吉人啦！吉人自有天相。換了常人，趕上昨夜那大煙兒泡天，一個鬼打牆，就成冰凍化石，供萬世瞻仰了。得，您是大福大貴之人，也讓我沾點您的喜氣，您就坐我副駕的座上吧。這鬼天，車上面是斷然待不住的。您那腳是凍壞了，您要是不嫌埋汰，我給您找雙鞋套上。」他說完就從屋子裡不知從哪拖出來一雙髒兮兮的大鞋子，我一看，原來是大名鼎鼎的靰鞡鞋，我連聲稱謝忙套上了，不一會兒，凍了的腳就開始發癢了。當我乘上了他們的卡車往回走的時候，看見一夜的大風雪已全然改換了大草原的面貌，我萬萬沒有想到，昨夜的雪下得那麼大，草全被雪覆蓋了，厚厚的積雪棉茸茸的，隨著車子的行進，不停地在這裡那裡，跳耀著星星點點針刺般的陽光。一想到車行的路線正是我昨夜歷盡艱辛、艱難跋涉的路徑，心裡不覺升起一股征服感。我這才注意到，原來從安達拉出去的電線有許多條，他們連接到了四面八方，在凌冽的寒風中，到處都在撥動著那親切而又激動人心的琴弦。我不禁欣慰地回想起昨夜在迷途中所做出的判斷是如何地正確，只是我有點奇怪，為什麼我初到安達時，怎麼就沒有注意到有那麼多的電線杆呢？一路上，我還關心的是找尋昨夜邂逅的可怕的墓群，我很想看看它在陽光照射下被雪覆蓋後的美景，那一定是甚為壯觀，可惜的是我沒有找見，我想那一定當時我是走岔了，完全不在這條線上。

當我們的卡車經過紅星屯時，我下了車。最早看見我的是教育科的一群女同學，她們先是一愣，頓時發了瘋似的轉身朝著一間土屋就跑，嘴裡瘋喊著，「張老師，岳老師回來啦！」

「岳老師回來啦！」

隨著她們的喊聲，土屋裡幾乎是衝出了一個人，她在門口幾乎被冰滑倒，踉蹌了一下，好容易站穩了腳跟，只見張樺茹呆呆地望著我，僅僅經過一夜，我幾乎認不出她來了，她顯得很憔悴，她手指著我，嘴裡喃喃著，聲音全啞了，「翼雲，翼雲，是你嗎？」

我一瘸一拐地朝她跑過去，笑嘻嘻地大聲說，「張樺茹，我回來啦。我見到了史建軍他倆，他們寫了具結書，回哈爾濱去了，沒有任何問題。」

她大概被這突如其來的見面震暈了，聽見我的話，好像沒有反應，嘴裡還在重複著，「你……是真的嗎？」

「真的，真的，」我忙抓住她的手，「你瞧，這是我的手，在這兒。」

她呆愣愣地地望著我，望著望著突然眼圈一紅，「你怎麼……你怎麼……才回來呀？我，我……等得你……要死了……」

我一見她眼淚快流出來了，便急忙用我的棉手套蓋住了她的眼睛，對著她的耳朵大聲叫喊，「別哭，不能哭，會凍住的。」

「我……我……」她抽搭了幾聲，身子忽然一軟，癱倒在我的懷裡，我急忙把她抱起，送到了屋內，只見她們幾個女生都圍坐在土炕上，腳都對在中心，上面壓了好幾床她們帶來的被子，大概是因為屋子裡太冷，冰天雪地也不能出工，只能聚在一起取暖。

我把張樺茹放躺在炕上，請她的學生們照看她，自己便退出了。旁邊有位女同學跟著我走出來，對我說，張老師昨夜一宿沒合眼，不時地衝進風雪當中，喊著您的名字，像祥林嫂似的，一遍一遍總重複著這幾句話，時不時還捶打自己的腦袋，說，「是我害了岳老師，是我害了岳翼雲，我怎麼就讓他一個人出去找？他是會迷路的呀！翼雲，翼雲，你到底在哪兒啊！」

我對那位女同學交代說，「張老師現在是急火攻心，一會兒會醒過來的，你們好生照看著她，替我轉告她，我沒有事，岳老師就像她講的那樣，我是只信鴿，腦子裡藏著指南針的。」

也就在這一天，專署通知學校，由於天氣原因，為了師生的健康，即日起結束支援石油大會戰的勞動，全體歸校。

# 23 愛的表白

回到學校以後的幾天，我意外地收到了一封掛號信，這封信是在傳達室兼收發室的老周師傅的抽屜裡看到的。

我們的信件收發一向比較亂，管收發的老周，都過六十了，一頭的短平白，人倒是挺和善，就是馬虎慣了，總丟三落四的。每天送到他這裡來的信件，一般分做兩種，平信和掛號信。平信一律丟在桌上，掛號信放在抽屜裡，不過他的抽屜從不上鎖。每天學生老師從他眼前人來人往，誰高興進他房間誰都可以進去，他也很放心地讓大家在他桌上翻來翻去地找信，信件翻亂了他也從不著急，只是有時把信件重新堆堆好再讓大家繼續翻。至於掛號信呢，他是有個本子，來信時要登記的，但因為抽屜從來不鎖，有的人也照翻不誤。我有幾次見信件搞得很亂，還提醒過他，不過老周只是笑笑，用他那特有的寬容和好心腸解釋說，「放心，不礙事的，信件這東西，給誰才對誰有用，誰會沒事找事地胡拿別人的信件啊？能管吃管用嗎？」

我說「那倒不一定，現在糧食這樣緊張，萬一有人信件裡夾了錢糧票，給別人拿走了那損失就大了。」

老周還是一副好心情，「怎麼會呢？誰都沒有透視眼，能透過信封看見裡面裝沒裝錢糧票，是不？再說人哪能那樣做事呢？偷了拿了人的良心能過得去嗎？」

這件事也就這麼不了了之，信件是一樣地亂，該丟的也就丟了，不該丟的還照樣亂擺在桌上。

我那一天去傳達室找信件時，正好看到史建軍也在裡面翻老周師傅的抽屜，他一見是我，因了以往幾次跟我見面時他的表現都極其不光彩，所以他平時總是怕見到我，現在見我進了傳達室，他臉上就很尷尬，急忙起身避開了。我就手也拉開了抽屜，看見裡面的掛號信倒的確是夾在老周的一個本子裡，中間還夾著一支圓珠筆，他要是收到了掛號信，登記過後也會寫在門口小黑板上通知大家前來簽收。今天的掛號信顯然老周還沒來得及寫在小黑板上就出去辦事去了。我只一翻還真的有我一封信，只從信封上一掃，我的心就一陣狂跳，差點蹦出來了——信上的字是張樺茹的筆跡。從這件小事上也可以看出張樺茹平時跟史建軍極少來往，史建軍並未看過她的筆跡，否則他絕不會放過這封信的。

我立刻提筆在老周的本子上我信件的登記欄裡簽了我的名字，拿走了。我小心翼翼地把信件藏在我的包包裡，帶回了我的住處。我一路在想，張樺茹每天都能跟我在單位裡見面，有什麼重要的話不能當面對我講，偏偏要寄封掛號信呢？肯定是十分重要的事情她當面不好說罷了，可是又能有什麼重要的事呢？

我回到了住處，迫不及待地拿出了信件。

信封是粉紅色的，字跡的確是張樺茹的，它是那樣的秀麗，那樣的飄逸，真是「字如其人」，就像是淩波仙子輕輕濺起的水珠，就像是沼澤中翩翩起舞的仙鶴，就像是與秋水一色的雲霞，就像是小提琴奏出的美妙的旋律……

掛號信注明的寄信位址和人名都是虛擬的，信件的郵戳位址是哈爾濱，這一準是從大慶會戰結束後放假修整的幾天裡她從哈爾濱的家中寫的。

我用裁紙刀裁開了信封，信紙也是粉紅色的，有點淡淡的幽香，帶點她的體味。

信上寫著：

親愛的翼雲：

當我在信紙上寫下了上面的這幾個字後，我被這幾個字嚇壞了。我一次次問自己，我在做什麼？

儘管這幾個字已經在我心裡不知重複過數萬次，可一旦出現在紙面上它還是令我膽戰心驚。我意識到，從這一刻起，我就把一個決定少女命運的權杖交到了另一個人的手裡，等待著他的宣判……

你也許會笑我，我們倆早已是無話不談的密友了，有必要如此矯情麼？可是不，也許正是這種無話不談的親密，反倒阻止了我倆間的最深層最隱秘的對話，難道不是嗎？我們談論過愛情，談論過人生各種最美好的情感，可偏偏每次都把我們自己排除在外。我們之間可以開玩笑，可以打打鬧鬧，我在你面前可以撒嬌，甚至可以揪你的耳朵鼻子，親你的額頭，可我們可曾想過我們之間會發生那種人類最神聖、最隱私、最美妙也最親密無間讓靈魂肉體粉碎了搓揉到一塊再用你的肋骨造就一個我的那種偉大愛情嗎？說真的，我不敢，不敢去想，更不敢去追求。

令我在一再躊躇之後毅然決然邁出這決定性一步的上帝推手（真不好意思，這封信的開頭我就寫了幾十遍，寫了又撕，撕了又寫），就在那個薩爾圖草原的風雪之夜。那一夜，我一次次地站在門外透過密密匝匝的雪幕苦苦尋找你，我一次次地呼喚著你的姓名直到聲音嘶啞，當一切似乎明白無誤地告訴我面前等待著我的只有絕望之時，我唯一的辦法就是祈求上蒼了，我一次次地許願，上蒼啊，求您把翼雲還給我吧，我答應您，如果您把他還給我，我一定毫不猶疑地拋開少女所有的害羞和矜持，我要向他求愛，真的，您可憐我，無論如何，您把他還給我吧！

那一個令我如煎油鍋的等待之夜讓我第一次意識到，你，對於我的生命是如何地重要。

那一個夜晚你所經歷的危險你從沒對人提起，但有一個人卻知道了：馮老師。當她為你治療凍壞的雙腳時，她曾問了你幾句，你也簡單地回了幾句。就這幾句，她告訴我，她是被嚇壞了，不單單是因為這雙可怕的腳，還因為那墳墓，那「鬼打牆」……。天哪，馮老師說，這樣嚴重的凍傷，雪夜裡走了幾十公里，那一夜你是怎麼度過的啊？我聽馮老師這麼一說，眼淚再也忍不住了，我嚎啕大哭，我哭得心都揪在了一起，心口疼得厲害。從那一刻起，我突然明白了，眾裡尋他，眾裡尋他啊，我尋來尋去，就你一個。這輩子，沒有你，我活不下去。

親愛的翼雲，這一刻當我寫下了這些，心裡充滿著酸楚，也充滿著甜蜜。我承認，我很早就偷偷地愛上了你，我不記得它是怎樣發生的，也許就在第一次的公車上，你那受委屈的樣子讓我既內疚又很受用，在我回家的路上，我就不住地回想，平生我第一回有這樣一位強壯英俊的男子因為保護我而做了受氣包，我是多麼地幸運啊，你瞧我有多自私！也許愛情是在你開學典禮上朗誦克雷洛夫寓言的時候，已經偷偷地將種子灑在我的心田，當我看見那麼多的女生圍繞著你給你送字條時，我突然莫名其妙地產生了嫉妒……然而真正的開始肯定是在你的第一堂公開課上。我記得你總喜歡問我，為什麼我總愛說「你很可怕」？現在我可以告訴你了，那一堂公開課，我看到的是你的靈魂的深邃和魅力，當同學們都被你的講課感動得熱淚漣漣的時刻，我在心裡對自己說，瞧，我此生終於有幸見到了一個人中之魂，鹽中之鹽，他展示出的是人間有一種最偉大的愛情，最偉大的犧牲，他讓我魂魄離體一直跟隨著他的講課深深顫慄。就在這一刻，我突然感到了懼怕，天哪，這不就像宇宙中那巨大的黑洞嗎？對任何途經你身邊的天體，輕輕鬆松地就把它們捕獲毫不費力地吞噬盡淨，連骨頭渣子都不留。我喜歡聽你的課，那是黑洞巨大的引力所致；我又怕聽你的課，我怕身不由己地墜入你的深淵把我燒成灰燼。我是欲迎又拒，欲拒又迎，我是真怕看你那雙黑溜溜的眼珠，那就是黑洞的召喚啊！

記得我曾經對你說過，我最喜歡的是馴服烈性的馬，可我在你的面前失敗了，失敗得讓我不得不低下一個少女的高貴的頭顱來主動祈求你的垂愛，因為你太強勢，太桀驁不馴了，你就不能在我面前低一下頭嗎？然而誰讓我在上蒼面前許下那個願呢？祂既然已經把你還給了我，我就絕不能食言。不過我可提醒你，你可別太自鳴得意，儘管晨曦也像親吻達吉亞娜一樣，現在正親吻我的額頭，但我絕不會成為達吉亞娜，因為你從來就不是葉甫蓋尼．奧涅金，也更因為我確切地掌握了你的第一手情報，知道你愛我絕不比我愛你更遜色，只是我不明白，你怎麼能如此，如此……嗨，你讓我怎麼說你呢？你怎麼如此……陳腐呢？當你講述法國女子波麗娜和安寧科夫的愛情時，你居然會因為所謂的「鴻溝」而望而卻步，這難道不是中國知識份子的劣根性嗎？說一套做一套，你難道不愧對波麗娜嗎？因而在這裡我絕不是求你的施捨，而是兩個平等自由互相吸引的人格，在準備聯手應對這個多難的人世。

現在，我的手已伸向了你，你的手在哪裡呢？你會拒絕我嗎？依照你們漢族人當然也是整個中華民族的習俗，紅燈籠代表著喜慶幸福，我盼望著你送給我一隻紅燈籠。

樺茹

看著她的信，彷彿周身沐浴在幸福之星的星光之下，我還能說什麼？我還等待什麼？我也要對她大聲說出我心中的話。

我想了一夜，我決定要送給她一個意外的驚喜。我先讓老殷幫我轉交一張字條給張樺茹，上面只用俄文寫了「сегодня вечером」（今晚）。然後我就找到了大賈，在他實驗室裡劃拉了一堆東西，一整天埋頭在屋子裡吭哧吭哧地忙活。到了晚上，當夜幕降臨，大地慢慢進入睡鄉，突然，我屋裡每扇窗戶後面各亮起了一百瓦的大燈泡，一下子照亮了三扇大玻璃窗上貼著的三隻大大的紅燈籠——紅色剪紙，緊接著，十盞紅彤彤的孔明燈相繼冉冉升起。我借助燈光再發出一道燈光字碼——

我——愛——你——！

我把室內的燈光變暗了，讓天空只剩下明晃晃的孔明燈光，在深藍色的夜空中，它們莊嚴、平靜，不慌不忙，緩緩上升，這一剎那，風也停止了呼吸，彷彿是宇宙在給我們祝福。

不一會，我就聽到了門外急促的腳步聲，我急忙打開門，原來是張樺茹！她雖然蒙著口罩，但臉上淌滿了幸福的淚水，一進門她就扯下口罩，因興奮、害羞，她的臉變得豔麗無比，她只喊了聲「翼雲」就撲進了我的懷抱，我倆的嘴唇便緊緊貼在了一起。在最初的時候，巨大的幸福感像陣陣海濤衝擊著我的腦海，我的腦子裡一陣眩暈，什麼都記不得，只感覺她的嘴唇豐滿而潤澤，她的雙臂緊緊摟住了我，我也捧著她的一頭蜷曲的秀髮，對緊她的鮮紅的嘴唇像吮吸著酣暢的美酒。屋子裡炕燒得很熱，她開始脫去她的棉大衣，裡面的小棉襖，只留下一身紅色的毛線衣，頸子裡系著一條絲綢彩巾。她在做這些動作的時候，口唇仍然貼緊著我的嘴，我喃喃著，「樺茹，這是真的嗎？」

回答我的是她用熱吻壓住了我的呼吸。她邊吻我邊用拳頭捶我的胸膛，埋怨著我，「你咋就這麼渾呢？你咋就不能向我求愛呢？」

「我是，是……我錯了。」

在熱吻中我的手無意間碰到了她那柔軟堅挺的胸部，她像觸電似的渾身一抖，「不要。」她聲音發顫，把頭埋進我的胸口。

「什麼？」我沒聽清。

「媽媽不讓。」她像蚊子似的哼。

「怎麼？」

「媽媽說，男人的手有毒……」

我忙把手移開。待到我倆那悸動的熱潮稍退後，她的頭依著我的肩膀，並排坐在炕沿上。瞬間的熱吻迅速完成了我倆角色的轉變，我們看待對方的眼神頓時都出現了新的變化，它令我覺得既新鮮又親切，若是仔細回味起來，我想這變化就是，原先哪怕是再無話不談，再口無遮攔，再知心知底的體己，但雙方心裡總有一道紅線，那是碰不得的，你可以在紅線外翻跟頭豎蜻蜓上屋揭瓦，但就是不能觸碰紅線一下。可是經過方才的那一場熱吻，紅線蕩然無存，這是一種雙方全身心投入的向著對方祭壇的奉獻，從此你我的命運就是一朵並蒂的蓮花，共生的白樺樹，什麼叫做親密無間？我想這就是。

我捧著她的臉看了又看，越看越覺得美豔如花，捨不得放開。她卻對我親了又親，總親不夠似的。

「我可是都對你說了，」張樺茹好像吃了虧似的，要我說實話，「你呢？到現在了，還什麼也沒說，你別想滑過去，你是什麼時候看上我的？從實招來。」

「呀，我可從沒說過我看上你的呀。」我決定逗逗她，「今天可是有人自己上門的呀，一來就投懷送抱，讓我從天上抱住個林妹妹。」說完我就緊緊抱住了她。

她氣得咬牙切齒，「你怎麼這麼壞？得了便宜還賣乖？不行，你今天不交代，我虧大了。」

我撫摸著她的頭，她的臉，親著她那頭秀髮，輕聲說，「樺茹，我愛你，很早很早就愛上你了。我說實話，就從你擠上公車，貼緊在我身後的那一刻開始。」

「真的？」

「騙你是小狗。」

「怎麼愛法？」她想聽。

「我就想，我要能吻她的香唇一次，我今生也就值了。」

「啊——」她眼珠俏皮地一轉拖長了聲音，十分可愛的樣子，假裝生氣地刮我的臉，模仿著老人的口氣，「你很不要臉。」

「怎麼啦？」

「你意淫了我。」

「怎麼是意淫？」

「還不承認？」她又捶我一下，「人家一個黃花閨女，剛見面你就打我的壞主意，你們男人怎麼盡這樣？」

「那你們女人呢？」

她歎口氣，「不好說。」

「我就不信都那麼假正經。」

她突然把嘴湊近我的耳朵，彷彿害怕洩露什麼祕密似的，「都一樣。」

「也對我意淫了不是？」

她歪著頭想著怎樣來表達，「在車上的時候對你真的沒什麼想法，只顧著生氣了。」

「那什麼時候意淫的？說！」

「別講那麼難聽好不好？」

「還狡辯。」

「真的，跟男人的不一樣。」

「怎麼不一樣？」

「在車站派出所裡知道你受了委屈，我心就軟了，這時候我才注意看了你一眼，我突然發覺你那身襯衣穿得特別緊，尤其是看到你胸前那塊肌肉緊繃繃地挺出來，輪廓那麼鮮明，我的心就咯噔一動。」

「怎麼啦？」

「也沒怎麼，就是，就是，」她猶豫了一下，「當晚就想起了你，特別想在你的胸脯上靠靠……」她說完不好意思地咯咯一笑把臉整個埋在我的胸口上了。

「樺茹，」我繼續撫摸著她的秀髮。

「嗯，」她抬眼看我。

「你在信裡說，你掌握了我愛上你的第一手情報，是什麼意思？」

她鬆開了摟住我的雙手，說，「我正想給你看一封信，是李玉瑤寄給我的。」說著她從大衣口袋裡拿出一封信，我接過一看，原來是封掛號信，信封下方的寄出地址是江蘇宜興一帶的小地方，寄信人的姓名是石壩子。我想這是十八子「李」的諧音。

信的內容很短，是這麼說的：

張樺茹妹：

我是你從未見過面的一個姐妹，我首先想對你、對岳翼雲你們二位在我人生最艱難的時刻冒死相助表達我的深深的感謝，感謝你倆的救命之恩。

我唯一可以告慰與你的，就是我生產了，母子平安。看著兒子臉上的笑容，我就想起了你們。沒有你們，就不會有他。

孩子是我的全部希望，有了他的安全出生，我一切都無所謂了，等一切安排停當後，我會回去的，兒子留給他姥姥帶。

我還想告訴你的是，岳翼雲他深深地愛著你，這是他親口對我說的，他之所以不願主動邁過這道門檻，是因為他害怕他的家庭關係影響你未來的前程，他很無私。他是個很優秀的青年，人品高尚，才華橫溢，在今天的社會中，這樣的人中之龍已經不多了。做姐姐的只送你一句話，跨過門檻的只能是你了，而迎接你的必將是你終身的幸福。這就是為姐的所能做的回報了。如果我還能活著看到我兒子長大的那一天，我一定會把當年你們的大恩大德告訴他，讓他來報答你們二位。

知名不具

李玉瑤的信我反反復複看了幾遍，我看出她在這封信上很動了些心思。她沒有把信寄給我而是寄給張樺茹以及寄信人的真名、位址甚至連感謝的具體內容都未提及，所謂的宜興，鬼才相信是真的呢，這無一不是為了我的安全；二是她寄了掛號信，生怕丟失；三是她寫信的目的一來是報個平安和自己的下一步打算，以免我掛念，更重要的是為我和張樺茹的愛情困局解套，在她看來，這是她所能做的最好的報答。這封信令我倍感欣慰，回想起那些日子裡的擔驚受怕，一句「母子平安」，一切都值了。但是我也想到，這封信的安全性儘管李玉瑤已做到了天衣無縫，但保存著終非良策，我把這層意思對張樺茹說明白了，她也同意還是毀了好，我倆當場把信件點火燒了，只把信封留在我這裡。

這一晚，我們談了很多。我對張樺茹說，我們的關係已經發展到了這一地步，有件事我必須告訴你：我的生父並不是現住在南京的，確切地說，那是我的伯父。我的生父在我一九四九年前就離開大陸到香港去發展了，去年我回家的時候，我們突然接到了他來自香港的信件。信中提出他在香港的遺產無人繼承，因此希望讓我去香港繼承家業。我的伯父也就是我現在的父親自然是應允了，法律程式正在進行當中。但是到了今天，我倆關係出了決定性變化。我必須告訴你，香港我不準備去了，我必須跟你在一起，過一輩子。張樺茹見我這樣的表態，當然也深受感動。我們一直談到了很晚，最後相擁相抱，難分難舍。我握緊了她的雙手，帶點幽默的語氣說，「樺茹，我今晚才突然明白『終身伴侶』的『終身』是什麼意思：就是臨終之時最後陪伴在身邊的人。」

她大概沒有料到我會想那麼遠，略一遲疑，旋即把臉貼緊著我的臉，態度卻認真起來，深情說，「我將一直伴你終老直到最後時刻——我不願讓你落單。」說完把我的手緊緊貼在她的心口。

我送她回去，快到宿舍的時候，我目送著她走進宿舍的大門。回過身來，抬眼滿天的星光，一顆流星正在輕盈地滑過。我想，人們常說，流星固然有時象徵著大地上帶走了一個生命，然而我要說，在死生轉換中，流星也是大地上新的人生，新的生命的禮贊。在漆黑冰寒的宇宙中，它是獻給我和張樺茹美好愛情的一束最亮麗的禮花，它也是贈給那個新生兒的最華麗最熾烈的祝福，祝福他終於逃脫了幾乎連胎盤一起被飢餓的人群吃掉的命運，而開啟了一個也許是輝煌的人生。

# 24 棒打鴛鴦

這往後的幾個月裡，是我和張樺茹一生中最幸福的時刻。幸福就像揮動著的鞭子，把日子的車輪趕得飛快，轉眼又到了第二年的春天。雖說是世上男女，永遠是正負電相吸，中間僅隔著一層極薄的叫「羞」的絕緣紙，一旦擊穿，電閃雷鳴，但我倆真的誰都沒有試圖去擊穿這層絕緣紙。也許這是跟我們從小生活在一個灌滿政治意識形態水銀的容器裡生活有關的，它讓我們對於「性」的看法等同於「不要臉」、「下流」、「流氓」、「畜牲」，甚至上升到了「受資產階級思想嚴重腐蝕」、「墮落成無產階級革命叛徒」的高度，這些水銀已經滲透了我們的骨髓，充當我們每一個細胞的細胞液。因此即使我倆每次見面都會在熱吻中陶醉，但心中卻總會想著保爾・柯察金和冬妮婭分別前的那夜相擁相抱秋毫無犯的場面，中學的政治老師也常常拿這個情節當做是「無產階級男女交友的典範」來舉例子教育我們高中生。我還記得當時聽課的同學們多數都對「相擁相報秋毫無犯」莫名其妙，睡覺就是睡覺，要「犯」什麼呢？只有一個同學大家叫他「傻帽」的，常常發一些迂腐而又驚人之見，他當堂就問老師，「老師，我媽告訴我，我是我爸跟媽『碰』出來的，要是一碰就成了無產階級的叛徒，那我們不都是叛徒生的嗎？」一句話說得政治老師直翻白眼。

我倆的親密之所以從不過線也不光是受思想觀念上的束縛，另一個原因也還是因為儘管我倆對「性」也不是完全一無所知，至少我已經過了「性的知識」啟蒙，張樺茹我感覺出來也是懂的，但關鍵都只是書本上的，從沒有經歷過，因此都有點惴惴的，不知道兩性間的親密會引出什麼樣的後果，這情形頗有點像是小學生第一次拿起蘸滿了墨汁的毛筆去描紅，生怕一不小心洇了毛邊紙一大片，弄得不可收拾。有一天，張樺茹就突然問我，「翼雲，你快看看我的眉毛。」

「怎麼啦？」我問。

「你看看我的眉毛有沒有立了起來？還有還有，看看有沒有變粗？」

「怎麼一回事？」

「媽媽說過，大姑娘給啐兒過嘴的眉毛能看出來。」

一句話嚇我一跳，也趕緊催她，「那你也快看看我眉毛，別都站崗似的齊刷刷一溜立正，讓別人背後指指戳戳，自己還蒙在鼓裡。」

「你還有心思開玩笑？」她催促我，「趕緊的，看看。」

我故意裝作嚇了一跳，「呀！」

她嚇了一抖，「怎麼啦？」

「都在等候檢閱呢。」

「真的？」

「還能有假？」

「啊呀，那可怎麼辦？那可怎麼辦呀？都怪你，都怪你，上來就狠命吧唧一口，把人的魂都吸過去了。」她埋怨地扭著身子，又用拳頭捶我的胸口了，「你得賠我。」

我裝作認真的樣子，趁機仔細欣賞起她的眉毛來，這可是我從沒有在如此的近處欣賞過的，第一眼猛然闖進腦際的念頭竟然是，中國文字怎麼如此瑰麗奇巧，居然能有個詞叫「蛾眉」？沒養過蠶的人再也體會不到她的美，只有親見的人無法不拍案叫絕。想古人能搜腸刮肚出這等絕妙好詞的大詩人想必年齡也不能小了，睜著老花眼怎麼能看得清蠶蛾頭上那一對纖細的絨毛呢？張樺茹的眉看上去色如印染比上真正的蛾眉還要美三分，讓我看真是看不夠。

她可等不及了，忙問，「還能補救嗎？」

「辦法倒是有一個。」

「快說！」

「用熨斗燙一下。」

「去！誰跟你開玩笑。」

「那就用熱毛巾敷一下？」

說完我就熱吻貼上了她的眉毛。

「樺茹，」我說，「你要是對這些方面這麼在意，我想，我們乾脆結婚吧。」

她停住了，在思考，「你說的有道理。與其將來被人發現了，還不如乾脆公開，就像老殷，誰都沒有話說。其實咱倆早就到了結婚年齡，誰也沒權力阻止我們相愛，不是嗎？再說了，我始終搞不懂，那個史建軍憑什麼總說我必須嫁給他？最近以來，他看我的眼光特別森人，像只狼似的。咱們結了婚，看他還能怎樣？」

「那麼好，」我握住了她的手，「我們是不是事先向『組織』彙報一下？我們的徐主任已經敲打過我好幾回了，說我靠攏組織不夠，經常不彙報思想，讓組織不知道我整天在想啥？我倒真納悶了，這個『組織』怎麼對每個人的思想這麼有興趣？一旦不知道我們在想啥，他們就害怕？」

就這麼我們定下了：先跟「組織」彙報，接著就要求「組織」給咱倆開單位證明，登記結婚。

第二天，我上完課後，見徐主任屋裡沒人，就進去對他說，「徐主任，您要有空，我想對您做一個思想彙報。」

他聽了立刻笑逐顏開，「來來，好長沒見你彙報思想了，今天你倒主動了，這就是進步！」

我坐下來，說，「我來是有件重要的事情——我談對象了。」

「那，好事啊！說說看，是誰啊？」

「張樺茹。」

徐主任張開的嘴立刻僵住了，「誰？」

我又說了一遍。

他的臉開始變得難看了，「怎麼回事？」

「很簡單，有人給我們介紹，我倆都同意了。」

「難怪。」

「難怪什麼？」我不知道徐主任是什麼意思，問他。

「難怪近來有人向我們反映，說你們兩個人近來不正常。」

「吔，徐主任，我們怎麼不正常啦？」我也很不高興，「我們都是未婚青年，談戀愛就怎麼不正常啦？」

徐主任沉下了臉，「小岳啊，你覺著你們倆合適嗎？」

「我們怎麼就不合適啦？」我問。

「你不想想，」徐主任嚴肅起來，「銀（人）家那可是革命幹部，你家是什麼？反動軍閥。你瞅瞅，般配嗎？」

我覺得這太不可思議，結婚是我跟張樺茹之間的事，跟家庭扯得上嗎？我說，「難道我們一個社會主義的國家，還要講究封建社會裡的門當戶對嗎？再說，我的父親只是一名海軍軍官，保衛過中國的國土，自己沒有一寸土地，更沒有自己的一兵一卒，怎麼說得上是軍閥呢？再說了，他還是烈屬呢。」

「這個我不管，你檔案上就這麼寫著。我是信你說的還是信銀（人）家組織的？銀（人）家張樺茹是黨的培養對象，你不替銀（人）家考慮，黨組織還要替她想想呢。」

一提檔案，我馬上就想起我那大學的同班屎秋蔡，真不知道他在我那上面都拉了哪些臭不可聞的屎球球？我決定據理力爭，我說，「我們的戀愛完全符合我國的婚姻法，男女雙方都是自願的，沒有人能夠阻止我們的合法權利。」

徐主任當場就擺下了臉子，「小岳，你知道你說的是啥呢？你說的那個法那是對一般人說說的，做不得準數的。都說『國有國法，家有家規』，你是團員不是，團有團法不是？黨有黨規不是？能用婚姻法來管嗎？我可告訴你，共青團是黨的後備軍，人都是組織的人，婚姻能由著你胡來？這事你趁早打消了那個主意。」

「這麼說，我連結婚談戀愛的權利也沒有？」

「怎麼沒有啦？你是組織的人，組織能不替你考慮嗎？我早替你尋思過了，那次公開課上給你遞情書的那個女學生就不錯，她叫劉藝華吧？我都瞭解過了，她是地主出身，跟你可是般配的。」

「那不是個呆子嗎？」我被他的這番話驚呆了，原來組織上給我相中的居然是這個人，這個地方怎麼如此封建呢？我堅決說，「要是組織上給我安排的是她，我不如一輩子不結婚。」

「你說這話就是你的不是了，說重點，是對組織的態度。參加革命，銀（人）就交給組織了，是配地瓜還是配土豆兒，能由著你挑了？」

他話都說到這個份上，還能說什麼？我只能說，結婚是人生的大事，我也還要跟父母親商量，就退出來了。

這天晚上，張樺茹又來到我屋裡打聽白天的彙報情況，我說了之後，她也覺得事情變得很麻煩了。我問她談的情況，她說他們的主任態度倒比較好，只是說這件事他做不了主，要向學校黨組織彙報，因為她張樺茹是組織的培養對象，情況特殊些。

我說，「既然這樣，只有往前走了，明天咱倆就找吳桂蘭人事秘書，要求她給開結婚證明。開完了立刻登記結婚，先把法律手續辦了，今後誰想拆開我們就難了。」

張樺茹想想，覺得也是個辦法。

第二天我們約好了時間，一起到了吳桂蘭的辦公室，說明了來意。原想著吳桂蘭平時好歹也算是張樺茹半個朋友，兩人還談得來，領結婚證明應該沒有什麼問題，因為明擺著，兩人都未婚，而且都自願。沒料到，吳桂蘭一聽說是這事，先是吃驚，接著是大惑不解，連聲問張樺茹，這麼大的事怎麼事先不透個口風？她個人做不了主。

張樺茹說，「這事有什麼奇怪的？老殷她結婚事先誰知道啊？」

「你的事情跟老殷不一樣，」吳桂蘭面有難色地說，「黨內都打過招呼了，你是重點培養對象，所有的事都要經過趙書記的同意。」

「怎麼會是這樣？」張樺茹被搞得很是惱火，「我連入黨申請都沒寫過，怎麼成了重點培養對象啦？」

「你這可是說錯了，樺茹，」吳桂蘭一本正經地說，「你有一次是不是在會上說過，要是共產黨裡都是像趙一曼這樣的人，連你都願意加入。說過沒有？」

「那是說過。」張樺茹承認。

「這不就結了？你有這個想法很好，說明你要求進步。趙書記說了，組織上可以先培養後啟發你的覺悟寫申請書，只要有這個願望就行。」吳桂蘭倒也講得頭頭是道。

「但是這跟我結婚有什麼關係？」張樺茹強捺著內心的不滿。

「這樣吧，」吳桂蘭和解地說，「你們要不跟我馬上找趙書記，他說能給開證明，我立馬給開，二話不說；否則我真的是無能為力了。」

張樺茹想想，去就去，既然繞不開這道關，那硬闖也要闖過去。

趙書記正在辦公室跟誰在打著電話，屋子裡滿是煙味，見我們來了，示意我們先坐下。這個房間我從未進來過，跟他本人也很少交談。我看他的辦公室，裡面倒是「一窮二白」，既沒有書，也沒有報紙，檯子上倒是摞了一大堆文件之類的東西，亂七八糟地堆放在一起，上面落滿了灰，大概從未動過。一隻玻璃煙灰缸裡面塞滿了煙屁股，濃烈的煙味嗆得我幾乎喘不過氣來。房間牆上除了毛主席的相片就是掛著一張他自己的照片，穿著很土的棉軍裝，手握著一把手槍，帶著誇張的姿態與神情橫眉立目，指向攝影人，我想大概他認為這個動作很霸氣，因而照片裡的他看上去就是把槍口指向了每一個看照片的人。我等他電話打完了，吳桂蘭先替我們說明了來意。趙書記鼻子裡哼了一聲，從鼻孔裡徐徐噴出淡青色的煙。他沒有看我，只是轉過臉去看張樺茹。

「怎麼回事？是你的意思？」

「是的。」張樺茹點點頭。

「你是怎麼想的？」

「我愛他。」

趙書記突然嘿一聲，提高了喉嚨，「愛？愛是有階級性的。你知道他岳翼雲嗎？你知道他的家庭嗎？你還知道他反右的時候有污點嗎？你怎麼能夠愛他？」

趙書記的話講得十分不客氣，我覺得不能沉默了，我說，「趙書記，你這話我不能同意。愛情是雙方的事情，婚姻法並沒有附加什麼額外的條件，我們怎麼就不能相愛，不能結婚？」

趙書記眼睛陰冷地瞥我一眼，「我跟你說話了麼？我讓你說話了麼？我是跟張樺茹老師在說話。我明確告訴你們，這件事沒有可能！」

「為什麼？」張樺茹氣得臉都漲紅了。

「為什麼？你還問我啊？你不比我更清楚嗎？你可是有婚約的。」

「趙書記，」張樺茹一蹦站了起來，「我從來沒有跟誰訂過婚約，你怎麼不調查就這麼說話呢？」

「怎麼沒有？史建軍是你什麼人？」

「他是我學生。」

「你糊弄誰呢？你們從小就訂的娃娃親，你們雙方父母親早就說好的。我告訴你，這可是史書記親口對我交代的。」

趙書記這一說，我全明白了，史家父子倆早就給趙恒泰上了眼藥。

我說，「趙書記，我不知道張樺茹是不是有娃娃親，即使有，婚姻法也不承認。你們這樣做是違反中華人民共和國的法律的。」

趙書記突然一拍桌子，「岳翼雲，我跟你說話了麼？法律？我明說了吧，你可是個『內定右派』，我一翻手就能讓你捧個狗吃屎，叫你嘗嘗當『階級敵人』的滋味，你信不信？跟我說『法』，『法』不為革命幹部說話，倒為階級敵人說話？岳翼雲，你這是啥？癩蛤蟆想吃天鵝肉啊？沒門！」

張樺茹氣得渾身發抖。

我們倆的婚姻就這樣被趙書記否決了。形勢明擺著，結婚不可能得到「組織」批准。這裡面如果真的是史書記在背後做了手腳，我們就是告到地委怕也解決不了問題。現在必須是坐下來認真想想對策了。張樺茹垂頭喪氣跟著我又回到了我的住處，一進門她就倚在我肩頭嚶嚶哭起來。

她用手絹不停地抹眼淚，委屈地說，「太氣人了！我們做錯了什麼？」

我問她，「對於我們的婚事，你父母的態度是什麼？」

「我早就對我爸媽說了，他們都是隨我的意思。」

「那麼你打算怎麼辦？」

她緊緊擁著我，堅決地說，「我反正跟定了你，你到哪裡，我到哪裡——要不，我們逃跑？」

我苦笑著，說，「你也不是不知道，在中國，一個糧油戶口就把人釘得死死的，天羅地網無處不在，你能逃到哪裡去？」

「李玉瑤不是也逃了嗎？」

「那是撐不長的。她不是也說生完了孩子她還得回來嗎？」

張樺茹皺緊了眉頭在冥思苦想，一會兒又轉出個主意，「要不，我們朝北跑，到蘇聯去？我爸老家裡應該還有人，咱倆都會俄語，溝通不會有問題。」

我還是搖頭，「談何容易啊。往北走，這麼遠的路程，冰天雪地，現在中蘇關係緊張了，邊境線一準卡死了，怎麼過去？弄不好丟了性命。」

她把嘴唇咬得死死的，惡狠狠地說，「說什麼我也決不嫁給史建軍，我絕不低頭！」

我也苦苦思索著，但是毫無辦法，因為我看出來，趙恒泰是鐵了心不准我們在一起了。他手裡有權，當權力一旦在私下有了交易，再明白的道理就永遠搞不明白了。唯一的辦法就是自己找一條可行的出路。

我說，「樺茹，我倒是有一個辦法，但是咱倆必須有破釜沉舟的決心。」

她聽說我有了辦法，緊緊握住我的手急切地說，「你快說，我是破釜沉舟了，你別猶豫。」

我說，「我考慮必須有兩點保證，一是必須可行，二是必須在計畫實施後我倆能夠很好地活下去，否則任何辦法都只是虎頭蛇尾，又重新回到魯迅的問題上：『娜拉走後怎樣？』他說，『直白的說，就是要有錢。』」

張樺茹連連點頭，說道，「還是魯迅想得遠。我想聽你的辦法。」

「我覺得我生父指的那條路可以走。」我接著說下去，「上次我告訴你，我不準備去香港了，那是因為我決心要跟你就在這裡生活一輩子，但是它的前提必須是單位要同意我倆結婚。現在既然此路不通了，我們就必須換個思路，咱倆出國去！」

「是嗎？可我連香港在哪裡都不知道。」大概是過於出乎意外，張樺茹只是看著我發愣，一言不發。

我於是給她仔細地介紹香港的情況。我告訴她，我們過去受到的教育內容非常狹隘陳舊，許多只是充滿了謬誤，我們只知道兩個陣營像鬥紅了眼的公雞廝殺得頭破血流，不知道世界上許多真實的情況，我如果不是從去年起生父跟我取得了聯繫經常給我寫信，我也是對外部世界一無所知，我只能告訴你，香港現在的經濟正在起飛，我的生父在那裡有一筆不小的遺產，據說他在澳洲還有一個農莊。我想我倆未來的生活不會有問題。

她聽了半信半疑地問道，「那我們將來不成了黃世仁了嗎？將來不還得挨鬥還要被槍斃嗎？」

我差點失聲大笑。不過，這不奇怪，我先前不也是這樣想嗎？我只能告訴她這完全是兩碼事，就好比莊子的那句話，『夏蟲不可語秋』，「你能想像出來是什麼情況嗎？」

張樺茹歪著腦袋想了半天，說，「你的意思我明白了，這整個就是兩個完全不相容的時空，就像是，就像是……」她努力在腦海裡找尋一個合適的比喻，「就像是坐在井底的青蛙想不出真正的天空和大地的美麗，差別太大了！也許還是莊子說的精彩，只生活在夏天的蟲子怎麼想像秋天的景象啊？跟它們談論秋天只能是對牛彈琴了！你今天的話對我簡直是天方夜譚，但是我很喜歡聽。翼雲，我真的就喜歡聽你說話，你讓我活得充實。只是，」她停頓了一下，「只是，你有生父在那裡，理由很充足，可我怎麼也能跟你一道去香港呢？」

「你說的非常好，一點就透。」我從內心裡深感她的聰慧，我就此應該讓她知道的更多。我告訴她，根據英聯邦國家的法律，他們的公民的子女即使是生在其他的國家，也自然是他們的公民，也就是說，從他們的法律上講，我生來就是他們的公民，享有他們公民的所有權利。而我的合法的妻子，當然地就應該跟我生活在一起。

「呀，他們的法律很好嘛！」張樺茹讚歎著。

「所以我們的關鍵還是——」

「結婚！」我倆同時說出了這兩個字。

張樺茹立刻就沮喪起來，「說來說去又說回來了。」

我說，「辦法還是有的。」

「快說呀！你怎麼總磨磨蹭蹭的，都急死人了。」她急得拍我的手背。

我告訴她，我的養母老家是在浙江、江蘇交界的太湖地區南潯鎮，那兒民風淳厚，即使大「災」之年，人們生活的也不錯。我養母有個遠房外甥在村裡做支書，他說他們那邊結婚只要村支書蓋個章，就能在鄉里領到結婚證，沒人管。你別看趙書記把他手裡那個印把子當法海手裡的雷峰塔似的，但是在江浙農村好搞得很。我的想法是咱倆一起去我媽老家登記，憑我老媽在那邊村子裡的民望，一準成，拿到結婚證就是我們狠。

「還有這樣的好事呀，你們那邊怎麼能這樣幹？」張樺茹興奮起來，有點不敢相信。

「我對你說句心裡話」我說，「王瑞祥批評我的話是對的，我過去真的是太不瞭解社會了，這兩年我才發現只要到處跑跑，多處聽聽，才能耳聰目明，不做糊塗蛋。中國之大，無奇不有，表面上看，政府對百姓的治理是嚴絲合縫，但若到下面去走走，尤其是在農村，窟窿到處都有。有些民風淳厚的富裕之地，靠的全是千年來的古風民俗自行管理，倒也興旺和諧，守望相助，那兒的政府反倒像是平添在百姓頭上的一層累贅似的。」

我又仔細地告訴她香港移民的手續以及現在進行到了哪個階段。我說，香港是一個嚴格的法治社會，一切都要依法律文件來說話。作為遺產繼承人，首先就是要證明我的合法身分，現在這個工作已經完成了，我的生父由他的律師代理已經向港英移民局提交了這些文件。但是遺產繼承的手續必須是在我到達香港後才能辦理，前一陣子不是我已經不準備去香港了嗎？這事就停下來了。現在我倒要催促父親抓緊了。我現在要做的事，就是把這邊公安局所需要的申請赴港探親的各項文件準備齊全，我就可以申請領取赴港「單向通行證」了。當然下面的事情不等於就會一帆風順，在今天我們國家對移民出境的事務是控制極嚴的，規定能否出境的審批權歸中國政府持有，因此我還必須向公安局提供他們需要的檔，包括我的無犯罪記錄等等，這些基本也都齊了，唯有一件需要提供我的單位的意見，這是由當地公安部門跟單位領導直接詢問的，這就要看趙書記的臉色：單位能否同意放行？檔案裡有沒有犯忌的？完全憑趙書記的一句話了。中國最可怕的就在這裡，你永遠不知道單位領導人在你背後嘰咕你什麼，它們永遠是保密的。

在介紹完了這全部過程後，我們商量定下了，從現在起，從兩方面全力以赴推進移港計畫。一是我的赴港探親，這一著走成，我才能在香港站住腳；其次就是我倆的赴浙江結婚，這樣在我去了香港後，便可以夫妻團聚為由把你辦過去。這一盤棋缺一不行，自今日起必須齊頭並進。由於黑龍江這個北疆省份不比南方廣東福建外事頻繁，在六十年代初仍萬分閉塞，許多地方沒有設立外事機構，私人出境事務只有去省城哈爾濱去辦理。張樺茹說，哈爾濱她熟悉，去省城跑手續的事她答應陪同我一道去跑。同時在今年寒假我將回太湖老家，跟當地管事的都先說好，一旦談妥，立即給張樺茹發電報，我們在太湖老家相聚。我把母親在村子裡的地址以及詳細的交通路線圖都留給了她。婚禮則力求簡單，就在村子裡擺幾桌酒席，把婚事就給辦了，然後名正言順地等我順利抵達香港後，就幫她辦移民手續。

「不過這麼做，」我說，「你得跟你的父母親事先講好了，而且抽空我還得拜見你的二老雙親。」

經過我的這一番長長的解說，原先眉頭深鎖的張樺茹終於漸漸舒展開眉心，她大概在原以為無望的沙漠中看到了一線清泉。她深情地抱住我，緊緊依偎在我懷裡，對我說，「翼雲，我離不開你還有一個重要原因，就是我特別喜歡你目光的遠大和深刻。跟一個遠大深刻的人生活在一起，能讓我活得明白。」

我也親吻著她那帶有發香的一頭綣發，說，「我也跟你一樣，我愛你還因為幾乎在任何重大的問題上，你都跟我想在一起。跟一個與我同心的人在一塊，讓我處處感受到人生有最好的支撐。」

回答我的是她的吻，她動情地說，「我喜歡深刻。」她看看我的眼睛又補充說，「你吸引我的就是深刻。」

# 25 魂斷太湖

接下來的日子，我們兩人進入了頻繁的跑申請程式的過程中。為了備齊公安部門所必需的文件和證件，我們利用平時沒有課的日子，一次次地跑哈爾濱。為了不驚動單位裡的人，我們跟誰都沒有透露，好在中國的高校，不是坐班制，哪怕是這個小地方的師專，沒課的時候高興上哪就上哪，不少在外面租了房子住的老師，沒課就回家做家務事，也沒人管，因此我們去哈爾濱辦事，往往是當天來回，不請假也不會引起人注意。每次去，我也順路拜望了張樺茹的父母。他們對我都有很好的看法。當我談到單位裡阻止我倆的愛情以及史書記父子從中作梗的情況時，我發現張樺茹的爸爸神情很憂鬱，話也說得很少。他是個典型的俄羅斯知識份子的樣子，說話慢條斯理，書廚裡擺滿了書，除了鐵路工程技術方面的內容，還有許多俄羅斯文學大師們的作品。他能說一口流利的中文，帶著很重的東北人口音。當我講到了我們準備去往香港的計畫時，他並沒有顯出很吃驚的樣子，我想這一定是張樺茹已經事前告訴了他們的緣故。只是我不知道他為什麼談話自始至終都沒有對這個計畫表示態度——既不表示支持也不表示反對，只是靜靜地傾聽。

張樺茹的媽媽的確帶有滿族人的鮮明特徵，雖然一般人對滿人漢人分不大出來，但對於我這個南方漢人而言，任何細微的差別我都能看得出來。雖然她的年齡已經不小了，但她的眉眼和身段，仍然保留著年輕時美麗的印記，一舉一動，一顰一笑，都有著貴族的神韻。她好像特別地欣賞我，看我的眼神我看得出來，不管我說什麼，她都帶著一種和她心中的預期相吻合的微笑。她對我向她的女兒求婚很是滿意，對我們的計畫並沒有說什麼，只是把她女兒的手交到我的手裡，淚光閃閃地對我說，「我把女兒交給了你，你一輩子要對她好，能做到嗎？」

我說，「媽媽，我向您保證。」

她幸福地哭了，說，「我祝福你們。」

終於，一切都備齊了，我向公安局正式提交了申請，下面的日子就是等待批准了。

當我們完成了這最後的步驟後，我倆都不約而同地深深松了口氣，餘下的就是公安部門跟我們單位領導之間的事情了，我相信不出意外，也不會有什麼問題，因為我沒有任何犯罪記錄，也沒有任何不良行為。

這天，張樺茹心情也特別高興，邀我再到她家坐坐。她說，「要是我們的計畫能夠成功，儘管我不可能同時跟你一道移民香港，但也就是個早晚的問題了。我在家裡的時間也是呆一天少一天，一想到這，我心裡反倒有點戀戀不捨了。」

她把我帶到她家，打開門進去一看，很快轉身出來了，笑著說，「巧極了，他們都不在家，媽媽在桌上還留了張紙條，說要很晚才能回來。來，你進來參觀參觀我過去住的房間吧。」

這間房間我前幾次來的時候，都沒有進去過，因為初來乍到，出於禮貌，是只能在客廳裡拜見她父母的。

整座房屋裡都很暖和，壁爐裡的火仍在，一進門我們就脫去了外面的衣服掛在衣帽架上。

第一次進入張樺茹過去生活過的房間，心情是特別的異樣，既好奇又興奮，怎麼說呢，進入少女的房間就像是進入少女的心靈聖地，這裡是她曾經朝夕相處的地方，每一件物品都留下了她的膚香和她呼吸留下的印記，我跟著她幾乎是懷著一種朝聖的心情輕手輕足地走了進去。

作為居室，房間大小適中，十六平方左右，朝南。靠窗擺著一張俄式的書桌，半截式的窗簾是拉上的，花色圖案也都是俄羅斯的風格。靠牆放著一張床，鐵的床欄杆也綣曲成俄式的花樣。最為吸引我目光的還是一面掛在床邊牆壁上的大壁毯和鋪在地板上的地毯。我知道滿人有掛壁毯的習慣，目的是用它來隔斷寒氣。

這幅壁毯的畫面端莊華貴，在棕紅和藍色為主色調的背景上，一朵朵太陽花、月亮花、石榴花被對稱的幾何線條組成的花樣連接在一起，構成彩花式的圖案，淺駝色底上只見金光閃閃，銀白色的錦文圖案上則如陽光照射在水面上閃爍著點點銀光。我心理暗暗稱奇，這不是萬分華貴的「盤金絲銀線毯」嗎？這可是著名的「新疆毯」，完全是用極珍貴的西北高品位純羊毛織成的，個中金絲銀線也都是用純金純銀捶成極薄的箔皮拉絲而成，據說過去只有皇家宮室裡才會有，怎麼會出現在此尋常百姓家？

張樺茹見我看得十分用心，別有深意地說，「我就知道，什麼都瞞不過你的眼睛。看出來了嗎？」

我點點頭剛要張嘴，她就打斷了我的話，「別說，待會我統統告訴你。你再看看我的東西吧。」

她帶我走到她桌前。桌上立著兩張鏡框，一張是她父母親年輕時抱著她的照片，另一張是她本人的。這肯定是她最心愛的兩張照片，尤其是後一張，大概是她十六七歲時照的，真的是小荷才露尖尖角，含苞待放亭亭玉立，洋溢著青春氣息，一雙清澈如水的大眼睛裡滿是對未來的憧憬。我仔細端詳著，捧起照片深深吻了一口。張樺茹首先笑起來，「喂喂，活照片距離你十釐米，你這是捨近求遠，捨本逐末，傻不傻呀？」

我說，「這張照片讓我愛的不行。」

她親昵地說，「那就吻我這張畫吧。」說著就把她的小口印在我的嘴唇上。

大概今天我倆的心情都特別輕鬆的緣故吧，很快就來了激情。我用舌頭輕輕挑開了她的嘴唇，她也立刻張口用舌尖回應著我的舌尖，互相攪動到了一起。她的呼吸急促起來，雙手激動地撫摸我的肩膀、胸膛，擠捏著我的肌肉，我倆都近乎瘋狂了。在緊張興奮中，我的手也粗魯地壓在她那挺拔豐滿的胸上，她渾身一哆嗦，僵住似的，微微喘著氣。她讓我坐在她的床邊，自己幾乎軟癱在我的懷裡，羞澀地不看我。我的手慢慢爬上她的胸前。她猶豫片刻，左手便把穿在毛衣裡面的內衣下擺悄悄拉了出來，又從裡面伸到了身後不知做什麼，然後就把手抽出來，無力地放在身旁，卻把頭緊緊鑽進我懷中。我受她無聲的暗示鼓舞著，手開始沿著她衣服的下擺伸進去，很快便觸碰到她那光滑如緞的溫熱的肌膚，她猛地摟緊我的腰部，像受驚的小兔。

我的手指繼續前行，碰到了胸罩的下沿，用指尖把它掀起，發現它已經鬆開了，我的手指便潛入了她的胸罩，很快就觸及到那令人心晃神搖的無比美妙的圓弧。她像受到驚嚇又一哆嗦，用手掌從外面壓住我的手，「不要……」她可憐巴巴地說。我趁她的手稍稍放鬆，又繼續前伸，一邊想著那本書上的話，手指像蛇似的緩緩遊行，山坡豐潤挺滿，邊游邊撫慰著，終於觸到了她那敏感的峰頂。她「嘶」地屏住了氣，身子反射似的一挺，呼吸幾乎停止了。我用手指輕輕揉捏起她的乳頭，那兒是柔軟而潤澤，當我的指尖在她上面畫圈的時候，她渾身戰慄起來，臉上顯出極其痛苦的表情，左右扭動。

「天哪……天哪……」她發出夢囈似的顫音。

現在我的手掌完全握住了她的乳峰，就像為她罩上了溫暖的胸罩。我的掌中就像俘獲了一隻小白兔，無助而可憐地等待著我的恣意愛憐。

我在她耳畔輕聲問，「喜歡嗎？」

她不好意思地只把頭深深往我懷裡鑽，隔了一會兒，才微微點頭，喃喃著，「翼雲，你手真毒，誰教的啊？」

「書上寫的。」

她這才像想起了什麼，「等等，那門……」她低著頭起身從裡面別上門，這才轉過身來。我見她已是滿臉緋紅，只瞧我一眼就低垂下眼睛，用雙手急忙捂住了臉，軟癱在我的懷裡，夢遊似的囈語著，「翼雲，我給你吧……」

也許是短暫的中止反而讓我的大腦得到了冷靜，它讓我猛然記起我們仍然行走在中途，前方的目的地還很遙遠，萬一失敗，將把她置於險境，我怎能如此不負責任？我想起拉赫美托夫和貴婦人的分手，強抑著胸中的激情，讓它一點點冷卻。我把張樺茹摟緊在懷中，親吻著她的額頭、眼睛，說，「樺茹，你美極了！謝謝你，但是我們不能再往前走了，你懂嗎？」

她聽我這一說，也漸漸冷靜下來，說，「翼雲，你是對的，謝謝你提醒。」她開始用雙手往下按摸著自己的臉龐，讓潮紅慢慢褪去。

她仍舊依偎在我肩頭，低著頭不好意思地問我，「剛才，剛才，我是不是……太那個了？」

「不，不，」我親吻著她，「我說不出你有多美好，為了那銷魂的一刻，我終生銘記。」

「不過……」

「不過什麼？」

「翼雲，我們剛才算性愛嗎？」她問了一個讓人回答不上的問題。

我想想說，「也許，算是吧。」她回味著我的話，貼近我耳朵，不好意思地笑了，「就算是你說的『性愛』，也美妙極了。我也要說，謝謝。」

「你笑什麼？」

「想起趙書記那副嘴臉。翼雲，我真的不知道，他們憑什麼總要規定我們愛這個不准愛那個，為什麼？他們有什麼權力？說到底，我們剛才不就是使用了一丁點兒自己身上的器官嗎？宇宙間，有誰規定，動物使用自己的器官還要得到他們的批准？我的身體我做主，誰也管不了我。我記得恩格斯就說過類似的話。」

「關於性愛，他講過很多，只是他們就從來沒相信過。」

「翼雲，可我怎麼覺得還是虧了呢？」她回頭想想，心裡又有點不平衡，假裝在埋怨，「你說跟你在一起，我怎麼總是虧呢？你剛剛把人家弄得全身火燒火燎的，突然就一盆冷水，我可什麼還沒得到呢。」說到這裡，她又嗤地笑了，「沒有怪你的意思，不過你真的是對的。你要再往前走一步，我就要化了。」

我等她平靜下來後，才開始談起了正事。

我說，「方才，我看著你這張掛毯，你卻說要告訴我一些事情，是哪些事呢？」

她問，「你在這上面看出來什麼？」

「我感覺這絕不是等閒人家才能有的，據我所知，這只能是過去清宮裡的收藏。但我十分奇怪……」

她聽我說到這裡，就打斷了我的話，「你說的不錯，我想告訴你的是，我倆之間，根本不存在什麼『鴻溝』，我倆就像是波麗娜和被剝奪了貴族稱號的安寧科夫，我們是平等的，因為——」她頓了頓，「我是格格的女兒。」接著她就講述了一段她的神祕的家世：

「就像你看到的那樣，這的確是宮廷裡的東西。我的張姓是跟的母親姓。你可能並不清楚，張姓在東北是大姓，張作霖就姓張，我們有血緣。東北的張姓跟愛新覺羅姓氏難解難分。辛亥革命後，我媽害怕漢人殺害她，躲回了滿族人的故鄉地，一直到鬼子進來，遇到了我的爸爸……

「這一段經歷，我們一直藏在心裡，只是最近，組織通過對幹部的內查外調，已經發現了這個問題，這就是剛才爸爸只聽你講他自己很少說話的原因。他很欣賞你，說你有思想，有才華，有堅強意志。對於他自己，他說他對功名全不在意，也許對他反倒是好事，他覺得自己還是適合搞技術工作，這畢竟是他的本行。」

原來是這樣。

我又問她，「既然組織上已經發現了你媽媽的成分問題，為什麼趙恒泰還要把你當做黨的發展對象來培養呢？」

「那不是『滯後效應』嘛？」她居然想出了這麼一個術語，「你想想，我們這裡是天高皇帝遠，毛主席腦子裡想的，等傳到這裡不知要經過多少九曲十八彎。你就說『雙反運動』吧，好像北京是五八年就開始搞了，這裡是去年才開始，我真有點為爸爸擔心，他在單位裡總是強調知識份子和革新能手的作用，總說『火車不是靠吹口氣跑的』，我真擔心，搞不好套上個『右傾機會主義分子』的帽子。所以他近來總是悶悶不樂。」

我這才知道她爸爸也深陷在困境，她所講的「滯後效應」，就是指黑龍江這裡凡事都要比北京慢好多拍。

「但是我還是不懂，」我又說，「去年我們搞的『新雙反運動』是咋回事？」

「那不是專門為整你跟大賈準備的菜嘛？」

「這不是假傳聖旨嗎？好吧，我再給他記上一筆。」我在心裡默默說。

從這之後，我倆就一直在耐心等待了，等待著相關的公安部門給我們發來的答覆。按照規定，他們應該是有一個期限的。然而我一等再等，居然是音信全無。

我倆決定再跑一趟哈爾濱，接待我們的那位同志在查閱了我的材料後，遺憾地說，「真對不起，問題不是出在我們這邊，你們單位領導表示不同意你出境。」

「理由呢？難道是我的表現有問題？」

「那些都不算什麼？你的確沒有任何犯罪記錄。」

「那總要有個理由吧？」

「只有一句話：『工作需要』。」那位同志無奈地攤開手。

我和張華茹一下子又全傻眼了。「組織」的一句話根本不需要解釋，他們說什麼就是什麼，問也白搭。

「這麼說，完全沒有辦法了？」我還想爭取一下。

「也不能這麼說。」那位同志態度倒很好，「現在上面雖然有『出境從嚴』的規定，但對於像你這樣出去繼承遺產的類別還是據實照批的。你要給我們一些時間，讓我們多跟你們單位領導溝通。你也要態度積極點。」

這麼說，路還沒有走絕。我想一邊繼續等待公安局跟單位的溝通，同時抽空回趟南京，和養母一道去趟浙江，先辦理我倆的結婚登記。

由於公安部門已經正式出面和單位研究過我的出國問題，加上管人事的吳桂蘭又是個呱噪嘴，單位裡早已是傳得沸沸揚揚，以致我只要在學校裡出現，屁股後面總有一大堆老師圍著我打聽。這個年月，出國，到香港，即使在關內的較發達的地區，人們也多是聞所未聞，更何況在這北國的邊陲之地呢？我簡直就成了個珍稀物種了。我想既然都知道了，也沒有必要再遮遮掩掩了，那麼我就乾脆用這個藉口來請假聲稱還需要跑不少地方來補充材料吧。我的請假條送到了魏校長手中，他倒是很支持我，馬上就給批了，做法就是把我的課調到一起集中在幾天上完，餘下的時間就讓我到處去跑了。

就這樣，我再次回到了老家南京。

這次回家家裡也有了一些變化，一是姐姐也真的脫去了軍裝，分到了南京一家部隊工廠裡做了廠醫，姐姐說這樣於她也好，一來沒多少責任需要擔待，大病推到大醫院去治，治好治不好與己無關；二來每天可以回家照顧家庭和孩子的教育，倒也清閒自在。二是香港方面我生父給我寄來了許多封信，為了安全起見，多數都是寄在了南京由我母親保管，信中他給我介紹了大量的有關香港移民的消息，令我大開了眼界。他告訴我，由於國內的「嚴重自然災害」，百姓民不聊生，為了活下去，加之香港的工資高出內地五十倍之巨，導致廣東、福建一帶大批漁民、農民鋌而走險，採取偷渡的方式，大批湧向香港、澳門，形成一股洶湧的移民大潮。其次他也為了我的移民萬無一失，為我提供了許多經驗和取得成功的生動例子，他讓我在考慮這個問題時有了大量的思考材料和多樣選擇。三是母親告訴我，我和張樺茹去江浙她老家登記結婚的主意她已跟家鄉的親戚商量過，書記拍著胸脯說沒有問題包在他身上。條件就是我跟張樺茹必須真的是未婚，也必須兩個人親自到場來登記。這樣一來，我和母親就非去一趟不可了。

我的養母——不，我還是習慣叫她媽媽吧，她的出生地，自打我長到這麼大，我還真的從未去過，它可以說是最典型的江南水鄉，地點就是江蘇南潯的黃洋墩，就在太湖的邊上。這裡湖泊遍佈，河網縱橫，人們世代在此打魚耕作，形成了一種很獨特的鄉民文化。我養母在村子裡輩分比較高，當喊我「小阿哥」的村支書明通親自搖船把我們接到黃洋墩的碼頭時，村子裡的親戚早已是站滿了碼頭兩旁等候。

明通今年大概有四十多了，黧黑的臉膛，精瘦的身體顯得十分幹練精明，他穿著一身半新的棉襖，腰間束根布帶子，搖起船來步幅很大，進兩步，退兩步，把大船搖的似搖椅。船隻在水中飛快前進，在水中劃出兩條大雁的人子波，只見兩岸快速後退，搖了個把時辰，就把我們接到了他家。

他們家就在黃洋岸邊，這裡的人方言有很多特色，估計保留了古意，比方這個「洋」，就指的「很大的水面」，我懷疑漢語中的「太平洋」、「大西洋」的「洋」字就是從他們的方言裡發展出來的，此外，像「勿」、「矣」等等古詞居然今天仍用著。他家的房屋依湖岸坡度而建，一進高過一進，每往後進走，都得登好幾級的石階。從家裡的陳設看，一看就知是個殷實之家，跟東北的農家簡直是一天一地。

明通一進門，就大聲喊他妻子，「阿菊，小爸爸來咧。」我初聽沒聽明白，不知道「小爸爸」指的是誰？後來才曉得原來他們這裡是把「姑媽」喊成「小爸爸」的，也就是說，我媽是他明通的姑媽，後來再一看村子裡的許多老人都喊我媽做「小爸爸」，這才明白我媽的輩分是何等之高。

在這樣的氛圍中，我非常拘束，因為他們分明都比我年歲大的多，對我卻如此客氣，弄得我不知如何稱呼他們才好。

阿菊出來先喊過「小爸爸」，又叫我「小阿哥」，我想這個「哥」字是尊稱，「小」字是說明我的年齡比他們小，這漢語的表現力真是奇妙極了。她先獻上了兩碗「熏豆茶」，在青花瓷碗裡先倒進開水，再抓兩把熏過的青豆，裡面夾著胡蘿蔔絲，最後再撒上一把芝麻，茶水頓時就變成色香味俱全的香茗了。

媽媽取出了兩床帶來的著名的南京手工藝品雲錦被面送給明通，立刻就把他們家的女人們統統吸引來了，一個個都嘖嘖稱讚，有說花色好看，有說緞面光滑，有說結婚做彩禮風光得很，都說是生平從沒見過這麼好看的錦緞，到底是怎麼織出來的呀？其實媽媽就是這個百年老廠「中興源絲織廠」的老擋車工，這些錦緞都出自她的手，這些產品是國家換外匯用的，換在平常人那不單單是買不起，連在市面上看都看不到，但是生產中出的次品他們往往拿來分給工人，權當做了獎金，而所謂的次品就是指給你看，常人也看不出來。

在相互問候寒暄了一陣子之後，話題就轉到了正題。媽媽把我跟張樺茹的事情原原本本地倒了一遍，明通撇著普通話半土半百地對我說，「你那個趙書記是個死豬頭，圪墶面佛萊賽格（這裡勿來事的），要被村裡廂人扒褲子的。小阿哥儂的事體就是我個事體，我給你們倆個人一人一張證明，你是三隊的社員，她是五隊的社員，未婚，自願結婚，就派司過去了。」他的話裡居然還用了英語詞，看出來江浙的農民見多識廣頭腦活。

媽媽在一旁也用方言問，「那登記的事體敲得牢敲勿牢？」

明通拍拍胸脯，「放心，包在侄子身上了。」

「你們這邊怎麼這麼容易？」我還是有點不放心的插嘴問。

他哈哈一笑，「公社書記叫我『小娘舅』，儂說敲得牢敲勿牢？再說了，這是成人之美，積陰德的，古人說，勝造七級浮屠，『寧拆一座廟，不擋一家親』，」說到這裡，明通曉事地問我媽，「要不這兩床雲錦我送給根農？」

根農就是公社書記的名字。

媽媽立刻明白了，「不不，這個你留著。根農那頭我帶了矣。」

說話間，阿菊已經把飯做好了，桌上擺出了太湖裡打出的白魚，淡水蝦，蘇州矮腳黃，還有一盤白沾雞。這已是我多年未見的美味佳餚了，我的口水像飢餓孩子的眼淚已經在口腔裡轉了。我想，僅僅這桌飯菜，就遠遠超出了媽媽送給他們的次品雲錦的價，原先聽到明通替公社書記根農討要雲錦時我還在想，這難道不是貪腐受賄嗎？看來鄉下人也不能免俗。現在方才覺著自己是錯怪了人家。依照這裡的風俗，客人來了，備點禮品是看得起對方的表現，主人是應該拿出遠超過禮品的誠意來回報的。我不知道這算不算也是中國古代的遺風？

明通客氣地請媽媽先動筷子，然後問我，「吃點酒？」

我謝謝他說，「從不飲酒。」

他也不強勸，自斟自飲起來。

正吃著，門外有人喊明通，明通大聲答應，請他進來。

來人大約三十出頭，四方臉，鑲著兩顆銀牙，一張嘴挺閃亮的，他上身穿著一件皮襖，下身穿條衣線筆挺的華達呢褲子，腳上穿著皮鞋。他進門就高聲喊著「小爸爸來啦？」

媽媽站起笑答著，問，「是葉庭嗎？多年未見，儂發達矣。」

葉庭謙和地笑著，「啥個發達勿發達，明通知曉得伐。」說著看看自身的衣服，打趣說，「咯個行頭，是出客見小爸爸的，尋常穿上勿來事。」

媽媽問，「你是從姚甸過來的？」

「是咯。搖船來的。」見到我又問媽，「是小阿哥？」

媽媽點頭稱是，又問在何處貴幹？媽媽回答在大學裡教書，葉庭立刻滿臉尊重，「喔喲，大學教授。小爸爸，儂好福氣！」

明通告訴小爸爸，說他這個遠房小兄弟葉庭從小腦子就活絡，日子過得紅火得很。他自留地裡種大頭菜，做成榨菜，賣到了上海、南京、蘇州、無錫，這幾年抓農村「兩條道路鬥爭」，把他給抓了起來，做為「資本主義尾巴」的典型，押回村裡批判，開大會的時候，幾個民兵強摁住他腦袋，把他頭上的頭髮都一把把地給薅掉了。明通聽說了，叫他兒子連夜搖了船把他從姚甸搶了過來。姚甸屬浙江，黃洋墩屬江蘇，共飲一湖水。這邊政策松點，浙江的人就過來做；浙江的政策松點，這邊的人就過去做，水面上難以劃界，監督很難，農民漁民就鑽了這個空子在「大災之年」過得衣食無憂。

明通最喜歡說的一句話就是「莊戶甯咖（莊戶人家）圖的是活得舒怡，要開心點就好。我是『瞞上不欺下』，『欺下』勿來嗨（欺下是不行的），子孫要讓人罵的。」

看著他們豐盛的飯桌，我不由想起李玉瑤，她家也是在無錫太湖邊，由此我才體會到她何以做出破釜沉舟的決定，原來是有根據的。

我此次隨養母回故鄉，沒有想到事情辦得如此順利，於是第二天就乘著漁民的船趕回南潯鎮上的電信局，我給張樺茹發出了一封加急電報，上面只有幾個字：一切辦妥速來。

電報發出之後，我就是耐心等待了。日子變得出奇地慢，象蝸牛似的。村子裡的人每天都在忙，也陪著我們一同準備吃我們的喜酒，好在母親在村子裡人頭熟，東家請，西家請，每天還不覺得太冷清。

預訂等待的十天最長期限終於等來了。這期間，我每天都要到長途公車站，水路碼頭兩個地方去等候，路都跑熟了，但是我沒有等到人。我和母親商量後覺得也許是交通擁擠加上長途跋涉，張樺茹又從未到南方來過，初次出遠門，難免會出錯，那就再多等幾天吧，這樣又延長了五天，然而仍然是沒見來人。我的心裡開始有了不祥的預感，種種推測，不停地在腦海中湧現，最後又一一被我否定了。

我想，即使途中出現難以預測的情況，最起碼的，電報總應該回我一封吧？為什麼我的電報發去後，竟然石沉大海，連個回音也沒有？

到了晚上，更加難耐焦慮和寂寞，我只有獨自一人沿著湖岸邊散步。明通家的後面就是一條長長的地角，一直延伸到太湖中，上面種植著大片的桑樹林。這裡的人們有養蠶的習慣，繅絲是他們的家庭傳統手工業，也是他們重要的家庭收入之一。我沿著桑樹林中的小徑慢慢行走。地角的盡頭是一塊礁石，我每晚就坐在它上面。江南的冬天並不很冷，雖然湖邊風很大，但我穿著的是東北人穿的大衣皮帽，即使風中，也不覺多少寒意。坐在礁石上，三面是黑暗的湖水，頭頂是星光滿天的夜空，湖水拍岸發出陣陣有節律的濤聲，讓人有遠離喧囂的出世之感。我望著天上的流星，在想：此時此刻，我的張樺茹，你在做著什麼呢？會不會是乘錯了車次，在途中亂轉悠呢？我想不會吧？你可是個鐵路通，你的鐵路員工家屬證是你乘車的最大安全保證。那麼會不會是病倒在途中了呢？也不會吧，分別的時候，你可是活蹦亂跳的人吶。會不會是後悔了呢？即使有一千種可能性，最大的不可能也就是這一條。那麼到底出了什麼事情以至於都不能給我一個回話呢？

樺茹啊樺茹，你知道我是多麼想念著你啊，你為什麼就是不回答呢？今晚今夜，你知道我是在太湖當中聽著濤音在思念著你嗎？只有在這裡，我才真正理解了普希金的「致大海」：「再見吧，自由的元素！這是你最後一次，在我的眼前，炫耀那驕傲的美色……」只有到了這裡，我才真正懂得了自由對於人類，不，對於天下萬物的可貴。明通、葉庭，還有黃洋墩的村民們世世代代就是依靠著水的自由養活了自己，在這兩省之間逃避惡政的桃花源裡依然循著古老的村俗村規延續著自己的血脈，自由自在，生活自足。同樣是黨支部書記，明通帶著全村人在「瞞上不欺下」的自由中活得舒心快樂，而帶著全村人去安達工地的那位支書也許是把全村人帶進了死地。這裡的人們跟王瑞祥河南信陽的饑民，遍佈黑龍江勞改農場的服刑犯、右派勞教犯人的生態環境竟然有著天壤之別。這一切的區別都僅僅因為兩個字：自由！

為了自由，我再也不能等待了，我必須趕回去，找到張樺茹，把一切事情弄個明白。

# 26 情恨似海

幾天之後，我趕回海倫到了學校，第一件事就是直奔張樺茹的宿舍，敲響了她的房門。開門的居然是吳桂蘭。她攔在門口，問我要找誰。我臨時改了口，「我找老殷。」

「殷浦江已經調回上海了。」

「什麼？」

「她調令早就到了，是她男人通過部隊出面催辦的。」

「哦。那——張樺茹呢？」我把頭朝裡探探，看見張樺茹的床鋪是空的，床邊緊挨著的就是可以看見我屋子燈光的那扇窗戶，上面已經用厚厚的紙完全擋住了。

吳桂蘭帶著一種異樣的眼光看我一眼，說，「病了，住院了。」

「病了？」我心咯噔一下。

「什麼病？」

吳桂蘭冷冷回答，「不清楚……也許是——婦女病吧。」她頓了頓又補充說，「之前，她不是還在我這裡開過自費去醫院住院的證明嗎？我問過她為什麼有公費不用反而要自費？她推說有些病還是不要讓別人知道的好。問她什麼病？她含含糊糊地講了，好像是這一類的病，誰知道呢。」她的語氣裡帶有某種含義曖昧的暗示。

證明？我明白了，這是替李玉瑤住院開的，張樺茹原來用的是這個藉口，自費的意思就是不希望大家都知道。這麼隱私的事，吳桂蘭怎麼能逢人便講呢？什麼人品啊！

我又問，「她住哪所醫院？」

「你說海倫還有哪所醫院啊？」她又盯我看一眼，似乎想說你那點鬼心思你以為我不知道啊，她說，「你是想去看她嗎？告訴你，不需要了，她拒絕任何人前去探望。」

我不明白她的意思，「為什麼？」

「我是說，連史建軍去看她，她都不允許。她好像很不喜歡那所醫院。說來也真是的，你說病人住院就住院吧，有些醫生還總喜歡東打聽西打聽的。有個女醫生居然還問我你們師專是不是有兩個張樺茹啊？你說這是什麼話？腦子裡長了屎，這種人也能當醫生？哦，我忘了告訴你，史建軍和張樺茹快結婚了，我證明都給開了。」吳桂蘭一打開話匣子就收不住。

然而她的話，卻猶如晴天驚雷，震得我的心疼得幾乎令我昏厥，驚得我脊背陣陣發寒。我強自鎮定一下，「你，你說誰跟誰結婚？」

「張樺茹跟史建軍啊。人家可是雙方家長早就說定的，他們自己也都同意的。」

我一下子沒有反應過來，「那，那，」我突然覺得我的嘴不聽使喚了，聲音在發飄，好像是另一個人在說話，「那姓史的不，不還是學生嗎？國家不是規，規定大學生在校，在校期間一律，一律不准，不准結婚嗎？」

「你這真是閒扯蘿蔔淡操心，皇帝不急太監急。他們這屆是春季招的生，不是很快就要畢業了嗎？一畢業就登記，礙著誰啦？」

我的頭轟的一聲暈了，我大概踉蹌了一下，扶住了門框，等眼前的霧潮散去，我才想起該離開了。

「哦，順便告訴你，張樺茹還有封信要我親手交給你。」她把信交我手上的時候，臉上似乎還有一點點看不大出來的幸災樂禍的笑意。

我腦中已是一片空白，我不知道是怎樣走回到我的住處的。我躺在炕上，一動不動，沒有思維，沒有情感，像一塊木頭。房東關大爺見我回來了，進門問候我，又摸摸我的炕，「吔，咋扎手涼呢？來，我給你起火。」

我一動不動。

「咋的啦？累的？病了？」關大爺關切地問。

我在心中喊，「季子正年少」，振作起來！忙強打起精神，見關大爺已經幫我升起了火，我就取出了從南潯帶來的熏豆送給他一包。

關大爺沒見過熏豆，問「這是啥？大豆啊？咋這麼小個兒又這麼青呢？」

我強作歡顏告訴他說這是我們江南的特產，您要說是大豆也對，但也不全對，原因是經過了特別的加工，等我燒了開水，我給您泡茶喝。關大爺見火已燒旺，屋子裡漸漸有了暖意，在喝完了我給他衝的一碗熏豆茶後，謝謝我的豆兒，走了。

關大爺的來到一定程度上轉移了我剛剛經受的心理上的強大打擊，我已從最初的混亂迷惘中恢復了鎮定。我惴惴不安地打開了張樺茹給我的信件，上面寫著簡簡單單的幾句話：

岳翼雲同志：

首先要請你原諒我對你的嚴重失信，這件事對你的打擊我想無論找任何藉口也都是不可原諒的，我只能對你說，這是我一生中犯下的最大的罪過，我請求你的寬恕。我之所以做出這種行為，只有一個解釋，這就是我突然發現，我其實並不真正地愛你，在你回到你家鄉的這段日子裡，我反覆考慮了我們的未來，我這才明白，你並不適合我。

這封信我只想告訴你的就是一句話：讓一切都結束吧，請你今後別再來打擾我內心的平靜。

此致

革命的敬禮

張樺茹　敬上

我捧著這封信在手裡，彷彿捧著死刑判決書，反反復複看了好幾遍，心寒如冰，我摸不透它的真正意思。文字寫得很規整，語氣絕對地平淡，冷峻，如果下面沒有張樺茹的親筆簽名，不僅我絕不會相信是她寫的相反卻完全相信這只是出自一個經過了深思熟慮的內心微波不興的青年女子之手。

我之所以不相信，那是因為只有我倆才真正知道這段情感歷程是經歷了多少驚濤駭浪，多少激流險灘，多少疾風驟雨，多少捨命相救，多少以身相許才走到了今天這一步，這絕不能用一句簡簡單單的「讓一切都結束吧」就能結束的。因為我堅信，即使太陽真正從西邊升起，即使河水倒流上喜馬拉雅山，也絕不會出現張樺茹愛上史建軍這樣的事情。這只能說明，在如此異常平靜的語氣下，定然是隱藏著極大地不平靜，然而這背後到底是發生了什麼呢？

從吳桂蘭的那張漏斗嘴裡，我倒是感到了某種現實的威脅在迫近。她所說的那個女醫生問的問題，已經說明了那名女醫生記起了去年化名成張樺茹的李玉瑤這個病人，跟眼前的這個張樺茹不是一個人。這個問題如果有人繼續追下去，就有可能全部露餡，而我也隨時可能鋃鐺入獄。所幸的是，這裡所有的人除了張樺茹外，誰都不知道李玉瑤這個姓名，除我之外，更無人見過她。

不，無論如何，我一定要見她一面，我要告訴她我倆的婚姻在家鄉那邊是行得通的，我更要聽她親口對我解釋這一切。然而眼下任何形式的會面已經成了不可能，不單單是因為她已給我寫下斷交信，更由於我失去了與她聯繫的通道：把吳桂蘭安排跟張樺茹住一屋，分明就是要讓吳桂蘭看著她，說不定那窗戶紙還是吳桂蘭糊上的呢。

就在這重重疑團的困擾當中，我度日如年，捱過了好幾天。

我想起了大賈，去了他的實驗室。他很關心我跟張樺茹的事，我簡單說了，請他想法幫我傳遞點消息。他聽了也無限傷感，據他估計，這當中肯定是趙恒泰做了手腳。我說我也是這麼想的，只是沒有張樺茹的親口證實，難以下結論。

他又說，我聽說張樺茹已經從醫院裡住回學校來了，只是她不想見人，連吃飯也是吳桂蘭每次代她打，所以你想見她一時還不易。要不我給你傳個紙條吧，她要回信我就帶給你。我依了他的意思，請他轉告張樺茹，無論如何見我一面。然而幾天過去了，一點回音也沒有。

有天課間，我碰到了史建軍，他好像是有意找我，擋住了我的道，他的身邊有一圈同學，他當著眾人的面，帶著一副藐視的眼光對我說，「我有事找你。」

他的語氣很不客氣。

我站住了。

他拿出一張信紙折疊成的交字信，說，「張樺茹讓我把這封信轉交給你。」

我剛要伸手去接，他卻毫不理會，逕自當眾拆開，高聲讀著上面的字，「聽著：『請君自重！』這就是張樺茹的答覆。」說完把信紙擲給了我。

我的頭頂像敲了一記重錘，頭皮都發麻，心中一股怒氣騰地升起，我說，「這是給我的信，你怎麼能夠私自拆開？」

他帶著一副愛理不理的態度回答我，「她是我的人，想怎麼拆就怎麼拆，你管不著。」

我不想跟他理論，掉頭便走。他在我身後大聲說，「我可警告你，人民教師要講最起碼的道德，別死皮賴臉地纏著我老婆。」

他的話立刻引起那幫「朋友」們的哄笑。

我當著那麼多人的面受辱是從來沒有過的事，內心裡是滿腹的羞辱，憤懣和委屈。我看著手裡張樺茹親手寫的「請君自重」這四個字，就像是被她狠狠地抽了個耳光，淚水直在我眼眶裡轉。我不明白她何以要對我這樣狠心，這哪像是她平日的作為呢？我頭腦昏昏沉沉，不知要往哪裡去，只是毫無目的地走，也許是多日來痛苦心靈在沉重壓迫下急於尋找撫慰和解脫，也許內心裡被某種潛意識所驅使，鬼使神差似的，不知不覺我居然走到了那片神祕的白樺林子裡。

這片初冬的白樺林，被白雪所覆蓋，潔淨如少女橫臥的身軀。光滑潔白的樹幹在一片寂靜中優雅，端莊地佇立。它披著一身雪裝，透過樹枝間的空隙灑落的殘陽，經歷過上次西伯利亞寒流襲擊後，又挽住了小陽春最後的腳步，在它親和地親吻下，枝頭的雪花閃閃發光。毛茸茸的枝條掛著串串白雪，像朵朵穗狀花綻放，像瀟灑的流蘇低垂，幾片沒有掉落的殘葉還停在枝頭，在微風中像小鈴鐺在左右搖晃。積雪在我腳下簌簌作響，彷彿又聽見了張樺茹往日的腳步在輕輕挪動，風刮過樹林，彷彿又聽見她那往日的歡聲笑語。這裡的一樹一枝，都深深刻著對她的記憶，就像是全息攝影，記錄下了她與我那一段黃金的時光。

我走到了那株長著大眼睛的樹幹跟前，找到了那一高一矮的同根的樹椿。在大眼睛的上方，我曾和她用刀刻在樹幹上的兩個字「岳」和「張」，它們仍然手牽著手沉默地看著我，只是歲月的流逝讓字跡的筆劃又粗了一些。我用手輕輕撫摸著那個「張」字，沿著它的筆劃移動，腦際裡浮現出她用刀刻字時手的抖動和臉部使勁的表情，摸著摸著，我的心在發痛，眼前卻已經模糊一片了。我對著它輕聲傾訴著，「樺茹啊樺茹，你能聽得見我在說話嗎？你能感受到我心中的苦楚嗎？你能想像我在太湖之濱等候你到來的日夜煎熬嗎？你能瞭解我想跟你做最後話別的迫切心情嗎？你為什麼就是不回答呢？你為什麼，為什麼就是不理我呢？難道是我真的那麼壞嗎？難道是我真的做過任何對不住你的事情嗎？」說著說著，我的眼淚已經止不住地流了下來，我的聲音哽咽了，我強忍了幾次，但胸中的情感閘門一旦打開，你想關也關不住，往昔的情景像洶湧的大潮衝擊得我再也把持不住，我緊緊抱住白樺樹幹，幾乎哭出聲來。

我在林子裡不知呆了多久。白樺樹林的莊重肅穆像怒海中海船的壓艙石，從樹梢吹落串串雪花的風在輕輕撫慰著我那顆受傷的心，它使我這麼多天來抑鬱在胸中的委屈得到了舒緩，我的心情稍稍好受了些。我坐在高的那座樹樁上，不知在等待誰，心裡是空落落的，直到月上樺樹梢，才默默回到自己的屋子。

接下來的日子猶如在地獄煎熬：愛情的打擊令我天崩地裂；我的赴港申請又毫無動靜；然而另一種現實的威脅卻在迫近，那就是「兩個張樺茹」事件仍在持續發酵，如果一旦被單位盯上我就完了。我已經陷入絕境。怎麼辦？我可以說已是束手待斃了。就在我萬分焦慮當中，我意外地收到了兩封掛號信。一封是發自上海，信封末尾是殷浦江的簽名，另一封是個公文信封，發信地址是專署的公安處。

我打開了第一封。信中老殷先表示遺憾由於調動匆匆臨別未能與我見上一面，然後告訴我她已到新單位報到一切安好望我勿念。接著她說：

「……有件事我必須告訴你，在你離開學校的這些天裡，張樺茹經歷了一場人生大劫。你知道，我與她關係一直很好，幾乎無話不談。但我因接到了調令後瑣事纏身，忙得腳不著地，一連兩三天只有晚上才回宿舍睡個囫圇覺，每次回去見她都在蒙頭大睡，因而忽略了她，直到我一切收拾停當，臨別前的最後一個晚上，見她還蒙頭睡著，我拉開她的被頭說，樺茹，咱倆今晚談談心，姐明天就走了，這才發現她出事了。她的面容消瘦蒼白，還沒開口，淚水就從她眼角流了下來。

我嚇一跳，忙說樺茹你怎麼啦，都怪我這幾天忙的是腳後跟打後腦勺，沒關心到你，快跟姐說說。

她抽泣著，說，殷姐，不怪你，我遭難了。

我嚇一跳，這才注意到前兩天我幫她打的飯還放在書架上，我急忙給她衝了杯糖開水讓她喝下——這糖我是原先從上海帶來現在統統留下送她了，我勸她慢慢對我說。

她於是告訴了我一件令我極其吃驚氣憤的事。

她說趙書記前天找她談話，問她，岳翼雲去香港的事你知道吧？張樺茹說不清楚。趙恒泰說，這件事呢，我們已經擋住了，但是沒想到，聽說岳翼雲的生父在香港還挺有來頭，是個什麼『太平紳士』，他居然還找到了駐香港的我國『新華通訊社』，通過國務院外事辦公室來打招呼，專署公安處來電話要我們重新考慮他放行的問題。其實呢，這件事說簡單呢簡單，說複雜呢複雜，關鍵就在你身上。張樺茹問，這事跟我有什麼關係？趙書記回答說，當然有關係啦，前一陣子不是你跟岳翼雲搞突然襲擊說要結婚的嗎？這就涉及到了旁人，涉及到史書記他們一家人，你說跟你有沒有關係？張樺茹問，我跟史書記有什麼關係？趙恒泰說，你這就是裝糊塗了不是？你是史家的人，這是你們兩家的父輩早說定的，岳翼雲走了，你要是堅持跟他結婚也去了香港，我們跟史書記怎麼交代？所以呢，只要你表個態，跟岳翼雲一刀兩斷，恢復你們兩家原先的承諾，這事就解決了。岳翼雲呢，我們當然放行，你考慮考慮吧。張樺茹當場就說，趙書記您這樣做是違反婚姻法的，我有我的婚姻自由。趙恒泰當場翻臉，說，法，你嚇唬誰呢？毛主席還說『禿子打傘無髮（法）無天』呢！行，你要跟我拗，我就陪你玩！我就堅持說工作需要岳翼雲不能走，這是我的許可權不是？犯法不？我還得警告你，有件事吳桂蘭在我耳邊已經叨叨好多回了，她說你自費去過海倫醫院看什麼婦科病，咋回事？你不會是跟姓岳的那個小混蛋搞出什麼名堂來吧？要不，讓組織出面去做個調查？我話撂這兒：投大投小？你下注吧！

張樺茹說到這兒，又氣又急，不停抹眼淚。說實話，這事問我也毫無辦法，我們的人事制度是單位領導所有，書記不點頭，誰說也不行。我只能是盡力安慰她。

我說，要不，你就別聽趙恒泰，大不了小岳不去香港罷了。你們就這樣撐著，等將來有條件，換個單位，我就不信誰能擋得住你倆結婚！

她搖搖頭，長歎一聲說，不行啊，岳翼雲要是去不了香港那是影響他父子兩代人的大事，再說，他現在捏在姓趙的掌心裡，不去香港有危險。

我十分不解她說這話是什麼意思，哪來的危險？她沒有回答，只是痛苦地不停重複，魚和熊掌，魚和熊掌，只能挑一頭了……說著眼淚又流了下來。

我看她精神受打擊太大，兩天來又粒米未進，體力虛弱，只能先讓她好好歇息。我坐在她床邊看她漸漸平靜下來，慢慢入睡。

由於我第二天就要趕火車，加上她的這些煩心事，這一夜我也睡不踏實。大概到了後半夜，我聽見張樺茹她輕輕叫我，我起床到她身邊跟她擠進了一條被子。她輕聲對我說，我剛剛迷糊了一陣。我夢見他了。他飄浮在太湖水面上，數著頭上的星星，還指著其中的一顆說那就是我。殷姐，我已經失信於他了，我讓他等急了，我把他害苦了，說著眼淚又流下來。

她接著說，殷姐，我已經想好了，眼前的火坑我只能朝下跳了……這些天來，我總在回想薩爾圖那風雪之夜，翼雲在想些什麼？那毛骨悚然的鬼打牆，那僵死鬼招魂的大煙兒泡，他拿性命硬是闖過去了，不就因為他給了我『一準給你一個交代』那一句承諾嗎？他是一諾千鈞哪！可是我呢？我背叛了。翼雲曾經說過，『終身伴侶』的意思就是生命的盡頭，那個陪在你身邊的人。我說那就是我了，我會陪在你身邊，跟你慢慢變老，牽著你的手一起走完最後的人生路。現在，我又食言了，我盡讓他空等……說到這裡她已是泣不成聲。

我說這不是你的錯，要不你發封電報向他說明一下讓他回來？她說不行，叫他回來，我能對他說什麼？我如何面對他？說完她又長長地歎口氣，罷了罷了，長痛不如短痛，從此斬斷情緣，讓他恨我一輩子吧，罵我是個毫無信義的小人！我想過了，與其讓他帶著對我的愛走，不如讓他帶著對我的恨走，不然，雲斷水隔，銀河無渡，那一份永無止境的相思讓他如何消受啊？殷姐，明天你就走了，這一別不知何時再見？有句話我只能對你說。說到這裡，她聲音哽咽起來，抖顫得像寒風中掛在枝梢的枯葉，如果，如果人死後有靈魂，她說，百年之後我也會去找尋他，我一定要請求他的原諒，請他看在我跟他真心想好的份兒上，再給我一次機會，這一回，這一回，哪怕上帝的長夜沒有盡頭，我也會在天堂的門口等待著他，這次我，我，決不會再食言了……」我看到這兒，眼前一片模糊……我立刻產生了不祥的預感，打開第二封掛號信，果然，是我的「赴港通行證」。我不禁捧著它失聲痛哭……

# 27 天鵝之殤

從這個專署公安處的公文信封裡，滑出了幾張紙，第一張上印有幾個字：「往來港澳通行證」，第二張貼有我的照片以及印有「希邊防檢查站驗證放行」字樣。紙質很差，就像是大饑荒人們臉上的菜色。我意識到已經被公安部門批准了，從這一刻起，我的命運就將發生巨大的變化，我被獲准出國了。

在我的「通行證」上「有效日期」是半年，時間對我相當充裕；我的「前往地點」是香港，「出入地點」是深圳，也就是說我應該從羅湖那兒出關。另外，在另一張注意事項裡還告知我，「通行證」雖然表示你可以憑此證出國了，但並不能保證你到達關口之後就能夠隨時出境，原因是我國對赴香港、澳門的出境人員每天有嚴格的配額限制，人員抵達關口後，必須耐心等待配額，因而也必須預留出等待配額的時間。至於其餘的幾張紙有的是證明文件，可以憑此去銀行用人民幣兌換二十元港幣等等不一而足。

我獲得通行證的消息沒有跟別人透露，只跟少數幾個關係鐵的做了交代，大賈就是其中一個。有一天我把大賈請到我的住處，請關大媽做了一點飯菜，請他好好吃一頓。大賈在看到我的通行證的那一剎那，眼睛都直了。他極其羨慕地說，「小岳，我早就說過，你不是一般的人，你是個人物。如今你一飛衝天，終於衝出了這個牢籠，未來必定是『海闊憑魚躍，天空任鳥飛』，將來發達了可別忘了我們這幫窮哥兒。」

我說「這哪能啊？最是患難與共地，別時腸曲九回環。將來只要有可能，我一定會跟你聯繫的。」

大賈又問我，接下來的這些天，我還想在這邊做哪些事情？

我謝過了他，又告訴他我還有一件未了的心事要辦。這就是這些年來關於趙恒泰嚴重違紀的情況必須要向上級反映，以往許多人由於舉報都遭到了他的報復，再加上後來他又攀上了史副書記這棵大樹，就越發有恃無恐，把一個小小的師專辦成了他的家天下，辦成了專制王國。我現在既然離開，他想報復我也鞭長莫及了，我必須替大家伸張正義，把他從位子上扳下來。

大賈忙說，我來找你也是為這事。你還記得上次你到我實驗室裡衝洗照片的時候，我對你說將來我還要對你說一件令你吃驚的事嗎？我忙說記得。

「我今天可以告訴你了，我這幾年也通過我的『內查外調』，已經找到了當年的旁證，可以正式講了，下面講的是絕對的祕密：據我所知，他原先是個——鬍子。鬍子你懂嗎？」

我趕緊點點頭，「就是土匪，對吧？」

「有一回他跟另一個同夥犯了事，老大要把他倆都點了天燈，結果讓他倆逃了出來。他們在林子裡據說走了幾天幾夜，終於找到了一處森林車站，爬上了一節運木料的空車廂。火車開了，他迷迷瞪瞪睡著了，突然腦袋被一隻冰冷的槍口頂醒了，一看一個鬍子拉碴的戴著拉忽帽的人瞪眼兒望著他，他嚇得當場尿了褲襠。那人問他幹什麼的？他隨嘴說是給日本人拉來的勞工，因為熬不過苦，偷跑了。那人一聽，問，是窮人不？他連忙點頭。那人說，我是抗聯的，你既然是窮人，願不願意跟我們一起打鬼子，鬧革命？他一想，自己只要有口飯吃，打劫都幹，就這樣他參加了革命。以後據說他在革命隊伍裡土匪習性不改，有一次強姦了一名民女，受了處分，就復原到了地方，仗著他有過這一段抗聯的經歷，七轉八轉到了這裡當了書記。」

難怪這個人身上橫看豎看都帶著匪氣呢。

大賈說著從懷裡取出一封舉報信，告訴我說，這就是我花了很長時間終於找到了當年他的那個同夥寫的旁證。我交給你等於是給趙恒泰的棺材上敲下了一根棺材釘了。

我笑了，問他怎麼有這大的能耐？

他笑著說，「魚有魚道蝦有蝦道，他們不是有能耐整我們嗎？我們不也有辦法整治他們嗎？我好說也在部隊裡待過多年，有些哥兒們至今還管著監獄的，只要下決心去查，總能翻他一個底朝天。」

他又教我，你現在已經是跳出了三界，無所畏懼了。這件事要想搞成功，有必要再在現有領導當中找個同盟軍，因為他貪腐多吃多占大搞特權的事，旁人根本無法提供證據，只有領導圈內的人才能曉得清清楚楚。他的意思是爭取魏校長，這個人還本分，多吃多占的事他不可能完全撇得清，但他絕對是有抵觸的。另外，關於余老師遭到報復致傷的事情，除你願意出頭外，我又幫你找到了一個願意跟你一起作證的老師，我都幫你把材料搞來了。

我見大賈居然默默無聞之中做了如此多的實事，不禁深感欽佩。這就是我們那些常常遭受「組織」所討厭的人，而他們的批評恰恰是挽救這個千瘡百孔的「組織」的苦口良藥。

我把他的材料接到手裡，第二天我敲開了魏校長的辦公室的門。魏校長的房間裡倒是擺著一些書，我進去時他正在埋頭看一張報紙，嘴裡銜著根沒有插上香煙的骨質香煙嘴，偶爾嘶嘶吸兩口空氣，大概是為了解解煙癮的饞罷了。他見我到來，滿臉堆笑，拉過了一張椅子，說，「岳老師，聽說你要去香港了，辦得怎麼樣啦？」

我說，「剛剛獲得了批准，我是想來跟校長嘮嘮嗑話別的。」

「啊呀恭喜你呀，這可是我們這些人望洋興嘆的幸事呀。」魏校長倒是真心地恭賀我，「你的移民的事呢，我也是最近才聽說，前幾天老趙在總支委員會上才第一次提到你的事。他說原先他曾經以『工作需要』為由給否決了，但是最近情況有了點變化，公安部門再次徵求單位的意見，老趙的意思是考慮能否放行？我當即表了態，我說岳老師若是論教學水準、業務能力、科研能力，在我們學校絕對是佼佼者，是不可或缺的骨幹力量。但是考慮到他的父親繼承遺產的實際需要，不放人是絕對不行的，我是堅決投贊成票。沒有想到，批下來竟然這麼快。」

我謝過了魏校長的支持，便談到了正題。當我把這些年來壓在心頭的意見統統倒出來後，我說，「我很快就要離開學校了，我只是想最後盡點責任，希望這所學校將來越來越好。我把我搜集的群眾反映的問題以及一些旁證材料都整理出來了，也留了底，您也是總支委員，今天也算是對組織做一次思想彙報吧，請您過目，也希望得到您的支持。」我把那些材料一起交給魏校長請他當場過目。

魏校長此時才知道了我的來意，他有些吃驚，但並沒有拒絕，當他一頁一頁地翻閱著我的材料時，他的臉色越來越嚴肅沉重，看完後久久不發一話，最後才問我，「你準備拿這些材料怎麼辦？」

我說，「我想寄給地委嚴書記，請您支持我。」

魏校長走到窗前，手指間夾著那只空煙嘴，隔了好一陣子，他才轉身坐回到自己的椅子裡，在我的舉報信下面我簽名的後面添加了「魏庚筠」三個字交給了我。他說，「你雖然不是黨員，但在這上面我們許多共產黨員都不如你。我很慚愧，雖說是對他的做派極其反感，但總覺得孤掌難鳴，無形中助長了他的歪風邪氣，對工作造成了極大的損失。這是我今後要向你學習的地方。你在信裡替我加一句，請你轉告嚴書記，我魏庚筠還有新的材料要向組織提供。謝謝你了。」

我把這件大事做完後，在這所學校裡只剩下最後一件事了，就是要我參加地區的一場文藝匯演，我們師專人稱是地區的「最高學府」，地委宣傳部門很重視，希望我們的節目能被選中，作為來年全省高校的優秀節目向全省做彙報演出。這個節目是個音樂舞蹈劇，題名是《天鵝頌》。我知道作品兩年前任務就交給了張樺茹，後來也是出自張樺茹之手，是個奉命之作，說得直白點，就是仿照俄羅斯的《天鵝湖》拓制的。這種業餘節目，真正談原創是扯淡，能照搬就很不錯了，如果再能稍稍有點加工，那就要被宣傳部門定為「精品」了。

群眾業餘演出的節目審查要求很明確，就是要有中國社會主義的特色，簡言之，就是要歌頌共產黨。張樺茹當年領到任務時，很發愁了一陣子，那時候我倆還不熟悉，看她愁的那樣子我有點憐香惜玉，最後還是我給她出的點子。我說，你不是有些芭蕾舞的基礎嗎？不如乾脆把《天鵝湖》「借鑒」過來，搞個兩幕劇。天鵝就象徵著我們的黑龍江省，在一片歌舞昇平之中，天鵝翩翩起舞，天鵝仙子領著一群天鵝就象徵著黨領導著黑龍江人民行進在社會主義康莊大道上。這時出現了黑風怪，這就象徵著我們遇上的自然災害，天鵝受到了傷害。這就是第一幕。第二幕就寫天鵝仙子在紅太陽的照撫下挺立起來，大戰黑風怪，最後終於取得了勝利，於是天鵝仙子重新領著成群的天鵝翩翩起舞，在一片歌舞昇平當中結束，象徵著黑龍江人民同全國人民一道，在毛主席黨中央的領導下勝利前進。你說怎麼樣？

張樺茹又拿出她那標誌性動作歪著腦袋想了想，說，行，審查能通過。我說，你找我算是找對了。我學的就是「黨的文學」，還能不瞭解我們的審查制度？他們就是想聽好話，就像你似的。否則我書算白讀了。她翻了我一個白眼，掩飾不住心中的高興，嗔我：去，別耍貧！

這個節目後來排成了，但一直沒有撈到公開演出的機會，這回任務下來了，趙書記像喝了一斤大白乾，來了勁，督促著一定要拿個獎。為了確保萬無一失，天鵝仙子還安排了一號二號兩個演員。一號自然是張樺茹，二號是一個女學生。

節目的負責人是葉旭日，他儘管知識沒學多少，但也有個特長，吹得一口好笛子，所以學校就讓他領導著一隻民樂隊兼管文藝演出隊，倒也搞得有聲有色。這一回節目送上去審查時，回復了一個意見，說是需要把政治再突出一些，修改的地方就是在開頭、幕間及結尾在音樂伴奏時，要插入三段配樂朗誦，突出作品的政治主題。當葉旭日找我商量讓我補寫朗誦詞時，我說這朗誦本就是畫蛇添足，我幹不了。葉旭日面有難色，回去找中文科的其他老師琢磨了幾天後，寫了三段詞，但朗誦者還是找不到，到頭來只能還是找到了我。我這時心想，演出已是沒有幾天的事情了，正好我的東西打包運走也還需要耽誤點時間，權當是幫個忙吧，就答應下來。更重要的原因還是想，既然一號演員是張樺茹，她排練出演時，我們總能有個見面的機會，她再怎麼躲我，這時候還能躲得過去嗎？然而我沒有料到，張樺茹之不想與我見面彷彿是吃了秤砣鐵了心，知道是我朗誦後，她卻稱病連排練也不參加了。

我知道，沒有希望了，我已經毫不指望在文藝演出時再見到張樺茹一面。剩下的幾天裡，我把我的書贈給了圖書館，把我的二十公斤大壺鈴送給了體育科教研室，跟王瑞祥做了話別，把該了卻的人情都做了交代。

幾天之後，節目在縣人民禮堂演出了。這一天，禮堂前廣場上來了不少的大車小車，專署領導人也統統到場。學校為了贏得聲譽，也為了能被評委最後選中送到省裡去，還添置了一些服裝。讓我穿的是一套嶄新的灰色中山裝。由於有三段朗誦詞，我只能站在舞臺邊上的側幕後面，以便於上場。

開演之前劇務人員的緊張似乎與我毫無關係，因為這三段朗誦詞就是貼在臉上的狗皮膏藥，絲毫不勞駕別人的配合，再說我此時已是萬念俱灰，心如枯井，只是木然地看著葉旭日帶著幾名學生在臺上忙來忙去地搬佈景，安排民樂隊入座。

當報幕員報出，「下一個節目：『天鵝頌歌』。表演者：天河師專舞蹈團。創作者：張樺茹。配音朗誦：岳翼雲」時，全場燈光黑下來了。我從大幕側面走到台前，站在舞臺邊上。聚光燈亮了，罩住了我的全身。

雖然我看不見下面的觀眾，但我要用我的聲音抓住在暗中的觀眾的心，我用沉穩而渾厚的聲音開始了朗誦：

在我們祖國遙遠的北方，
有一隻天鵝在展翅翱翔。
她就是我們美麗的黑龍江，
奮進在社會主義的康莊大道上……

大幕在我身後徐徐拉開，舞臺上燈光全部亮起，響起了音樂聲。我知道在我身後的舞臺右邊是濃密的灌木叢，天幕上映照著波光粼粼的湖水，一會兒天鵝仙子就會領著一群白天鵝在湖水中嬉戲暢遊。

當我這一段朗誦結束時，觀眾已被我那雄渾而富有磁性的男中音所深深折服，台下立刻響起了掌聲。我看見站在舞臺另一頭管大幕的同學直伸著大拇指對著我搖晃。

一段優美的旋律奏響了，我知道天鵝仙子應該正從灌木叢後面緩緩站立，做出一個雙翼展翅的優雅亮相。這時我見到觀眾席裡突然起了騷動，觀眾紛紛指著臺上的演員點頭贊許，臉上顯出驚喜、讚歎、受舞臺上強烈的美所吸引的神色，這股感情的潮水極具傳染力，迅速匯成了一陣熱烈的掌聲，像水波擴散到了會場的後方。

我迅速退回到側幕後，朝舞臺中心望去，我渾身的血液彷彿凝固了，我的心頓時狂跳起來，全身的血似乎衝進了腦海，我幾乎不相信自己的眼睛，因為扮演那隻美麗天鵝的竟然不是一直參加排練的二號演員，分明是張樺茹本人。在她秀雅白皙的頸項上，光彩奪目的是那一串我贈送給她的珍珠項鍊，它們在舞臺燈光的照射下，閃著熚熚的輝光。她腳下穿著的是舞蹈鞋。她從亮相的第一刻開始，眼睛就直視著我的眼睛，她那美麗動人的大眼睛裡深藏著極其複雜難以言表的感情，彷彿想對我傾訴著什麼。從我見到她那珍珠項鍊的一剎那，我的淚水就控制不住了，我的胸口劇烈地顫抖著，氣一陣接不上一陣。我一次次地強令自己，不能哭，絕不能哭出來！我下面還有臺詞要朗誦！

她在音樂聲中做了好幾個極其優雅的動作，然後引導一群小天鵝在湖中暢遊著。突然，闖入了一個身穿黑衣的妖怪，舞臺上頓時狂風大作，烏雲閃電暴雨交加，音樂變得極其恐怖，黑風怪開始了瘋狂的襲擊。天鵝仙子在疾風暴雨中同黑風怪展開生死對決，舞臺上只剩下了她和黑風怪兩個演員，開始了一段激動人心的雙人舞，最後則成了她大段的單人舞蹈。她踮起腳尖旋轉著，一個三六〇度，又一個，再一個，再一個……

她越轉越急，越轉越快，越轉離我越近，每一次旋轉，她的眼睛都像有磁力似的定定地望著我，就好像是快速運轉的中子星射向地球的脈衝電子流。

我看見她眼睛裡淚光閃爍，只是在竭力克制著而已。她的臉色慘白，在我倆分別之後，臉框竟然瘦下了一圈。她最後的動作幾乎是衝到了我的側幕前，在強烈的音樂伴奏下，她對我只說出了兩個字：「快走！」說完，她身體一軟，癱倒在舞臺上。

葉旭日急喊，「關幕！暗燈！快呀！」

台下的觀眾已經被張樺茹全身心投入的演出感動萬分，以為結尾的表演完全是劇情的需要，立刻爆出最熱烈的掌聲。

# 28 鳳凰涅槃

演出仍然進行。張樺茹被很快又送進了醫院。她的角色由二號演員代替。這個節目一演完，我立刻到後臺找到葉旭日，我說我要馬上去醫院看望張樺茹。葉旭日正緊張地招呼著演員卸妝收拾東西，他立刻找來剛剛送張樺茹去醫院的幾名女同學，問情況怎麼樣？女同學說，張老師還在昏迷當中，醫生說她主要是身體虛弱，受強烈精神刺激所致，必須讓她好好休息，不允許任何人前來打擾她。

我只能和同學們一起走回了學校，然後獨自回到我的住處。

張樺茹與我的意外見面，令我內心得到很大的安慰，也令我為她更為擔心。我回想起她在舞臺上的每一個動作，每一個表情，每一個肢體語言，乃至她說的每一個字眼，分明是在強烈地希望給我傳遞一個消息，就是讓我快走，似乎想告訴我一個巨大危險正在迫近我。但會是什麼危險呢？我手裡已經拿著了「通行證」，隨時隨地我都可以離開，還能有什麼危險居然還能阻止我的行程？

莫非是……？

我正在左思右想不得要領的時候，忽然聽到房門外有「噠，噠，噠」的三聲敲門聲。我直跳起來，它太熟悉了，熟悉到我閉著眼睛也能知道是誰在敲門——這是張樺茹在敲門。但我旋即疑惑了：已經是夜裡九點多鐘了，海倫縣城街上已經沒有人影，地上積的冰雪油光水滑，像潑了油似的，行人兩步一跐三步一滑，連站穩雙腳底都得使著勁，而她不是剛剛暈倒進了醫院，怎麼可能隻身一人撐著虛弱的病體來到我這裡呢？

我正猶疑著，門外又是「噠噠噠」三下。我趕緊衝過去開門，隨著棉布門簾一掀，帶進了屋外的寒氣。

「翼雲，」一聲帶哭的呼喚，門外的黑影已撲進我的懷中。

「樺茹！」我吃驚得說不出話，「怎麼會是你？」

她只是不停地哭。緊緊抱住我，渾身發抖，說不出話來。

我趕緊把她引進屋裡，幫她脫掉外面的衣服。她只是低著頭不停地抽搐著。

我說，「別哭，別哭，咱們有話說話，我正想問你，舞臺上你叫我『快走』是什麼意思？」我遞給她一塊乾淨手帕，讓她把臉拭乾。

她神情焦急地說，「翼雲，你必須趕快去香港，有危險！」

「怎麼啦？」

「李玉瑤的那封信史建軍在我之前就看過了。」

「什——麼？」我大吃一驚，「這怎麼可能？」

「他先就偷了我的信。」

我幾乎不敢相信我的耳朵，但我相信它一定是真的，哪怕細節我還不清楚，但我必須先評估這件事的危險性。我想了想說，「信裡面並沒有提到什麼實質性的內容呀？不錯，有兩處地方容易引起別有用心的人的懷疑。一處是『冒死相助』，一處是『知名不具』，其餘的，既沒有留名也沒有留地址，能拿我們怎樣呢？再說，你憑什麼就斷定他已經偷看了這封信呢？」

「他，他，」一提此事張樺茹態度突然憤激起來，「他的卑鄙程度你是無論如何想像不到的——他居然能夠把這封信拍了下來。」

這也太玄乎了吧？難道他有法術嗎？

她告訴我，自我回南方的這些天裡，發生了許多她意象不到的事情。先是史建軍找到了她，拿出了那封信他拍下的照片，問我寄信人是誰？信裡講的是什麼事？她雖然萬分驚愕，但仍然迅速鎮定下來，她知道單憑這封信裡的話史建軍是拿她毫無辦法的，因此就堅持說這封信連她張樺茹自己也莫名其妙，她既不認識寄信人，更不知道發生了什麼事，肯定是信寄錯了人。張樺茹接著追問這封信史建軍是用什麼手段看到的。史建軍只是奸笑，說自己有透視眼，一眼就能把裝在信封裡的信件內容看個一清二楚，還能拍下來留照。由於兩人都各自堅持自己的說法，這件事也就暫時過去了。

緊接著就是趙恒泰找她的那場談話。張樺茹這才知道自己是捲進了一場趙恒泰跟史書記的權力交易當中了。她清醒地意識到，史建軍的偷看信件，雖然眼前還沒有破綻，但肯定是一顆定時炸彈，只要繼續往下深追，岳翼雲必會暴露，而趙恒泰這一頭又斷了他的逃路，前後合圍，岳翼雲就面臨著牢獄之災。

張樺茹已經毫無退路了，為了救她心愛的人，只有把自己做了犧牲奉獻在權力的祭壇前，她答應了交換條件。

當張樺茹說到了這一切，我的內心就像是打翻了佐料瓶，五味雜陳，我顫抖著雙手抱住她，哽咽著說，「你怎麼能這樣傻呀，我寧可坐牢也絕不願意你做出這種無謂的犧牲。這麼大的事你怎麼不跟我商量一下，再說現在畢竟不還沒有危險嗎？咱們不能採取拖的辦法嗎？」

張樺茹連連搖頭，「不，炸彈快爆炸了。」

「怎麼說？」

「壞就壞在我的這場病，還壞在吳桂蘭的這張嘴上面。」她接下來的話真的讓我渾身發冷了，「經歷了這場突如其來的打擊，我真的病倒了。我心力交瘁，幾次在學校裡昏倒，被同事們送進了醫院。當我醒來後，發現壞了，這所醫院我不能住進來，因為同事們、更麻煩的還有史建軍會三天兩頭地前來探視，所以我立刻拒絕所有的人來醫院探望我，我只要求安靜。然而吳桂蘭還是來了，她是人事秘書，又是工會委員，有些事離了她不行。她在替我辦住院手續時跟你上次遇見的那個女大夫碰上了，那個女大夫立刻就記起了上回來住院的人也叫張樺茹，雖然她說事情早過去了，她記不大準確，只是問問而已。如果這個吳桂蘭到外面不去多嘴也沒有事情，偏偏她喜歡亂說，總說什麼『人民醫院的女大夫真有意思，說我們學校有兩個張樺茹。』這話偏偏讓史建軍也聽到了。你想他是個什麼人？平時無事還在找事，現在事情迎上了門，他能不管？尤其是他從吳桂蘭嘴裡聽說我曾從她那裡開證明去自費看婦科病，你想他能不深追嗎？昨天他甚至陰陽怪氣地問，『要不要讓那位女大夫到我們學校來認認岳翼雲？』還說「實在追不下去，我就報案，讓公安局去追，保險能追個水落石出。』我知道你大難臨頭了，我不得不違背我從此不跟你見面的決定，再見你這個冤家……」她一口氣說了這麼多，累的直喘。

我緊緊抱著她，在她耳邊說，「謝謝你。這些日子我想你心都要碎了。」

「我也是……」她用熱吻封住了我的嘴。

張樺茹說到的這個情況，的的確確是我始料未及的，如果史建軍足夠聰明，他就能猜到這封信的寄信人、收信人就是「兩個張樺茹」，而只要女大夫見到我，一切就穿幫了，再跟當時農場犯人大批逃亡的案子聯繫起來，經過簡單的推理就可認定此事極為蹊蹺，是可以立案的。而且我知道我國的辦案一向是「有罪推定」，在沒有充足證據前，僅憑懷疑就可以抓人，一旦出現這種情況，我的出國將成為永遠的泡影。正是因為情勢的緊迫，張樺茹才不顧患病在身，毅然決然登臺演出，為的就是通知我這個緊急情況。

這的確是箭在弦上了。不能遲疑，我必須明天就走，而且要趕在史建軍採取行動之前。我把這個想法告訴張樺茹，她聽了，淚塘裡頓時噙滿淚水，顫著聲說，「只能……這樣了。」

她停了停，又說，「我臨來的時候已經在醫院裡留下了紙條，通知他們我今晚回哈爾濱養病了。」

我說，「你做得對。先離開這是非之地。」

她又補充說，「我知道淩晨四點有一班車去哈爾濱。你要嘛這趟就跟我走，要嘛明天中午還有一班去哈爾濱，再不能遲了。你到那兒後，我給你安排當晚零點的一班直快經南京轉到廣州。」

我想想，說，「不，我現在來不及跟你一道走，事發突然，我要等天亮把房租什物交給房東。另外，」我思索片刻，「我還要跟史建軍演一齣為爭風吃醋三角戀愛的打鬥劇，目的是讓那些追查的人把史建軍的舉報從刑事案件轉移到低級趣味的報復上來。」

張樺茹也同意了，但她不放心地又補充一句，「從海倫到哈爾濱的車票不難買，去了就有。但是從哈爾濱到廣州要轉車，票不僅緊張，還會耽誤時間。這樣，我告訴你一個人，他就是車站調度室的張梅溪主任，他是我本家，我先去一步，請他為你安排好車票，你只要拿你的工作證給他看就行了。」

我謝謝她為我想得這樣周到。

我又叮囑她，「我走之後，他們肯定會找到你的，住院介紹信你只說是我要的，你並不知道住院的人是誰？你問過我，我說只是在路上偶爾碰見的一個人昏倒在路邊，無人相救，我只得把她背到醫院，人家要單位介紹信，我就求你幫忙。我也不認識這個人，就這麼回事，很簡單。只要堅持這樣說，你毫無問題。」

她想想也說這樣講最好。

最後，我問，「史建軍這小子是怎麼偷了你的信呢？慢！」我腦中一閃，已經想到了，「來，我給你演示一下。」我立刻取出李玉瑤的那封掛號信的信封，幸好當時只是把信紙燒了。我在燈下仔細查看了信封兩頭的封口，看出了門道，我指給張樺茹看，「你看這是信封原來的封口，黏的好好的吧。」我把這一頭封口放進臉盆裡的水中浸泡，一會兒紙濕了，軟了，我輕輕一揭，封口開了。我說，「你摸摸這上面用的是什麼糨糊？」張樺茹用手指試了試又放在鼻尖聞了聞說，「好像是帶有香精的糨糊。」

「好，讓我再試試這一頭。」我又把另一頭放進水裡，然後揭開，立馬不一樣了，在原來的糨糊上面又塗了一層好像是山芋粉調製的黑糊糊的糨糊，黏性極差。我問，「你說說看，這種糨糊是不是就是你們黑龍江這邊的『特產』？有香精的精緻糨糊只有我們江南才有。你現在明白了嗎？」

「哦，你是說，史建軍是在傳達室裡先偷走了我的信，然後放水裡揭開了那一頭，取出信紙後拍了照又重新放回去，再用糨糊把它糊上。」張樺茹恍然大悟，她氣憤地說，「這不是犯法的嗎？」

我只有苦笑，「比這更嚴重一萬倍的犯法事天天有人在做，沒准還讓我們高喊謝恩哩。這點破事會有人來管嗎？只是看出這個人的品德……」

「卑鄙無恥！」張樺茹咬牙切齒地說，「我就是死，也決不隨他心意！」

現在，最重要的事似乎已經講完了，心裡的話卻是千言萬語，洶湧澎拜，多到反而講不出話來了。我倆四目相對，默默無言，誰都不敢開這頭一句，彷彿一旦開了閘門，滔天的巨浪就會立即把我倆吞噬。

她停了好一陣，才猶疑地低聲說，「那麼，就在此……永別了……」說著，我看見她那蘭栗色的清澈的大眼睛裡瞬間又被淚水堵滿了。

「嗯……」我的喉頭也劇烈顫抖著。我很想說，「樺茹，你能不能等著我？我一定會回來接你的。」但我清楚，這條深圳窄窄的界河就是人間無涯的銀河，即使通信也要把張樺茹劃入「海外關係」的那一類，我不能再連累她了。

她好像也有許多話要講，幾次抬頭想開口又縮回去了。隔了好一陣子，她才斷斷續續說，「我，我……我對不住你，把你傷得太深了……可你怎麼這樣傻啊，趕你，侮辱你，你就是不走開。」她說著說著，情不自禁地捧起我的臉，兩粒豆大的淚珠又緩緩流下了她的面頰，她用手指撫摸著我的嘴唇，囈語似的，「我打小……就想要你這樣的……癡心人……」說著，已哽咽泣不成聲。我只有盡力地安慰她，其實我也如萬刀剮心。我為她擦乾了淚水，說，「夜已深了，我送你到車站吧。」

「不，」她緊緊抱住我，輕輕扭動著身子，頭靠在我胸前，低聲央求著，「這次再見，俗話說是『緣分未盡』……我不走了，好嗎？」

我依了她，在我的被子旁邊又並排鋪了一床。她很快解衣睡了。我把從南京帶來的小鬧鐘撥到了明晨三點，也解衣睡了。她很快朝我這邊靠攏，把我從我的被子里拉到了她那邊。

「抱緊我，」她央求著，「我冷。」

我說，「炕還是蠻熱的。」

「不，我心冷……你幫我捂熱它。」

我把她抱在懷中。她只穿著件貼身的汗衫，不知是過度緊張還是身上寒氣太重，抱著我瑟瑟發抖，只是不停地吻我。忽然，她要我打開燈，然後兩手慢慢把汗衫往上拉起，像圍巾似的擠在脖子下面。現在她的胸部毫無遮攔地整個袒露在我的眼前。我的腦子頓時亂作一團。我看見起伏的身體曲線猶如長白山覆滿白雪的雪原，在凹凸有致的雪原上盛開著兩朵鮮豔的雪蓮。她用兩手蒙住了雙眼，頭歪向一邊，用一隻手引導我的手攀上她的雪峰，然後輕輕摁住我的頭親吻她的每一寸肌膚，當我的口唇吻玉含珠像蜜蜂似的吮吸著甜美的白樺樹汁時，她臉上露出極為痛苦的幸福神情，用靈巧修長的手指溫柔地梳理著我的頭髮，然後慢慢地把白絲綢的三角內褲推到了膝下，再用兩腿輪換著退下了她的內褲，她只羞澀地朝我一瞥就再也不敢看我了。她把我的手引到了下面，而那兒已是一片豐潤的潮濕。

我結結巴巴說，「這……不行……」

「吻我……每一處……」她喃喃吩咐，微微睜開眼睛，給我一個蕩人心魄的嬌羞的笑，輕聲對我耳語，「我的器官，我做主。把我的處女寶……帶走吧……」邊說，她的手指就像魔術師似的撫摸著我的全身，戲弄著我身體的每一根神經末梢，令我興奮不已。

我說，「你好像也很懂。」

她在我身邊輕聲一笑，「誰讓我是格格的女兒呢。」

「你不是說不懂嗎？」我問。

她輕咬著我的乳頭，有點調皮地說，「紙上談兵嘛。」

她又問我，「翼雲，你還記得我說的話麼？」

「什麼話？」

「我只馴服桀驁不馴的烈性馬。你可是我最難馴服的一匹。」

我忙說，「樺茹，我可是一直都聽您的駕馭的。」

她又嗔我，「別耍貧，要看你表現，駕！」

於是頓時，我眼前呈現一片開滿鮮花的大草原，駕馭著我的是最優秀的騎手，那如魚得水的歡暢，那心知神會的契合，令我歡快地揚起四蹄，在如茵的大草原上馳騁，愈跑速度愈快，愈跑身體愈輕，跑著，跑著，最後飛上了天空。在我的面前是弘大的宇宙，群星閃爍，美不勝收。我看見環狀星雲絢麗而強烈的輝光，我看見上帝創造之柱威武的身姿，我看見雙魚座在銀河中追逐嬉戲，我看見牛郎織女在鵲橋上手牽著手……驀地，我眼前出現了兩個超大的太陽，彷彿就是我倆的化身，我們圍繞著一個比太陽重數十億倍的黑洞在飛速旋轉，強大的引力把我們拽向它的深淵。我們越靠近黑洞，我倆旋轉的就越快，我倆雙雙都向對方伸出了自己的雙臂，終於拉在了一起像跳著飛速的雙人舞，我們的手臂、身軀、骨骼、細胞，先是被拉得很長很長，像是拉細了的麵條，進入黑洞邊緣後，又被黑洞撕裂了，粉碎了，最後滑入黑洞之中。在越過了黑洞的視界之後，我們緊緊擠壓在一起，越來越緊，越來越密，擠壓得我們喘不過氣來，我們全身都化了。黑洞的中心是時間和空間的奇點，越接近奇點我們就越失去自我，我們都被擠壓成了一個緻密的點，哦，這個神祕的點長成什麼樣呢？也就在接近奇點的那一剎那，我猛然看見眼前祥光萬道，原來奇點就是一個無，可是在無中卻留下全息的弦影，一個虛空的鮮紅的球體，迅速佔據了宇宙的中心。猶如宇宙中的上帝，一經現身，極度緻密的空間時間也就最終跨過了臨界，化作轟然的大爆炸，Big Bang！（大爆炸），數以億計的星體像禮花似的綻放，以比光速更快的速度飛奔，遊動，一個新的宇宙終於在舊宇宙的崩塌中誕生了。

# 29 悲莫悲兮生別離

愛情的圓舞曲在激越的生命狂歡中終於落下帷幕。我倆像亞當夏娃似的大汗淋漓連成一體。過度的生命付出讓她顯得很虛弱，她一動不動地彷彿在我懷中睡熟。我輕輕安撫著她，親吻著她發燙的面頰，在她的耳邊切切低語。她只是聽著，偶爾回我一兩個字。

「樺茹，你聽著嗎？」

「嗯。」

「喜歡嗎？」

「嗯。」

「我將終身不娶。」

「不要。」

「遇上好的，找一個人嫁了。」

「不。」

「只要有機會，我會來找你。」

「嗯。」

「不要再哭了，好嗎？」

「嗯，」她點頭，「我眼淚已經哭乾了。」

我抱緊她說，「我說不出有多愛你，我會記住你一輩子。」

她微微睜開眼睛，細聲說，「我也謝謝你，因為，你幫我過完了充實的一生。」

「別說傻話了，你還有漫長的人生之路呢。」我說。

她搖著頭，「不，我已經燃成灰燼了……值了……」她枕著我的臂彎，頭靠在我那隆起的胸大肌上，好像很享受的樣子，說，「翼雲，我累了，這些日子以來，我很久沒有這樣放鬆的心情了，我想睡了。」

我輕輕吻著她的鼻尖，「睡吧。我會叫醒你的。」

她輕輕舒了口氣，很快就響起了輕微的鼻息。

我也很快沉入了深度的睡眠，但也許是大腦的潛藏的機制，我大約只睡了兩個小時，就完全醒了。我看看身邊的張樺茹，發現她睡得並不沉，似乎有噩夢在襲擾，有時輕搓牙齒，有時發出囈語，還有一次竟突然驚醒，看看我，異常清醒地問我，「翼雲，是不是有人在叫我啊？」然後就又睡著了。我看著她那明顯瘦下去的美豔無倫的臉龐，心裡在陣陣發痛，我深切感受到，在我倆分別的這段日子裡，她所受到的情感上的重壓，令我心理籠罩上巨大的陰影。

淩晨三點鐘，我及時地叫醒了她，送她去了車站。這一路她走得很吃力，我不時地攙扶著她，有些地段我乾脆背著她在冰凍的道路上彳亍前行。當我們趕到火車站時，列車已經進站，我倆只能在進站口匆匆道別了。

我趕回原地後，天已快亮了。我抓緊時間收拾東西。我把最重要的東西只放在一個背包裡準備隨身帶走，其餘的東西我統統送給了關大爺。我告訴他我今天要去齊齊哈爾，我的一個遠方親戚生了重病要我伺候，短時間不會回來了，房子先退還，另外借用他家馬車上的一根馬鞭和長繩臨時用用。我還希望他幫我一個忙，請他把自家的馬車備好，上午送我去一趟車站。關大爺見我要走了，十分捨不得，一再希望我今後常來看看他。

我又趕到了男生宿舍，把鄭文穎叫了出來，我告訴他，我要離開了。有個紙條請他立刻交給教育科的史建軍。我又把一些零錢和多下來的地方糧票還有幾本對他很有用的書一併送給了他，關照他我離開的消息對任何人都不要說。小鄭聽我突然要走了，眼眶都紅了。我說，你是我最喜歡的學生，你好好努力，會有一個好前程，如果，如果將來有了條件，沒准我還會聯繫他。我跟他緊緊相擁告了別。

我給史建軍的紙條上只有一句話：請他在上午九時到校外的白樺樹林一見，我將把張樺茹過去送我的東西轉交給他。

我知道上午時間學生要上課，但我更知道他是從來不上課的。海倫這個地方沒有地方好玩，再加上又是大冬天，史建軍每天就是跟他那些「哥兒們」躲在宿舍裡打撲克混日子，所以他一準能來。

九點前，我到了樺樹林裡，來到了那顆粗壯的大眼睛樺樹前面。果然，史建軍準時來到了。他這回見到我，明顯的比上回見我時更流露出一種勝利者的神情，他幾乎沒有用正眼瞧我，只是硬嗆嗆地甩過來一句話，「她給你的是什麼東西？拿過來！」

我說，「你來看看這棵大樹，看看這只大眼睛。這就是她給我的禮物。」

他橫了我一眼，「你開什麼玩笑？你是想要我呀？」

「要你？那是看得起你。可惜你連這點看得起都不配！」

史建軍立刻跳起來，嘴裡罵罵咧咧，「岳翼雲！你小子放聰明點，死到臨頭你還嘴硬？看我不治死你！」

「哦，很好，今天我倒想看看到底是誰治死誰？」說著，我拿出了那條馬鞭，對折著敲著自己左手心。

史建軍一見我這架勢，有點慌了，「你，你，啥意思？」

「沒什麼意思。問你：你可聽說柳湘蓮嗎？」

「啥？留項鍊？給誰啊？」

「薛蟠呢？」

「學——學誰？」

這個白癡！「那麼我告訴你，今天我要演一齣戲，叫『柳湘蓮痛打小霸王』。」

「你，你，到底啥意思？」

「很簡單。兩年前，你被我抓住在圖書館，親手寫下的保證書你還記得嗎？」

史建軍眼露狠光，回了一句，「那事早過去了。你還想怎麼著？」

「我可沒忘記，你保證從此絕不騷擾張樺茹老師，否則我將對你不客氣！」

「岳翼雲，你他媽的敢威脅我？你看我怎麼收拾你！」說著就掄起拳頭朝我臉部打來。我朝旁邊一偏，隨手一鞭子，打在他的頭上，把他的皮帽子掀掉了，接著又是一鞭子打在他的臉上。他臉上皮膚立刻爆了起來，出現了一條血痕。我又狠狠抽了一鞭，打得他哇哇直叫，抱住臉滿地打滾。我跳過去騎在他身上，朝他腹部一拳猛擊，趁他護疼用手捂住下腹部空出臉部空擋的破綻，一個右擺拳朝他太陽穴精准一擊，把他打暈了。趁他沒有醒來，我取出繩子綁住他雙手，又把他拖到大眼睛樹幹前把他結結實實綁在樹身上，最後才脫下了他的一雙襪子塞進了他的嘴裡，看看已經綁結實了，我又從地面上抓起一把雪朝他臉上抹去，朝頸子裡塞進去。他被冰雪一激，醒過來了。見我兇神惡煞似的站他面前，他立刻認慫討饒了。

他嘴裡嗚嗚的說不出話來，臉上的血已經凍住。

我從雪地上撿起他的皮帽，往他頭上一磕——這麼冷的天，沒有帽子遮攔，他耳朵會被凍掉。

我對他說，「我今天教訓你，是因為你不僅後來繼續騷擾張老師，而且強迫她嫁給你。你明知道她愛的是我，我跟她即將登記結婚，你卻仗著你爸爸手中的權勢橫刀奪愛。你這種人屎不如的東西，不給你一點教訓，你記不住。」

我又說，「我救過你的命，又兩次原諒了你違反了校規校紀放了你一條生路，你跪在我面前求過我多次，我都念你是學生把你保護下來，你不僅不知恩圖報，反而處心積慮想加害於我，你幹了哪些見不得人的勾當你心裡還不知道嗎？像你這樣的人，也配說什麼世界『歸根到底是屬於你們的』？放屁！若是整個中國將來都被像你這樣的無德無能、蠅營狗苟、卑鄙無恥、橫行霸道的下作之人霸住，那中國豈不是一個虎狼遍地的人間地獄？我今天給你的兩鞭子就是警告你，有朝一日你得了勢，若是騎在百姓的頭上，等待著你的就是老百姓手裡的鞭子！」我故意不提那封信的事，讓他報案由公安定下一個民事糾紛的結論。

說完我掉頭離開了他。他立刻在我身後發出死命的嗚嗚聲，身子發了狂似的扭來扭去。

我回過頭來對他說，「放心，會有人來救你的。你就站在這裡反省自己吧！」說完我邁開大步從林子裡走了出來。

我朝天上望去，天空是灰濛濛的。起了風，巨風刮進了白樺樹林，刮得森林的樹梢左右搖晃，像狂怒的女子舞動著頭上的白髮。風被白樺樹枝撕裂成千萬條，發出尖銳的哨聲。風又令森林震動，發出隆隆的聲音，這聲音似來自於腳下的大地，恰似有千萬匹野牛在衝鋒陷陣，看來又一輪西伯利亞的寒流襲來了，氣溫在迅速下降，暴風雪又要來了。

我加快了自己的步伐，心中不由得升起一股悲憤之情。想我兩年前，懷抱著建設祖國邊疆的豪情壯志來這裡辛勤工作，如今卻閃得我有家難奔，有國難投，此情此景，與一千年前的大宋王朝有何兩樣？然而畢竟今夕非昨夕，今朝非宋朝，我畢竟不是市井引車賣漿之流，我畢竟是深受過系統的中西方優秀文明薰陶的知識份子，尤其是受過西方六百年的人文主義精神的教育和現代自然科學理性思維的訓練，我絕不會像武松那樣血濺獅子樓見人就殺，更不會去落草。我給史建軍的教訓是適度的，在這個不講規則的惡政下，我小民的冤屈也只能帶有非理性的成分。我絕不願做專制壓迫下的順民和奴才，我必須為中國人留下最後的一點血性，並去擁抱人類量子時代的最先進文明，為我們的祖國尋找一條從自我毀滅中重新站起的復興之路。

在路口旁，關大爺果然早已候在那裡，我把馬鞭交還給他，告訴他繩子只能賠你一根了。關大爺說，「不礙事，家裡繩子多著呢。」

我縱身一躍，坐到關大爺的馬車上，吩咐說，「去火車站！」

路過師專學校門口時，我轉臉望了又望，這兩年的生活情境，酸甜苦辣，一起湧上心頭。學校離我越來越遠，我的眼前只剩下那白樺樹下的倩影，我的張樺茹了……

我跟關大爺在站前廣場分手時，請他無論如何在經過師專門口時，只要是見著有佩戴白色校徽的學生就告訴他們，請他們學校的領導，說不遠的那座白樺樹林中，有一個你們學校的學生讓人綁在樹上了，讓他們趕快派人把他解下來，不要忘了。

當晚，我抵達了哈爾濱車站。一路上寒流追逐著列車，大風大雪交加，車窗外除了最近處的電線杆一閃而過外其餘已是白茫茫一片。

我馬不停蹄，到站後立刻找到了張梅溪主任，我必須儘快離開這是非之地。張主任已經為我訂好了車票，是當晚零點出發經南京轉至廣州的，車次、時間、路線都是最佳的選擇。我胡亂填飽了肚子就近找了處旅社準備歇歇腳。我躺在旅館的床上，腦子裡是天馬行空，心鶩八極。我想，我眼下的處境是，危險雖在逼近，但由於我已離開了海倫，引爆點已被我推遲了。史建軍挨了我一頓揍，肯定早已報了案，作為這種普通民事糾紛，海倫縣天天發生，只要沒有打死人，你管都管不過來。問題是史建軍肯定也把李玉瑤的那封信照一併報了案，對「兩個張樺茹」事件的調查也已開始，一旦發現疑點，在羅湖關口把我卡住是極有可能的，因此，我所要做的就是和案件調查的進度賽跑，趕在他們認定我作為嫌疑人的身分之前出境。

深夜十一點多鐘，我進了哈爾濱車站。張樺茹已等候在大廳裡。她見到我時我見她眼睛腫著，沒有眼淚，只是定定地望著我一言不發，帶點夢遊似的迷茫的眼神。

天氣是極度地寒冷，真正是滴水成冰，氣溫可能已下降到了零下二十七八度。車站大廳裡並沒有暖氣，但因為人來人往，聚集起了一些人體身上的熱量，比站在外面略微好受些。

由於是深夜零點的遠途直達快車，又不是節假日，因而乘客不多，加上這趟車是起點站發車，車站提前放人。張樺茹出示了她的鐵路員工家屬證就把我送進了車廂。

車廂裡暖氣剛剛連上，我這一節車廂裡面連我一起只有三名乘客。張樺茹替我找到座位就在我身旁坐下來，緊緊靠著我，還是一言不發，她眼睛看我的神情總有點異樣，似乎後面隱藏有更令人捉摸不定的東西。

我想說一些安慰她的話，但是她用食指輕觸我的嘴唇，我懂得她這個動作，默默地與她做心底的交流。她的手指在我的唇上輕柔地撫摸著。

她的眼睛裡的確如她所說「已經哭乾了淚水」，她那深藍栗色的大眼睛就像澄澈的貝加爾湖水，幽深而神祕。我們就這樣一動不動地坐著，直到女列車員走進車廂，高聲催促著，「送客的同志下車啦，列車馬上就要開車了。」她一連喊了兩遍，我也聽到了月臺上發出的鈴聲。

我給她戴上口罩，把連在大衣後領上的三角棉帽給她戴上，又把她前面的領口系緊系牢，防止寒氣的侵入，送她到了車門口，臨別的時候，她猛地拉下口罩轉身深情地抱緊吻我，令我幾乎窒息，最後毅然把我推開，迅速下了車。

第二遍鈴聲又響了。她很快從月臺上貼近了我的雙層車窗，眼睛再也不離開我的面容，彷彿想把我的容貌永久地印在心坎兒裡。她仍然帶著夢遊的眼神看著我的嘴唇，一隻手卻從棉手套裡抽了出來。

我忙喊，「不要！冷！」

我的話外面根本聽不見，她也不像是在聽，手指卻慢慢指向了我的嘴唇，輕輕地觸碰到了車窗外，她食指上的水氣瞬間就被凍結在車窗上，就像是一隻昆蟲的腳落在了黏蠅紙上一樣。

我大叫，「不要！不要！」但是她聽不見，也不像是在聽。

列車已經開始移動了，她的手指尖已經被凍在車窗上了，她卻跟著列車在往前走。

我的眼淚再也忍不住，我朝她做手勢，告訴她趕緊讓手指脫開，她只是奇怪地看著我，腳步卻跟著列車在趺趺衝衝地跑著。

「樺茹！」我流著淚喊，「手！」話音剛落，列車就猛地朝前一衝，我看見她的手被列車朝前一帶彷彿拉得很長似的讓她趔趄了一下似乎是摔倒在地上，只一閃我就看不見她了。我腦子嗡一聲，一陣天旋地轉眩暈在座位上……

悲莫悲兮生別離，我就這樣永遠地離開了故土，離開了故鄉親人，離開了我的北方的白樺樹，離開了我的心靈契合的女友，我永遠的愛，永遠的痛的張樺茹。那伴隨我倆的松花江水拍岸的濤聲，那匹馬單騎闖荒原的嬌美身影，那望眼欲穿門前等候的鮮豔如火的紅圍巾，那雪湧邊城夜夜相伴的孤燈……都化入了車窗外的濃夜之中。前方又是什麼？我不知道，我只有把這份珍貴的記憶一直保存在我心中，直到我離開這人世的最後一刻仍然溫習著她的笑靨……

# 尾聲

二〇一二年的八月，我受悉尼「鯤鵬文學基金會」的邀請赴悉尼參加我的作品發佈會。說起來這件事多多少少跟這本《岳翼雲日記》有些關聯。簡單說，就是改革開放以後，中國人有了出國的機會，我也隨著接踵而至的更大的移民浪潮先是到了香港後來也到了澳洲。在香港期間，我曾託朋友查過有無岳翼雲這個人，後來的回話是，有過，也的確繼承了他父親的遺產，但很快就改了姓名，又離開香港了。於是尋找日記主人的事我也就從此放下了，只是有時和好朋友們聊天時作為一個談資偶爾提及。有一次，一位好朋友聽了之後給了我一個很好的建議。他說，「以我的分析，岳翼雲十有八九會在澳洲，因為這兒有他父親留下的莊園。其二，此公屬於上世紀五十年代的大學生，他們接受過民國的傳統教育和五十年代初的理想薰陶，大都具有遠大抱負，此即『個人英雄主義』之謂也。岳翼雲很幸運，早就擺脫束縛到了西方，此公肯定早已脫穎而出，想必在文學和文化方面已多有建樹。你不妨搜尋澳洲此一領域的華人精英。其三，現在已是資訊時代，你可充分運用互聯網優勢，將他日記裡的內容寫成小說掛在網上，形成廣告效應，他如看到，必會來找你，豈非事半功倍？」

這的確是好主意，於是成了我跟基金會發生聯繫的一個由頭。

基金會主席叫Francis Yüeh，是一位德高望重的當地老華僑，他不僅是位學者，也是一位成功的企業家，這是一個富有傳奇色彩的人。他所經營的澳洲生物科技集團早已進入全球的十強。這些年來他更是以一位慈善家的身分出現，不僅捐贈了鉅款給中東、非洲那些飽受戰亂的地區人民，而且更以極大的熱情關注中國的文化教育事業。他給中國的偏遠地區捐贈了數十所「希望小學」，他還特別強調要建一批高品質女校，理由是，一個民族的興旺發達，取決於這個民族有沒有好的母親。用他的話說就是「有偉大的母親，就有偉大的民族」。他對教育事業有許多自己獨特的想法，而這些想法常常跟中國當地教育部門的領導發生很大的衝突。這些矛盾集中就在教育理念上。他主張教會學生「做人和求知」就是教育的目的。為此，他常常鬧到跟那些教育官員臉紅脖子粗的地步。他說，「這些學校的錢都是我出的，難道我就不能堅持實踐我的教育理想嗎？不要忘了，我可是科班的教育出身。」那些官員就都苦喪著臉說，「不是您的想法不好，是不符合中國特色。中國官方關心的是政治，中國的父母親關心的是孩子的升學和就業。」他問這都是誰的主張？官員們就不好回答了。他生氣地說，「這哪是辦教育？是存心想埋葬中華民族！」又說，「你們把教育辦成這樣，真該吃我三拳頭！」

說起拳頭，這個人有許多傳奇性的故事，據說此人年輕時習武，又長得一副好身板，那一年他在英國留學時，假期去了非洲的尼日尼亞，剛好當地動物園逃出了一頭獅子，竄到了街上，行人們紛紛逃竄，一名白人的女子嚇得也掉頭逃跑，被獅子追上一把撲倒在地。碰巧，我們的這位弗蘭西斯也撞上了，只見他一個箭步，出拳疾如閃電，又快又准又狠，只一擊就擊中獅子的左眼，獅子又疼又驚，嚇得跳起有一人多高，倉皇逃跑了。這事在當地媒體上傳播開來後，當地的人們都稱他叫奧羅倫（非洲某些部族信仰的至高神祇）。那位白人的女子得救了。碰巧的是，她也是英格蘭人，家也住倫敦，於是後來就演繹出一段愛情故事，白人女子決心要嫁給弗蘭西斯，而弗蘭西斯卻是誓死不從，最後這位白人女子的堅持打動了弗蘭西斯，他接受了這位女子，唯一的要求是：同居，但不結婚。問他什麼原因，他只淡淡地回答，「我已結過婚，並承諾終身不再婚了。」他倆就這樣一直共同生活到現在，育有一對子女，始終相親相愛。

我和弗蘭西斯屬於同時代人，原先與他素不相識，只是因為我晚年移居到了澳大利亞，閒來無事，為了排遣時光，偶爾喜好舞文弄墨，寫一些只夠得上上世紀二十年代中國「大」作家白話文初始階段水準的文字，不求聞達於天下，只求一吐心中塊壘，也算是為後人留一份真實的人生記錄，目的是讓後人知道，在那個特定的年代，假話是如何蓋過了一切，任何說真話的人都可能鋃鐺入獄。某些人甚至為了掩飾罪行以逃避歷史的懲罰，甚至採取故意「拖延」、「失憶」乃至偽造歷史的卑劣伎倆，為此他們還特意搬出了一名德國納粹軍官炮製的「歷史都是由勝利者書寫的」話來，意圖為他們在權力的庇護下大肆偽造歷史製造「理論」根據。而我，只能用這點真話，意圖對後人起一點警示作用，這就是我的最大心願了。正因為目標微小低下，故而什麼現代後現代手法都棄之不用，只求袒露真實的心靈，保留真實豐富的細節，就像拍一張那個荒唐歲月的全息攝影，手法全不重要，相信自有知音珍藏。我的這點點文學追求，恰好跟弗蘭西斯的「文學基金會」的宗旨相契合，因為「基金會」就是為扶持海外華人的華文創作而設的，它的要求也很簡單，就是務求說真話。我在這上面看到了我跟弗蘭西斯先生居然有了心靈的契合點，也能體味到他那深藏其後的努力振興中華民族文化火種的良苦用心，於是我按照那位朋友的建議把岳翼雲日記改寫成了一部長篇小說，並把手稿寄給了他們的評委會，在經過他們幾輪的篩選後，我這本小說居然被他們選中了，這就提供了我與他認識的一個機緣。

我的這部小說的題目就叫做《北方的白樺樹》。我就是想借這個題目尋找到這本日記的主人，雖然我並不抱多大的希望，但我仍希冀奇跡出現。令我驚異的是，我甚至覺著這部小說似乎有哪些地方對弗蘭西斯有所觸動，以致在不經意中我總會感到在我背後似乎有他關注我的眼神。我一直以為這是我過於敏感了，然而一樁發生在眼前的事卻令我暗暗吃驚。這事就發生在我頭天的作品發佈會上。當我向與會者談到我的這本日記的來歷以及當我閱讀了這本日記心靈受到那巨大的震憾時，我見他從原先聽眾席的頭排中間位置悄悄彎著腰低著頭走了出去，一直走到了會場最後的窗臺邊。他就坐在靠近牆邊的一張椅子裡，曲肘倚在窗臺上，用手支撐著自己白髮覆蓋著的頭。當我講到日記主人跟張樺茹的生離死別時，全場聽眾無不為之動容，而他，雖然是背對著我，我卻看到他雙手抱住了自己的腦袋身體蜷縮著，肩頭卻在微微搐動，似乎是沉浸在個人的痛苦思緒中。

會議結束後的午宴上，他已恢復了常態，仍和平時那樣與眾人親切交流，就跟剛才的事完全沒有發生一樣。直到午宴結束時，他才突然對我說，「汪先生，我不久前在悉尼海灣那兒新購置了一座宅子，要是你樂意，下午我想請你光臨寒舍小住數日，盡情一敘。」

弗蘭西斯的邀請在席間引起了一陣熱情的騷動，有人說，「汪先生，你真是中了頭彩。弗蘭西斯的家宅可不是任何人都能受到邀請住進去的。你知道到那裡做客的有過哪些人嗎？」

我說不知道。

「那我們說兩個與你聽聽：奧巴馬，比爾•蓋茨，還有陸克文……」

我一聽當然是受寵若驚，當即表示欣然接受邀請。於是他邀我乘上了他的柯尼塞格汽車，馳往他家。汽車離開了悉尼市區，直往悉尼海灣駛去。沿路四周綠樹婆娑，鮮花似錦，在萬綠叢中，一棟棟豪華的住宅呈現出千姿百態，美輪美奐。汽車沿著盤山公路越走越高，汽車左面窗外的海灣已可盡收眼底，右面的窗外仍然是一棟棟的豪宅。弗蘭西斯告訴我，這一帶海灣的房地產價格已在全世界高居榜首。他又指指右邊的一處豪宅，只見大型的挖掘機正在拆毀原先建在地面上的澳洲人的一處頗有歷史價值的華宅，準備在原地重建更高級豪華的住宅。購房者是一位來自大陸的華人，數千萬澳幣的現金一次性付出，令全澳洲社會為之震動，加之購房者在大陸的不平凡的家世背景，更令澳洲人側目。據說此事已經「驚動」了黨中央。當然「驚動」是一回事，照樣施工又是另一回事，中國盡是這樣的事。弗蘭西斯告訴我，我的房子就是買在他的上面，在這座山的最高處，當然價格也是最貴的。我想他在這兒選址會不會也是動了一番心思的呢？

汽車七繞八繞，終於在這條街的終點、門牌號碼是No.1的門前停下了。這是座智慧型住宅，車子還未停穩，車庫大門就已經徐徐打開，他剛剛停穩車，旁邊的住宅大門也已打開了，從裡面走出一位儀態端莊的白人婦女，她伸出兩手，熱情擁抱著弗蘭西斯。我想這一準就是弗蘭西斯的老伴了，便也熱情地向她問候致意。

弗蘭西斯引著我進門參觀他的住所。這真是一座我從未見過的景色優美、設計風格獨特、功能齊備的智慧型住宅。進入大門後就是花園。這裡既有中式的樓臺亭閣，太湖山石，茂林修竹，曲徑通幽，又有西式的繡毯植壇，林蔭大道，噴泉泳池，大理石雕。中西風格互融互通，相映成趣。園林依山勢分成幾級臺地而建，高處盡頭是一座五層樓的蔚為壯觀的建築。他引領我進入了住宅，見樓裡各層都具有不同的功能，且依此功能做了不同藝術風格的設計。令我印象最深的是不論在哪一層，你都能感受到濃濃的文化藝術的氛圍，體現著主人的不俗的文化品位。樓內設了電梯，所以我們行走並不吃力。每一層的中央大廳都有面向海灣的觀景陽臺，從上面向遠處，向低處眺望，那碧海藍天，那雲舒浪卷，那蒼茫的青山，都一望無餘，美不勝收。

我們邊走邊聊，我問弗蘭西斯先生，「你這座家宅房間很多，平時做什麼用呢？」

他的回答頗令我意外，「我已經把它取名為『中華作家之家』，我將定期邀請一批生活在全球的華文作者到我這裡生活寫作，因為作家是需要相互交流和思想碰撞的，就像聶華苓在美國愛荷華建立的『作家交流中心』一樣。你就是我這裡的第一位作家，如果有可能，我希望你住長一點時間。」

我謝過了他的好意，跟著他逐樓攀登。我正在陶醉於這無限的美景之時，弗蘭西斯已經帶我走到了第五層也就是最高層。這裡已是山頂。山上，挺立著一株株高大的白樺樹，像挽著手歡迎我的到來。我站在客廳門口，只一望，我就彷彿被施了魔法定格了，突如其來的意外驚喜令我目眩，令我久久疑在夢境：大廳的背景牆上是一幅巨大的彩色照片，不，確切地說，這就是一面巨大的視頻螢幕牆，放出來的映射就是我那本日記裡的樺樹皮製成的書簽保存的照片——張樺茹的半身像，她正站在樺樹下朝著我們微笑，只是它是活動的影像，包括了她自小到大的全部影像資料。

我一切都明白了。我激動地握住他的手，半天說不出話來，「你，你，」我結結巴巴，「原來你就是我苦苦尋找多年的岳翼雲先生了！」

他點點頭，「是的。」

於是我倆就坐在陽臺上的椅子裡，面朝著大海，聽他講述半個世紀前他日記裡沒有講完的後半段的故事。

「說實在話，我們的見面是一種緣分，似乎是冥冥中天意早就有所安排。」他打開了話匣子，「最初評委會提交的參評書目當中，我見到了你這本小說的題目，就十分奇怪。因為半個世紀之前，我就開始寫這部小說，只是由於後來發生的種種事情，我只開了頭，就放下了，現在怎麼突然冒出了一本跟我同名的小說來呢？我只看了幾行，立刻喚醒了我從未忘卻的半個世紀前的記憶。我萬萬沒有想到，我一再努力逃避「反右」時期許多同學因日記被沒收而蒙難的命運，特意在臨出國前把日記收藏在我養父母的家中，但最終卻仍然難逃厄運。你記得我在日記裡寫著，『如果有朝一日我的這本日記仍舊被抄家沒收，那就證明我們的國家已經是萬劫不復了……』沒成想，我的話竟然一語成讖，中國的歷史似乎在封閉圈中輪回永無盡頭。只要看看現在國內的『文革』派多麼活躍，你就可以知道，『反右』跟『文革』遠遠沒有結束。」

我問他，「我想知道，你到廣州後，後來出境順利不順利？」

然而，他的回答竟然是，「你大概再也想不到，我最後的出境方式是——偷渡。」

「你不是有『通行證』嗎？你的出境完完全全是合法的呀！」我覺得這簡直太不可思議了。

「問題是，在中國辦事情，有太多的不確定的因素。」他無可奈何地苦笑著，「也就是說有了『通行證』，不等於你就能出境了，你還必須在關口等待出境的『配額』。六十年代初，國內連年『自然災害』——當然，今天我們知道這只是謊言和托詞，實際上是大量把糧食輸出去『支援世界革命』，完全不顧及百姓死活，甚至把農民的口糧剝奪盡淨，造成生靈塗炭，餓殍千里的慘絕人寰的人間悲劇。於是形成了第二次的移民大潮。即使辦理合法的出境手續，由於人數的大量增加，而每天的配額卻仍然死死定在一五〇人的數位，於是在關口等待的時間就被無限期拉長了。

「我記得，那時的羅湖海關還只是一所「邊防檢查站」的房子，人們到達關口的第一件事就是找附近的旅社先住下來。每天一早，要出境的人就絡繹不絕地行走在旅社和「邊檢站」之間的那條長長的土路上，到了關口，先找一名姓什麼的——抱歉，他姓什麼我早忘了——的站長，一見到他，人們就一擁而上，連呼帶喊『站長，站長，』請求他批條子。他接過你的『通行證』看了，就會告訴你，你要等多少天，他要等多少天，也有的立馬給你寫張字條，你就可以拿著它跟『通行證』一道交給關口人員察驗後出去了。至於憑什麼標準批給你不批給他，真是鬼也不知道。等我擠到他跟前時，那位站長看看我的『通行證』，竟然沒有說什麼，這一點跟我預先估計的差不多，因為我馬不停蹄，僅在南京跟養父母叩了幾個響頭，把日記交給了他們保管就直奔廣州了，一點沒有耽誤時間。然而站長的回答卻令我緊張得一頭汗。他說，你最起碼要等十天，也可能還要等更長的時間。我問到底是多少天，你能不能給我一個准數？他說，對不起，我沒有辦法告訴你准數。這個期限對我就充滿了危險了。在這個等待的日子裡，隨時都可能出現變數。幸虧我生父在這之前已經多次來信詳細介紹了過關的種種情況和途徑，我基本上已了然在心了。我決心不再等待了，決定：偷渡！

「我考慮到如果李玉瑤的案情調查有進展，最可能在指定我的出口深圳羅湖關口設卡。我決心選擇另一條路：從珠海偷渡到澳門，再從澳門到香港，因為我手持的是赴港通行證，公安人員再也不會想到我會選擇珠海這條路出境。

「我買了張澳門的地圖，用一天的時間沿著邊境線查看地形。我看見這裡偷渡的人已然是滾滾洪流。許多漁民、農民，三五人結成一夥，有抱著籃球的，有掛著汽車內胎的，一看就知道是想游泳過去的。這裡的橫琴是最佳偷渡地點，跟對面澳門的氹仔只隔一條界河，最近處兩百米，最遠處五百來米。這裡不僅有鐵絲網阻攔，每天邊防軍人還會帶著警犬定時巡邏，一旦發現抱著籃球車胎等物件的，二話不說，先抓起來。遇到白天偷渡的，軍人就會開槍，有些人就白白喪失了性命。但是到了晚間，這裡就成了偷渡者的天堂，許多人爬過鐵絲網，跳進河裡。冬春之交的澳門海水也是冷的，大概只有攝氏三、四度左右，我見這些農民們個個奮不顧身前赴後繼地越境逃跑，心裡不禁對他們的命運也深感同情。

到了河裡後，還有一道難關是，有巡邏艇來回巡查，巡邏艇一共有三艘，他們沿著界河飛速行駛，我不止一次聽艇上的邊防軍人喊，「開慢一點，慢一點，河裡面淨是人，不小心就撞上人頭了。」於是巡邏艇就一個個地從水裡撈人，撈滿了十人就開回去關押起來。

「我想從這裡偷渡成功的把握實在太小了，我決定再往南推一些，雖然水面是開闊了，但防範明顯地放鬆了許多。這兒就是文天祥詩歌中所說的「伶仃洋」，界河的河口處。我計算了三艘巡邏艇每次巡邏的間隔時間，做到了心中有數。

「這一天，我做好了充分的準備，身上穿的是黑色緊身的衣褲，一來是為了保暖，儘管在水裡好像感覺不太明顯，然而事實上它起著阻止身上散熱的作用，等到達對岸陸地上以後，身上的衣服作用就更大了；二來便於攜帶東西。我把證件和一點港幣、還有一些人民幣——儘管它可能毫無用處，但我相信能找到黑市調換——用塑膠袋子裝好，系在腰上，外面再套上緊身褲，這樣在水中就不會滑落了。塑膠當時在大陸上已很普及了，找這些防水很容易。

「決定行動的這天晚上，我伏在界河的這邊，身後是一片濃黑，對岸則是澳門的萬家燈火，對比的鮮明，令我不勝感慨。我耐心地等待著巡邏艇從我眼前經過，當它消失在黑暗之中後，我毅然決然地跨入河中，我把暗夜扔在了身後，朝著對岸，朝著光亮遊去。我游得很快，水雖然很冷，但因為我始終用的是自由泳，運動量大，身體很快就不覺得冷了，並且沒有花費很多的時間，我就抵達了對岸。我連夜向著澳門本島行走，步行過了連接本島的大橋。當我看到燈火輝煌的葡京大酒店那鳥籠式的標誌性建築時，我想起了一句名言：『有的鳥是註定關不住的』，我已經成功了，我憑「通行證」可以從澳門進入香港了。」

在岳翼雲談話的過程中，我已被他的那一段歷險所深深吸引，然而我始終關心的還是故事真正的女主人公張樺茹後來的命運，但是我覺得他似乎總想回避這個話題。最後我實在不想再等了，乾脆一語道破，我問，「你後來知道張樺茹的情況嗎？她生活得怎樣？」

他立刻沉默了。

我想，大概翻開這一頁對岳翼雲而言可能太痛苦了，我能體會這種心情，我說，「如果你覺得不方便，就不說吧。」

他還是沉默著，好久好久，才低聲說，「她……後來……走了……」

我明白「走了」的意思，但怎麼會呢？

他看出我心中的疑問，慢慢回答我說，「我出國後，很久都沒有她的音信。你也知道，在那個大講階級鬥爭的年代，想跟內地人聯繫是多麼地困難。我在父親的指導下，先是去了英國的倫敦進了牛津大學，我決定重起爐灶，學習一門新的專業，我選擇了生物科技。我利用攻讀博士期間的一項專利淘到了第一桶金。畢業後我決心到澳大利亞來發展，因為這裡具備搞生物科技的良好的條件。我的事業就這麼一步一步地發展壯大。但是找尋張樺茹的消息是我一刻也沒有中止的。一直到了鄧小平的改革開放年代，我終於跟大賈取得了聯繫，他告訴我，天河師專從我走後就被撤銷了，人員分流到了其他各校。趙恒泰被開除黨籍撤銷一切職務交司法部門處理。大賈也趁學校大調整的機會早就調回了北京。

「在所有的人當中，張樺茹是最慘的。她自從與我別離後，明顯地出現了精神病的症狀，只是開始的時候，大家都沒有意識到，只認為她是受到了較大的精神刺激，也許慢慢會好的。這時候，史建軍也已經畢業，據說是他的爸爸史副書記曾經暗示過張樺茹的爸爸，如果答應這門親事，他的「右傾機會主義分子」的帽子有可能被他保下來。這事被張樺茹知道了，她做了件令所有人都意想不到的決定：跟史建軍結婚，而且要快。大賈說，婚禮很快就進行了，但是結婚的當夜，新房裡傳出了激烈的爭吵，據說史建軍打了張樺茹的耳光，而張樺茹則拿起剪刀紮傷了史建軍的根部……」

「後來呢？」我問。

「後來？」他緩緩地說，「她生了個女兒。再後來，她因患憂鬱症而投入了松花江的懷抱……」

岳翼雲說到這裡，把頭深深埋在自己的手掌中。

許久許久，岳翼雲才又接著說下去，「我把我跟張樺茹在最後分手前發生的事情告訴了大賈。大賈回答我說，現在看來，張樺茹後面的行為就完全可以理解了。她之所以毅然決定跟她絕不相愛的人結婚，保護她的爸爸固然是她的重要考慮，但她還有一個隱秘的目的，那就是她意識到自己已經懷上了你的孩子。為了你，她又一次做出了犧牲。也許直到最後的時刻，張樺茹並沒有完全失去理智，她有時清醒有時糊塗，始終堅持著既要保護她的家人又要保護著你和她的後代，直到她認為目的基本達到，她才最終選擇了死亡……」

張樺茹的悲劇命運深深打動了我，我倆都沉浸在莫大的悲痛之中。

夜已深了，悉尼海灣裡無數停泊在港灣裡的遊艇亮起了千千萬萬盞燈，與天上的星星交相輝映，就像有一隻大手，隨手從天上的銀河裡抓了一把星星，就手撒在了海灣裡。墨藍墨藍的天空中，一顆璀璨耀眼的流星劃過，落入了墨藍墨藍的大海之中，給人間留下了最美的記憶。

大廳的房門有人輕輕敲了一下，進來了一位外相很年輕的中年婦女，她小聲提醒岳翼雲，「爸爸，明晨您將起早趕飛機去奧克蘭，當天來回，可能會辛苦點，您跟這位汪先生早點歇息吧。」她抬起臉來朝我嫣然一笑，只這一笑，我猛然發現，她就是一個活脫脫的張樺茹的再現，一樣蜷曲的頭髮，一樣深藍栗色的眼睛，一樣美得令人陶醉。我想我已經知道她是誰了。

我跟岳翼雲互道了晚安，走回了為我準備好的臥室，打開臥室裡的電視機，正播放著倫敦奧運會的閉幕式的錄影。斯特拉斯福德奧運會場上，萬人狂歡，來自世界各地的人們高聲呼喊著「FREEDOM！FREEDOM！」（自由！自由！自由！）我從這些年輕人的熱情召喚中，看到了世界美好的未來，因為只有自由才有創造，只有創造才有文明的勵精除垢，人類才能不斷地提升到新的高度。

這高揚的「自由」的呼聲啊，也曾經在上世紀的我國大地上幾起幾落，但它最終成了政治家手中的一場騙局。但我堅信，人類對自由的追求是永恆的，一旦「自由」的呼聲再次在神州大地上空響徹雲霄，一旦「理性自由」的精神成為我們民族的思維習慣，那時定將誕生一個與全世界先進民族和人類共同攜手並進的美麗中國，到那時，我們就將融入整個世界！

宇宙本無所謂希望或絕望，但祂卻為順應天道的希望開啟了一扇門。

二〇一六・四・三深夜
二〇一六・八・二〇修改

補注：

「二勞改」，這是對勞改或勞教人員在刑滿或勞教期限結束後的一種約定俗成的稱謂。這些人已經擁有了公民權利，但國家強制收留他們在農場勞動，不允許外出就業，而且必須「繼續改造」，這就猶如形成了第二次的勞改，因而實質上就成了國家永久的奴隸。

SHOW小說09　PG1688

# 北方的白樺樹

作　　者 / 汪應果
責任編輯 / 徐佑驊
圖文排版 / 周政緯
封面設計 / 王嵩賀

發 行 人 / 宋政坤
法律顧問 / 毛國樑　律師
出版發行 / 秀威資訊科技股份有限公司
114台北市內湖區瑞光路76巷65號1樓
電話：+886-2-2796-3638　傳真：+886-2-2796-1377
http://www.showwe.com.tw
劃撥帳號 / 19563868　戶名：秀威資訊科技股份有限公司
讀者服務信箱：service@showwe.com.tw
展售門市 / 國家書店（松江門市）
104台北市中山區松江路209號1樓
電話：+886-2-2518-0207　傳真：+886-2-2518-0778
網路訂購 / 秀威網路書店：http://www.bodbooks.com.tw
國家網路書店：http://www.govbooks.com.tw

2017年2月　BOD一版
定價：520元

國家圖書館出版品預行編目

北方的白樺樹 / 汪應果著. -- 一版. -- 臺北市 :
秀威資訊科技, 2017.02
面； 公分. -- (PG1688)
BOD版
ISBN 978-986-326-406-4(平裝)

857.7　　106000651

# 讀者回函卡

感謝您購買本書，為提升服務品質，請填妥以下資料，將讀者回函卡直接寄回或傳真本公司，收到您的寶貴意見後，我們會收藏記錄及檢討，謝謝！
如您需要了解本公司最新出版書目、購書優惠或企劃活動，歡迎您上網查詢或下載相關資料：http:// www.showwe.com.tw

您購買的書名：________________________________

出生日期：________年________月________日

學歷：□高中（含）以下　□大專　□研究所（含）以上

職業：□製造業　□金融業　□資訊業　□軍警　□傳播業　□自由業

□服務業　□公務員　□教職　□學生　□家管　□其它____

購書地點：□網路書店　□實體書店　□書展　□郵購　□贈閱　□其他

您從何得知本書的消息？

□網路書店　□實體書店　□網路搜尋　□電子報　□書訊　□雜誌

□傳播媒體　□親友推薦　□網站推薦　□部落格　□其他__________

您對本書的評價：（請填代號　1.非常滿意　2.滿意　3.尚可　4.再改進）

封面設計____　版面編排____　內容____　文／譯筆____　價格____

讀完書後您覺得：

□很有收穫　□有收穫　□收穫不多　□沒收穫

對我們的建議：________________________________

________________________________

________________________________

________________________________

請貼
郵票

11466
台北市內湖區瑞光路 76 巷 65 號 1 樓
**秀威資訊科技股份有限公司　收**
BOD 數位出版事業部

……………………………………………………………………
（請沿線對折寄回，謝謝！）

姓　　名：＿＿＿＿＿＿＿＿　年齡：＿＿＿＿　性別：□女　□男

郵遞區號：□□□□□

地　　址：＿＿＿＿＿＿＿＿＿＿＿＿＿＿＿＿＿＿＿＿

聯絡電話：(日)＿＿＿＿＿＿＿＿＿＿ (夜)＿＿＿＿＿＿＿＿＿＿

E-mail：＿＿＿＿＿＿＿＿＿＿＿＿＿＿＿＿＿＿＿＿